schäfer verlag

Bärbel

Von Henning Schäfer bereits erscheinen:

Schwälmer Tanz, 322 Seiten (ISBN 3-000-16731-5)
Die Spur des Mädchens, 322 Seiten (ISBN 3-93948200-5)
Froschkönig, 322 Seiten (ISBN 3-939482-01-3)
Benjamin, 272 Seiten, (ISBN 3-939482-02-1)
Übers Grab hinaus, 344 Seiten, (ISBN 3-939482-06-4)
Falscher Schein, 368 Seiten, (ISBN 3-939482-07-2)
Seelentreu, 352 Seiten, (ISBN 3-939482-09-9)

Henning Schäfer, Jahrgang 1942, liebt wie sein Held im Roman seine nordhessische Heimat, die er auf ausgedehnten Spaziergängen durchstreift. Der pensionierte Arzt und Vater dreier Kinder lebt mit seiner Frau auf einem alten Gutshof und frönt dort seinen Leidenschaften Malerei, klassischer Musik und natürlich dem Schreiben.

Henning Schäfer

Der achte Brief

Roman

schäfer verlag

Erstausgabe 11/2013

Umschlagbild: Henning Schäfer; Öl auf Leinwand
Druck: Druckerei Hubert & Co., Göttingen
ISBN 3-939482-11-0
978-3-939482-11-6

1

Der alte Mann schüttelte den Kopf. Mit der Hand schob er das vor ihm Liegende beiseite. Das, was er sich von dem Korrigieren der Aufsätze versprochen hatte, war bisher nicht in Erfüllung gegangen. Aber was konnte er schon erwarten in einer Zeit, in der man sich in Kurzmitteilungen untereinander austauschte, in bruchstückartigen zerstückelten Sätzen kommunizierte? Was in einem Umfeld, das, von Bildern und Informationen überflutet, der eigenen Fantasie und Kreativität kaum noch Raum ließ?

Der alte Lehrer löste den Blick von den Heften und schaute aus dem seitlichen Fenster. Das helle Tageslicht zwang ihn, für einen Moment die Augen zu schließen. Er fragte sich, ob er die Messlatte zu hoch anlegte. Möglicherweise waren seine Vorstellungen von der Sprache und ihrer Anwendungsvielfalt ja längst überholt, war er diesbezüglich einfach zu anspruchsvoll. Er wusste, wie schwer es ihm fiel, verbale Kommunikation lediglich als Vehikel für den Transport von Sachverhalten zu verstehen, sie als bloßes Mittel der Verständigung und des Verständlichmachens zu begreifen. Für ihn war die kunstvolle Abfolge von Worten und Sätzen, die Sorgfalt einer Formulierung die unverzichtbare Voraussetzung, einem Inhalt Glanz und Bedeutung zu verleihen.

Er öffnete die Augen, blinzelte in die Sonne. Dann drehte er sich wieder dem Schreibtisch zu. Er würde sich sputen müssen, wollte er mit dem, was er Miriam versprochen hatte, fertig werden. Noch nicht einmal die Hälfte der

Aufsätze hatte er durchgesehen. Seufzend griff er nach dem obersten der noch nicht korrigierten Hefte.

Auch wenn die Tochter sein Angebot zunächst abgelehnt hatte, er wusste, wie willkommen ihr seine Hilfe war. Weiß Gott, sie hatte in diesen Tagen alle Hände voll zu tun. Die Projektwoche stand an, unter der Anleitung der Klassenlehrerin sollte von den Schülern ein metergroßes, geographisches Modell angefertigt werden, ein Relief Deutschlands, das ihnen die Oberflächenbeschaffenheit ihrer Heimat plastisch näherbringen sollte. Berge und Hügel waren aus Styropor zu formen, Täler und Senken herauszuschneiden, die Objekte mussten bemalt, die markanten Punkte beschriftet werden. Viel Arbeit und ein nicht unerheblicher Zeitaufwand steckten in dem Vorhaben. Seine Tochter in dieser strapaziösen Phase zu entlasten und ihr einen Teil der schulischen Verpflichtungen abzunehmen, war ihm ein Bedürfnis, zumal er sich zutraute, die anstehende Aufgabe ohne Schwierigkeiten zu bewältigen. Schließlich hatte er sein halbes Leben damit zugebracht, Schülerarbeiten zu korrigieren und zu bewerten.

Noch eine weitere Stunde brauchte er, um den Stapel so weit zu verkleinern, dass nur noch vier Aufsätze vor ihm lagen. Wahrlich, kein großes Pensum mehr, das würde er mühelos bis zur Heimkehr der Tochter schaffen.

Steif vom langen Sitzen erhob er sich. Zeit, eine Pause zu machen. Er wollte sich einen Tee zubereiten, ein bisschen umhergehen und sich die Beine vertreten. Während er auf das Kochen des Wasser wartete, blickte er hinaus in den Garten. Der Tau der Nacht war inzwischen getrocknet, schräg fielen die Sonnenstrahlen durch das Blätterwerk des Birnbaums auf die weißgestrichene Holzbank und den Tisch davor.

Kurz überlegte er, ob er die restlichen Aufsätze im Freien korrigieren sollte. Doch dann entschied er sich, seine Arbeit am Schreibtisch fortzusetzen. Vier Hefte noch – das lohnte nicht den Aufwand des Umzugs. Außerdem, er wollte gleich mit der Zubereitung des Essens beginnen. Miriam würde, wie stets, unter Zeitdruck sein, wenn sie heimkam. Das Einnehmen der Mahlzeiten durfte ihren Arbeitstag nicht allzu lange unterbrechen. Mein Gott, wie ernst sie ihren Beruf nahm, mit welcher Begeisterung sie sich ihrer Tätigkeit widmete. Aber war er anders gewesen, damals, als er seine erste Klasse übernommen hatte?

Die Tochter konnte von Glück sagen, dass ihrer Wunschbewerbung an die gleiche Lehranstalt, die sie als Schülerin besucht hatte, sofort entsprochen worden war. Zugegeben, seine Befürwortung hatte die Entscheidung zu ihren Gunsten maßgeblich beeinflusst – immerhin war er über Jahre Rektor dieser Schule gewesen. Nun also unterrichtete sie dort in den Fächern Deutsch, Geographie und Geschichte, hatte ihre eigene Klasse und ging ganz in ihrem neuen Arbeitsfeld auf.

Obwohl es für Miriam ein trauriges Ereignis gewesen war - ihre langjährige Verbindung mit einem Universitätsdozenten war in die Brüche gegangen -, ihn als Vater hatte die Auflösung dieses Verhältnisses in zweifacher Hinsicht froh gemacht: Zum einen hatte er diesen eloquenten, leichtlebigen Luftikus von Dozenten nie leiden können, er war erleichtert über das Ende der Beziehung. Zum anderen freute ihn die Tatsache, dass seine Tochter nach diesem für sie schmerzlichen Geschehen zu ihm ins Haus gezogen war. Sie, die Alleingelassene, hatte ihn, den nach dem Tod der Mutter allein lebenden Vater gebraucht, um mit ihrer Trennung zurechtzukommen.

Nachdenklich zog er das erste der vier verbliebenen Hefte zu sich heran. Auch er würde erst noch lernen müssen, mit der neuen Lebenssituation fertig zu werden. Gut ein Jahr nach dem Tod seiner Frau hatte er noch immer Mühe, darüber hinwegzukommen.

Energisch schlug er das Heft auf, fuhr mit dem Handrücken zwei-, dreimal über die Seiten, als könne er so die wehmütigen Erinnerungen aus seinen Gedanken streichen. Kurz noch zögerte er, dann begann er mit der Durchsicht des Aufsatzes.

Er brauchte nicht lange, um zu erkennen, dass sich das vorliegende Heft nur wenig von den bereits korrigierten Arbeiten unterschied. Die Schreiberin, eine Annika, wie er auf dem Deckblatt las, hatte sich, wie schon zuvor die Mitschüler, auf ein mehr oder weniger farbloses Aufzählen ihrer Lebensdaten beschränkt, hatte die Freiräume, die ihr durch die weitgefasste Themenstellung zugebilligt worden waren, nicht einmal in Ansätzen genutzt.

»Meine Schüler sind für mich neue, noch unbekannte Menschen. Um sie kennenzulernen, lasse ich sie am besten etwas über sich selbst schreiben«, war Miriams Absicht gewesen, als sie ihrer Klasse eine Hausarbeit mit der Fragestellung »Wie war mein Leben bisher? Wie lebe ich jetzt?« aufgegeben hatte.

Mein Gott, was für ein Thema, was für ein wundervoller Stoff, der in seiner Großzügigkeit der Lust, zu fabulieren, freien Lauf ließ. Er dachte an seine Schulzeit zurück, an die Begeisterung, mit der er und seine Klassenkameraden sich auf eine solche thematische Herausforderung gestürzt hätten. Einer hätte den anderen bei der Darstellung seiner Vita zu übertrumpfen versucht, hätte jede einzelne Lebensstation wortreich ausgeschmückt, jeden Gedanken, jede Empfindung in bedeutungsvolle Sätze gefasst. Das Schreiben war damals für sie eine Freude, das Formulieren das reine Vergnügen gewesen.

Er blickte auf die vor ihm liegenden Hefte, fragte sich, warum hier so wenig zu spüren war von dem Enthusiasmus, der sie seinerzeit erfüllt hatte. In ihrer Sachlichkeit, ihrer kargen Ausdrucksweise und der ermüdenden Aneinanderreihung von Lebensfakten wirkten die Aufsätze wie Pflichtaufgaben, die irgendwie hatten erledigt werden müssen.

Nun, den Inhalt der Arbeiten, ihren Gehalt zu bewerten und zu benoten, das war Aufgabe der Klassenlehrerin. Er wollte sich darauf beschränken, orthografische Fehler, Ungenauigkeiten der Interpunktion und grobe stilistische Verfehlungen aufzuspüren und anzumarkern. So würde er seiner Tochter eine Menge Arbeit abnehmen und ihr die abschließende Aufsatzbeurteilung erheblich erleichtern können.

Er drehte den Kopf, schaute auf die Wanduhr über der Tür. Die Mittagszeit rückte näher, er sollte bald mit dem Kochen beginnen. Schnell beendete er die Korrektur des Heftes und griff nach dem nächsten. Seine Bewegungen waren inzwischen eingeschliffen, die Herangehensweise stets die gleiche. Zuerst las er den Namen auf dem Umschlag, hielt es für wichtig zu wissen, ob er den Aufsatz eines männlichen oder eines weiblichen Schülers vor sich hatte. Nicht, dass das in puncto Berichtigung etwas geändert hätte, nein, die Fehler, die er anstrich, waren unter den beiden Gruppierungen gleich häufig zu finden. Aber er war überzeugt, die Kenntnis, es mit einem Jungen oder einem Mädchen zu tun zu haben, erleichterte ihm das Sichhineinversetzen in die Gefühlswelt der jungen Menschen.

Und noch etwas pflegte er zu tun, bevor er mit dem Korrigieren anfing: Er sprach den Namen beim Lesen leise vor sich hin, glaubte daran, dass ihm sein Klang etwas zu sagen hatte. Auch jetzt bewegte er die Lippen, formte mit der Zunge die Silben »Alexander«. Dann schlug er die Deckseite um und begann mit der Lektüre.

Mechanisch, in Erwartung des gewohnten Aufsatzanfangs nach dem Schema »Ich wurde geboren am..., lebte in...«, überflog er die ersten Zeilen.

Aber was las er da? Mit einem Ruck richtete sich der alte Lehrer auf. Urplötzlich war er hellwach. Die routinierte Souveränität, mit der er bisher die Korrekturen erledigt hatte, war mit einem Mal verflogen. Gespannte Aufmerksamkeit lag in seinem Blick, als er sich wieder zu dem Heft hinunter beugte.

Die Überschrift, Miriams Aufgabenstellung, war dick unterstrichen und in Großbuchstaben hervorgehoben: WIE WAR MEIN LEBEN BISHER? WIE LEBE ICH JETZT? Von diesen Fragen hatte sich die Tochter Antworten erwartet, Antworten und Auskünfte, die ihr die Schüler näherbringen und ihr dabei helfen sollten, sie und ihr Lebensumfeld besser kennenzulernen. Ganz bestimmt hatte sie nicht damit gerechnet, dass ein Schüler ihren Fragen eigene entgegensetzen könnte, Fragen, die jeden, der sie las, in ihrer rätselhaften Eindringlichkeit zumindest aufmerken, mehr noch aber verwirren mussten. Was ging in einem Schüler vor, der solches schrieb: *Wie soll ich an Vergangenes denken, wenn mir die Gegenwart schon so zu schaffen macht? Wie kann ich schreiben über das Gestern, wie viel weniger über das Heute, da mir die Hand zittert in der Erinnerung an das, was ich gesehen und erlebt habe?*

Irritiert starrte der Alte auf das vor ihm liegende Heft

und versuchte vergeblich, sich einen Reim darauf zu machen. Was sollte das? War das ein Vorwurf? Eine Anklage? Oder vielleicht ein Hilferuf? Am besten, er las den Aufsatz erst einmal als Ganzes, möglicherweise verstand er ja dann...

Der Tee war nur noch lauwarm. Er griff nach dem Becher, trank langsam in kleinen Schlucken, als müsse er sich vorbereiten auf das, was er nun erfahren sollte. Dann drehte er den Schreibtischstuhl so, dass das Tageslicht schattenlos auf das Geschriebene fiel. Mit dem Heft in der Hand lehnte er sich zurück und begann zu lesen.

Er ersparte sich die Wiederholung der Anfangssätze. Jetzt war er vor allem neugierig auf das, was folgte.

Doch das Entziffern der unruhigen Knabenschrift machte ihm zunächst einige Mühe, zu ungleich waren die Buchstaben geformt, zu unregelmäßig aneinandergereiht. Ständig wechselten Höhe, Steilheit und Dichte. Die Schrift, das ließ sich unschwer erkennen, war ein Spiegelbild der wechselnden Stimmungslagen, denen der Junge während der Niederschrift unterworfen gewesen sein musste. Es dauerte einige Abschnitte, bis er sich an den sprunghaften Schreibstil gewöhnt hatte und den Aufsatz einigermaßen flüssig lesen konnte.

Nur drei Seiten umfasste die Arbeit des Schülers, drei Seiten, deren Lektüre den alten Mann allerdings in fassungsloses Erstaunen versetzten. Dabei war es nicht der Inhalt, der ihn so beeindruckte und bewegte – im Gegenteil. Hatte er nach den bedeutungsschweren Einleitungssätzen fest damit gerechnet, auch im Folgenden mit Düsterem, Schicksalhaftem konfrontiert zu werden, hatte sich innerlich schon darauf eingestellt, das aus dem Gleichgewicht geratene Seelenleben Alexanders vor sich ausgebreitet zu sehen, so fand er nun zu seiner großen Verwunderung etwas gänzlich anderes vor als das, was er erwartet hatte.

Nichts war hier mehr zu spüren von der bedrückenden Stimmung des Aufsatzbeginns, nichts mehr übrig von der beklemmenden Atmosphäre, die die eingangs gestellten Fragen vermittelt hatten.

In einem ruhigen, fast heiteren Erzählton berichtete Alexander von einigen Ferientagen, die er vor wenigen Wochen mit seinem Freund Olaf verbracht hatte, beschrieb die Vielzahl ihrer Unternehmungen, schwelgte in der Erinnerung an das Zusammensein mit dem Gleichaltrigen. Entgegen der anfänglich geäußerter Zweifel, über Vergangenes schreiben zu können, schilderte er mit offensichtlichem Vergnügen die gemeinsamen Aktivitäten, die sich in nichts von dem unterschieden, was Jungen in diesem Alter zu tun pflegen: So waren sie häufig zum Schwimmen gegangen, ins städtische Freibad und auch hinunter zum Fluss, hatten mehrfach die Eisdiele besucht, dort dann stundenlang gesessen und miteinander geredet. Einmal waren sie abends im örtlichen Kino gewesen, in einem Abenteuerfilm, und dann anschließend von den Eltern zum Pizzaessen ausgeführt worden. Alexander erzählte von Streifzügen in der Umgebung der Stadt, von Erkundungstrips durch die dichten Wälder des nahen Gebirgszugs. Auf einer dieser Wanderungen waren sie mit Taschenlampen bis spät in die Nacht unterwegs gewesen.

Nichts Bewegendes also, von dem der Bericht handelte, nichts, was sich aus dem normalen Ferienerleben zweier Knaben heraushob. Und dennoch...

Verwundert hielt der Lehrer inne. Sein Blick löste sich von dem Heft, die Hände, die den Aufsatz hielten, sanken auf die Schreibtischplatte. Ungläubig schüttelte er den

Kopf. Mit jedem Satz, mit jedem gelesenen Abschnitt war ihm mehr und mehr bewusst geworden, dass er etwas Außergewöhnliches, etwas Großes vor sich hatte.

Obwohl, streng genommen hatte Alexander das ihm gestellte Aufsatzthema verfehlt. »Wie war mein Leben? Wie lebe ich jetzt?« hatte Miriam von ihm wissen wollen. Darüber hätte er schreiben sollen. Doch auf den ersten zwei Seiten war von dem Geforderten nichts zu lesen. Nicht das Geringste hatte der Junge preisgegeben aus seiner Vergangenheit und auch nichts, das über seine gegenwärtige Lebenssituation Auskunft gegeben hätte. Anders als seine Mitschüler, die gerne und bereitwillig, oft in narzisstischer Eigendarstellung von sich und ihren Lebensumständen erzählten, hatte Alexander nicht eine Angabe darüber gemacht, wer er war, woher er kam und in welchem Umfeld er lebte. Er hatte sich Miriams Wunsch und Absicht, ihn durch den Aufsatz kennenzulernen, regelrecht verweigert.

Doch es war nicht das Mystische, das unbestimmt Geheimnisvolle um die Person des Knaben, das den alten Mann bewegte, auch nicht der Aufsatzinhalt – der war viel zu belanglos, um das zu bewirken, was in ihm vorging.

Er trat ans Fenster und sah hinaus in den Garten. Nichts regte sich in der warmen Mittagsluft, kein Wind bewegte die Blätter. Doch die Stille draußen vermochte nicht, seine Unruhe zu dämpfen. Er war viel zu aufgewühlt, seine Ungeduld, weiterzulesen, viel zu groß, als dass er sich jetzt dem friedlichen Bild hätte hingeben können. Also setzte er sich wieder an den Schreibtisch, beugte sich über das Heft und las die letzte Seite.

Noch immer berichtete Alexander von dem Zusammensein mit Olaf. Die Ferien gingen zu Ende, nur noch ein gemeinsamer Tag blieb den Freunden. Sie hatten beschlossen, die letzten Stunden auf dem Gipfel des Himmelsberges zu verbringen, ihrem Lieblingsort, denn nirgends sonst fühlten sie sich dem Himmel näher als dort. Auf der baumfreien Lichtung oberhalb der steilen Ostkante waren sie für sich, waren ungestört und unbeobachtet, konnten sich unterhalten – oder auch miteinander schweigen, ganz wie ihnen zumute war. Die Mutter hatte einen Rucksack gepackt, mit Essen und Trinken, auch eine Decke hatte sie dazugelegt. Doch darauf würden sie sich ganz bestimmt nicht setzen, da waren sie sich einig. Jungen wie sie saßen auf Baumstümpfen oder Steinen, Decken waren etwas für Mädchen.

Sie hatten den beschwerlichen Aufstieg mühelos gemeistert, hatten ohne Schwierigkeiten ihr Refugium auf dem Gipfelplateau erreicht. In dem Bewusstsein, heute zum letzten Mal in den Ferien zusammen zu sein, waren sie entschlossen, den Tag voll auszukosten. Erst am frühen Abend, kurz vor der Dämmerung, wollten sie wieder hinuntersteigen.

Die Seite endete und mit ihr der Aufsatz: *Wir saßen lange hier oben zwischen Himmel und Erde, stundenlang. Die Sonne wärmte uns, kein Laut drang zu uns herauf. Nur wenn wir miteinander sprachen, wurde die Stille unterbrochen. Doch meist hockten wir stumm auf den Steinen, aßen und tranken und schauten auf das unter uns liegende Land. Nie waren wir enger zusammen, als in unseren Gesprächen, mehr noch in unserem Schweigen an diesem letzten Tag. Und dann der Abend, unser gemeinsames Abenteuer, wie sehr uns auch das verband – Olaf und mich, die beiden Entdecker. Ein Tag wie dieser sollte niemals enden. - Doch dann später das.*

Sekunden vergingen, ohne dass er sich rührte. Nein,

so durfte kein Aufsatz enden? Was sollte das? Und auch das Übrige... Verstört saß der alte Mann da, sichtbar betroffen von dem Gelesenen. Hatte das wirklich ein Knabe geschrieben, ein Junge, der seiner Kindheit eben erst entwachsen war? Waren das die Worte eines gerade einmal halbwüchsigen Schülers?

Ratlos hielt er das Heft in den Händen. Die Finger umschlossen die Seiten, als müssten sie das Aufgeschriebene festhalten und solange sichern, bis er eine Antwort auf seine Fragen gefunden hatte. Was war das für ein Schluss, diese letzten vier Worte? Was konnte das bedeuten?

Erneut führte er sich das Heft vor Augen, las den Aufsatz ein weiteres Mal. Auch beim zweiten Lesen hatte Alexanders Bericht nichts von seiner Faszination verloren, im Gegenteil, sein Zauber und die Schönheit der Sprache erschlossen sich ihm nun noch mehr, jetzt, da er um den Wert der Arbeit wusste.

»Hallo, Vater!«

Überrascht drehte der Alte den Kopf. Er hatte Miriams Hereinkommen nicht bemerkt, zu sehr war er mit der Lektüre beschäftigt gewesen.

Die Tochter beugte sich zu ihm hinunter, begrüßte ihn mit einem Kuss. »Du korrigierst noch immer?«, fragte sie. Ihr Blick fiel auf den großen Stapel. »Na, das meiste hast du ja bereits geschafft. Gibt es etwas Besonderes?«

»Ja, es gibt etwas Besonderes, etwas Außergewöhnliches sogar, etwas, das mich völlig überrumpelt hat.« Der Lehrer erhob sich, die Arbeit Alexanders fest umklammert wie eine Kostbarkeit. »Hier«, er klopfte auf die Seiten, »das zu begreifen macht mir Schwierigkeiten.« Nach kurzem Zögern reichte er ihr das Heft. »Am besten, du liest das erst einmal, dann wirst du verstehen, was ich meine. In der

Zwischenzeit werde ich uns etwas zu essen machen. Über diesem Aufsatz habe ich das Kochen total vergessen. Ich hoffe, du bist damit einverstanden, dass ich eine Dose aufmache. Das muss heute genügen.«

Wenig später stand der Topf mit der Bohnensuppe auf dem Küchentisch. Aus dem Schrank holte er Pfeffer und Salz, stellte einen Korb mit Weißbrot dazu, dann entkorkte er eine Flasche Beaujolais. Normalerweise trank er tagsüber keinen Wein, heute würde er eine Ausnahme machen. Aufgewühlt durch die ungewöhnliche Entdeckung, konnte er einen Schluck vertragen.

Miriam erschien in der Tür, in der Hand das Schulheft. Die Fassungslosigkeit war ihr ins Gesicht geschrieben. »Was hat das zu bedeuten? Der Junge ist dreizehn, das ist doch gar nicht möglich...«

»Nein, normalerweise nicht.« Der Vater streckte die Hand nach dem Heft und blätterte es auf. »Hier, diese vollendet schönen Sätze – kaum zu glauben, dass ein junger Mensch wie Alexander so etwas formuliert haben könnte.« Er deutete mit dem Finger auf die Seite, dann zitierte er: *Wenn ich mit dem Freund zusammen bin, wird aus dem Banalen etwas ganz Besonderes, wird das Einfache zum Baustein eines großen Ganzen, das sich mir erst in Olafs Gegenwart erschließt.* Oder auch hier, als er von ihrem Badeausflug zum Fluss erzählt: *Wo, wenn nicht im Wasser, widerspiegelt sich deutlicher das Auf und Ab, das Mehr und Weniger, wo wird das Wechselhafte und Veränderliche unseres Lebens sichtbarer als in den Reflexen des Lichtes auf seiner sich ständig ändernden Oberfläche.*

Der Alte legte das Heft auf den Tisch, fragend sah er die Tochter an. »Was meinst du? Hast du eine Idee, wie wir das hier zu deuten haben?«

Miriam hob die Hände, Ratlosigkeit lag in dieser Geste. »Nein, ich habe keine Ahnung. Was für ein Rätsel gibt uns der Junge da auf?«

»Ja, es ist in der Tat ein Rätsel – auf den ersten Blick sogar ein unbegreifliches Rätsel. Aber vielleicht fällt uns beim Essen eine Erklärung ein.« Der Vater wies auf den Stuhl neben sich. »Komm, setz dich, ehe die Suppe kalt wird.«

2

Anfangs aßen sie schweigend, hielten den Blick auf die Teller fixiert. Hin und wieder nippten sie an ihren Gläsern. Wie ihr Vater hatte sich auch Miriam, entgegen ihrer Gewohnheit, einen Wein eingeschenkt. Der besondere Anlass, das fühlten sie in stummem Einvernehmen, rechtfertigte die heutige Übertretung.

Es war der Alte, der das anschnitt, was sie beide beschäftigte. »Eigentlich gibt es nur zwei Möglichkeiten«, sagte er und hob Zeigefinger und Daumen. »Entweder hat der Junge das selbst geschrieben, dann haben wir es mit einem Riesentalent zu tun, vielleicht sogar mit einer genialen Begabung. Oder aber er hat es nicht eigenhändig verfasst, hat es irgendwo abgeschrieben oder von jemand anderem schreiben lassen.«

»Aber das wäre ja Betrug.«

»Täuschung, würde ich sagen, dazu noch eine sehr plumpe Täuschung. Wenn jemand versucht, sich mit fremder Hilfe eine gute Note zu erschleichen, so macht er das in der Regel weniger auffällig. Er besorgt sich einen Text, der glaubhaft von einem Jugendlichen in seinem Alter geschrieben sein kann – oder er treibt einen Autor auf, ein Elternteil zum Beispiel, der ihm den Aufsatz in altersgerechter Schreibweise liefert. Aber das hier«, er tippte auf das Heft, »das muss doch Argwohn wecken.«

»Und wenn er es tatsächlich selbst geschrieben hat?« Die Unsicherheit in Miriams Stimme verriet den Zweifel, den sie mit dieser Möglichkeit verband.

»Ja, wenn...« Nachdenklich strich sich der alte Lehrer über die Stirn, ehe er sich wieder der Tochter zuwandte. »Was weißt du denn von diesem Alexander? Du kennst ihn doch – immerhin bist du seine Klassenlehrerin.«

»Ja, natürlich kenne ich ihn. Aber nur so, wie man jemanden nach so kurzer Zeit eben kennen kann. Gerade mal vierzehn Tage bin ich jetzt an der Schule.«

»Ist dir in diesen zwei Wochen etwas an ihm aufgefallen, irgendetwas, das auf eine außergewöhnliche Begabung hingedeutet hätte?«

»Nein«, sie schüttelte den Kopf, »der Junge ist nicht anders als der Rest der Klasse. In diesem Alter sind sie alle etwas sprunghaft und unruhig, nicht immer leicht zu nehmen. Die Pubertät macht ihnen zu schaffen, dem einen mehr, dem anderen weniger. Wenn ich mir Alexander vorstelle...«, es war ihr anzusehen, dass sie sich bemühte, sich das Bild des Schülers vor Augen zu führen, »Alexander ist vielleicht etwas ernster als die anderen, etwas nachdenklicher – er plappert nicht so unbedacht drauf los wie die Übrigen. Aber ansonsten ist er wie sie, ein lebhafter Bursche, der durchaus auch kindisch sein kann, wenn ihm danach ist.«

»Wenn ihm danach ist?« Fragend sah sie der Vater an.

»Ja, genau so...« Miriam stockte, als ihr die Bedeutung

der väterlichen Frage aufging. »Du hast recht, da ist ein Unterschied zu seinen Klassenkameraden. Da, wo sich die anderen, ihrem Alter entsprechend, noch wie Kinder gebärden, fällt bei Alexander auf, dass er diesen Zustand eher herbeiführt.«

»Du meinst, gewollt und mit Absicht?«

»Ja, es scheint ihm Spaß zu machen, sich kindisch zu betragen, obwohl er es eigentlich gar nicht mehr ist. Jetzt, wo du mich darauf aufmerksam machst, wird es mir erst bewusst. Irgendwie ist er den anderen doch voraus. Aber um mir darüber ein Urteil bilden zu können, müsste ich ihn näher kennen.«

»Weißt du denn sonst etwas über ihn? Wo er wohnt? Ob er vielleicht hier in der Stadt geboren ist? Wer seine Eltern sind?«

Wieder schüttelte Miriam den Kopf. »Tut mir leid, Vater, ich bin noch nicht dazu gekommen, mit den Eltern Kontakt aufzunehmen. Im Moment habe ich genug damit zu tun, mich in meiner neuen Arbeit zurechtzufinden. Aber ich habe mir vorgenommen, sobald wie möglich einen Elternabend einzuberufen. Danach werde ich höchstwahrscheinlich mehr über Alexander wissen.«

Der alte Lehrer schob den Stuhl zurück und stand auf. »Ich koche uns einen Kaffee«, bot er an und ging hinüber zum Küchenbord.

»Und was ist mit deiner Mittagsruhe?«, wunderte sich die Tochter.

»Dafür bin ich heute viel zu erregt, ich könnte jetzt sowieso nicht schlafen.«

Während er die Kaffeemaschine in Gang setzte und die Tassen aus dem Schrank holte, dachte er laut über das Gelesene nach: »Was ich nicht verstehe, ist die Absicht, die diesem Aufsatz zugrunde liegt. Da passen weder der dramatische Anfang noch das abrupte Ende zu dem harmlosen Mittelteil, da wird die Fragestellung der Lehrerin völlig ignoriert, die gewünschten Auskünfte einfach nicht gegeben. Stattdessen der Bericht einer Ferienepisode mit dem Freund. Das ist so bewusst abweichend von dem Geforderten, dass man dahinter einen Vorsatz vermuten muss.« Mit der Milchtüte in der Hand kam er zum Tisch zurück. »Bist du nicht auch der Meinung, dass uns der Junge in seinem Aufsatz etwas sagen will?«

»Mir sagen will«, verbesserte die Tochter, »er konnte ja nicht wissen, dass du beim Korrigieren hilfst. Aber ich glaube, du liegst richtig – der Junge wollte etwas loswerden – immer vorausgesetzt, er hat das hier wirklich selbst geschrieben.«

»Ja, natürlich.« Der Vater holte den Kaffee, goss ihn ein, dabei reflektierte er: »Unklar ist, ob das Geschehen, das er anspricht, tatsächlich passiert ist. Vielleicht entspringt es ja nur seiner Fantasie. Möglicherweise wollte er mit seinen beschwörenden Einleitungsfragen und dem markanten Schluss dem Aufsatz lediglich einen dramatischen Anstrich geben, ihm den Touch des Geheimnisvollen verpassen.«

»Glaubst du das?«

»Nein, eher nicht. Das alles klingt zu authentisch, wie selbst erlebt und erlitten. Natürlich ist da die Diskrepanz zwischen den schicksalsschweren Sätzen am Anfang und der im Grunde belanglosen Schilderung des Ferienalltags. Doch ich habe das Gefühl, beides ist irgendwie untereinander verzahnt, miteinander verwoben, auch wenn es auf den ersten Blick nicht so erscheint. Ich kann mir nicht helfen, aber mir drängt sich der Eindruck auf, dass das eine die Konsequenz des anderen ist.«

»Du meinst also, das alles hängt zusammen?«

»Ja, das glaube ich, auch wenn die Abfolge wahrscheinlich anders ist, als im Aufsatz dargestellt. Ich will versuchen, das Ganze mal in die richtige Reihenfolge zu bringen: Alexander verbringt harmonische, glückerfüllte Tage mit seinem Freund Olaf – am letzten Ferientag geschieht etwas, das den Knaben erschüttert und aus der Bahn wirft, deshalb dieses »Doch dann später das!« - und danach, quasi als Reaktion auf das Geschehene, verzweifelt der Junge, hadert mit dem Schicksal und beklagt, was er Schreckliches hat sehen müssen. Auch wenn er es in seinem Bericht andersherum dreht, so, wie ich es gerade skizziert habe, dürfte es abgelaufen sein.«

»Aber, was ist da geschehen? Er hat doch nichts weiter darüber geschrieben.«

»Nein, zumindest nichts Konkretes.« Der Alte griff nach dem Heft, suchte die Zeile. »Hier, hör zu, ich lese noch einmal, was er am Anfang sagt: *Wie soll ich an Vergangenes denken, wenn mir die Gegenwart schon so zu schaffen macht? Wie kann ich schreiben über das Gestern, wie viel weniger über das Heute, da mir die Hand zittert in der Erinnerung an das, was ich gesehen und erlebt habe?* Nähere Angaben zu dem, was sich dahinter verbirgt, macht er nicht. Allerdings spricht er am Ende von einem letzten gemeinsamen Abenteuer, bezeichnet sich und den Freund als Entdecker. Möglicherweise deutet das ja auf einen Fund hin, der mit dem, von dem er schreibt, zusammenhängt?«

»Einen Fund? Wie soll ich das verstehen?«

»Ich weiß es selbst nicht. Irgendetwas, was die beiden aufgestöbert haben. Dem eindringlichen Ton nach muss es etwas wirklich Entsetzliches gewesen sein.« Er warf das Heft auf den Tisch, schob es bis an den äußersten Rand, konnte aber nicht verhindern, dass ihre Blicke, angezogen wie von einer mahnenden Fackel, ihm dorthin folgten. Gedankenvoll rührten sie in ihren Kaffeetassen.

»Und was nun?« Miriam hob den Kopf und blickte den Vater an. »Ich kann das doch nicht nur zur Kenntnis nehmen und dann tatenlos bleiben.«

»Nein, nach dem, was wir gerade gelesen haben, geht das natürlich nicht. Dir als die primär Angesprochene bleibt nichts anderes übrig, als irgendwie zu reagieren. Da hat dir der Junge eine ganz schöne Verantwortung aufgeladen – in zweifacher Hinsicht.«

»Du spielst auf seine Sprachbegabung an?«

»Ja, aber die einzuordnen, ist erst der zweite Schritt. Jetzt ist vorrangig zu klären, was sich hinter den pathetischen Worten in dem Aufsatz verbirgt. Vielleicht befindet Alexander sich ja in einer Notlage, braucht möglicherweise Hilfe.«

Miriam nickte. »Da könntest du recht haben. Seine düsteren Eingangssätze kann man wirklich so verstehen. Was schlägst du also vor?«

»Du könntest mit dem Jungen reden, könntest ihn darauf ansprechen, was er mit seinem Aufsatz bezweckt.«

»Hältst du das für eine gute Idee? Was, wenn er das Gespräch als Verhör empfindet und sich daraufhin ganz verschließt?«

»Das kann passieren. Eine andere Möglichkeit wäre, mit den Eltern Kontakt aufzunehmen. Allerdings, das Ergebnis könnte das gleiche sein – er blockiert und macht zu. Jugendliche in diesem Alter sind hochsensibel, das brauche ich dir ja nicht zu sagen. Man muss sie mit Samthandschuhen anfassen – und auch das ist oft noch zu grob.«

»Und wenn sich jemand Außenstehender dieser Sache

annimmt? Möglicherweise ist eine fremde Person dafür besser geeignet als jemand, der dem Jungen nahesteht.«

»Denkst du an die Polizei?« Der Alte runzelte skeptisch die Stirn.

»Nein, nicht die Polizei. Das würde in Alexander garantiert eine Abwehrhaltung hervorrufen. Ich denke da eher an jemanden, der geschult ist, mit Konflikt- und Problemfällen dieser Art umzugehen. Ein Psychologe zum Beispiel. So einen gibt es bei uns im Schulkreis, das weiß ich.«

»Ja, natürlich, jedes Schulamt hat einen solchen Fachmann zur Hand«, erinnerte sich der ehemalige Lehrer an seine aktive Zeit. »Aber da könnte sich ein anderes Problem ergeben...«

»Ein Problem? Was meinst du?«

»Der Vertrauensbruch. Alexander wird sehr schnell begreifen, dass nur du den Psychologen informiert haben kannst. Er wird es dir krumm nehmen, wahrscheinlich auch enttäuscht sein. Das Persönliche, das er dir anvertraut hat, hast du an andere weitergegeben. Deshalb solltest du behutsam agieren und nicht zu leichtfertig Aktionen einleiten, die dem Jungen letztendlich zum Schaden gereichen könnten.«

»Aber irgendetwas muss ich doch tun! Wir haben beide Alexanders Aufsatz gelesen, wissen, was für verwirrende Sätze da drin stehen. Da kann ich doch nicht einfach zuwarten.«

»Ich glaube doch, dass du das kannst. Eine akute Notlage, die dich zu sofortigem Handeln zwingen würde, kann ich nicht erkennen. Immerhin liegen die Ferien und das im Aufsatz angedeutete fürchterliche Ereignis einige Wochen zurück. Bevor du etwas unternimmst, solltest du dich davon überzeugt haben, dass der Bericht wirklich von

Alexander selbst verfasst wurde – und auch, dass er kein Fantasiegebilde seinerseits darstellt, sondern auf Tatsachen beruht.«

»Ja, das leuchtet ein. Es wäre schlimm, wenn ich Gott und die Welt wegen dieser Geschichte mobilisiere, und dann stellt sich heraus, dass das alles nur das Hirngespinst eines pubertierenden Knaben war.« Miriam seufzte. Ein solches Problem gleich zu Beginn ihrer Lehrerlaufbahn – sie war froh, den lebenserfahrenen Vater an ihrer Seite zu wissen.

Liebevoll sah sie ihn an, während sie die ausgetrunkenen Tassen neu füllte. Wie nah sie sich doch in den letzten Wochen gekommen waren, wie sehr sie sich brauchten in dieser für sie beide nicht leichten Lebenssituation. Sie nahm sich vor, eine Reise mit ihm zu machen, in den Norden zum Beispiel, nach Schweden. Sie wusste, wie stark ihn dieses Land anzog, wie sehr er die herbe Schönheit der Wälder und die tiefe Ruhe der stillen, dunklen Seen liebte. Diesmal lagen die Herbstferien früh, sie würden die flammende Farbenpracht eines skandinavischen Indianersommers zusammen erleben können. Sie freute sich darauf.

Aber zunächst einmal war zu klären, wie mit dem heiklen Knabenaufsatz weiter verfahren werden sollte. Noch immer ratlos schickte die Tochter einen hilfesuchenden Blick zu ihrem Vater. »Hast du eine Idee, wie an den Jungen heranzukommen ist, ohne ihn mit Fragen und Nachforschungen zu verunsichern?«

Der Alte nickte. Offensichtlich hatte er schon darüber nachgedacht, hatte die Lösung bereits in Gedanken durchgespielt und war zu einem Schluss gekommen. »Eigentlich ist es ganz einfach, festzustellen, ob Alexander tatsächlich in der Lage ist, solch großartige Texte ohne fremde Hilfe zu formulieren.« Das Heben der Schultern und Augenbrauen zeigten sein Erstaunen darüber, dass ihm das nicht schon früher aufgegangen war. »Wie wäre es, wenn du ihn etwas unter deiner aufmerksamen Beobachtung schreiben lässt, zum Beispiel einen Aufsatz im Klassenraum. Anders als bei einer Hausarbeit ist er da ganz auf sich selbst gestellt, hat keine Möglichkeit, sich helfen zu lassen oder sich fremder Mittel zu bedienen.«

»Eine Klassenarbeit, sagst du?«

»Ja, lass sie die Schüler gleich morgen schreiben. Setz dafür eine, maximal zwei Unterrichtsstunden an, das reicht.«

»Nun, das würde passen, morgen steht Deutsch auf dem Stundenplan. Und was für ein Thema schwebt dir vor?«

»Gib ihnen die Aufgabe, etwas über ihre Zukunft zu schreiben – wie sie selbst ihren schulischen und beruflichen Werdegang sehen, welche Pläne ihre Eltern mit ihnen haben – so etwas in der Art. Sag ihnen, du seist begeistert von ihren Hausarbeiten und wolltest nun unbedingt wissen, wie sie über ihre Zukunft denken. Vielleicht kannst du damit zwei Fliegen mit einer Klappe schlagen.«

»Zwei Fliegen? Wie meinst du das?«

»Nun, der Hauptgrund für diesen neuerlichen Aufsatz ist doch, festzustellen, ob Alexander tatsächlich das Riesentalent ist, das wir in ihm vermuten. Aber möglicherweise erfahren wir, quasi als Nebeneffekt, dazu noch etwas über ihn selbst und sein häusliches Umfeld, vor allem, wenn du die Eltern in die Fragestellung mit einbeziehst. Vielleicht gibt Alexander ja diesmal etwas mehr von sich preis als beim letzten Mal.«

»Na, hoffentlich!« Miriams zweifelnder Blick streifte das noch immer auf dem Tisch liegende Aufsatzheft. »Aber gut, einen Versuch ist es auf jeden Fall wert. Morgen lasse ich die Arbeit schreiben. Dann werden wir ja sehen, ob die Aktion erfolgreich war oder nicht.«

3

Wilhelm lebte in dieser Stadt, seit er atmen konnte, denn er war hier geboren. Manchmal erschauerte der alte Lehrer bei dem Gedanken, nun schon fünfundsiebzig Jahre in der gleichen Straße zu wohnen, in demselben Haus, in dem schon der Vater sein komplettes Leben verbracht hatte. Aber welche Chance hatte er denn gehabt, von hier wegzukommen? Für ihn war es von vorneherein bestimmt gewesen, in dieser Kleinstadt groß zu werden, hier zu arbeiten und auf der beruflichen und politischen Erfolgsleiter dorthin aufzusteigen, wo er schließlich auch gelandet war. Dafür hatten seine Eltern gesorgt, hatten ihn frühzeitig in die lokalen Strukturen eingeflochten und ihm alle Wege, die ihn weiterbringen konnten, geebnet. So war im Laufe der Jahre ein dichtes Netz von Bindungen und Verpflichtungen entstanden, aus dem auszubrechen für ihn ein Zuviel an Verzicht und Verlust bedeutet hätte – mehr jedenfalls, als er zu tragen bereit gewesen war. Also hatte er der Stadt die Treue gehalten, war an dem Ort geblieben, an dem er geboren war und an dem er wahrscheinlich auch sterben würde.

Zugegebenermaßen, so richtig ernsthaft hatte er einen Ausbruch auch gar nicht versucht. Hier war er schließlich jemand, war eine Person, die man schätzte und respektierte. Man kannte ihn von Kindheit an, schon seit damals,

als sein ehrgeiziger Vater, Direktor des Gymnasiums, ihn in die einflussreichen städtischen Kreise eingeführt hatte – in die traditionsreiche Turnerriege zum Beispiel und den patriotischen Geschichtsverein, von dessen Vorträgen er so wenig verstanden hatte. Auch in die Veranstaltungen des örtlichen Kulturbundes war er mitgeschleppt worden, hatte an den Sitzungen des Stadtparlaments teilnehmen müssen und war schließlich, nolens volens, Mitglied in der Jugendorganisation der örtlichen konservativen Partei geworden. Immerhin hatte sich dieser Schritt in der Folgezeit als ausgesprochen karrierefördernd erwiesen. Schon nach wenigen Jahren Lehrertätigkeit war er zum Rektor der hiesigen Realschule und später dann zum Schulrat des Kreises ernannt worden. Dass für die Schnelligkeit dieser Beförderungen seine politische Funktion als Fraktionsvorsitzender der örtlichen Christdemokraten nicht unerheblich gewesen war, darüber war er sich nicht einen Moment im Unklaren.

Jetzt beim Gang über den Marktplatz wurde er sich erneut der Achtung bewusst, die ihm die Mitbewohner entgegenbrachten. Freundlich, auch ehrerbietig grüßten sie ihn, nannten ihn beim Namen und Vornamen, verwandten gelegentlich sogar die frühere Amtsbezeichnung: »Grüß Gott, Herr Schellberg! Hallo Wilhelm! Guten Morgen, Herr Schulrat!« Er genoss diese Wertschätzung, freute sich darüber und war dankbar, in dieser Stadt leben zu dürfen.

Er schaute auf die Uhr. So langsam wurde es Zeit, seine Einkäufe zu tätigen. Miriam würde heute, das hatte sie ihm am Morgen vor dem Außerhausgehen mitgeteilt, früher als sonst heimkommen, schon nach der fünften Stunde war Unterrichtsschluss. Ob sie den Aufsatz hatte schreiben lassen? Auch das war ein Grund, sich jetzt zu beeilen. Er fieberte dem entgegen, was seine Tochter mit nach Hause bringen würde.

Auf dem Wochenmarkt vor dem Rathaus drängten sich die Leute. Die Einheimischen, die zum Kaufen gekommen waren, unterschieden sich deutlich von den Fremden, die ausschließlich das lebhafte Treiben und die schöne Fachwerkkulisse des Platzes interessierte. Es roch nach Kräutern und Äpfeln, nach Käse, Wurst und Fischbrötchen. Ein offener Grill verströmte den Duft von Gebratenem.

Wilhelm Schellberg war froh, keine langen Wege mehr machen zu müssen. Hier auf dem Markt würde er alles, was er brauchte, bekommen. Schnell trat er an den Gemüsestand, suchte sich einen Blumenkohl aus der Kiste, dann wechselte er hinüber zum Verkaufswagen des Metzgers. Dass es hier die beste Bratwurst im ganzen Kreis gab und sich diese Tatsache längst herumgesprochen hatte, zeigte die Schlange, die vor dem Tresen anstand. Aber das Warten lohnte sich, das wusste er aus Erfahrung, also stellte er sich dazu.

Schließlich hatte er alles für das Mittagessen zusammen. Die Tüten fest umklammernd zwängte er sich durch die dicht bevölkerte Budengasse hinaus auf den Platz. Kurz blieb er stehen, atmete tief ein und genoss den freien Raum. Menschenmengen bedrückten ihn, zu viele Leute auf einem Fleck – das war nicht sein Ding. Erleichtert trat er den Heimweg an.

Das Essen stand fertig im Backofen, als Miriam aus der Schule zurückkehrte. Schnuppernd blieb sie in der Küchentür stehen. Drei, vier Atemzüge, dann hatte sie den Geruch identifiziert. »Du warst auf dem Wochenmarkt?

Riecht ganz nach unserem Metzger dort. Du konntest also mal wieder nicht der Bratwurst widerstehen?«

»Tu doch nicht so, du isst sie doch genau so gern wie ich.«

Mit dem Topflappen holte der Alte die Schüsseln aus dem Ofenfach und stellte sie auf den Tisch. »Es gibt Blumenkohl dazu, frische Heidekartoffeln und gedünstete Zwiebeln. Ich hoffe, du hast den richtigen Appetit dafür mitgebracht.«

»Ganz bestimmt. Und wenn ich ihn bisher nicht gehabt hätte, spätestens bei diesem Duft wäre er mir jetzt gekommen. Also, worauf warten wir.« Sie zog sich einen Stuhl heran und setzte sich. »Danke, Vater, dass du gekocht hast.«

Einige schweigende Minuten gaben sie sich dem Genuss des köstlichen Essens hin. Die Schlange vor der Wursttheke fiel Wilhelm ein. Er hatte die Erfahrung gemacht, dass das, was die Leute anzog, nicht immer das Wertvolle, oft sogar das Gegenteil war – die vielgelesenen Bestseller gaben dafür ein gutes Beispiel oder auch die Fernsehshows mit den hohen Einschaltquoten - aber in diesem Fall stimmte die Zahl der wartenden Kunden eindeutig mit der Güte der verkauften Ware überein. Diese Bratwurst hier war einfach eine Wucht!

Noch einmal nahm er eine Kartoffel aus der Schüssel, häufte den Rest der Zwiebelringe darüber, dann griff er wieder nach Messer und Gabel. Doch bevor er mit dem Essen fortfuhr, sah er die Tochter fragend über den Tellerrand an. »Du hast noch gar nichts von dem Aufsatz erzählt. Du hast ihn doch schreiben lassen?«

»Ja, natürlich«, Miriam deutete zur Tür, »draußen im Flur steht die Tasche mit den Arbeiten. Ich bin noch nicht dazu gekommen, die Hefte durchzusehen.«

»War irgendetwas auffällig?«

»Nein, ich habe Alexander beim Schreiben genau beobachtet. Er hat nicht einmal aufgeschaut, war die ganze Zeit über konzentriert bei der Arbeit. Ich bin mir sicher, dass er das, was in seinem Heft steht, selbst erdacht, formuliert und geschrieben hat.«

»Gut, dann sollten wir uns das gleich ansehen. Jetzt lass uns erst einmal hiermit fertig werden.« Er wandte sich wieder dem Essen zu, kaute und schluckte, eine gewisse Hast war nicht zu übersehen. Schließlich kratzte er die Reste auf dem Teller zusammen, führte die übervolle Gabel zum Mund. Es war deutlich, er hatte es jetzt eilig, Alexanders Aufsatz in die Hand zu bekommen und zu lesen.

»Ich hole die Hefte«, erbot sich die Tochter, nachdem sie zu Ende gegessen und das Geschirr abgeräumt hatten. »Es ist dir anzusehen, dass du deine Ungeduld kaum noch bezähmen kannst.«

Wenig später lag die Tasche auf dem Tisch, daneben der ausgeräumte Inhalt. Miriam beugte sich über den Stapel, durchsuchte ihn mit flinken Händen und zog schließlich ein Heft heraus. »Hier, Alexanders Aufsatz«, reichte sie das Gefundene dem Vater. »Lass dir Zeit mit dem Lesen. Ich koche in der Zwischenzeit den Kaffee. Ich nehme an, du wirst auch heute auf den Mittagsschlaf verzichten.«

Während sie mit der Kaffeezubereitung beschäftigt war, nahm der alte Lehrer das Heft vor die Augen und studierte das Namensschild: »Alexander Schiller« las er, darunter die Bezeichnung der Klasse. Schiller – das klang sehr deutsch – und entsprach auch noch der literarischen Erwartung, die er an den Jungen knüpfte. Unwillkürlich musste er lächeln über diese Laune des Zufalls.

Erwartungsvoll schlug er das Heft auf. Wieder, wie

schon beim ersten Mal, hatte Alexander das vorgegebene Thema in großen unterstrichenen Blockbuchstaben über den Aufsatz geschrieben: MEINE ZUKUNFT – WIE MEINE ELTERN SIE SICH WÜNSCHEN UND WIE ICH SIE MIR VORSTELLE. Schon nach den ersten Passagen fiel dem Alten auf, dass er diesmal wesentlich weniger Schwierigkeiten hatte, das Geschriebene zu lesen. Das mochte zum Teil daran liegen, dass ihm nach der intensiven gestrigen Lektüre die Schrift des Knaben inzwischen vertraut war. Aber auch ein Anderes stellte er fest: Die Buchstabenfolge heute war zwar immer noch unruhig und ungeordnet wie in der Arbeit zuvor. Doch es fehlte jetzt das extrem Wechselhafte, das fiebrige Auf und Ab der gestrigen Schreibweise.

Diesmal wurde der Aufsatz nicht von Fragen, sondern von einer Feststellung eingeleitet. Alexander schrieb: *Für die Zukunft des Kindes sind meist die unerfüllten elterlichen Träume entscheidend. Sie drängen den Heranwachsenden in einen Himmel, den zu erreichen ihnen als Eltern verwehrt war.*

Ausführlich ließ sich der Junge im Folgenden über die Beschaffenheit dieser unerfüllten Träume aus. Dabei differenzierte er genau zwischen den Wünschen des Vaters und denen der Mutter: *Für einen Mann ist das Erlangen von Achtung und öffentlichem Ansehen der treibende Beweggrund, der ihn auf ein Ziel hinsteuern lässt. Liegt das Erreichte jedoch unterhalb seiner Erwartung – weil er sich zum Beispiel das Ziel zu hoch gesteckt hat oder es vorneherein für ihn außer Reichweite lag – projiziert er die darüber hinausgehenden Wünsche auf seine Kinder, der Vater vorzugsweise auf den Sohn.*

Ganz anders sah Alexander die Absicht der Mutter

bei der Gestaltung der Zukunft: *Die mütterliche Sorge ist vorrangig auf das Wohlergehen und die Zufriedenheit des Kindes ausgerichtet. Das soll nicht heißen, dass es einer Mutter egal wäre, welche Stufe der Erfolgsleiter Sohn oder Tochter ersteigen, doch würde sie diesen Ehrgeiz nie über den Wunsch setzen, ihr Kind glücklich zu sehen.*

Weitere Beispiele folgten, in denen der Knabe die väterlichen Ambitionen der mütterlichen Fürsorge gegenüberstellte. Und dann, fast schon am Ende des Aufsatzes, gab es doch noch einige Bemerkungen, in denen Alexander – zum ersten und zum einzigen Mal – seine Familie erwähnte. Abschweifend von bisherigen allgemeinen Betrachtungen befasste er sich hier mit seiner persönlichen Lage, schilderte in wenigen Worten die eigene Situation: *Vater ist bei uns der Dominante, Mutter die Vermittelnde. Da, wo er mich zu großen Anstrengungen anzutreiben versucht, bremst sie seine ehrgeizigen Bemühungen. Im gleichen Maß, wie Vater von mir Leistung und Verzicht fordert, gibt mir Mutter Trost, Hinwendung und Liebe.*

Erst im Schlussabsatz ging Alexander auf den zweiten Teil der Fragestellung ein: *Ich weiß nicht, wie ich mir meine Zukunft wünschen soll. Wahrscheinlich kann ich erst dann wieder an sie denken, wenn ich mit dieser entsetzlichen Geschichte fertiggeworden bin. Aber mit wem soll ich darüber reden? Mit Vater? Das bringe ich nicht über mich. Und Mutter? Ich bin mir nicht sicher, ob sie es ertragen würde, davon zu erfahren. Aber wer sonst hört mir zu? Wer hilft mir, die Bilder aus dem Kopf zu bekommen, die sich so unauslöschlich dort eingegraben haben?*

So unbestimmt wie der erste ging auch dieser Aufsatz zu Ende. Auch wenn die Fragen diesmal erst am Schluss gestellt waren, so waren sie deshalb doch um keinen Deut weniger verwirrend. Der Alte ließ die Hand mit dem Heft auf die Tischplatte sinken. Verstört blickte er auf die noch aufgeschlagene letzte Seite. Was wollte der Junge eigentlich? Oder redete er nur klug daher? Und wenn es ihm ernst war mit seinem »Wer hilft mir?«

Erst jetzt bemerkte er, dass die Tochter wieder bei ihm am Tisch saß und ihn betrachtete.

»Ich wollte dich nicht stören.« Miriam deutete auf den Becher vor ihm. »Ich habe dir schon eingeschenkt. Trink jetzt erst einmal in Ruhe. Der Aufsatz scheint dich ganz schön mitgenommen zu haben.«

»Ja, das hat er.« Dankbar griff der Vater nach dem Kaffee. Mit der freien Hand schob er der Tochter das Heft zu. »Du solltest das hier erst lesen. Wir müssen eine gemeinsame Gesprächsbasis haben, wenn wir uns darüber unterhalten wollen.« Er hob den Becher, trank einen Schluck. Nachdenklich nickte er vor sich hin. »So sehr sich auch das eine klärt, umso verwirrender ist das andere. Doch lies es selbst, dann weißt du, was ich meine.«

Wilhelm stand auf. Den warmen Kaffeebecher zwischen den Händen trat er zum Fenster, tat, als schaue er hinaus in den Garten. Absichtlich kehrte er der Tochter den Rücken zu. Sie sollte sich unbeobachtet fühlen, während sie las, sollte ohne seinen kontrollierenden Blick ihren Empfindungen freien Lauf lassen können. Denn dass sie auch dieser Aufsatz emotional berühren würde, daran hatte er keinen Zweifel.

Sekunden vergingen, lautlose Sekunden und Minuten. Vom Garten drang gelegentlich ein Vogelruf herein, sonst aber war es still. Ab und zu knisterte das Papier in Miriams Händen, schweigend las sie die Arbeit ihres Schülers.

»Mein Gott!« Es war die Art des Ausrufs, die ihn erkennen ließ, dass seine Tochter zu Ende gelesen hatte. Als er sich umdrehte, sah er sie ratlos vor dem Aufsatz sitzen. Augenscheinlich fand sie ebensowenig Antworten auf die dort gestellten Fragen wie er. »Und?«, wollte er dennoch ihre Meinung hören, als er zum Tisch zurückkam. »Was hältst du davon?«

Sie zuckte die Schultern. »Ich weiß nicht.« Wie um Zeit zu gewinnen, goss sie ihm noch einmal Kaffee in den Becher, klappte sorgfältig das Heft zu und legte es auf den Stapel zurück. »Eines ist jedenfalls unzweifelhaft«, mit der Hand klopfte sie auf den Tisch, als wollte sie das Folgende betonen. »Der Junge ist sprachlich hochbegabt, wahrscheinlich sogar höchstbegabt. Diese Wortwahl, das ist einfach unglaublich für einen Dreizehnjährigen. Jetzt, da ich weiß, dass er tatsächlich in der Lage ist, so etwas selbst zu schreiben, frage ich mich natürlich, wie soll es weitergehen?« Ratsuchend blickte sie ihren Vater an.

»Kind, darüber gibt es doch keine zwei Meinungen«, war sich der alte Lehrer sicher. »Ein solches einmaliges Talent muss sich entfalten und entwickeln, muss gefördert werden. Aber es muss auch geschützt werden, das sollte man nicht einen Augenblick vergessen. Man muss sich immer wieder in Erinnerung rufen, wie jung Alexander noch ist.« Mit Eifer beugte er sich über den Tisch, fasste nach dem Arm der Tochter. »Begreifst du, was für eine verantwortungsvolle Aufgabe das ist?« Das Leuchten seiner Augen verriet, dass er bereits in Gedanken dabei war, diese Aufgabe selbst zu übernehmen, dass ihn die Vorstellung, möglicherweise der Entdecker und Förderer eines literarischen Genies zu sein, freudig erregte.

»Und was ist mit dem anderen?«, holte sie ihn aus seinen Träumen zurück, »mit der Gegenwart, die ihm so zu schaffen macht, und mit dem Unbekannten, über das er mit niemandem reden kann? Sollten wir uns nicht zuallererst damit befassen?«

»Ja, du hast recht.« Der Alte ließ ihren Arm los, in einer hilflosen Geste hob er die Hand. »Das ist wie eine Drohung, die über dem Ganzen liegt – wie ein Schatten, der das Wunder um diesen begabten Knaben verdunkelt.« Seufzend lehnte er sich zurück. »So vieles ist unklar, eigentlich alles.«

»Immerhin wissen wir jetzt etwas über seine Familie«, wandte Miriam ein, »Alex hat uns mitgeteilt, dass es einen dominanten Vater gibt und eine liebevolle Mutter.«

»Wenig genug, aber besser als nichts.« Wieder stand der Alte auf, trat ans Fenster, drehte diesmal aber dem Garten den Rücken zu. Obwohl das Gegenlicht sein Gesicht im Dunkeln ließ, war zu erahnen, dass ihn ein Gedanke beschäftigte. Als er schließlich sprach, klang seine Stimme bestimmt: »Ich möchte den Jungen kennenlernen, möchte ihn sehen, ihn reden hören und, wenn es irgendwie geht, auch mit ihm sprechen.«

»Aber hattest du nicht selbst Bedenken, er könnte sich verschließen, wenn man ihn wegen dieser Sache anspricht?«

»Ja, diese Bedenken habe ich auch jetzt noch. Deshalb würde ich ihm gerne in einer quasi neutralen Zone begegnen, in einer Situation, die ihn gar nicht erst vermuten lässt, dass es mir um seine Person und den Aufsatzinhalt geht.«

»Und wie stellst du dir das vor?«

»Das weiß ich nicht – noch nicht. Aber lass mir ein bisschen Zeit, mir wird schon etwas einfallen.« Bedächtig trank er seinen Kaffee, stellte den Becher in der Spüle ab und wandte sich zur Tür. »Ich gehe in den Schlosspark –

mache einen Spaziergang. Beim Laufen kommen mir immer die besten Ideen.«

4

Der Schlosspark war klein, eher ein Ziel als ein Areal, das zu ausgiebigen Spaziergängen einlud. Fünf, sechs Kieswege durchkreuzten das gepflegte Rasenterrain, einige Blumenrabatten lockerten die Grünfläche auf.

Wilhelm Schellberg war schnell gegangen, er liebte es, zügig an einen Bestimmungsort zu kommen. Gott sei Dank war ihm ein Hauptübel des Älterwerdens, die Arthrose, bisher erspart geblieben, oder zumindest war sie noch kein fühlbares Problem für ihn. Doch er war Realist genug, um zu wissen, dass in der achten Dekade seines Lebens es nur eine Frage der Zeit war, wann sich die Abnutzung der Gelenke auch bei ihm bemerkbar machte. Doch bis dahin würde er jeden Tag auskosten, an dem es ihm vergönnt war, schmerzfrei zu gehen, an dem ihn nichts zwickte, was ihn in seinem Bewegungsradius einschränkte.

Jetzt im Park verlangsamte er das Tempo. Er genoss den milden Tag und die wärmende Sonne, die senkrecht über den Bäumen stand und dunkle Schatten auf das schon bräunliche Gras warf. Ein Springbrunnen neben ihm versprühte seine Fontänen, das Licht des hellen Mittags spiegelte sich in seinen Tropfen.

Am nördlichen Rand des Parks blieb er stehen. Ein Geländer begrenzte den steilen Abhang, der von hier hinunter zum Fluss führte. Was für eine Aussicht, dachte er, als er über die alte Mühle und die roten Ziegeldächer der Häuser hinweg auf die dahinterliegenden Seen und die an die Berge geschmiegten Dörfer blickte. Ein Gefühl des Geborgenseins erfüllte ihn, die Gewissheit, hierher zu gehören in diese schöne Stadt und das stille Land ringsum.

Beim Blick auf den vor ihm liegenden bewaldeten Gebirgszug kam ihm die innerdeutsche Grenze in Erinnerung. Irgendwo da hinten war sie verlaufen. Das Bild von Zaun und Grenzturm hatte er noch lebhaft vor Augen. Nun, so lange lag das ja auch noch nicht zurück. Doch dann, als er nachrechnete, erschrak er: Fast ein Vierteljahrhundert war seit der Wiedervereinigung vergangen – Himmel, wie man sich täuschen kann.

Für die jungen Leute, das hatte ihm seine Tochter erzählt, war dieses Ereignis längst unter ferner Vergangenheit abgehakt. Während ihres Referendariats hatte Miriam im Rahmen des Geschichtsunterrichts das Thema behandelt, hatte zu Beginn der Unterrichtseinheiten durch eine Befragung den Kenntnisstand der Schüler ausloten wollen. Dabei war herausgekommen, dass kaum einer von ihnen eine Vorstellung hatte, was damals vor 24 Jahren abgelaufen war, wie sich die Annäherung und schließlich Vereinigung der beiden deutschen Staatsgebilde vollzogen hatte und welche geschichtliche Bedeutung diesem Schritt beizumessen war. »Stell dir vor, selbst mit dem Begriff DDR konnten nur die wenigsten etwas anfangen«, hatte sich Miriam ereifert.

Also hatte sie sich entschlossen, unter dem Motto »Lebendige Geschichte« eine Unterrichtsstunde unmittelbar vor Ort zu halten, war mit der Klasse zu einem der früheren Grenzübergänge gefahren. Dort am Originalschauplatz hatte sie die damalige Lage skizziert, die Grenzöffnung nachgestellt und den Schülern so anschaulich vor Augen geführt, was seinerzeit passiert war. Der Clou des Ganzen war der Auftritt zweier ehemaliger Grenzbeamter, die, jeder auf seiner Seite, am 9. November 1989 an genau dieser Stelle Dienst verrichtet hatten. Ihre Schilderungen, die Berichte zweier ehemaliger Gegner, die inzwischen Freunde geworden waren, hatte die Schüler besonders beeindruckt. »Das war Anschauungsunterricht aus erster Hand – der wird nachhaltig in Erinnerung bleiben«, war sich die Tochter sicher.

Wenn er dagegen an seine Schulzeit dachte. Was war das doch für ein knochentrockener Unterricht damals gewesen. Fakten, nichts als Fakten hatte man ihnen eingepaukt, Daten, die sie solange wiederholen mussten, bis sie für alle Ewigkeit in ihren Köpfen festsaßen. Ihm kam das Bild seines Geschichtslehrers vor Augen. Er sah ihn vor sich, den klapperdürren Dr. Sedelbauer, in seinem stets gleichen grauen Anzug, der genauso farblos war wie der monotone Vortrag, mit dem er ihnen die Freude an diesem Fach für immer ausgetrieben hatte.

Noch einmal schaute er hinüber zu den Bergen, dorthin, wo einst die Grenzlinie zwischen Ost und West verlaufen war. Er konnte sich gut in die Schüler hineinversetzen, konnte ihre Begeisterung darüber nachempfinden, an einem authentischen Ort durch lebende Zeitzeugen von der Geschichte...

Eine jähe, noch halb schlummernde Eingebung unterbrach seinen Gedankengang. Etwas hatte ihn aufmerken lassen. Es war, als wäre soeben etwas angestoßen worden, das jetzt noch nachklang. Was war ihm da gerade durch den Kopf gegangen? Er hatte sich mit Miriams Projekt an der Grenze beschäftigt, mit der Begeisterung der Schüler über den authentischen Ort und die Zeitzeugen... Natürlich!

Triumphierend nickte der Alte vor sich hin. Er hatte doch gewusst, dass ihm etwas einfallen würde! Und der Einfall war gut, daran hatte er keinen Zweifel. Es würde nicht den geringsten Verdacht erregen, wenn er seinen Auftritt so arrangierte.

Überrascht von der Plötzlichkeit seiner Eingebung und auch fasziniert von ihrer leichten Durchführbarkeit stand er eine Zeitlang unbeweglich da. Die Arme auf das Geländer gestützt, folgte er mit den Augen dem Wasser, das unter ihm strudelnd aus dem Mühlenschacht schoss. Schließlich löste er sich aus seiner Erstarrung. Entschlossen drehte er sich um und trat den Heimweg an. Jetzt galt es, die Tochter zu informieren und für seinen Plan zu gewinnen.

Er fand Miriam am Schreibtisch bei der Korrektur der am Morgen geschrieben Aufsätze. Die Unlust auf diese Arbeit war ihr ins Gesicht geschrieben. »Das kostet schon eine Menge Überwindung, diese Hefte hier durchzusehen«, stöhnte sie, »vor allem, wenn man vorher Alexanders Kunstwerk gelesen hat.« Mit einer ungeduldigen Bewegung strich sie sich die Haare aus der Stirn. »Wenn wenigstens ein paar fantasievolle Ideen dabei wären – aber die Zukunftsvorstellungen der Schüler drehen sich meist um das, was sie in diesem Alter eben beschäftigt: Kosmetik, Mode, Informatik, Sport – oder aber sie decken sich komplett mit dem, was ihre Eltern für sie ausgesucht haben.«

»Das kommt schon noch«, wusste der Vater aus Erfahrung, »sie sind einfach noch zu jung für eigenständige, vernünftige Pläne. Du wirst sehen, in zwei, drei Jahren mucken sie auf. Dann sind ihre Zukunftsplanungen oft das genaue Gegenteil von dem, was die Eltern mit ihnen vorhaben – aus reinem Protest.«

»Wahrscheinlich hast du recht.« Unwillig schob sie die

Hefte zur Seite. »Ich mache später weiter. Jetzt will ich erst einmal wissen, ob du Erfolg hattest mit deinem Nachdenken?«

»Ja, ich habe eine Lösung gefunden. Ich weiß nun, wie ich mit Alexander in Kontakt treten kann – auch wenn mir der Einfall nicht beim Nachdenken, sondern eher zufällig in den Sinn gekommen ist. Aber dazu brauche ich deine Unterstützung«, warb er, wehrte jedoch sofort ab, als er sah, dass sie eine Frage stellen wollte. »Warte, du erfährst gleich alles. Zuallererst aber muss ich wissen, was du im Augenblick im Geschichtsunterricht behandelst. Hast du ein bestimmtes, vorgegebenes Thema?«

»Ja. Im vergangenen Jahr haben die Schüler etwas über den Nationalsozialismus und den Weltkrieg gehört. In diesem Halbjahr steht die Nachkriegszeit und vor allem die Geschichte der Bundesrepublik auf dem Stundenplan.«

»Das passt gut«, zeigte sich der alte Lehrer zufrieden.

»Warum willst du das wissen?« Verständnislos blickte ihn Miriam an. »Wofür brauchst du das?«

»Ich will es dir erklären«. Der Vater zog einen Stuhl heran, setzte sich neben sie. »Vorhin – ich stand im Schlosspark über der Mühle und schaute hinüber zu den Bergen und zur alten Grenze – da musste ich an das Unterrichtsprojekt denken, das du als Referendarin durchgeführt hast. Es ging um die Grenzöffnung. Du hast mir erzählt, zwei Grenzbeamte hätten als Zeitzeugen des damaligen Geschehens vor Ort darüber berichtet. Das hat mich auf die Idee gebracht.«

»Welche Idee? Wovon redest du?« Noch immer verstand die Tochter nicht, worauf er hinaus wollte.

»Liegt das nicht auf der Hand?« Wilhelm erhob sich. In einer Art optischem Räuspern strich er sich über die Augen und kreuzte die Arme hinter dem Rücken. So mochte er ausgesehen haben, wenn er früher einen unwissenden Schüler belehrt hatte. Nun war es die Tochter, die er, überzeugt von dem Scharfsinn seines Einfalls, von dem in Kenntnis setzte, was er vorhatte. »Ein Zeitzeuge ist für die Schüler so etwas wie eine neutrale Person. Er wird ausnahmslos dem Ereignis zugeordnet, über das er berichtet. Er kommt als Fremder in die Klasse, schildert Vergangenes und geht dann wieder, als sei er selbst Vergangenheit. Genauso plane ich aufzutreten.«

»Du planst aufzutreten? Als Zeitzeuge?«

»Ja, in deiner Klasse. Als Zeitzeuge, der die Gründung und das Wachsen der Bundesrepublik live miterlebt hat. Glaub' mir, ich kann da einiges erzählen.«

»Zum Beispiel?«

Der Alte kratzte an seinen Bartstoppeln, tat, als müsste er überlegen. Dabei war er sich schon auf dem Nachhauseweg darüber klargeworden, was er berichten wollte. »Ich könnte zum Beispiel etwas über die wilden 60er Jahre erzählen, über den Generationenkonflikt. Schließlich war ich 1967 dabei, als ein Polizist den Studenten Benno Ohnesorge erschoss.«

»Du warst dabei?«, wunderte sich die Tochter, »davon weiß ich ja gar nichts.«

»Umso interessanter für dich. Dann erfährst du neben dem Geschichtlichen auch etwas über deinen Vater. Also, wie findest du meinen Vorschlag?«

»Klingt gut«, nickte sie ihm ihr Einverständnis zu, »als Zeitzeuge kann ich dich leicht in die Klasse einführen, ohne irgendeinen Argwohn zu wecken.«

»Ich will nichts anderes, als mir ein Bild von Alexander machen«, versicherte er. »Natürlich wäre es schön, wenn ich dabei auch ein paar unverfängliche Fragen an ihn richten könnte.«

»Das wird sicher irgendwie machbar sein. Wann soll das Ganze denn über die Bühne gehen?«

»So bald wie möglich. Wir sollten uns schnellstens über die Verfassung des Jungen klarwerden. Davon hängt schließlich ab, ob, und wenn ja, wie du auf die Aufsätze reagieren musst.«

»Ja, es ist wichtig, jetzt keine Zeit zu verlieren«, stimmte Miriam dem Vater zu. »Aber einen Tag musst du mir lassen – den brauche ich, um die Klasse auf das Thema vorzubereiten.«

»Gut, dann komme ich übermorgen – mache bei euch den Zeitzeugen. So kann ich mich vorher selbst noch ein bisschen mit den damaligen Ereignissen befassen und mein Wissen auffrischen.« Ein tiefer Atemzug verriet seine Erwartung. »Ich freue mich darauf, Alexander persönlich kennenzulernen. Ich bin gespannt, ob er den Vorstellungen entspricht, die ich von ihm habe.«

5

Vor zehn Jahren hatte Wilhelm zum letzten Mal vor einer Klasse gestanden – am Tag seiner Verabschiedung in den Ruhestand. Von ihm selbst war damals der Vorschlag gekommen, das Ende seines Schuldienstes nicht mit einem Festakt in irgendeiner Aula zu verschwenden. Er hatte stattdessen gebeten, an diesem letzten Tag noch einmal einem Unterricht in einer Klasse beiwohnen zu dürfen.

Dieser auf den ersten Blick etwas ungewöhnliche Wunsch wurde ihm jedoch gerne erfüllt, denn Wilhelm Schellberg hatte den Ruf, ein ambitionierter, ja passionierter Pädagoge zu sein, der nirgendwo lieber seine Zeit verbrachte als in einem Schulraum.

Nun also stand er wieder vor einer Klasse, blickte wie früher in die jungen, glatten Gesichter. Eine spürbare Spannung lag in dem erwartungsvollen Schweigen, mit dem ihn die Schüler ansahen. Soeben war er von Miriam vorgestellt worden. Sie hatte ihn als den angekündigten Zeitzeugen präsentiert, aber auch verraten, dass er, ihr Vater, einmal Rektor dieser Schule gewesen war. Möglicherweise war es diese Mitteilung, die jetzt die ehrfürchtige Stille im Raum bewirkte.

Als er dann, aufgefordert durch die Lehrerin, zu erzählen begann, blieb es weiter ruhig in der Klasse. Doch das anfängliche Schweigen aus Respekt vor seiner Person war nun einer interessierten Aufmerksamkeit gewichen. Gebannt hingen die Schüler an seinen Lippen. Dass er reden, seine Zuhörer faszinieren und fesseln konnte, das hatte er oft bestätigt bekommen – von Eltern, Schülern oder auch von dem Publikum, das seine regelmäßigen, literarischen Lesungen besucht hatte. Er verstand es, zu formulieren, hatte die Gabe, zu verkürzen, wo es nötig war, und aufzufrischen, wo fade, blasse Passagen nach etwas sprachlicher Farbe verlangten. Doch vor allem war es seine tragende Stimme, ihr Volumen und ihre Ausdruckskraft, die seine Hörerschaft in den Bann zog. Sie allein vermochte es, aus einem schwachen Text ein bleibendes Leseerlebnis zu machen.

Jetzt vor den Schülern bedurfte es jedoch keiner linguistischen Akrobatik. Das, was er von damals zu berichten hatte, war so spannend und interessant, dass es ausreichte, die Erlebnisse in ihrem tatsächlichen Ablauf zu schildern. Also begann er, von seinem Entschluss zu erzählen, an der Anti-Schah-Demonstration in Berlin teilzunehmen.

Gestern hatte er die damaligen Ereignisse noch einmal Revue passieren lassen. Dabei war ihm aufgegangen, wie wenig er im Grunde geeignet war, als Zeitzeuge dieser brisanten Epoche aufzutreten. Sein Ausflug nach Berlin am 2. Juni 1967 war das erste und auch das letzte Mal, dass er sich auf diese Weise politisch engagiert hatte. Zu Hause in seiner ländlichen Region gab es so etwas nicht: Öffentliche Proteste und Auseinandersetzungen, die auf der Straße ausgetragen wurden – das war in seiner Stadt undenkbar. Auch wenn gelegentlich polemisiert wurde, der eine den anderen auch einmal anpöbelte, die Streitigkeiten blieben fast immer verbal, Handgreiflichkeiten waren ausgesprochen selten. Doch was er in Berlin erlebt hatte, war ganz anderer Art. Schon nach dieser einen Demonstrationsteilnahme war der Enthusiasmus, der ihn hierher geführt hatte, verflogen. Denn bei aller Sympathie für die Anliegen der studentischen Bewegung, die Randerscheinungen dieser so fürchterlich endenden Veranstaltung hatten ihn erschreckt und abgestoßen.

Von all dem erzählte er, versuchte, den Schülern seine Motive darzulegen, ihnen zu erklären, was ihn, den Provinzpolitiker, dessen Wirkkreis normalerweise an den Mauern seiner Heimatstadt endete, zu der Fahrt nach Berlin veranlasst hatte. Es waren natürlich auch die Beweggründe der aufbegehrenden Studenten – ihr Protest gegen den Krieg in Vietnam und die Notstandsgesetze, ihre Empörung über das verstaubte Hochschulwesen – das hatte ihn damals schon beeindruckt. Aber vor allem, da war er sich heute ziemlich sicher, hatte ihn ihr buntes, schillerndes Erscheinungsbild angezogen, ihre sich bewusst vom Establishment abgrenzende Kleidung, ihr alternativer, gegen die verkrustete Gesellschaftsstruktur gerichteter Lebensstil – und auch ihre markigen Sprüche. Es waren Sätze wie diese: »Unter den Talaren - Muff von 1000 Jahren« oder auch »Trau keinem über dreißig«, die in ihm einen, wenn auch nur kurz glühenden Funken der Begeisterung entzündet und ihn nach Berlin gelockt hatten.

Während er erzählte, ließ er seinen Blick hin und wieder wie absichtslos über den Knaben in der dritten Tischreihe gleiten. Miriam hatte ihm beschrieben, wo Alexander saß, seinetwegen war er schließlich hier. Doch das kurze Hinsehen erlaubte ihm noch nicht, sich jetzt schon ein Urteil über ihn zu bilden. Ein erster flüchtiger Eindruck war, dass er einen wachen Jungen vor sich hatte, der seinem Zeitzeugenbericht mit konzentrierter Aufmerksamkeit folgte.

Es war mucksmäuschenstill im Klassenraum, als er den Ablauf der abendlichen Demonstration vor der Deutschen Oper schilderte. Wäre nicht seine eigene Stimme gewesen, man hätte in diesem Moment die sprichwörtliche Nadel fallen gehört. Er erzählte von der Ankunft Rezah Pahlevis auf dem Platz, beschrieb, wie der Schah und seine Frau in Begleitung des Bundespräsidenten die Oper betraten, um dort einer Galaaufführung der »Zauberflöte« beizuwohnen.

»Draußen ging es hoch her«, erinnerte er sich, »beide Parteien, die Freunde und Anhänger des Schahs auf der einen Seite, die Schahkritischen auf der anderen, standen sich, Sprechchöre skandierend, gegenüber – dazwischen eine vorerst passive Polizei. Zu ersten Zwischenfällen kam es, als Schahsympathisanten auf die bis dahin friedlichen

Demonstranten einschlugen. Erst da, als die Lage schon eskalierte, griff die Polizei ein.«

Während des Redens wechselte der alte Lehrer immer wieder die Position, ging auf die Schüler zu, trat auch zwischen die Tische und sprach sie direkt an. Aus seiner Schulerfahrung wusste er, wie wichtig ein Drehen des Körpers oder des Kopfes für die Aufrechterhaltung der Konzentration war. Nichts war einschläfernder als ein langes, unbewegliches Sitzen.

Die Schüler lauschten unverändert gebannt seiner Schilderung, die jetzt zu ihrem traurigen Höhepunkt gelangte. In dem ständigen Geschiebe der Menschenmasse vor der Oper, die, von den Ordnungskräften getrieben, hin und her wogte, war er, Wilhelm, in einen Pulk zurückweichender Studenten geraten, hatte sich zusammen mit ihnen in einen Hinterhof abdrängen lassen und dort fassungslos mitansehen müssen, wie Polizisten auf die wehrlosen Demonstranten eingeprügelt, ja sogar die am Boden Liegenden noch mit Fußtritten bearbeitet und verletzt hatten.

Und dann plötzlich war ein Schuss gefallen, ganz in der Nähe. »Alles ringsum erstarrte und verstummte unter dem lauten Knall. Etwas Unvorstellbares, etwas Nichtbegreifliches war geschehen. Doch schon Sekunden später kam wieder Bewegung in die Szene. Rufe ertönten, Schreie – einige rannten, versuchten, aus dem Hof herauszukommen, andere drängten zu dem Ort, an dem der Schuss abgefeuert worden war. Ich selbst stand reglos da, war vor Schreck wie gelähmt. Entgeistert starrte ich zu dem Körper hin, der zehn, fünfzehn Meter weiter auf dem Boden lag. Doch dann rannte auch ich. Ich ließ die Menge hinter mir, den Tumult und den Aufruhr, und hielt erst an, als ich eine stille, menschenleere Seitenstraße erreichte. Ich war völlig fertig, war so verwirrt, dass ich Mühe hatte zu begreifen, was ich da gerade erlebt hatte.«

Schweratmend stützte sich der Alte auf den Lehrertisch. Man hätte meinen können, er wäre noch immer auf der Flucht durch die Straßen von Berlin. Auch wenn das alles weit zurücklag, er konnte nicht verhindern, dass die Bilder von damals wieder auf ihn einstürmten.

Miriam war nicht entgangen, wie sehr das Erzählen ihren Vater mitgenommen hatte. Schnell zog sie einen Stuhl heran, reichte ihm ein Glas Wasser. »Wir könnten eine Pause machen«, schlug sie vor.

»Nein«, hob er abwehrend die Hand, »bringen wir es zu Ende.« In einem Zug trank er das Glas leer, schob den Stuhl, ohne ihn benutzt zu haben, zur Seite. Dann fuhr er fort zu berichten: »Am folgenden Tag las ich, was sich zugetragen hatte. Am Bahnhof hatte ich mir eine Zeitung gekauft, die das »Drama von Berlin« in reißerischer Aufmachung brachte. Zu diesem frühen Zeitpunkt wusste man allerdings noch wenig über den Vorfall, dafür waren die Darstellungen der Polizei und der Demonstranten zu widersprüchlich. Erst sehr viel später wurde der tatsächliche Ablauf bekannt, kamen die Einzelheiten über die Geschehnisse des Abends, über das Opfer und den Täter ans Licht.«

Hier unterbrach Wilhelm Schellberg seine Schilderung. Er war sich bewusst, dass er gerade dabei war, die Schüler zu überfordern. Zu viele Details würden sie nur verwirren. Deshalb verzichtete er darauf, näher auf den getöteten Studenten Benno Ohnesorge einzugehen, erwähnte ihn nur dem Namen nach. Ebensowenig ließ er sich über den Todesschützen, den Westberliner Polizisten Karl-Heinz Kurras, aus. Darüber ausführlicher zu sprechen, auch über die politischen und gesellschaftlichen Folgen des tödlichen

Zwischenfalls - das war Sache der Lehrerin. Miriam allein musste entscheiden, wieviel Einzelwissen sie ihrer Klasse zumuten wollte und konnte.

Eigentlich war seine Aufgabe als Zeitzeuge jetzt beendet. Der Zweck, das Interesse bei den Schülern zu wecken, vielleicht auch ihre Neugier, mehr darüber zu erfahren, war erfüllt. Er spürte, dass es Zeit war für ein Schlusswort.

»Das, was ihr gerade gehört habt«, begann er sein Resümee, »war nur ein winzig kleiner Ausschnitt aus dem, was Geschichte euch zu sagen und euch zu lehren hat. Ihr selbst werdet irgendwann mit Lagen, Situationen und Entscheidungen konfrontiert, die in einer späteren Betrachtung als historisch eingestuft werden. Ihr werdet Geschichte erleben, werdet sie vielleicht sogar mitgestalten. Deshalb, haltet die Augen offen, spitzt die Ohren, beteiligt auch, die Zukunft in eurem Sinne mitzuformen, dann, wenn es noch möglich ist und nicht erst, wenn es zu spät ist und das Geschehene zur unabänderlichen, nicht mehr korrigierbaren Geschichte geworden ist.«

Noch einmal ging er zwischen die Tischreihen, ließ den Blick über die Klasse gleiten, so als suchte er einen Widerschein seiner Worte in den jungen Gesichtern. Alexander nickte, er schien verstanden zu haben, was er sagen wollte.

Der Alte trat zurück, war am Ende seiner Ausführungen. Mit einer Handbewegung gab er der Tochter zu verstehen, dass sie nun den weiteren Ablauf der Stunde bestimmen sollte.

»Ja, dann...«, kam Miriam der Aufforderung nach und wandte sich an die Klasse. »Ich glaube, wir sollten uns bei Herrn Schellberg bedanken – das war schon hochinteressant, was er zu berichten hatte.« Aufmunternd sah sie die Schüler an und klatschte Beifall.

Wie bei der Entladung einer aufgestauten Energie löste sich mit einem Mal die Spannung, nicht nur die Hände fielen in den Applaus mit ein, auch die Füße trampelten ihre Begeisterung auf den Boden. Überschwänglich, auch froh, das konzentrierte Schweigen beenden und sich wieder bewegen zu können, dankten die Schüler dem Zeitzeugen.

»Gut«, die Lehrerin hob die Arme und dämpfte den Jubel, »wir sollten den Rest der Stunde und auch die Anwesenheit Herr Schellbergs nutzen, um ihm ein paar Fragen zu stellen. Vielleicht habt ihr ja das eine oder andere nicht verstanden – oder wollt noch etwas zusätzlich wissen. Bitte«, forderte sie mit einem Rundblick auf, »traut euch nur, Vater wird euch gerne antworten.«

Da, wie üblich, keiner wagte, die erste Frage zu stellen, übernahm es Miriam, das verlegene Schweigen zu überbrücken. »Warum hast du eigentlich mir, der Tochter, früher nie etwas über deine Fahrt nach Berlin erzählt?«, fragte sie, »ich höre heute zum ersten Mal, was du dort erlebt hast.«

»Nun«, der Vater zuckte mit den Schultern, zeigte, dass er darüber noch nie so richtig nachgedacht hatte. »Vielleicht habe ich es dir deshalb verschwiegen, weil mein Verhalten seinerzeit ja nicht unbedingt ein Ruhmesblatt war, mit dem man sich brüstet«, versuchte er eine Erklärung. »Immerhin bin ich damals weggelaufen – nicht nur real vom Ort des fürchterlichen Geschehens – nein, auch im übertragenen Sinn habe ich mich davongemacht, habe mich davor gedrückt, Position zu beziehen und mich mit dem zu beschäftigen, was die Demonstranten angeprangert und berechtigterweise zu ändern versucht haben. Ein Tagesausflug in die Weltpolitik, mehr war das nicht, meine Reise nach Berlin – ohne jede nachhaltige Konsequenz, ohne bleibende Betroffenheit. Kein Grund also, sich damit hervorzutun.«

Einige erhobene Zeigefinger ersparten ihm weitere Erklärungen. Es schien, als sei der Bann der schüchternen Zurückhaltung gebrochen. Die Fragen an ihn waren einfach, zielten alle auf äußere Umstände. Politische Absichten, Beweggründe und Protestanlässe wurden nicht hinterfragt. So wollte ein Schüler wissen, ob die Polizisten seinerzeit ihre Schlagstöcke gegen die Studenten eingesetzt hätten, einen anderen beschäftigte, wie viele Wasserwerfer im Einsatz gewesen waren. Auch sein eigenes Outfit war von Interesse: Ob er damals in langen Haaren auf der Demo gewesen wäre und ob er Jeans und Bomberjacke getragen hätte, fragte ein Mädchen.

Ein Arm hob sich in der dritten Reihe. Alexander schaute fragend vom Vater zur Tochter.

»Ja«, sprach ihn Miriam an, »was willst du von Herrn Schellberg wissen?«

Durch den Körper des Alten ging ein Ruck. Dies war der Augenblick, auf den er gewartet hatte. Jetzt endlich würde er, ohne dass es auffiel, den Knaben betrachten, würde sogar mit ihm sprechen können. Unwillkürlich machte er einen Schritt in den Raum hinein.

»Ja, bitte«, forderte er Alexander auf. Anders als vorher, als er das Gesicht nur flüchtig gestreift hatte, verweilte diesmal sein Blick auf den schönen Zügen und den dunklen Augen, die ihn höflich ansahen. »Bitte«, wiederholte er und ermunterte den Jungen mit einer Handbewegung zum Sprechen.

Zwei, drei Sekunden zögerte der Dreizehnjährige, als müsste er erst überlegen, wie er die Frage formulieren sollte. »Wie kann es sein«, seine Stimme klang nachdenklich, »dass sich zwei Parteien derselben Sache verschrieben haben und sich dann so unversöhnlich feindlich gegenüberstehen?«

»Wie meinst du das?«

»Die Polizisten zum Beispiel – die sind doch dazu da, die Ordnung aufrecht zu erhalten. Die Menschen sollen sich in dieser Ordnung sicher und geborgen fühlen. Eine ganz ähnliche Absicht haben auch die Demonstranten und die Studenten. Sie möchten genauso, dass die Menschen glücklich werden, wollen ebenfalls eine Ordnung, wenn auch eine etwas andere als die bestehende. Folglich haben beide Seiten doch das Gleiche im Auge: Das Wohl der Menschen in ihrem Land. Warum also setzen sie sich nicht zusammen, sprechen darüber, diskutieren meinetwegen auch, aber einigen sich letztendlich auf das gemeinsame Ziel, anstatt sich zu bekämpfen?!«

Verblüfft drehte Wilhelm den Kopf und sah die Tochter an. Auch Miriam schien verwundert, mit hochgezogenen Augenbrauen stand sie da und wusste nicht, was sie mit der Frage anfangen sollte.

»Ja, also...«, wandte sich der Alte wieder dem Knaben zu, unsicher, was er antworten konnte. Natürlich hätte er eine Menge rationaler Argumente vorbringen können, die die Unmöglichkeit von Alexanders Wunschvorstellung belegen würden, hätte von unterschiedlichen Systemen, Weltanschauungen, Werten sprechen können. Aber auf einmal kam er sich schäbig vor, erbärmlich und bedenkenvoll in seinen verstandeskontrollierten Erwachsenenansichten. Welch wundervolle Vision, welch utopischen Traum der Junge hatte – er jedenfalls würde ihn hier und heute nicht zerstören, dafür würden andere noch früh genug sorgen.

Das Läuten der Pausenglocke enthob ihn der Entscheidung, wie er auf die Frage reagieren sollte. Als hätte jemand auf einen Knopf gedrückt, kam augenblicklich Bewegung in die Schüler. Die schweigende Andacht der vergangenen Unterrichtsstunde war von einem Moment auf den anderen verflogen, Zischeln und Flüstern erfüllte den Raum. Da unter diesen Bedingungen eine Fortsetzung der Zeitzeugenbefragung unmöglich war, beendete Miriam die Stunde. »Ich werde deine Frage später im Geschichtsunterricht noch einmal aufgreifen«, vertröstete sie Alexander, dann entließ sie ihn zusammen mit der Klasse in die Pause.

Als der letzte Schüler den Raum verlassen hatte, informierte sie den Vater. »Ich habe jetzt eine Freistunde. Was hältst du davon, wenn wir in der Cafeteria einen Cappuccino trinken? Wir könnten dabei über die Stunde sprechen.«

»Gute Idee«, stimmte er zu, »die frischen Eindrücke sind oft die besten. Also, gehen wir!«

Sie setzten sich an einen kleinen Tisch in der Ecke, weit genug entfernt von der Verkaufstheke, an der die Schüler die kurze Pause zum Erwerb von Snacks und Getränken nutzten. Erst, als die Jungen und Mädchen in ihre Klassen zurückgekehrt und das Lärmen verstummt war, begannen sie, über das gerade Erlebte zu sprechen.

»Und? Hat dir dein erster Kontakt mit Alexander etwas gebracht? Entspricht der Junge dem Bild, das du dir von ihm gemacht hast?«

»Ein bisschen vielleicht – dann aber auch wieder nicht.« Der Vater war unsicher, so einfach ließ sich Miriams Frage nicht beantworten. »Ich glaube, man kann nicht umhin, von jemandem, der solche Texte schreibt, eine Vorstellung zu entwickeln. Ob man es will oder nicht – man denkt an einen durchgeistigten Jüngling mit Brille und blasser Haut, an eine asthenische Gestalt von schwacher Konstitution, sensibler Psyche und weltfremdem Verhalten – alle die Vorurteile eben, mit denen man hochbegabten geistigen Menschen begegnet. Für mich gibt es keinen Zweifel, dass der Junge etwas Besonderes hat. Aber das ist so ganz anders als das, was ich gerade skizziert habe. Seine Art, die Dinge zu sehen, ist offen und nicht im Geringsten abgehoben. Obwohl er sich, wenn man genau hinsieht, natürlich deutlich von seinen Mitschülern abhebt.«

»Ja, seitdem ich darauf achte, wird mir das auch klar: Er ist anders als die Übrigen. Dabei entspricht er keineswegs dem herkömmlichen Bild des introvertierten Denkers.«

»Nein – und auch physisch ist er das genaue Gegenteil. Sein Körper ist muskulös, überhaupt nicht schwächlich, die Haut braungebrannt...«

»Was nicht verwunderlich ist nach den Ferientagen mit Olaf«, warf Miriam ein.

»Natürlich.« Wilhelm griff nach dem Kaffee. Nachdenklich blickte er in die Tasse, schwenkte den Inhalt hin und her, ohne jedoch zu trinken. »Er wirkt wie ein ganz normaler Junge, genau so, wie du ihn beschrieben hast. Wenn da nicht dieses Besondere in seinen Augen wäre, dieses innere Leuchten – und vor allem seine großartige Sprache...«

Seufzend stellte er den Kaffee auf den Tisch zurück, sein Blick verlor sich irgendwo im Raum. »Und dann diese Gedankenwelt des Jungen. Da, wo sich die Mitschüler mit den Banalitäten rund um die Demonstration zufrieden geben, beschäftigt er sich mit einer gesellschaftsübergreifenden Versöhnungsidee – das ist schon außergewöhnlich für einen Jugendlichen seines Alters.«

»Ja, keine Frage«, stimmte ihm Miriam zu. Kurz schloss sie die Augen, dann seufzte auch sie. »Ich weiß nicht, ist das eine Gnade, solch ein Talent in der Klasse zu haben – oder eher eine Last, eine Bürde, die viel zu schwer für mich ist?«

»Beides, Kindes, beides – vor allem bedeutet es eins, und das wiegt mehr als alles: Verantwortung. Der Junge wurde dir anvertraut und, was noch wichtiger ist, er hat sich dir selbst anvertraut – in seinen Aufsätzen. Das ist eine große, übergroße Verantwortung, mit der du sehr sorgfältig umgehen musst.« Der Vater sah die Tochter an, aufmunternd nickte er ihr zu. »Wenn du willst, helfe ich dir. Das ist eine Aufgabe, die alleine kaum zu bewältigen ist.« Er ergriff ihre Hand, drückte sie und strich ihr über die Finger, so wie er es früher getan hatte, wenn er sie als Kind hatte trösten wollen. Eine Weile schwiegen sie, hingen ihren Gedanken nach.

»Was soll nun werden?«, unterbrach Miriam die Stille. Ihre Stimme klang verzagt, es war ihr anzusehen, dass sie selbst keine Lösung parat hatte.

Also übernahm es der Vater, initiativ zu werden. Er hatte längst einen Plan. »Fest steht, dass sich jemand um die Förderung dieses Talents kümmern muss. Das hatten wir schon einmal besprochen. Ich stelle mich dazu gerne zur Verfügung. Als Leiter des literarischen Zirkels halte ich mich für qualifiziert genug, diese Aufgabe zu übernehmen. Was meinst du?«

»Ja, es gibt kaum jemanden hier, der sich intensiver mit Literatur und Sprache befasst als du. Keiner wäre geeigneter.«

»Über das Wie dieser Förderung und die Art der Betreuung muss ich noch nachdenken – obwohl mir schon eine Idee vorschwebt. Aber die Grundvoraussetzung für das alles ist natürlich das Einverständnis des Knaben und – genau so wichtig – das seiner Eltern.«

»Also willst du den Eltern jetzt doch von den Aufsätzen erzählen.«

»Erzählen, ja. Ich werde ihnen von dem wunderbaren Schreibstil ihres Sohnes berichten, ihnen vielleicht auch einige Formulierungsbeispiele geben. Aber ich habe nicht vor, so ohne weiteres den Inhalt preiszugeben – es sei denn, Alexander möchte selbst, dass seine Eltern davon erfahren. Wärest du damit einverstanden?«

Miriam wich seinem um Zustimmung bittenden Blick aus. »Du hast vorhin von der Verantwortung gesprochen, Vater, von der Verpflichtung gegenüber dem großen Talent des Jungen. Haben wir aber nicht genauso gut eine Verantwortung für das, was Alexander uns in seinen Aufsätzen offenbart hat? Für all das Düstere in seinen Fragen und das, was er so geheimnisvoll angedeutet hat? Wir können uns doch nicht nur das Schöne heraussuchen und das andere verdrängen.« Jetzt sah sie ihn wieder an. Ihr Blick war mahnend, aber auch unsicher.

»Nein, das können wir natürlich nicht.« Noch einmal streckte der Vater ihr die Hand hin, diesmal warb er um ihr Vertrauen. »Du kannst sicher sein, ich habe nicht vor, mich aus dieser Verantwortung herauszustehlen – ganz im Gegenteil.« Entschlossen richtete er sich auf, schob die leergetrunkene Tasse beiseite und erzählte, was er beabsichtigte. Miriam hörte schweigend zu, gelegentlich nickte sie, wiegte hin und wieder auch zweifelnd den Kopf. »So behalten wir sowohl das eine als auch das andere im Auge«, schloss er zuversichtlich seinen Bericht.

»Und du bist sicher, dass das funktioniert?«

»Sicher? Nein – schließlich haben wir es mit einem wahrscheinlich hochsensiblen Jugendlichen zu tun – da weiß man nie, wie sich das Ganze entwickelt. Aber einen Versuch ist es jedenfalls wert. Sollte es nicht klappen, können wir immer noch anders reagieren.«

»Gut machen wir es so.« Miriam hielt ihm die abgewinkelte Hand entgegen. »Wann willst du beginnen?«

»Sobald du mir die Adresse besorgt hast – und möglichst auch die Telefonnummer. Dann lege ich sofort los.« Jetzt hob auch der Vater den Arm, legte seine Hand in die ihre. Eng umschlangen sich die Finger.

Wer nicht den liebevollen Blick bemerkte und das warme Lächeln, das sich beide schenkten, hätte meinen können, zwei Geschäftspartner besiegelten gerade einen Vertrag.

6

Das Haus lag auf einem Hügel am östlichen Stadtrand. Der Anstieg war steil. Wilhelm ging langsam, setzte Schritt vor Schritt, wiegend fast bewegte er sich bergauf.

Kili-Schritt nannte er diese Art des Bergangehens. John hatte sie ihnen beigebracht. Er erinnerte sich, wie er und Nelly seinerzeit losgestürmt waren, um Afrikas höchsten Berg zu besteigen. Ihr Führer hatte sie gebremst, hatte ihnen klargemacht, dass noch einige tausend Meter vor ihnen lagen und sie den Gipfel nur erreichen konnten, wenn sie die Kräfte einteilten. Sie waren Johns Rat gefolgt, hatten ihre Gehweise verlangsamt und der vor ihnen liegenden

Aufgabe angepasst. So war es ihnen ohne große Schwierigkeiten gelungen, den Gipfel zu bezwingen.

Nelly – kurz dachte der alte Lehrer an seine verstorbene Frau. Was hatten sie alles gemeinsam unternommen, wie viele Reisen zusammen gemacht. Vor allem nach seiner Pensionierung hatten sie das nachgeholt, was während der aktiven Lehrerzeit und auch später in seiner Funktion als Schulrat den beruflichen Verpflichtungen zum Opfer gefallen war. Sie waren zu Zielen gefahren, von denen sie sich früher nicht hätten vorstellen können, jemals dorthin zu gelangen. Afrika zum Beispiel – den Nil waren sie hinaufgefahren von Ägypten bis nach Uganda, hatten Namibia besucht und Tansania.

Damals, als sie in der frühen Morgendämmerung auf dem Gipfel des Kilimandscharos gestanden und darauf gewartet hatten, dass der Feuerball der aufgehenden Sonne endlich hinter den Felszacken des Mawensis erscheinen sollte, hatten sie sich an den Händen gefasst, hatten sich versprochen, die schöne Welt, die sich so verlockend unter ihnen ausbreitete, auch weiterhin gemeinsam zu bereisen.

Und dann diese schreckliche Krankheit. So sehr sie sich auch dagegen gewehrt hatte, Nelly hatte keine Chance gehabt. Als sie in seinen Armen die Augen schloss, spürte er, dass auch in ihm etwas starb. Über ein Jahr war er nun schon allein.

Doch dann fiel ihm ein, dass das so ja nicht mehr stimmte. Miriam war bei ihm eingezogen, in sein Haus, in seine Einsamkeit, Miriam, seine und Nellys geliebte Tochter. Was für ein wunderbares Geschenk.

Kurz blieb er stehen und schaute sich um. Es war unübersehbar, hier wohnten keine armen Leute. Die Anwesen waren großzügig angelegt und gepflegt, die villenartigen

Häuser von weitläufigen Gärten umgeben. Allein die oft parkartigen Außenanlagen dürften mehr Geld gekostet haben als die meisten Wohngebäude unten in der Stadt.

Noch immer stieg die Straße bergan. Er ging weiterhin langsam, wiegend, Schritt für Schritt, so wie er es sich seit jenen Tagen in Afrika angewöhnt hatte. Es war noch recht früh am Morgen, gerade mal halb zehn. Noch war die Luft kühl und unbewegt, erst mit der Hitze des Tages würde der Wind kommen.

Ein bisschen erstaunt war er schon, denn Alexanders Vater hatte ihm bei seinem gestrigen Anruf – gleich nachdem Miriam Adresse und Telefonnummer aus der Schule mitgebracht hatte – einen Gesprächstermin für heute Morgen angeboten. Was machte der Mann um diese Zeit zu Hause? War er denn nicht berufstätig? Doch vielleicht ging er ja auch einer freiberuflichen Tätigkeit nach, konnte sich seine Arbeitszeit einteilen?

Das Haus, das er suchte, lag am höchsten Punkt der hier endenden Straße. Eine halbkreisförmige Bucht ermöglichte den wenigen Fahrzeugen, die hier heraufkamen, das Wenden. So weit oben war er noch nie gewesen, in dieser abgelegenen Wohngegend hoch über der Stadt. Obwohl, er kannte das Haus, zumindest dem Hörensagen und dem Sehen nach. Vom Fluss her oder auch vom südlichen Seeufer war das Gebäude auf der Spitze des Hügels gut sichtbar. Bei flüchtigem Hinsehen hätte man meinen können, ein kleines Schlösschen krönte die Anhöhe. Das Türmchen an der einen Hausseite und die exponierte Lage dort oben verleiteten zu dieser Annahme.

Ein Fabrikant hatte sich das prachtvolle Haus am Anfang des vergangenen Jahrhunderts bauen lassen, möglicherweise, um ein bisschen zu protzen mit der auffälligen

Architektur, vielleicht aber auch nur, um abseits und in Ruhe leben zu können.

Seitdem hatte die große Villa mehrfach den Besitzer gewechselt, war zuletzt von einer alten Dame, der Witwe eines früheren Stadtrates, alleine bewohnt worden. Er hatte von ihrem kürzlichen Tod in der Zeitung gelesen – zwei, drei Monate, länger war das nicht her -, hatte gehört, dass neue Eigentümer eingezogen waren. Näheres über sie wusste er allerdings nicht.

Jetzt also stand er vor dem Haus, diesem quadratisch wuchtigen Klotz. Ein imposantes, wenn auch etwas düsteres Gebäude, das, gemauert aus grauem Naturstein, einen wenig einladenden Anblick bot. Dieses Empfinden wurde noch verstärkt durch die schulterhohe Einfriedung, die das Anwesen lückenlos umschloss. Auch das verspielte Türmchen seitlich trug nicht dazu bei, den abweisenden Eindruck zu verdrängen.

Etwas unschlüssig blieb der Alte unter dem hohen Eingangsbogen stehen. An dem von ihm aus gesehenen linken Pfeiler war ein messingfarbenes Schild angebracht. Er las die Aufschrift: »Pianoforte – Klavierstimmen und -reparatur.« Auf der Hausklingel darunter stand der Name »Stefan Schiller.« Das schmiedeeiserne Tor stand offen, also wurde er erwartet.

Während er über die gepflasterte Einfahrt auf das Haus zuging, brachte er sich noch einmal in Erinnerung, welchen Grund er Herrn Schiller für seinen heutigen Besuch genannt hatte. Es ginge um den Sohn, so hatte er das Telefongespräch gestern begonnen, hatte sich dann als Vater von Alexanders Lehrerin vorgestellt und erst einmal jede aufkommende Besorgnis zerstreut. Nein, es gäbe nichts Negatives zu besprechen, im Gegenteil, er wolle mit ihm über eine außerordentliche Begabung Alexanders reden, über eine Veranlagung, die unbedingt gefördert werden müsste. Ausschließlich deswegen wünsche er ihn zu sprechen.

Er stand schon vor der Haustür, hatte bereits geläutet, als ihm einfiel, was den Vater bewogen haben könnte, die Gesprächsverabredung auf den Morgen zu legen. Um diese Zeit war Alexander in der Schule, sie würden jetzt ungestört über ihn reden können.

Der Mann, der öffnete, war jung, viel jünger, als er angenommen hatte. Aber hatte er sich überhaupt eine Vorstellung von Alexanders Vater gemacht? Oder war ihm das Bild, das ihm jetzt vorschwebte, erst in dem Augenblick in den Sinn gekommen, als er das Messingschild am Eingang gelesen hatte? Ein Klavierstimmer, das musste eine blasse, ältliche Person sein, rückenkrumm und schweigsam – ein ganz anderer Mensch jedenfalls als der Mann, der ihm gegenüberstand.

Nelly hätte, wenn es ihr vergönnt gewesen wäre, ihn zu sehen, ganz sicher die Vokabeln gutaussehend, intelligent und attraktiv verwendet. Und wirklich, der Mann sah gut aus, blickte intelligent und seine Attraktivität war unleugbar.

»Herr Schellberg?«, fragte der Hausherr und streckte ihm die Hand entgegen. »Schön, Sie kennenzulernen. Alexander schwärmt geradezu von Ihnen nach der gestrigen Geschichtsstunde.«

»Ja, mit guten Storys sind die Jugendlichen leicht zu begeistern.«

»Da haben Sie recht, in dem Alter springt der Funke schnell über – später wird's dann schon schwieriger. Aber kommen Sie doch herein. Ich habe uns Kaffee gekocht. Dabei können wir uns unterhalten.« Mit einer Handbewegung forderte er den Besucher zum Eintreten auf.

Wilhelm wartete, bis sich die Tür hinter ihm schloss, dann folgte er seinem Gastgeber in die Vorhalle und von dort in einen rückwärtig gelegenen Raum. »Bitte, nehmen Sie Platz.« Herr Schiller schob ihm einen Sessel hin, bevor er sich zur Tür drehte. »Ich hole den Kaffee.«

Als Alexanders Vater mit der Kanne und den Tassen zurückkehrte, stand der alte Lehrer noch immer. Doch er hatte jetzt den Platz gewechselt, war dicht ans Fenster getreten. Staunend wies er nach unten. »Was für eine Aussicht, Stadt und Land liegen Ihnen zu Füßen. Hier oben muss man sich doch wie der liebe Gott fühlen, der auf sein Paradies hinunterschaut.«

»Na, na«, der junge Mann lachte, »dieser Vergleich stimmt nur in Bezug auf das Paradies, ich jedenfalls fühle mich durchaus menschlich.« Er hatte sich neben den Alten gestellt. Gemeinsam blickten sie auf die dicht bebaute Altstadt, auf die Grundstücke und Gärten der Wohngebiete, die sich wie Finger in die Landschaft streckten. Auf dem See waren die ersten Segelboote unterwegs, nur noch wenige Täler lagen im Schatten der höhersteigenden Sonne.

»Also«, Stefan Schiller wandte sich ins Zimmer und setzte sich. »Jetzt möchte ich aber doch gerne erfahren, was Sie zu mir führt.«

Auch Wilhelm hatte sich vom Fenster gelöst und im Sessel Platz genommen. Stumm sah er zu, wie der Hausherr den Kaffee einschenkte. Dann eröffnete er das Gespräch mit einer Frage: »Sagen Sie, ist Ihnen schon aufgefallen, dass Ihr Sohn künstlerisch begabt ist?«

»Ja«, der Vater nickte, »ich weiß von seinem Talent. Alexanders Klavierspiel ist zwar nicht überragend, aber für den geringen Aufwand, den er betreibt, ist es ganz passabel. Wissen Sie, meine Liebe zum Klavier – ich habe versucht, sie auch auf meinen Sohn zu übertragen, habe ihm selbst Unterrichtsstunden gegeben. Aber ich glaube, das war keine gute Idee. Eltern sollten nicht die eigenen Kinder unterrichten. Alexander spielt gerne und auch nicht schlecht – so ist das nicht. Aber Größeres hat er nie angestrebt – im Gegensatz zu seinem Vater.« Aus dem Seufzer, der folgte, war die Enttäuschung herauszuhören.

»Sie hatten also pianistische Ambitionen?«, mutmaßte der Alte.

»Ja, ich wollte Konzertpianist werden – das war mein Traum.« Wieder seufzte er. »Als ich merkte, dass es dazu nicht reichte, habe ich mich als Klavierstimmer versucht, diesmal mit Erfolg. Mein gutes Gehör hat mir dabei geholfen. So konnte ich meinem geliebten Instrument nahe sein, wenn auch auf andere Weise, als anfangs geplant.«

»Und davon kann man leben?«

»Ja, vor allem dann, wenn man nicht nur Hausklaviere stimmt, sondern von den Konzertveranstaltern angefordert wird. Das ist weitaus einträglicher als die Aufträge von Privatkunden. Es gibt Pianisten, die bestehen darauf, den Flügel vorher von mir stimmen zu lassen. Sie sehen, auch so kann man, quasi durch den Nebeneingang, auf die Bühnen der großen Konzertsäle kommen.« Er lachte leise vor sich hin, sein Blick war voller Dankbarkeit. »Ob Sie es glauben oder nicht, ich bin froh, dass es letztendlich so gelaufen ist. Statt ein hektisches, von Terminen eingeengtes Pianistenleben zu führen, verbringe ich nun einen Großteil meiner Zeit in stillen Zwiegesprächen mit den mir anvertrauten Instrumenten. Niemand drängt mich, meist lässt man mich allein, denn wer will schon einen Klavierstimmer stören.

Und dann das Vergnügen, auf all den herrlichen Flügeln herumspielen zu können. Was für ein wundervolles Privileg. Unter dem Vorwand, die Stimmung zu überprüfen, greife ich zwischendurch immer wieder in die Tasten, versuche mich an einem Chopin, einem Mendelssohn oder Grieg, je nachdem, was ich unter den Händen habe, einen Steinway, einen Blüthner oder einen Bösendorfer.«

Während des Erzählens waren die Finger des Klavierstimmers ununterbrochen in Bewegung. Lautlos liefen sie über die Sessellehnen, klopften Triller und Triolen auf das Holz, um sich schließlich in einem grandiosen Schlussakkord zu spreizen. Einen kurzen Moment noch lächelte der junge Mann versonnen in sich hinein, so als lausche er den Tönen und Klängen seiner berühmten Klaviere nach.

Dann, wie erwachend, richtete er sich auf. »Mein Gott, was erzähle ich da von mir. Wir wollten doch über Alexander sprechen.« In einer Geste der Entschuldigung breitete er die Arme. »Aber Sie fragten nach seiner Begabung, da habe ich ein bisschen ausholen müssen. Sie sollten doch das Umfeld verstehen, in dem mein Sohn musikalisch groß wurde.«

»Nun«, der alte Lehrer schüttelte den Kopf, »von dieser Begabung Alexanders habe ich bisher nichts gewusst. Davon erfahre ich gerade erst.«

»Wie, Sie kommen gar nicht deswegen?« Der Vater kniff die Augen zusammen, jetzt war er auf der Hut. Hatte der Junge vielleicht doch etwas angestellt? »Und weshalb sind Sie hier? Haben Sie nicht gestern am Telefon von einem außerordentlichen Talent Alexanders gesprochen?«

»Ja, dabei habe ich aber nicht sein musikalisches gemeint. Wie gesagt, dass er auch diesbezüglich begabt ist, habe ich gerade erst von Ihnen erfahren.«

»Was, um alles in der Welt, haben Sie dann gemeint?« Der Vater war jetzt ratlos, von anderen Talenten des Sohne wusste er offensichtlich nichts.

»Ich meinte seine literarischen Fähigkeiten.«

»Seine literarischen..?« Das Erstaunen im Gesicht des Klavierstimmers war unübersehbar, davon vernahm er heute zum ersten Mal. »Was soll das heißen?«

»Ist Ihnen denn nicht aufgefallen, wie gut Alexander formulieren, wie gewählt er sich ausdrücken kann? Er behandelt die Sprache mit einer Könnerschaft, die für sein Alter ungewöhnlich ist.«

»Nun ja, dass er gerne schreibt und wild herumfabuliert, das weiß ich. Er erfindet Geschichten, hat sogar Gedichte verfasst. Ich glaube, er führt auch Tagebuch – aber das machen ja viele seiner Altersgenossen.«

»Und sein Schreibstil? Das muss doch Ihre Aufmerksamkeit erregt haben.« Ungläubig beugte sich der Alte vor. Hatte der Vater das wirklich nicht bemerkt?

»Sein Schreibstil? Mir ist nichts Besonderes daran aufgefallen.« Stefan Schiller zuckte die Schultern. Verlegen druckste er herum, ehe er schließlich einräumte: »Ich muss gestehen, ich habe mich kaum um seine Schreiberei gekümmert – die Musik stand bei uns immer im Vordergrund, bis heute dominiert sie unser Zusammenleben. Deshalb...« Er hob die Arme, bat um Verständnis. Dann aber überwog seine Neugier. »Wie kommen Sie darauf, dass Alexander literarisch begabt sein könnte?« Mit der einen Hand fasste er die Kanne, füllte noch einmal die Tassen, mit der anderen forderte er auf. »Bitte, erzählen Sie, was hat es damit auf sich?«

Wilhelm nippte an seinem Kaffee. Wo sollte er anfangen? Am besten, er schilderte erst einmal, wie er mit Alexanders Texten in Berührung gekommen war. Das würde der Vater vorrangig wissen wollen. Also berichtete er, wie er in der Absicht, die Tochter in der schwierigen Phase ihres schulischen Beginns zu entlasten, die Hausaufsätze ihrer Klasse schon einmal grob vorkorrigiert hatte. »Dabei bin ich zum ersten Mal auf die verblüffende Schreibweise Ihres Sohnes aufmerksam geworden, habe sehr schnell erkannt, was für ein ungewöhnliches Talent sich in dem Jungen verbirgt.« Auch von dem zweiten Aufsatz erzählte er, von der Bestätigung seines begeisterten Ersteindrucks, verschwieg allerdings den Grund, der ihn und Miriam zum Schreibenlassen der Arbeit veranlasst hatte.

»Hier«, zog er zwei lose Blätter aus der Tasche, »das sind einige Formulierungen, die ich aus Alexanders Aufsätzen herausgeschrieben habe. Diese Sprache muss einfach verzaubern – aber auch verwundern. Doch lesen Sie selbst«, er reichte die Papiere dem Vater, »so großartig schreibt Ihr Sohn.«

Es waren unverfängliche Passagen, die der Alte dem Aufsatztext entnommen hatte. Alle düsteren Fragen, auch die versteckten Anklagen des Jungen, hatte er ausgespart. Hier und heute würde er ausschließlich als Förderer des Sprachtalents auftreten, alles Weitere musste sich daraus ergeben.

Schweigend las der Vater das Aufgeschriebene. Das An- und Abschwellen der Atmung verriet die innere Anteilnahme. »Ja, das ist wirklich schön. Wie er sich ausdrückt – einfach wundervoll, da geben ich Ihnen recht.« Er ließ die Blätter sinken, plötzlich wirkte er hilflos. »Dass mir das nicht früher aufgefallen ist.« Noch einmal sah er auf die beschriebenen Seiten. Dabei schüttelte er den Kopf, als könne er nicht glauben, was er las.

Dann, mit einer energischen Bewegung, hob er den Blick. »Was ergibt sich daraus?«, fragte er und wies auf das Papier. »Dass Alexander Talent zum Schreiben hat, das sehe ich jetzt auch. Was also haben Sie mit ihm vor?«

Der Alte musste nicht lange überlegen. Schon am Abend zuvor hatte er sich zurecht gelegt, was er heute vorschlagen wollte. »Jetzt, da ich von Alexanders Talent weiß, halte ich es für meine Pflicht, Ihnen anzubieten, mich um die Förderung seines Talents zu kümmern. Ich habe in der Schule lange Jahre die Literatur-AG geleitet, bin noch heute im literarischen Zirkel der Stadt tätig – verfüge also über einige Erfahrung in der Beurteilung von Sprachbegabungen. Bei Ihrem Sohn scheint es sich um eine besondere, nah am Genialen liegende Veranlagung zu handeln. Da ist es fast schon ein Muss, ihn unter die Fittiche zu nehmen. Ich wäre dazu mit Freuden bereit.«

»Und wie haben Sie sich das vorgestellt?«

»Ich habe mir gedacht, ich lasse Alexander etwas schreiben, zum Beispiel eine Geschichte mit fortlaufenden Kapiteln. So hat er eine Richtschnur, die ihn führt, kann aber gleichzeitig seiner Fantasie freien Lauf lassen. Ich möchte ihn anfangs eher behutsam lenken, als ihn gleich zu korrigieren. Das kann dann später erfolgen.« Fragend sah er den Vater an.

»Ja«, nickte Stefan Schiller, »das hört sich gut an.« Kurz überlegte er, ließ sich das Vorgetragene noch einmal durch den Kopf gehen. »Mit diesem Vorhaben könnte ich mich anfreunden. Wie Sie schon richtig sagten, wenn man das macht, sollte man Schritt für Schritt vorgehen, den Jungen auf keinen Fall überfordern. Haben Sie denn schon eine Vorstellung, wo Sie das Ganze durchführen wollen?«

»Am liebsten wäre mir ein neutraler Ort, weder hier bei

Ihnen noch bei mir zu Hause. Was halten Sie davon, wenn ich mich mit ihm in der Schule treffe? Ich kann mir den Tag einteilen, könnte unser Zusammensein so legen, dass es sich gleich an den Unterricht anschließt. Dadurch verliert Alexander kaum Zeit, eine halbe Stunde zusätzlich dürfte für ihn keine Belastung darstellen. Was meinen Sie?«

»Klingt vernünftig. Und wann wollen Sie anfangen?«

»So bald wie möglich. Ich müsste mit Alexander sprechen und einen ersten Termin vereinbaren – jedoch nur, wenn Sie einverstanden sind.«

»Ja, natürlich – ich bin heilfroh, dass Sie sich um den Jungen kümmern. Das beruhigt ein bisschen mein schlechtes Gewissen: Ein Vater, der das Schreibtalent seines Sohnes nicht bemerkt hat. - Aber zuerst einmal müssten wir Alexander fragen, ob er überhaupt mitmachen will. Oder haben Sie das vielleicht schon getan?«

»Nein, ich wollte vorher mit Ihnen reden – oder auch mit Ihrer Frau. Ich hoffe, sie ist ebenfalls einverstanden?«

»Meine Frau? Wie kommen Sie auf meine Frau?«

»Nun, Ihr Sohn spricht in seinen Aufsätzen so liebevoll von ihr – ich glaube, ihr Einverständnis würde ihm viel bedeuten.«

Die Pause war lang, zu lang, um den Alten nicht aufmerken zu lassen. Erstaunt musterte er sein Gegenüber, versuchte, in seinem Gesicht zu lesen. Aber der Blick Stefan Schillers war abgewandt, die Stimme tonlos und voller Trauer. »Meine Frau kann kein Einverständnis mehr geben. Sie ist seit drei Jahren tot.«

7

»Es tut mir leid, wenn ich da etwas angerührt habe, aber ich konnte ja nicht wissen...«

»Nein, natürlich konnten Sie das nicht. Umso weniger, als Alexander von seiner Mutter spricht, als würde sie noch leben. Sie sind nicht der Erste, der überrascht ist, wenn er von ihrem Tod hört. ‚Aber Alexander hat doch erzählt', heißt es dann immer. Ja, Alexander erzählt, so als wäre nichts geschehen.«

Herr Schiller stand auf, die Erwähnung seiner verstorbenen Frau hatte ihm sichtbar zugesetzt. »Ich mache uns noch einen Kaffee«, überspielte er seine Betroffenheit und verließ den Raum.

Auch Wilhelm Schellberg erhob sich. Wieder trat er ans Fenster, blickte hinunter auf die Stadt. Wie glatt und sauber alles doch von hier oben aussah, nahezu lückenlos standen die Häuser, Dach an Dach. Von hier war nichts zu sehen von dem Leid und der Trauer, die sich in ihnen verbarg. Auch wenn die Sonne jetzt wärmend ins Zimmer fiel, ein Schatten war in den Raum getreten, der ihn frösteln ließ.

Alexanders Vater kam zurück, stellte sich neben ihn. Er schien sich wieder gefangen zu haben. »Der Junge hat seine Mutter abgöttisch geliebt. Als meine Frau bei einem Unfall starb, war er anfangs untröstlich, hat sich allem verweigert, sich völlig in sich zurückgezogen. Das war eine schlimme Zeit, ich musste einen Psychologen hinzuziehen. Fast ein Jahr hat Alexander gebraucht, um wenigstens äußerlich darüber hinwegzukommen. Jetzt merkt man ihm kaum noch an, wie schwer der Verlust damals war. Dabei hilft ihm, dass er so tut, als sei die Mutter noch am Leben, sei um ihn herum und sorge für ihn. Der Psychologe meint, ich sollte ihn in dieser Wunschvorstellung belassen, früher oder später würde er sich ganz alleine daraus lösen. Alexander begreift sehr wohl den realen Sachverhalt. Doch er verdrängt ihn, will das Bild der Mutter nicht verlieren. Also lasse ich ihn, es scheint ihm gut zu tun.« Mit einer Handbewegung und einem Schritt in den Raum hinein machte er deutlich, dass er nun nicht weiter über dieses Thema sprechen wollte.

Kurz darauf saßen sie sich wieder in den Sesseln gegenüber. Der frische Kaffee dampfte in den Tassen.

»Gut, Herr Schiller«, fasste der alte Lehrer zusammen, »ich nehme mich also Alexanders an, versuche herauszufinden, ob er wirklich das große Talent ist, das ich in ihm sehe. Sollte sich meine Einschätzung bestätigen, müssen wir uns Gedanken machen, ob und wie Ihr Sohn in Zukunft vielleicht noch intensiver gefördert werden kann.«

»Ich lasse Ihnen da freie Hand, Herr Schellberg. Es könnte sogar hilfreich sein, wenn ich erst einmal völlig außen vor bleibe. Ein Vater kann auch ein Hemmschuh sein, der den Sohn daran hindert, aus sich herauszugehen.«

»Ja, das ist schon möglich.«

»Im Moment haben Sie sowieso einen Stein bei ihm im Brett – nach Ihrem Auftritt als Zeitzeuge. Der hat Spuren bei Alexander hinterlassen.«

»Dann will ich diesen Vorteil nutzen. Ich werde also mit ihm sprechen, ihn auch darüber informieren, dass Sie von der Sache wissen und einverstanden sind. Noch in dieser Woche möchte ich mit ihm eine erste Zusammenkunft vereinbaren – immer vorausgesetzt, er macht mit. Da ich es langsam angehen lasse, kann es ein bisschen dauern, bis ich mir ein Bild gemacht habe. Sie müssen sich also schon etwas gedulden, bevor ich Ihnen ein Ergebnis berichten kann.«

»Ja, das verstehe ich. Nehmen Sie sich nur alle Zeit, die Sie brauchen.«

»Gut, dann ist ja alles besprochen.« Wilhelm Schellberg griff nach dem Kaffee, trank ihn aus. »Wissen Sie«, beugte er sich vor, »das mit Ihrem Sohn, das liegt mir am Herzen. Auf meine alten Tage ist mir da noch einmal ein Geschenk gemacht worden. Ich versichere Ihnen, ich werde sehr sorgsam damit umgehen.« Geräuschvoll setzte er die leere Tasse ab. Es klang wie die Bekräftigung seines Versprechens.

Der alte Mann erhob sich. »Ein bisschen Bedenken hatte ich schon, bevor ich zu Ihnen kam, Herr Schiller. Ich hatte befürchtet, Sie weisen mich ab. Immerhin mische ich mich da in etwas ein, das mich eigentlich nichts angeht.«

»Oh doch, Herr Schellberg, wenn ich Sie richtig verstanden habe, geht Sie das schon etwas an. Fühlen Sie sich nicht der Begabung Alexanders verpflichtet, fühlen sich verantwortlich dafür, etwas in ihm heranzubilden, das der Allgemeinheit, um nicht das große Wort Nachwelt zu gebrauchen, zugutekommt? Insofern haben Sie alles Recht, sich einzumischen. Ich sichere Ihnen zu, dass ich Sie unterstützen werde, wo ich nur kann. Immerhin geht es um das Wertvollste, das ich habe – meinen Sohn.«

Der Hausherr begleitete seinen Gast die Auffahrt hinunter bis zur Eingangspforte. Unter dem Torbogen reichten sie sich die Hände.

»Auf Wiedersehen, Herr Schiller, wir bleiben in Verbindung.« Der Alte hob den Arm, dann wandte er sich um. Dabei fiel sein Blick zum zweiten Mal auf die kleine Messingtafel am Pfeiler. »Ach, sagen Sie, Sie stimmen nicht nur Klaviere – Sie reparieren auch?« Er wies auf das Schild.

»Zumindest steht es schon mal da – und ist auch im Kleinen richtig. Ich habe immer gerne repariert, Hämmer ausgetauscht, Beläge erneuert, Pedale justiert – Kleinigkeiten eben, die an Ort und Stelle gemacht werden konnten.« Stefan Schiller deutete auf das Haus hinter ihnen. »Jetzt mit dem vielen neuen Raum bieten sich natürlich ganz neue Möglichkeiten. Ich möchte eine Werkstatt eröffnen, will die renovierungsbedürftigen Instrumente bei den Kunden abholen, sie hier in den eigenen vier Wänden überholen und reparieren. Das ist ein weiterer Traum rund um das Klavier, den ich mir erfüllen will.«

»Aber dazu brauchen Sie ein Transportfahrzeug – und dann die Einrichtung der Werkstatt...«

»Lindas Mutter hat mir neben dem Haus auch einiges Bargeld hinterlassen, sonst könnte ich das natürlich nicht in Angriff nehmen – könnte noch nicht einmal diesen riesigen Hauskomplex unterhalten.«

»Lindas Mutter?« Im ersten Augenblick wusste der Alte mit dem Namen nichts anzufangen.

»Elisabeth Gerlach, die Mutter meiner verstorbenen Frau Linda. Sie hat das Haus bis zu ihrem Tod vor einem Vierteljahr bewohnt. Alexander und ich sind die Erben ihres Nachlasses.«

Jetzt fiel es Wilhelm ein: Der Name Linda hätte ihm im Zusammenhang mit diesem Haus eigentlich etwas sagen müssen, schließlich war Linda, die Tochter des Stadtrates Fritz Gerlach und seiner Frau Elisabeth, früher auf seiner Schule gewesen. Er drehte den Kopf, ließ den Blick anerkennend über das repräsentative Gebäude gleiten. »Das ist also das Elternhaus Ihrer Frau. So etwas Prachtvolles erbt man nicht alle Tage.«

»Wie man‘s nimmt. Ein bisschen düster ist es schon

und so verdammt groß. Alexander spricht immer nur von der ‚Festung', in der wir jetzt wohnen. Aber, wie gesagt, mit den Räumlichkeiten eröffnen sich natürlich auch Perspektiven, vor allem, wenn man das dafür nötige Kleingeld miterbt.«

»Na, dann wünsche ich Ihnen alles Gute für Ihre Pläne«, verabschiedete sich der Alte nun endgültig.

Diesmal, hügelabwärts, lief er schnell, ließ sich »rollen«– so nannte er sein Bergabgehen. Auch das war ihm von John damals am Kilimandscharo beigebracht worden: Nach einem Schritt nicht auf dem belasteten Bein zu verweilen, sondern sich gleich in den nächsten Schritt fallen zu lassen, der Oberschenkelmuskulatur so erst gar keine Gelegenheit zu geben, sich anzuspannen und zu ermüden.

Als er sich jetzt auf diese ihm in Fleisch und Blut übergegangene Weise die abschüssige Straße hinunterbewegte, fiel es schwer zu glauben, dass es ein Fünfundsiebzigjähriger und kein Sportler war, der dort mit leichten Schritten der Stadt und seiner Wohnung zueilte.

»Und? Wie war's?«, fragte Miriam zwei Stunden später, als sie atemlos und begierig, den Verlauf des Gesprächs zu erfahren, zur Tür hereinkam.

»Gut«, gab der Vater ein Fazit seines morgendlichen Treffens, »gut und produktiv. Aber komm, lass uns essen, dabei erzähle ich dir alles.«

Während sie eine in Anbetracht der kurzen Vorbereitungszeit nur einfache Mahlzeit zu sich nahmen, schilderte der alte Lehrer, wie es gegangen war. Miriam hörte aufmerksam zu, legte ein um das andere Mal die Gabel beiseite, um ihm gespannt zu lauschen.

»Er ist ein sehr netter und sympathischer Mensch, dieser Stefan Schiller«, schloss der Vater seinen Bericht und fügte hinzu: »Er lässt mir freie Hand, vertraut mir – das ist eine gute Basis für meine Aufgabe, aber eine ganz schöne Bürde, die er mir auflastet.«

»Na«, Miriam sah von ihrem Teller auf, »diese Bürde hast du dir ja wohl selbst aufgeladen. Aber es stimmt schon, die Verantwortung für den Jungen wiegt schwer, auch deshalb, weil noch das Gewicht seiner rätselhaften Andeutungen hinzukommt. Hast du denn diesbezüglich etwas herausfinden können, etwas, das Alexanders geheimnisvolle Bemerkungen erklärt?«

»Nein, nichts Konkretes. Lediglich die Sache mit seiner toten Mutter, dieses Verhalten ist zumindest auffällig. Aber ob da ein Zusammenhang besteht – keine Ahnung.«

»Und sonst? Persönliches? Wo haben die Schillers zum Beispiel vorher gewohnt? Hast du darüber etwas erfahren?«

»Nein, wir haben fast ausschließlich über den Jungen geredet, auch über das Klavierstimmen und das Reparieren der Instrumente – und dann noch ein bisschen über die Erbschaft.«

»Das Haus der Gerlachs«, sinnierte Miriam, »ich kann mich noch gut an Linda erinnern, habe ihr Gesicht vor Augen. Obwohl, Linda war einige Klassen über mir, unser Kontakt war nicht sehr intensiv. Mit so kleinen Mädchen wie mir hat sie sich nicht abgegeben.« Nachdenklich nickte sie vor sich hin. »Alexander kommt also jetzt in die Heimatstadt seiner Mutter zurück.«

»Ob er zurückkommt, das weiß ich nicht. Herr Schiller hat jedenfalls nichts davon gesagt, dass er früher schon einmal hier gewohnt hat.«

»Komische Geschichte.« Miriam wirkte beunruhigt.

»Die Mutter ist tot, aber in den Gedanken des Sohnes lebt sie noch – dazu diese seltsamen Formulierungen in den Aufsätzen!« Sie legte das Besteck auf dem Teller ab, schob den Stuhl zurück und stand auf. »Mir macht das Angst. Alexanders Talent ist das eine, aber das andere, das lässt mir keine Ruhe. Du musst mit ihm reden«, sie fasste den Vater am Arm, »so schnell wie möglich, musst versuchen, Licht in dieses Dunkel zu bringen – zumindest so viel, dass wir entscheiden können, ob wir alleine damit fertig werden oder Unterstützung brauchen.« Fragend sah sie ihn an. »Soll ich etwas mit Alexander ausmachen, einen Zeitpunkt für eine erste Unterredung?«

»Ja«, Wilhelms Stimme klang entschieden, »morgen nach der letzten Stunde will ich mit ihm sprechen.«

8

In seiner alten Schule hatte sich nur wenig verändert. Auch die Pausenglocke, die gerade das Ende des Vormittagsunterrichts einläutete, war noch die gleiche wie zu seiner Zeit.

Wilhelm Schellberg öffnete die Tür, verharrte aber auf der Schwelle. Es war schon etwas Besonderes für ihn, an diesen Ort seines früheren Wirkens zurückzukehren. Langsam ließ er den Blick durch den vor ihm liegenden Raum gleiten, über die hohen Bücherregale an den Wänden, über die kleine Sesselgruppe davor und den großen runden Tisch in der Mitte. Wie von Zauberhand belebte sich plötzlich das Bild, er sah die Jungen und Mädchen im Kreis auf ihren Stühlen sitzen, schaute in ihre erhitzten

Gesichter und die leuchtenden Augen. Ein Gefühl dankbarer Erinnerung stieg in ihm auf.

Mein Gott, was hatte er diese Stunde geliebt, seine Literatur-AG. Nie war er den Schülern näher gekommen, nie inniger mit ihnen verschmolzen als damals hier am runden Tisch, in der gemeinsamen Begeisterung für das kunstvoll geschriebene Wort. Shakespeare und Kleist, die Klassiker, aber auch Böll und Hesse hatten sie zusammen gelesen, hatten darüber diskutiert und den großen Werken ihre Reverenz erwiesen. Auch als er später Rektor geworden war, hatte er es sich nicht nehmen lassen, die AG weiterzuführen.

Er ließ die Tür angelehnt, trat in den Raum. So schnell, wie das Bild früherer Zeiten vor seinem erinnernden Auge aufgetaucht war, so schnell verschwand es jetzt. Er schaute auf die Uhr. Wenn Alexander pünktlich war, würde er gleich erscheinen. Hier im Leseraum der Schule, der auch als Bibliothek und Ort verschiedener anderer AG's fungierte, würden sie um diese Zeit ungestört reden können.

Kurz überlegte er, ob er sich mit dem Jungen in die Sessel setzen sollte, entschied sich dann jedoch für den großen Tisch in der Raummitte. Vielleicht übertrug sich ja die konspirative Atmosphäre von damals auf ihr Gespräch.

Alexander war pünktlich. Nicht einmal fünf Minuten nach Unterrichtsschluss klopfte es an die Tür, sein Kopf streckte sich durch den geöffneten Spalt. Höflich fragte er: »Darf ich reinkommen?«

»Ja, bitte komm!« Der alte Lehrer begrüßte den Jungen mit Handschlag, zog ihn zum Tisch und bat ihn, Platz zu nehmen. Er deutete auf die im Kreis angeordneten Stühle. »Hier habe ich früher mit meinen Schülern gesessen, habe mit ihnen über die Werke der großen Dichter gesprochen.

Dort in den Regalen die Bücher, die haben wir gemeinsam gelesen und besprochen – nicht alle natürlich, dafür war nicht genügend Zeit.« In der Absicht, Alexanders offenkundiges Gehemmtsein ein bisschen zu lösen, erzählte er von der damaligen Literaturrunde, von dem Enthusiasmus, mit dem er, der Lehrer, und auch die Schüler sich mit der Dichtkunst und ihren großartigen Ergebnissen befasst hatten.

Während er sprach, betrachtete er den Knaben unauffällig, bemüht, ihn nicht merken zu lassen, dass er von ihm gemustert wurde. Er brauchte nicht lange, um seinen Eindruck aus der Zeitzeugenstunde bestätigt zu sehen: Alexander war ein Junge, dem man auf den ersten Blick nicht ansah, dass er anders war als seine Altersgenossen, dass er über Fähigkeiten verfügte, die ihn aus der Schar seiner Kameraden heraushoben. Erst bei genauerem Hinsehen erkannte man, dass er sehr wohl verschieden war und etwas hatte, das den Übrigen fehlte. Doch der Alte tat sich schwer, auf Anhieb zu entscheiden, was das war. Vielleicht war es die Mischung aus seiner wachen Zuwendung und der ruhigen Art, wie er das Aufgenommene verarbeitete? Oder die Balance zwischen der lebhaften Anteilnahme und ihrer stillen Verinnerlichung, mit der er sich von den eher lauten Gefühlsäußerungen seiner Altersstufe unterschied? Dabei war Alexander alles andere als emotionslos, das hatten schon seine Aufsatztexte gezeigt – und das sah man auch jetzt an der gebannten Aufmerksamkeit, mit der er, die Ellbogen auf den Tisch gestützt, den Kopf zwischen den Händen, den schwärmerischen Schilderungen des alten Lehrers folgte.

»Wir waren alle begeistert damals, die Schüler der AG genauso wie ich als ihr Lehrer. Jede Stunde war für uns wie eine Reise in ein unbekanntes Land. Immer gab es etwas zu entdecken, ein spannendes Abenteuer zum Beispiel, eine gelungene Beschreibung oder auch eine brilliante Formulierung.«

»Da wäre ich gerne dabei gewesen«, ließ sich der Junge unverhofft hören, um enttäuscht hinzuzufügen, »aber die AG gibt es ja jetzt nicht mehr – leider.«

»Ja, leider«, bedauerte auch der Alte, »doch nachdem ich die Schule verlassen hatte, war niemand bereit, weiterzumachen. Schade.« Dankbar, nach Alexanders Einwurf nun ohne Umschweife zu dem kommen zu können, was er zu besprechen beabsichtigte, wandte er sich an den Knaben: »Du wärest genau der Richtige für die Literatur-AG gewesen. So wie du schreibst – das hat schon fast etwas von einem kleinen Dichter«, schmeichelte er. Er wusste, mit Lob würde er den Jungen am ehesten für das gemeinsame Vorhaben gewinnen können – und außerdem, ihn zu loben war ja nicht unberechtigt, schließlich hatte er erlebt, was Alexander sprachlich drauf hatte.

»Die Passagen, die mir meine Tochter aus deinen Aufsätzen vorgelesen hat, sind wirklich gut geschrieben«, fuhr er fort, »mein Kompliment! Deine Lehrerin und ich sind uns darin einig, dass du ein Talent zum Schreiben hast, eine Begabung, die zu schade ist, um nicht gefördert zu werden. Ich habe dieses Treffen heute arrangiert, um mit dir darüber zu sprechen.« Ihm war bewusst, wie umständlich er sich ausdrückte. Aber er wollte den Jungen auf keinen Fall zu brüsk mit der Frage konfrontieren, ihm nicht zu unvermittelt eine Entscheidung abfordern. Er sollte Gelegenheit haben, sich auf die Antwort vorzubereiten.

»Dein Vater hat dir doch sicher gesagt, was ich plane, hat dir erklärt, wie ich mit dir zusammenarbeiten möchte?«

»Ja, so ungefähr weiß ich, was Sie vorhaben: Ich soll schreiben und Sie verbessern mich, streichen mir meine Fehler an.«

»Nein, nein«, der Alte wehrte heftig ab, »gerade so soll es nicht ablaufen. Das soll keine angehängte Schulstunde werden, um Gottes willen, nein. Wir wollen lediglich reden über das, was du schreibst, wollen uns über die Form und den Inhalt unterhalten und uns zusammen eine Meinung bilden. Wenn du willst, kannst du das Ganze auch als unsere eigene kleine Literatur-AG betrachten, mit dir als dem einzigen Dichter. Na, würdest du dich damit anfreunden können?«

Alexander errötete und senkte den Blick. Verlegen knetete er die Hände. Noch schien er unentschlossen.

Also fuhr der Alte fort, um seine Zustimmung zu werben. »Wie gesagt, wir machen keinen Unterricht, wir sprechen einfach miteinander. Vielleicht gebe ich dir den einen oder anderen Tipp – das ja. Aber genauso gut ist es möglich, dass ich von dir lerne, wie man etwas schön ausdrückt, es treffend beschreibt.« Er griff über den Tisch nach dem Arm des Jungen. »Ich weiß, was du kannst, Alexander. Du schreibst außergewöhnlich gut – aber vielleicht schaffen wir es, dass du noch besser wirst. Das sollte unser gemeinsames Ziel sein, das und nichts anderes. Also, was ist?« Der Alte lehnte sich zurück, auffordernd sah er den Jungen an.

Der aber hielt den Blick noch immer gesenkt. Die Hände lagen jetzt unbeweglich auf dem Tisch, waren fest ineinander verschlungen – es sah aus, als betete er.

Wilhelm spürte, dass er dem Jungen etwas Zeit geben musste, ihn für einen Moment seinem beobachtenden Blick entziehen sollte. Also stand er auf, holte ein Glas aus dem Wandschrank und füllte es mit Leitungswasser. Er trat ans

Fenster, ließ es aber geschlossen. Gedämpftes Rufen und Lachen drang von der nahen Haltestelle herauf, die Schüler warteten auf ihren Bus.

Aus der Art, wie der Schall seinen Rücken traf, erkannte er, dass Alexander ihm jetzt das Gesicht zugedreht hatte. »Ich schreibe gern, sehr gern«, hörte er ihn sagen, »viel zu gern, als dass ich Ihr Angebot ablehnen könnte. Wenn Sie also wollen, dann machen wir es so - ich schreibe und wir reden darüber.« Der Alte hatte sich umgewandt, sah in Alexanders nun offenes Gesicht, in das die Selbstsicherheit zurückgekehrt war. Erleichtert trat er neben den Jungen. Kurz war er versucht, ihn in die Arme zu schließen. Doch er erinnerte sich an seine Jugend, an die Scheu damals, mit der er, der angehende Mann, Zärtlichkeiten und körperlichen Berührungen begegnet war. So beließ er es dabei, dem Knaben die Hand auf die Schulter zu legen. »Gut«, sagte er und kehrte zu seinem Stuhl zurück, »dann sollten wir jetzt den Rahmen unserer Treffen besprechen. Ich glaube, als Ort eignet sich dieser Raum hier bestens. Die Bücher ringsum, die Erinnerung an die alte Literatur-AG – das beflügelt und macht es angenehm, hier zu arbeiten.«

Der Junge nickte. »Ja, das ist schon schön hier – und auch praktisch. So habe ich es von meinem Klassenraum nicht weit.«

»Dann die Frage: Wie oft sollen wir uns treffen? Das hängt natürlich davon ab, wie viel du schreibst und vor allem, wie viel Zeit du dafür brauchst. Ich könnte mir vorstellen, dass es fürs Erste ausreicht, wenn wir einmal in der Woche zusammenkommen.«

»Aber ich habe kaum Erfahrung mit dem Schreiben«, Alexander klang auf einmal wieder unsicher. »Außer ein paar Geschichten und dem, was in der Schule gefordert wurde, habe ich nichts zu Papier gebracht, das erwähnenswert wäre. Nur mein Tagebuch, das ist schon fast vollgeschrieben. Ich führe es jetzt seit über einem Jahr.«

»Ausgezeichnet. Das Schreiben eines Tagebuchs ist eine gute Übung. Aber natürlich werden wir die Eintragungen dort nicht verwenden. Was in deinem Tagebuch steht, ist absolut geheim und unantastbar, das gehört nur dir allein.« Einen Augenblick schwieg der Alte, legte die Stirn in Falten und stützte mit der Hand das Kinn. Er tat, als müsste er nachdenken. Dies war ein heikler Augenblick. Er musste es geschickt anfangen, wollte er den Jungen in die Richtung lenken, die er geplant hatte. »In dem Schulaufsatz hast du von deinem Freund Olaf gesprochen, hast von euren gemeinsamen Ferientagen erzählt. Das war so wunderbar farbig geschrieben, man konnte den Spaß, den ihr miteinander hattet, regelrecht heraushören. Ich glaube, das Schildern solcher Episoden kommt deinem Schreibstil entgegen«, bereitete er den Boden vor, auf dem er seinen Vorschlag ausbreiten wollte. »Was hältst du davon, wenn du an diesen Bericht anknüpfst und noch mehr von deinen Ferienerlebnissen erzählst?«

Augenblicklich versteifte sich Alexander, rutschte wie in Abwehr auf seinem Stuhl nach hinten. Die Augen geweitet, öffnete er den Mund, er schien etwas sagen zu wollen, brachte aber nichts heraus.

Verwundert starrte der Alte auf das junge Gesicht, das das Erschrecken über seinen Vorschlag widerspiegelte.

»Ich habe doch schon alles geschrieben«, stammelte der Knabe schließlich, »vom ersten bis zum letzten Ferientag. Was soll ich denn noch schreiben?« Den Kopf zur Seite gedreht, wich er dem Blick seines Gegenübers aus. Er war verwirrt, das war unübersehbar.

Wilhelm fragte sich, ob er zu weit gegangen war, ob er von ihm zu viel verlangte, ihn zu etwas drängte, das zu bewältigen die Kräfte eines jungen Menschen überstieg. Vielleicht sollte er das Vorhaben aufgeben, sollte sich, statt den mysteriösen Anspielungen nachzugehen, ausschließlich auf die Förderung seines Schreibtalents beschränken. Doch dann rief er sich in Erinnerung, was er Miriam zugesichert hatte: Er hatte versprochen, sich bei all seinem literarischen Ehrgeiz nicht aus der Verantwortung für die Nöte des Jungen herauszustehlen, sich um ihn zu kümmern und ihm zu helfen, wenn er in Schwierigkeiten war. Und dass Alexander zumindest etwas auf der Seele lag, mit dem er nicht fertig wurde, das zeigte seine Reaktion von eben nur allzu deutlich.

Einen Augenblick war der alte Lehrer ratlos, unsicher, wie er sich verhalten sollte. Doch dann entschied er sich: Er würde sein Vorhaben weiterführen, bis er hinter das Geheimnis des Jungen gekommen war. Doch auch das andere Versprechen, das er Miriam gegeben hatte, wollte er einhalten: Sobald er merkte, dass die Angelegenheit seine Fähigkeiten überschritt und aus dem Ruder zu laufen drohte, würde er das Unternehmen abbrechen und die Sache in kompetentere Hände legen.

Die jungenhafte Stimme des Knaben schreckte ihn aus seinen Abwägungen auf. Den Blick jetzt wieder frei, sprach ihn Alexander mit einer Entschiedenheit an, die seine zweifelnden Bedenken erst einmal zerstreute: »Da gibt es doch noch einiges, über das ich schreiben könnte. Schließlich waren Olaf und ich mehrere Wochen zusammen. Wenn ich mir Mühe gebe, fällt mir sicher das eine oder andere noch ein.« Mit einem Eifer, der das vorherige Sichsperren ganz augenscheinlich wiedergutmachen wollte, öffnete sich der

Junge in plötzlicher Bereitwilligkeit. »Ich weiß Dinge, Herr Schellberg, die sind ungeheuerlich. Wenn ich darüber schreibe, werden Sie glauben, ich hätte sie erfunden. Aber möglicherweise sind sie ja auch erfunden, vielleicht habe ich sie mir nur ausgedacht...«

»Das wäre doch nicht schlimm, Alexander«, machte ihm der Alte Mut. Er war froh, dass der Junge jetzt so aufgeschlossen war. »Schreib einfach das, was dir in den Sinn kommt – ob Erlebtes oder Erdachtes, wenn es nur von dir ist, das allein zählt.«

»Gut«, der Junge wirkte erleichtert, wie von einer Last befreit, »dann werde ich eben noch ein bisschen mehr von meinen Ferientagen schreiben, von mir und Olaf und dem, auf das wir gestoßen sind...« Er ließ offen, was das war, fügte so den geheimnisvollen Andeutungen seiner Aufsätze eine weitere, nicht weniger rätselhafte hinzu.

Sie verabschiedeten sich, verabredeten, nach der Fertigstellung des ersten Schreibbeitrags wieder zusammenzukommen. Alexander sollte seine Lehrerin wissen lassen, wenn er fertig war.

Der Knabe bewegte sich zur Tür, grüßte von dort noch einmal, dann ging er. Gedankenvoll sah ihm der Alte hinterher. Auf was für ein Experiment ließ er sich da ein? Was für ein Risiko nahm er in Kauf? Wie unter einem Windstoß, der sich unerwartet erhebt, befiel ihn auf einmal die Angst, er könnte etwas falsch machen und der Aufgabe nicht gewachsen sein. Da war auch die Gewissheit, dass er ja jederzeit aussteigen und sich aus dem Projekt zurückziehen konnte, keine wirkliche Beruhigung.

9

Wilhelm Schellberg beschloss, die Zeit bis zu Alexanders erstem Textbeitrag nicht wartend zu Hause zu verbringen. Gerade, weil er dem Bericht des Jungen entgegenfieberte, fiel es ihm schwer, nur dazusitzen und untätig dem Heimkommen Miriams mit der erhofften Nachricht entgegenzusehen. Er nahm sich vor, in die nahe Kurstadt zu fahren, sich dort abzulenken und nebenbei auch etwas für seine Gesundheit zu tun. Aus früherer Erfahrung wusste er, wie gut ihm ein Moorbad tat, wie angenehm es war, sich den kundigen Händen der Masseurin hinzugeben und wie gelockert und ausgeglichen er sich nach einigen Stunden im warmen Wasser der Therme fühlte.

Sicherheitshalber packte er neben den Badesachen noch eine Tasche mit dem Nötigsten zum Kleiderwechseln. Vielleicht ergab es sich ja, dass er, statt heimzufahren, in seiner kleinen Kurpension die Nacht verbringen würde. Denn was gab es Schöneres, als nach einem entspannten Tag den Abend mit einem Kinobesuch und einem anschließenden Gläschen Badener in den Weinstuben zu beschließen.

Es nieselte, die graue Dunstschicht ringsum ließ von dem Himmel dahinter nichts ahnen. Ein Landregen, dachte er, als er sein Auto bestieg, der würde auch in den nächsten Stunden nicht aufhören. Genau das richtige Wetter, den Tag im Kurhaus und seiner überdachten Schwimmhalle zu verbringen.

Miriam wusste von seinem Ausflug, er hatte sie am Vorabend informiert und auch angedeutet, dass er möglicherweise über Nacht bleiben wollte.

»Mach dein Handy an, damit ich dich erreichen kann«, hatte sie gebeten, »falls sich etwas mit Alexander ergibt.«

»So schnell? Aber wir haben doch vereinbart, einmal in der Woche...«

»So, wie du mir die Begegnung mit ihm geschildert hast, steckt der Junge voller Tatendrang. Da ist alles möglich.«

Eingeschaltet lag das Handy jetzt neben ihm. Ein ungewohnter Anblick, denn ein Handy gehörte normalerweise nicht zu seinem Lebensraum. Zugegebenermaßen - manchmal war es praktisch, jemanden sofort und von überall her erreichen zu können. Aber die Tatsache, dass es zunehmend Menschen gab, die jederzeit rund um die Uhr und an jedem Ort bereit waren, andere in ihr Leben eindringen zu lassen, und die auch ihrerseits die anderen nicht mit ihrer Anteilnahme verschonten, entsetzte und bedrückte ihn. In einer albtraumartigen Vision stellte er sich vor, sein Handy immer funktionsbereit mit sich herumtragen zu müssen, jede Sekunde gewärtig zu sein, dass es klingelte. Er erschauerte bei dem Gedanken.

In einem plötzlichen Entschluss beugte er sich hinüber zum Beifahrersitz, griff nach dem Handy und schaltete es aus. Er konnte Miriam genauso gut selbst anrufen, dann blieb ihm wenigstens die Freiheit, wann er das tat.

Die Straße zur Kurstadt führte dicht am Fluss entlang, nur ein schmaler Wiesenstreifen trennte die Fahrbahn vom Ufer. Er spürte, wie sich schon nach wenigen Kilometern die Ruhe der stillen Flusslandschaft auf ihn übertrug, wie sich die nach dem Gespräch mit dem Jungen und der dadurch geweckten Erwartung in ihm entstandene Spannung löste.

Die Worte der Masseurin fielen ihm ein. Damals bei

einem seiner letzten Besuche, war er, aufgewühlt durch eine Auseinandersetzung mit einem jungen Mann, der ihm die Vorfahrt genommen hatte, verspätet erst und in reichlich erregtem Zustand zu dem vereinbarten Termin erschienen. Angesichts seines gehetzten Auftritts hatte ihn die Frau belehrt. »Der Erfolg einer Massage hängt auch davon ab, in welcher Verfassung ein Patient zu uns kommt. Es ist leichter, mit jemandem zu arbeiten, der schon zu Beginn der Behandlung gelöst und locker ist.« Nun, heute würde Sabine mit ihm zufrieden sein. Die schweigende Fahrt durch den noch immer nieselnden Regen tat ihre Wirkung, er fühlte sich entspannt, freute sich auf die bevorstehenden Stunden.

Der Weg vom Parkplatz zum Kurmittelhaus war kurz, er ließ den Schirm im Auto, eilte über die nassen Gehwegplatten dem Gebäudeeingang zu. Er kannte die Örtlichkeit, war oft genug hier gewesen, um zu wissen, wo er die Anmeldung und die Behandlungskabinen finden würde.

Ein junges Mädchen, wohl eine Praktikantin, bereitete das Moorbad vor. »Ich bin gleich fertig, Sie können sich schon entkleiden«, forderte sie ihn auf und bewirkte, dass er seine puritanische Erziehung ein wievieltes Mal verwünschte. Warum nur schämte er sich so, wenn er sich vor einer Frau ausziehen sollte?

Wenig später lag er, wohlig ausgestreckt, umhüllt von braunem, schützendem Moor, in der warmen Wanne. Er hielt die Augen geschlossen, spürte der liebkosenden Schläfrigkeit nach, die sich seiner langsam bemächtigte. Schon einmal war er während eines Moorbades eingeschlafen. Seine Masseurin hatte ihn damals wecken und aus dem schon halb erkalteten Wasser heraushelfen müssen.

Er dachte an Sabine, die kleine blonde Frau, an ihre stille Art und das unnachahmliche Können ihrer Hände. Niemand vermochte einen Körper so treffsicher abzutasten, niemand Knoten und Stränge im Gewebe so punktgenau aufzuspüren wie sie. Dazu ihre Hingabe an die Behandlung – stets gab sie dem Massierten das Gefühl, die Beseitigung der Verhärtungen und Verspannungen sei ihr ein besonderes, persönliches Anliegen.

Dabei wusste er nicht einmal, wie Sabine mit Nachnamen hieß. Drei, vier Jahre ließ er sich nun schon von ihr massieren, aber darüber hatten sie nie gesprochen. Heute, hier in der Badewanne, wurde ihm das zum ersten Mal bewusst. Warum hatte er sie nie nach ihrem Familiennamen gefragt? Eine mögliche Erklärung bot sich an: Wer sein halbes Leben lang die Schüler nur mit Vornamen angeredet hatte, dem fiel es wahrscheinlich gar nicht mehr auf, wenn er auch außerhalb der Schule so verfuhr.

Die Praktikantin erschien, trat neben die Wanne und betätigte den Ablaufhebel. »Kommen Sie«, ermunterte sie ihn, »die Massage wartet. Wir sollten uns jetzt beeilen.«

Argwöhnisch registrierte der Alte den überflüssigen Plural. Dann jedoch folgte er der Aufforderung und stieg, ihr den Rücken zuwendend, aus dem Wasser. Er duschte gründlich, hüllte sich in ein frisches Badetuch und legte sich in Bauchlage auf die Massagebank. Das Gesicht in der dafür vorgesehenen Aussparung, die Arme locker seitlich herunterhängend, wartete er auf das Erscheinen Sabines.

Er war sich sicher, ihre Begrüßung würde in der bekannten Manier ablaufen, das war inzwischen schon ein regelrechtes Zeremoniell: »Hallo, Herr Schellberg«, würde sie beim Hereinkommen von der Tür her rufen. Und er würde, ohne die Stellung auf der Liege zu ändern, mit einem »Hallo, Sabine« antworten. »Gibt es irgendetwas

Besonderes?« würde sie wissen wollen. Die gewohnte Frage. »Nein, alles beim Alten.« Es war immer wieder der gleiche Wortwechsel. »Na, dann gute Nacht.«

Mit diesem Wunsch endete stets die Konversation. Sabine wusste, dass er es liebte, ja geradezu, wenn auch unausgesprochen, forderte, während der Behandlung zu schweigen. Das und die beruhigende Wirkung ihrer Hände, das völlige Abschalten– und Vorsichhindösenkönnen garantierten die totale Entspannung, die ihn nicht selten am Schluss der Massage einnicken ließ.

Die Tür ging auf, doch er wartete vergeblich auf die übliche Begrüßung. Vorsichtig hob er das Gesicht aus der Kuhle, stützte die Arme auf die Liege und wollte gerade aufsehen, als sich ihm zwei riesige Hände auf den Rücken legten und ihn auf der Unterlage fixierten. Eine Stimme, die wie das Donnergrollen eines abziehenden Gewitter klang, sprach ihn an. »Hallo – da bin ich.«

Erschreckt drehte Wilhelm nun vollends den Kopf. Ein Schatten wie ein dunkler Berg türmte sich über ihm. »Wer sind Sie?«, stammelte er und starrte zu dem breitschultrigen Mann hin. »Was wollen Sie?« Sein Erschrecken beim Anblick des Farbigen war groß, seine Verblüffung unübersehbar, schließlich hatte er Sabine erwartet.

Der Dunkelhäutige lachte, die Mundwinkel bogen sich bis zu den Ohren. Dabei hob und senkte sich der mächtige Brustkorb unter dem enganliegenden T-Shirt mit dem Logo des Kurorts. »Hier«, er tippte auf das Hemd und die Beschriftung, »ich Masseur, wie Sabine.« Er klopfte sich gegen die Rippen. »Sabine heute krank – deshalb ich machen Massage.« Voller Tatendrang rollten die großen Augen unter der pechschwarzen Stirn, wieder verzog sich der Mund zu einem Lachen. »Du musst nicht Angst haben.«

Glucksend vor Vergnügen hob er die Hände und spreizte die Finger. Augenblicklich fühlte sich der Alte an die Greifschaufeln eines Baggers erinnert. »Sehen groß aus, sind aber zart wie Mädchenhaut«, versicherte der Hüne und griff nach dem Massageöl.

Noch einmal versuchte der Alte einen Einwand. »Sabine hat aber...«

»...schon alles gesagt«, unterbrach ihn sein neuer Masseur, »ich muss still sein bei Massage, darf nicht reden.« Die vor den Mund gehaltene Hand bekräftigte seine Absicht, die Weisung der Kollegin zu befolgen. »Du liebst die Ruhe – ich weiß«, verständnisvoll kicherte er vor sich hin, stieß ihm verschwörerisch den Finger in die Seite. »Bist ein Genießer – ein richtiger Lebemann.«

»Ein Lebemann?«, verwunderte sich der Alte, verzichtete aber darauf, die offensichtlich falsch verstandene Wortbedeutung zu berichtigen. Stattdessen ließ er sich mit einem Seufzer der Kapitulation vor dem Unabänderlichen auf die Liege zurücksinken, sein Gesicht verschwand erneut in dem ausgesparten Loch, die Arme baumelten seitlich. »In Gottes Namen«, ergab er sich in sein Schicksal und versuchte, sich zu entspannen.

Er fühlte, wie das Öl kühl auf seine Haut tröpfelte, spürte zwei warme Hände es gleichmäßig über Rücken und Schultern verteilen – dann begann die Massage.

Die Stille der folgenden Minuten war nahezu vollkommen. Beide, Masseur und Massierter gleichermaßen, hielten sich an das vereinbarte Schweigen. Nur gelegentlich wurde die Lautlosigkeit von leisen Geräuschen unterbrochen, wie sie zwangsläufig bei einer solchen Behandlung entstehen: Es rieb und saugte, es schmatzte und klatschte, wenn die Hände eine verhärtete Stelle durchkneteten, wenn sie die verklebte Haut von ihrer Unterlage abhoben und vor sich her schoben oder auch die Muskulatur mit der Handkante bearbeiteten.

Wilhelm tat das, was sein Masseur vermutet hatte: Er genoss. Wie eine Katze, die sich den kraulenden Händen schnurrend entgegendrängte, bot er seinen Rücken zum Streicheln und Behandeln an, genoss das sanfte Gleiten der Finger, aber auch ihre zupackende Entschlossenheit, wenn sich ihnen ein Hindernis in den Weg stellte. Auch wenn er nicht gerade schnurrte, die sensible Berührung der großen suchenden Hände erzeugte in ihm ein Wohlbefinden, wie er es lange nicht verspürt hatte.

Doch dann, eine stumme Viertelstunde mochte vergangen sein, brach der Alte selbst das Schweigen. Sein Kopf hob sich aus dem Loch, drehte sich so, dass das Gesicht dem Körper des Stehenden zugewandt war. »Wie heißt du eigentlich?«, wollte er wissen, »und woher kommst du?« Verwundert registrierte er, wie selbstverständlich er das vertrauliche Du des anderen übernahm.

Für einen Augenblick hielten die massierenden Hände inne, verharrten auf dem ölglänzenden Rücken. »Ich heiße George, komme aus Uganda«, antwortete der Gefragte. Wie zur Bekräftigung strich er mit den Fingern über die Haut, als wollte er den Namen dort eingravieren. Dann setzte er die Massage fort.

»Uganda? In Ostafrika?«, freute sich der Alte. »Da war ich schon.«

»Du in Uganda?« Jetzt unterbrach George die Massage. Er bückte sich soweit hinunter, bis sein Gesicht auf der Höhe der Liege war. Selig lächelnd sah er den Alten an. »Leute fahren immer nur nach Kenia – Safari, Kilimandscharo, Mombasa. Dabei Uganda viel, viel schöner.« Wie um die Größe der Schönheit seiner Heimat zu demonstrieren, breitete er die Arme und verdrehte die Augen.

»Ja«, nickte ihm der alte Lehrer zu, »meine Frau und ich, wir haben dein Land kennengelernt. Auch die Freundlichkeit seiner Menschen. Schon am ersten Tag – wir waren gerade aus dem Sudan hereingekommen – erhielten wir eine Kostprobe der ugandischen Gastfreundschaft.« Das Bild des damaligen Abends tauchte vor Wilhelm auf, die Geräusche des Buschs, auch die Gerüche; er konnte gar nicht anders, als davon zu erzählen: »Der Weg von Juba her war beschwerlich, wir waren müde als wir in Uganda ankamen. Schon kurz hinter der Grenze suchten wir uns eine baumfreie Stelle in Straßennähe, um dort die Nacht zu verbringen. Wir bauten Tisch und Stühle auf, wollten vor dem Hinlegen noch eine Kleinigkeit essen, als plötzlich ein greiser, alter Mann vor uns stand. Es war der Dorfälteste, wie wir später erfuhren. Höflich zwar, aber auch entschieden, machte er uns darauf aufmerksam, dass wir uns an einem heiligen Ort befänden. Er bat uns, den Platz augenblicklich zu verlassen. Erst verstanden wir ihn nicht, doch dann erklärte er uns, dass ringsum die Fetische des Dorfes aufgestellt waren, der Aufenthalt an dieser Stelle deshalb ein Tabu bedeutete. Wir entschuldigten uns, versicherten, von den Heiligtümern in der Dunkelheit nichts bemerkt zu haben und räumten sofort den Platz. Aber so einfach entließ uns der alte Mann nicht. Er packte uns am Arm, beteuerte ein um das andere Mal, wir könnten doch jetzt nicht wegfahren. Wir seien selbstverständlich seine Gäste, auch die Gäste des Dorfes. Es sei ihm eine Freude, uns zum Abendessen und zum Feiern dorthin einzuladen. Um es kurz zu machen: Aus dem bescheidenen Abendmahl, das wir vor dem Schlafengehen einnehmen wollten, wurde ein Festgelage, das die halbe Nacht durch dauerte. Selten haben wir mit fröhlicheren Menschen zusammengesessen als an diesem Abend.«

»Gut, gut«, begeistert klatschte der Afrikaner in die Hände, »sind freundliche Menschen, meine Landsleute. Nicht jeder in Uganda ist wie Idi Amin.« Laut lachte er, hielt seine Bemerkung offenbar für einen Scherz; es war augenscheinlich, er lachte gerne.

Doch dann schien ihm einzufallen, dass er ja zum Massieren hier war, zum schweigenden Massieren. Schnell richtete er sich auf. »Jetzt muss ich aber arbeiten – und dabei ganz still sein«, er legte den Finger auf die Lippen, »sonst wird Kollegin böse.«

Auch wenn Wilhelm bezweifelte, dass Sabine überhaupt böse werden konnte, er drehte das Gesicht in das Loch zurück und überließ sich, ohne noch ein weiteres Wort zu verlieren, den magischen Händen des Mannes aus Uganda.

Diesmal musste er am Ende der Behandlung nicht geweckt werden. Das Einschläfernde früherer Massagen war heute nicht zur Wirkung gekommen – im Gegenteil, er fühlte sich erfrischt und aktiviert, hatte das Gefühl, er könnte jetzt Berge versetzen oder doch zumindest einige der sprichwörtlichen Bäume ausreißen.

Er verabschiedete sich von George, reichte ihm die Hand. »Du hattest recht, ich bin ein Genießer. Die halbe Stunde unter deinen Händen habe ich genossen, jede einzelne Minute. Du bist ein wundervoller Masseur.«

»Das ist nur, weil du warst in Uganda«, erklärte George, »du hast ein bisschen von dem Geist von Afrika in dir. Das spüren meine Hände. Sie massieren dann nicht nur Körper, sondern auch Seele.« Diesmal lachte er nur leise vor sich hin wie einer, der sich nicht sicher ist, ob er einen Witz gemacht hat oder nicht.

»Ah, so ist das also. Du bist ja besser als ein Theologe! Die reden von der Seele, ohne sie jemals gesehen zu haben, du hingegen bearbeitest sie mit deinen eigenen Händen.« Jetzt lachte auch Wilhelm.

Als sie sich schließlich noch einmal die Hände schüttelten und sich auf die Schulter klopften, war sich George sicher: »Du hast Spaß am Leben, viel Spaß – habe gleich gewusst, dass du bist Lebemann.«

Auch diesmal versagte sich der alte Lehrer die Korrektur. Stattdessen legte er den Arm um den Afrikaner, drückte ihn an sich, dann verließ er die Kabine.

Vor dem Kurmittelhaus holte er das Handy aus der Tasche. Nachdem er den Code eingegeben und die Taste gedrückt hatte, wählte er die Festnetznummer seiner Wohnung. Miriam musste jetzt zu Hause sein.

»Hallo, Vater, wo steckst du?« Der vorwurfsvolle Ton in der Frage der Tochter war nicht zu überhören. »Schon mehrfach habe ich vergeblich versucht, dich anzurufen.«

»Ich lag im Moorbad, und dann war ich zur Massage.«

»Aber du hattest doch versprochen, dein Handy einzuschalten.«

»Ich habe mich eben anders entschieden. Du kennst mich doch.«

»Ja, natürlich.« Miriams Stimme war ohne Hoffnung, sie würde ihn nicht mehr ändern können.

»Gibt es denn irgendetwas von Wichtigkeit?«

»Hätte ich sonst versucht, dich zu erreichen? Alexander ist fertig.«

»Fertig?«

»Ja. Er hat mich heute Morgen noch vor der ersten Stunde abgefangen. Ich soll dir sagen, das erste Kapitel ist geschrieben.«

»Das ging aber schnell. Wann hat er denn das gemacht?«

»Gleich gestern Mittag nach eurer Unterhaltung muss er an die Arbeit gegangen sein. Es scheint ihm viel daran zu liegen, sobald wie möglich mit dir darüber zu sprechen. Deshalb habe ich ja auch mit ihm den Termin vereinbart.«

»Du hast einen Termin vereinbart? Wann?«

»Jetzt gleich, um drei. Wegen der Turn-AG ist Alexander heute Nachmittag in der Schule geblieben. In fünfunddreißig Minuten ist die AG zu Ende. Der Junge geht sofort danach in den Leseraum.«

Wilhelm sah auf die Uhr. Das würde er schaffen. »Gut. Ich fahre jetzt gleich los, treffe mich mit Alexander in der Schule. Wir sollten den Eifer des Jungen ausnutzen und von der Flamme seiner Begeisterung profitieren, solange sie so hell lodert.«

10

Nicht einmal eine halbe Stunde brauchte der ehemalige Rektor, um seine alte Schule zu erreichen. Er überlegte, ob er vorher noch einen Kaffee zu sich nehmen sollte, entschied sich aber, gleich in den Leseraum zu gehen. Es war besser, ein paar Minuten zu warten, als unpünktlich zu sein. Doch als er das Zimmer betrat, saß Alexander bereits am runden Tisch.

»Nanu, du bist schon hier? Geht eure Turn-AG nicht bis drei?« Er hielt dem Jungen den Arm mit der Uhr hin, »es sind noch zehn Minuten bis dahin.«

»Mir war nicht gut, ich durfte etwas früher gehen.«

In der Tat, Alexander sah heute anders aus als die vorigen Male. Von der ruhigen, selbstsicheren Art der Vortage war wenig geblieben. Seine Wangen waren gerötet, die Augen glänzten, als hätte er Fieber, nervös rutschte er auf seinem Stuhl herum. In der Hand hielt er ein braunes Kuvert, umklammerte es, als müsste er sich daran festhalten.

»Ist das dein Bericht?«, fragte der Alte und deutete auf den Umschlag.

»Ja.« Der Junge streckte ihm den Arm entgegen. »Ich will eine Geschichte schreiben«, erklärte er aufgeregt, »eine spannende Geschichte in mehreren Kapiteln. Das ist das erste.«

Wilhelm nahm das Kuvert, öffnete die Lasche und zog den Inhalt heraus. Kurz blätterte er die Seiten durch, dann legte er sie vor sich auf den Tisch. Aus der Hosentasche kramte er sein Portemonnaie. »Hier«, drückte er dem Jungen einen Fünfeuroschein in die Hand, »geh in die Cafeteria, hol mir bitte einen Cappuccino – und bring dir auch etwas mit. In der Zwischenzeit lese ich dein Kapitel. Danach reden wir darüber.«

Man sah Alexander an, dass er nur ungern ging, dass er lieber dageblieben wäre, dem Alten beim Lesen zugesehen und seine Reaktion beobachtet hätte. Doch wohlerzogen folgte er der Bitte des Erwachsenen und verließ den Raum.

Es waren drei Blätter, die auf dem Tisch lagen, zwei davon beidseitig beschrieben, das eine nur auf der einen Seite. Auch diesmal spiegelte die Schrift die starke Gefühlsbeteiligung des Jungen wider. Mal steil und hoch, dann wieder schräg und flach waren die Buchstaben aneinandergereiht, ungleich zu Worten zusammengefügt und mehr oder weniger wahllos in Absätze gegliedert. Es war das vertraute

Schriftbild aus den Aufsätzen, und auch der Inhalt des Beitrags schloss sich nahtlos an das vorher Geschriebene an.

Außerstande, seine Erregung zu unterdrücken, begann der alte Lehrer mit dem Lesen des ersten Kapitels: *Der letzte gemeinsame Ferientag ging zu Ende. Gerade waren er und sein Freund von ihrem Ausflug auf den Berg zurückgekehrt, aus der Freiheit der dort verbrachten Stunden in das Eingeengtsein der häuslichen Beschränkung. Obgleich, die große Villa, die »Festung«, wie er sie nannte, war so weitläufig, dass ein Gefühl des ungehinderten Auslaufs auch hier aufkommen konnte. Die vielen Zimmer. In den wenigen Wochen seit dem Umzug hierher hatte er es noch nicht geschafft, die Räumlichkeiten in allen Einzelheiten auszukundschaften. Vor allem der Keller und auch der Dachboden waren noch weitgehend unerforschtes Terrain. Ander und Falo betraten die Küche.*

Verwundert ließ der Alte die Hand, die die Blätter hielt, sinken. Dann aber überzog ein Lächeln sein Gesicht. Was für eine kryptische Verschlüsselung. Nicht nur, dass der Junge seinen Bericht in der dritten Person schrieb, er hatte auch die Namen der Handelnden verändert, wenngleich das Ganze so durchschaubar war, dass er sofort wusste, wer sich hinter dem Ander und dem Falo verbarg. Aber vielleicht war das ja auch die Absicht Alexanders.

Gespannt las er weiter: *Auf dem Tisch fanden sie eine Notiz des Vaters: Er sei heute Abend außer Haus, schrieb er, käme möglicherweise erst spät zurück. Das Schloss habe ihn zu einer dringenden Instrumentenstimmung gerufen, einige Saiten des Flügels dort hätten nachgegeben. Er würde dem heutigen Konzert in voller Länge beiwohnen, um bei eventuellen neuen Unregelmäßigkeiten sofort zur Verfügung zu stehen. Sie müssten sich also schon selbst ihr Abendbrot machen. Am Schluss fand sich die obligatorische Aufforderung, auf die offensichtlich kein Elternteil verzichten konnte: Macht keinen Unsinn und geht nicht zu spät ins Bett!*

»Sturmfreie Bude«, stellte Falo fest und sah den Freund an. »Was machen wir mit dem Abend? Immerhin unser letzter in diesen Ferien.«

Ander musste nicht lange überlegen: »Was hältst du davon: Wir schmieren uns ein paar Brote und nehmen sie mit auf den Dachboden. Das ist bestimmt romantisch, da oben zwischen all dem Gerümpel zu Abend zu essen.«

»Gute Idee«, war Falo sofort einverstanden. Also belegten sie einige Brotscheiben, angelten sich vier, fünf Gurken aus dem Glas und stiegen mit ihren Tellern über die Steintreppe zum Dachgeschoss hinauf.

Ohne, dass es ihnen bewusst wurde, verlangsamten sich ihre Schritte, je näher sie dem Ende des Treppenaufgangs kamen. Auch ihre Stimmen, die anfangs noch laut tönend das bevorstehende Abenteuer ausgeschmückt hatten, dämpften sich mit jeder bewältigten Stufe, bis sie schließlich nur noch ein Flüstern waren.

Sie erreichten die Tür, die den Dachboden zum Treppenhaus hin abschloss. Ein Riegel war vorgeschoben, aber es gab kein Schloss, das ihn sicherte. Mühelos ließ er sich zurückziehen. Erst einmal, am Tag des Einzugs, war Ander hier oben gewesen, damals zusammen mit dem Vater. Seinerzeit hatten sie sich mit einem kurzen Blick auf das Durcheinander der dort abgestellten Gegenstände begnügt, hatten sich deren Sichtung und Aussortieren für später vorgenommen.

Als Ander jetzt die Klinke drückte, schwang die Tür quietschend in das Dunkel des vor ihm liegenden Raums.

Er erinnerte sich an den Lichtschalter gleich neben dem Eingang. Zwei kleine Lampen, festgeschraubt an den schrägen Balken, leuchteten auf. Doch die schwachen Birnen unter den Glasabdeckungen gaben nur wenig Licht. Es dauerte einige Augenblicke, bis sich Falo und Ander an das Halbdunkel gewöhnt hatten. Dann erst betraten sie den Dachboden.

Eine Weile standen sie staunend, ließen die Blicke über all den Kram und Plunder gleiten, der sich zu beiden Seiten eines freigelassenen Gangs auftürmte. Aufgeregt malten sie sich aus, was sich da alles unter dem Aufgehäuften verbergen mochte.

»Dieser Wirrwarr hier!« Falo war hörbar beeindruckt. »Mit was sollen wir denn nur beginnen?«

»Mit dem Essen natürlich«, erinnerte Ander an das Naheliegende und hob seinen Teller hoch. »Komm«, er fasste den Freund am Arm, »lass uns die alten Möbel nach einem Tisch und zwei Stühlen durchsehen. Die stellen wir in den Gang, am besten unter eine der Lampen. Dann können wir schon während des Abendbrots in den Kästen herumstöbern und sehen, ob wir etwas entdecken.«

Kurz darauf saßen sie in zwei Korbsesseln, vor ihnen stand ein rundes Beistelltischchen, auf dem sich neben den Tellern mit den Broten einige Schuhkartons stapelten. Beim Suchen nach dem Tisch und den Stühlen waren sie zufällig auf die weißen Pappkistchen gestoßen, hatten es einer Unachtsamkeit Falos zu verdanken, dass sie sie entdeckten. Dieser hatte sich bei dem Versuch, die Korbsessel unter einigen darüber gestapelten Gegenständen hervorzuziehen, an der niedrigen Seitenwand des Dachbodens abgestützt, wollte so seinen Armen größere Zugkraft verleihen. Dadurch war, unter dem Druck des angespressten

Körpers, plötzlich eine der Verkleidungsplatten herausgebrochen und in die dahinterliegende Dachschräge gekippt. Auch wenn das Auge kaum bis in die Tiefe des Hohlraums hineinsehen konnte, die hellen Konturen der Schuhschachteln waren trotz des dürftigen Lichtes deutlich zu erkennen gewesen. Dieses offensichtlich absichtliche Verbergen hatte natürlich sofort die Neugier geweckt und sie veranlasst, die Kartons aus ihrem Versteck hervorzuholen und sie als Erstes zu inspizieren.

Mit aufgeregten Finger durchwühlten sie jetzt den Inhalt. »Hier«, Ander schob ein Foto zu Falo hin, »die Großeltern. Mein Gott, wie viele schöne Tage habe ich hier bei ihnen verbracht. Großmutter war eine wunderbare Frau.«

»Aber dein Großvater war ganz schön streng, ich habe ihn selbst erlebt«, erinnerte sich Falo an einen früheren Besuch in diesem Haus.

»Streng ja, aber nie ungerecht«, verteidigte Ander Großvaters Hang zur Korrektheit, der ihn bisweilen unnachgiebig hatte erscheinen lassen. »Nun, beide sind jetzt tot, nur noch die Erinnerung und die Bilder sind geblieben.«

»Und dieser Krimskram hier.« Falo schwenkte den Arm und deutete in die Runde. »Das hat doch bestimmt alles mal ihnen gehört?«

»Höchstwahrscheinlich. Komm, schauen wir nach, was wir hier in den Schachteln finden. Vielleicht ist ja etwas Wertvolles darunter.«

»Du meinst, ein Schatz?« Falo schwankte zwischen Hoffnung und Skepsis.

»Nein, kein Schatz. Zumindest nicht ein Schatz im üblichen Sinn, kein Schmuck also und auch keine Goldstücke, so was verbirgt man nicht in Schuhkartons. Aber vielleicht

sind ja andere Wertsachen drin – kostbare Schriften zum Beispiel oder auch seltene Briefmarken.«

»Oder eine Karte, die auf einen Schatz hinweist...«

»Du mit deinem Schatz! Das gibt's doch nur in Büchern«, belehrte ihn Ander und kam sich reichlich erwachsen vor. »Los jetzt, lass uns nachsehen, dann wissen wir's.«

Auf den folgenden eineinhalb Seiten ließ sich Alexander ausführlich darüber aus, wie die beiden Helden seiner Geschichte die Schuhkartons durchstöbert, ihren Inhalt genau durchforstet hatten in der Hoffnung, etwas Kostbares oder Geheimnisvolles darin zu entdecken. Immerhin waren sie dabei auf einige Kuriositäten gestoßen, die er detailliert beschrieb. So war der eine der Kartons vollgestopft gewesen mit Papiergeld, die darauf aufgedruckten Beträge von einer derartigen Höhe, dass ihnen schwindlig geworden war: Millionen, Milliarden, Billionen lasen sie auf den Geldscheinen, und es war offensichtlich, dass das, was sie vor sich hatten, kein Spielgeld war. Es waren echte Banknoten, daran bestand kein Zweifel, herausgegeben vor fast hundert Jahren von der Deutschen Reichsbank. Doch der anfängliche Überschwang und die Freude über das Auffinden des unermesslichen Geldbetrags wurden von Ander schon bald gebremst, die Illusion von zukünftigem Reichtum schnell zerstört, als ihm einfiel, was sein Vater einmal gesagt hatte: Das Geld damals sei das Papier nicht wert gewesen, auf dem es gedruckt war, hatte er erzählt, für eine Million hätte man gerade mal einen Laib Brot bekommen, vielleicht auch ein Pfund Kartoffeln, zu mehr hätten all die Millionen und Milliarden nicht getaugt. Enttäuscht hatten die Jungen die Scheine zurückgelegt und den Pappkarton mit dem Deckel verschlossen.

Dann, in einem anderen Kistchen, waren sie auf eine

Unzahl von Orden gestoßen, alte, schwere Orden aus Kupfer, Messing und Metallen, die aussahen wie Silber oder Gold. Viele hatten die Form von Kreuzen und Sternen, einige waren mit bunten Bändern verziert. Alexander schrieb von dem Spaß, den sie hatten, als sie sich die Orden anhefteten und sich als die Helden präsentierten, die zu sein sie sich durch das Tragen der Auszeichnungen berechtigt glaubten.

Und schließlich, auf der letzten Seite des Kapitels, kam Alexander auf das zu sprechen, auf das er, da war sich der alte Lehrer sicher, von Anfang an zielgerichtet zu sprechen aus war. Auch wenn während des Lesens immer zu ahnen war, dass auf dem Dachboden eine Entdeckung gemacht werden würde, der Junge hatte die Spannung, was das denn sein könnte, bis zum letzten Absatz aufrecht erhalten. Erst jetzt, in seinen Schlusssätzen, gab er preis, um was es eigentlich ging:

Sie hatten nun fast alles durchgesehen, nur noch zwei Kartons waren ungeöffnet. Falo griff nach dem vorletzten, hob den Deckel ab und schüttete den Inhalt auf das Tischchen. Nachdem er die leere Pappschachtel auf den Boden gestellt hatte, sah er sich das vor ihm Liegende an. »Sieht aus wie Briefe.« Er deutete auf den von einem roten Band zusammengehaltenen Packen. »Die hat jemand gesammelt und aufgehoben.« Er schob das Bündel dem Freund zu. »Von wem die wohl sind?«

Im Schummerlicht der trüben Beleuchtung hatte es Ander schwer, die Beschriftung zu erkennen. Deshalb stand er auf, trat dicht an die Lampe heran und hielt die Briefe so, dass ihr schwacher Lichtschein direkt darauf fallen konnte. Aber dort, wo eine Anschrift stehen sollte, war nichts als das nackte, unbeschriebene Umschlagpapier. Kein Hinweis, an wen die Briefe adressiert waren. Doch als er den Stapel drehte und nach dem Absender sah, fiel ihm ein vertrauter Name ins Auge: Fr. Gerlach, der Name des Großvaters. Hatte er die Briefe geschrieben und in dem Versteck hinter der Wandverkleidung aufbewahrt? Aber warum dort, und warum so heimlich? Und an wen waren sie gerichtet? An seine Frau, die Großmutter?

Als er die Vermutung dem Freund mitteilte, riet dieser, das verschnürte Bündel doch mit nach unten zu nehmen. Im hellen Licht der Wohnung würde es sicher ein Leichtes sein, Näheres zu ermitteln. Vielleicht, deutete Falo geheimnisvoll an, war ja auch der Briefinhalt von Interesse...

»Und wenn die Briefe Persönliches enthalten..?«, wandte Ander ein.

»Dann kannst du sie ja immer noch ungelesen weglegen«, zerstreute der Freund die Bedenken.

In diesem Moment rief der Vater von der Treppe her: »Seid ihr da oben? Kommt runter, ich bin zurück.«

»Sag nichts von den Briefen zu Vater«, raunte Ander Falo zu, dann rief er nach unten: »Wir kommen. Wir sind gleich da.« Er packte den Freund, schob ihn zum Tisch. »Lass uns die Sachen wieder in die Schachteln packen und an ihren alten Platz zurückstellen. Die Briefe nehme ich erst einmal zu mir, morgen sehe ich sie mir an.«

Kurz darauf saßen sie zu dritt im Wohnzimmer. Anders Vater berichtete von dem Konzert und der Richtigkeit seiner Entscheidung, den ganzen Abend über im Schloss zu bleiben. In der Pause hatten, wie befürchtet, das zweigestrichene Fis und das tiefe G nachgestimmt werden müssen. »Da ist eine größere Reparatur fällig«, war er sich sicher, »einige Wirbel müssen ausgetauscht werden.« Dann wandte er sich an die Freunde. »Und was habt ihr so den ganzen Tag getrieben?«

»Ooch«, Falo übernahm es zu antworten, »wir waren auf dem Berg, haben auf dem Gipfel gepicknickt und uns dann ein bisschen unterhalten. Nach dem Heimkommen sind wir gleich rauf auf den Dachboden, zu all den alten Sachen, die dort liegen. War richtig romantisch da oben.«

»Das kann ich mir vorstellen.« Der Vater lachte. »Hoffentlich sind euch keine Mäuse über die Füße gelaufen.«

»Nein, keine Sorge«, beruhigte Ander, »von Mäusen haben wir nichts gesehen und nichts gehört.«

»Gut«, der Vater erhob sich. »Jetzt aber ins Bett mit euch. Morgen geht die Schule wieder los. Falo wird früh von seinen Eltern abgeholt. Bis dahin müsst ihr ausgeschlafen haben. Also dann, gute Nacht!«

Auf dem Weg in ihr Zimmer spürten die Freunde, wie abgespannt sie nach diesem langen Tag, dem letzten gemeinsamen, waren. Die Beine wurden ihnen beim Gehen schwer, sie fühlten sich schläfrig und erschöpft. Schnell zogen sie sich aus und krochen, ohne sich mit dem Aufhängen der Kleidungsstücke aufzuhalten, in die Betten.

Eine Zeit lang lag Ander noch wach, trotz der Müdigkeit fiel es ihm schwer einzuschlafen. Die Briefe ließen ihn nicht los. Er hatte das unbestimmte Gefühl, einen alles andere als zufälligen Fund gemacht zu haben. Ihm war, als wäre er dazu bestimmt, das in den Briefen Niedergeschriebene aus dem Vergessen hervorzuholen, die darin enthaltene Botschaft zu lesen und weiterzutragen. Doch dann ging ihm die Abwegigkeit seines Gedankens auf. So ein Unsinn, schalt er sich und drehte sich auf die Seite. So etwas gibt es doch gar nicht, das bildest du dir alles nur ein.

Über ihm atmete Falo ruhig in tiefem Schlaf. Der Glückliche, dachte Ander und versuchte, seine fantas-

tischen Gedanken beiseite zu schieben. Doch er mühte sich vergebens, die Briefe gingen ihm nicht aus dem Kopf.

Leise stand er auf, schlich zu dem Schränkchen, auf dem er das Bündel abgelegt hatte. Vorsichtig, fast scheu, nahm er es auf, sorgfältig darauf bedacht, die gebundene Schleife nicht zu öffnen. Zurück im Bett schob er die Briefe unter das Kissen und legte den Kopf auf die Wölbung. Auch wenn es im Zimmer dunkel war, er machte die Augen zu, so als wolle er alles um sich herum ausschließen. Doch in seinem Ohr klangen Laute, wie entfernte Worte; ihm war, als hörte er leise die Stimme des Großvaters durch das Kissen.

Zwei, drei Minuten dauerte es noch, dann fiel auch er endlich in einen schweren, traumlosen Schlaf.

11

Wilhelm schaute auf, als sich die Tür öffnete. Alexander stand auf der Schwelle, in den Händen hielt er zwei Becher. Sein Blick war ängstlich fragend auf den alten Lehrer gerichtet. »Haben Sie schon alles gelesen?«

»Ja, gerade bin ich damit fertig.« Er winkte den Jungen heran. »Das gefällt mir gut, was du da geschrieben hast. Das wird eine spannende Geschichte. Ich bin richtig neugierig, wie es weitergeht. Weißt du denn schon, wie viele Kapitel du schreiben willst?«

»Nein, noch nicht, ich habe ja keine Ahnung, wie das Ganze ausgeht.« Der Junge stellte den Kaffeebecher auf den Tisch und legte das Wechselgeld daneben. »Ich habe mir einen Kakao mitgebracht, wenn Ihnen das recht ist.«

»Aber ja, das solltest du doch.« Mit einer Handbewegung forderte er den Jungen auf, sich neben ihn zu setzen. Bewundernd zeigte er auf die beschriebenen Seiten. »Das ist großartig formuliert. Dabei ist es völlig egal, ob du dir das ausgedacht hast oder es selbst erlebt hast.« Er sah den Jungen an, vermied es aber, seinen Sätzen ein inquisitorisches Gewicht zu geben. Es brachte nichts, ihn unter Druck zu setzen. Doch Alexander ignorierte die versteckte Frage, seine Entgegnung war ausweichend und unbestimmt: »Manchmal kann ich selbst nicht glauben, was ich schreibe.«

»Jedenfalls hast du es geschickt gemacht, hast der Geschichte etwas Mysteriöses gegeben. Erst die Verschlüsselung der Namen: Falo, der von hinten gelesene Olaf, und Ander als verkürzter Alexander. Und dann das Geheimnis mit den Briefen. Was für ein wundervoller Anlauf. Immer wieder hast du die Auflösung hinausgezögert, bist schließlich sogar mit dem ungelösten Rätsel ins Bett gegangen. So spannt man den Leser auf die Folter, hält sein Interesse am nächsten Kapitel wach.« Anerkennend nickte er dem Jungen zu.

Alexander zögerte, sichtlich verlegen über das Kompliment. Dann aber hob er den Kopf, seine Stimme klang jetzt entschieden. »Wenn Sie wollen, können Sie morgen schon das zweite Kapitel lesen.«

»Wie, du hast es schon geschrieben?«

»Nein, noch nicht, aber ich habe doch den ganzen Tag und den Abend vor mir, das ist mehr als ausreichend. Außerdem brenne ich jetzt selbst darauf, die Geschichte weiterzuentwickeln.«

»Gut, wenn das so ist«, Wilhelm hatte nicht vor, den jungen Künstler in seinem Enthusiasmus aufzuhalten. »Dann sehen wir uns also morgen wieder hier – direkt nach Schulschluss. Einverstanden?«

»Ja, einverstanden.« Alexanders leuchtende Augen verrieten, wie sehr er sich auf das Treffen freute.

Der Regen hatte aufgehört, doch noch immer lag eine Dunstschicht über der Stadt. Wilhelm fuhr in die Einfahrt, stoppte den Wagen vor dem Garagentor und stellte den Motor ab. Einen Moment noch blieb er im Auto sitzen, blickte durch die feuchte Windschutzscheibe hinüber auf sein Wohnhaus, auf die graue, glatte Hauswand, die, aufgelockert nur durch die Fenster in den beiden Stockwerken, von hier aus ziemlich eintönig und farblos wirkte. Allenfalls ein Portikus im Eingangsbereich – zwei auf niedrige Mäuerchen aufgesetzte Halbsäulen – konnte als dekorative Verzierung durchgehen, Zeugnis der humanistischen Gesinnung des Erbauers, seines Vaters.

Wilhelm seufzte. Er würde nicht drum herumkommen, das Haus in nächster Zeit gründlich zu renovieren. Vom Rücksitz nahm er den Baderucksack und die Tasche, öffnete die Wagentür und stieg aus.

Miriam erwartete ihn an der Eingangstreppe. »Da bist du ja«, begrüßte sie ihn mit einer flüchtigen Umarmung, um sofort zu fragen: »Hat das mit Alexander geklappt?«

»Ja, wir haben uns im Leseraum getroffen.« Der Vater folgte der Tochter ins Haus.

»Komm ins Wohnzimmer«, hielt sie ihm die Tür auf, »ich habe Waffeln gebacken, du musst hungrig sein.«

Erst jetzt mit der Erwähnung und dem Geruch, der in der Wohnung hing, wurde ihm bewusst, dass er kein Mittagessen gehabt hatte. Tatsächlich, er war hungrig und froh, dass Miriam etwas vorbereitet hatte.

Er stellte die Tasche in den Flur, behielt aber den Rucksack und nahm ihn mit ins Zimmer. Aus dem Seitenfach zog er den braunen Umschlag. »Hier«, reichte er das Kuvert seiner Tochter, »Alexanders erstes Kapitel – so nennt er es jedenfalls. Am besten, du liest, während ich esse. Ich fürchte, das kann etwas dauern, denn ich merke schon, dass das Frühstück heute Morgen die letzte Mahlzeit war.«

»Und Alexander hat nichts dagegen, wenn ich das lese?«, wollte Miriam wissen, während sie sich an den schon eingedeckten Couchtisch setzten.

»Nein. Ich habe ihn natürlich gefragt.'Selbstverständlich darf meine Lehrerin das lesen' – das hat er wörtlich gesagt. Ich hatte den Eindruck, es war ihm sogar wichtig, dich in die Literaturförderaktion – oder wie immer man das nennen möchte – mit einzubeziehen.«

»Und weshalb nennt er es sein erstes Kapitel?«

»Er will eine fortlaufende Geschichte schreiben - in mehreren Folgen. Dies ist der Anfang.«

»Aber das hier...«, Miriam zog die Seiten aus dem Umschlag, »warum überlässt er das dir? Warum nimmt er es nicht mit nach Hause?«

»Er sagt, seine Beiträge seien bei mir besser aufgehoben als bei ihm. Vielleicht will er nicht, dass sie sein Vater in die Hände bekommt.«

»Wenn aber das nächste Kapitel auf dem aufbauen soll, was er vorher geschrieben hat, dann benötigt er doch die Papiere hier.«

»Das habe ich ihm auch zu bedenken gegeben, habe sogar vorgeschlagen, ihm Kopien der Blätter zu machen. Aber er hat mein Angebot abgelehnt. ;Die brauche ich nicht, ich habe das alles im Kopf'.« Wilhelm zuckte die Schultern. »Wenn sich der Junge das zutraut. - Aber bitte, lies jetzt erst einmal. Es fällt mir schwer, hier vor den

Waffeln zu sitzen, ohne mich zu bedienen. Du weißt, Hunger macht aggressiv und streitbar. Dir sollte daran gelegen sein, mit einem ausgeglichenen Vater am Tisch zu sitzen.«

»Ja, natürlich«, lachte Miriam und goss die Kaffeetassen voll. »Greif einfach zu. In der Zwischenzeit lese ich in aller Ruhe.«

Das ließ sich der Alte nicht zweimal sagen. Rasch nahm er sich eine Waffel, griff nach den heißen Himbeeren und dem Schüsselchen mit der Sahne. Dann, mit der Kuchengabel in der Hand, beugte er sich über den Tisch und ließ es sich schmecken.

Während er aß, beobachtete er Miriam, die schweigend, in die Polster des Sofas zurückgelehnt, Alexanders Seiten las. Sie nahm sich Zeit, las langsam und bedächtig, nur das gelegentliche Verziehen des Mundes oder auch ein leichtes Kopfschütteln verrieten ihre innere Anteilnahme. Schließlich, nach seiner dritten verzehrten Waffel, ließ sie die Blätter sinken. Augenscheinlich bewegt von dem Gelesenen, griff sie zunächst nach der Kanne, schenkte Kaffee nach, dann erst sprach sie: »Was glaubst du, ist das hier Alexanders eigene Geschichte?«

»Du meinst, ob er es so, wie er es beschrieben hat, auch erlebt hat?« Der alte Lehrer legte sich fest: »Er kann das nicht alles erfunden haben, dafür wirkt es viel zu echt. Auf mich macht es eher den Eindruck, als hätte er das Ganze mitgemacht, wäre dabei gewesen. Ich glaube nicht, dass ich mich täusche.«

»Aber wo führt das hin? Erst die geheimnisvollen Andeutungen in den Aufsätzen – jetzt das hier.« Miriam schwenkte das Papier in ihren Händen, verwirrt schüttelte sie den Kopf. »Diese rätselhaften Briefe. Sind die wirklich von seinem Großvater? Und vor allem – was steht drin?«

»Ja, du hast recht, das ist in der Tat mysteriös. Aber zumindest besteht die Aussicht, das Rätsel schon bald gelöst zu sehen. Ich rechne fest damit, dass wir schon morgen von dem Inhalt der Briefe erfahren.«

»In Alexanders zweitem Kapitel?«

»Ja. Deshalb schlage ich vor, wir warten das morgige Treffen ab, anstatt jetzt ins Blaue zu spekulieren.«

»Also gut, warten wir bis morgen.« Miriam beugte sich vor, legte die Blätter auf den Tisch. »Die Zeit bis dahin wird mir ganz schön lang werden.« Sie seufzte. »Hätte nie gedacht, dass mich diese Geschichte so berührt.«

12

Diesmal war der alte Lehrer vor dem Schüler im Leseraum. Schon vor einer Viertelstunde war er gekommen. Gleich musste die Pausenglocke das Ende der letzten Schulstunde einläuten. Alexander würde pünktlich erscheinen, damit rechnete er fest. Schnell stellte er die Bücher wieder in die Regale zurück, korrigierte noch rasch die alphabetische Abfolge einiger falsch einsortierter Titel, dann setzte er sich in einen der Sessel und wartete.

Er sah sich im Zimmer um, blickte auf den Tisch in der Raummitte – auf seinen Tisch. Denn er war es seinerzeit gewesen, der den Vorschlag gemacht hatte, einen runden Tisch zu beschaffen. Das nach allen Seiten offene Nebeneinander im endlosen Kreis, so hatte er es damals begründet, sei die geeignetste Sitzanordnung für einen geistigen Austausch. Auch die einfachen, geraden Stühle waren seine Idee gewesen. Anders als beim heutzutage üblichen bequemen Zurücklehnen waren die Schüler hier gezwungen, eine aufrechte Haltung einzunehmen oder sich auf der Tischplatte abzustützen. Eine Nähe würde so entstehen, die es dem inspirativen Funken leichter machte, von einem zum anderen überzuspringen.

Sein Blick ging zu den Bücherreihen in den Regalen. Er dachte an die Schwierigkeiten, die es gegeben hatte, eine Bibliothek dieser Ausstattung ins Leben zu rufen. Zwar gab es öffentliche Mittel zur Beschaffung eines Grundbestandes – die klassischen Standardwerke natürlich und auch jede Menge Fachliteratur für die schulrelevanten Sparten -, aber darüber hinaus hatte er eigeninitiativ werden müssen, war gezwungen gewesen, um Geld- und auch Buchspenden zu bitten und zu werben. Nur so hatte er die reichhaltige Bestückung, die die Bibliothek heute präsentierte, zusammenbekommen. Der Gedanke an das Erreichte erfüllte ihn mit Stolz.

Vorhin, als er dem Lehrerzimmer eine kurzen Besuch abgestattet hatte und mit einigen früheren Kollegen ins Gespräch gekommen war, hatte er angedeutet, sich gleich im Leseraum mit jemandem treffen zu wollen. »Aha, der Täter kehrt an den Tatort zurück«, hatte der alte Bommer gerufen, »das Lesezimmer und die Bibliothek – das ist doch allein Ihr Werk, Herr Schellberg.«

Das Klopfen an der Tür unterbrach seine Gedanken. Er stand auf, stellte sich an den runden Tisch, dann erst rief er den Jungen herein. »Hallo, Alexander«, begrüßte er ihn und drückte ihm die Hand. Es war ihm wichtig, dem Jungen das Gefühl zu geben, als gleichwertiger Partner behandelt zu werden. Er wollte ihm auf Augenhöhe begegnen, wollte die verbreitete Lehrer–Schüler–Distanz erst gar nicht zwischen ihnen aufkommen lassen. »Ist das das zweite Kapitel?« Er deutete auf den Umschlag, den der Knabe in der freien Hand hielt.

»Ja«, Alexander reichte ihm das Kuvert, »ich hab's gestern Abend spät noch geschrieben. Vater weiß nichts davon.«

»Aber ich möchte nicht, dass du dafür deine Nachtruhe opferst. Der Schlaf ist wichtig für dich.«

»Keine Sorge, das geht schon in Ordnung. Wenn ich nicht geschrieben hätte, dann hätte ich wahrscheinlich eine schlaflose Nacht verbracht. So aber habe ich gut geschlafen.«

Unschlüssig stand der alte Lehrer da, blickte auf den Umschlag in seiner Hand. Beim Betasten mit den Fingern spürte er, dass der heutige Inhalt voluminöser war als der gestrige. Alexander hatte fühlbar mehr zu Papier gebracht als beim letzten Mal. Als er die Papiere aus dem Kuvert zog, sah er sich bestätigt: Sechs Blätter zählte er, doppelt so viele wie vorher.

»Am besten, wir machen es wie gestern«, schlug er vor und zückte das Portemonnaie. »Du gehst in die Cafeteria, holst mir meinen Cappuccino und bringst dir auch wieder etwas mit.« Er gab Alexander das Geld. »Und lass dir Zeit, dein zweites Kapitel ist umfangreicher als das erste. Wenn ich das alles lesen will – das dauert schon ein paar Minuten.«

Er sah dem Jungen nach, bis sich die Tür hinter ihm geschlossen hatte, dann griff er nach den Papierbögen. Er spürte seine Ungeduld, war jedoch bemüht, sie nicht Oberhand über sich gewinnen zu lassen. Betont langsam fasste er die in der Mitte gefalteten Blätter, strich jedes einzelne sorgfältig glatt und legte es, eines auf das andere, vor sich auf den Tisch.

Erstaunt stellte er fest, dass Alexanders Schreibstil sich in diesem zweiten Kapitel sichtbar geglättet hatte, nun längst nicht mehr so unruhig war wie in den Schriften zuvor. Zwar konnte man ihn noch immer nicht als ausgeglichen und harmonisch bezeichnen, doch die großen Schwankungen, wie sie die Aufsätze und auch das erste Kapitel enthalten hatten, fehlten jetzt. Es schien, als sei der Junge nach seiner Entscheidung, über das Erlebte berichten zu wollen, in das stillere Fahrwasser des Erzählens eingeschwenkt und etwas zur Ruhe gekommen.

Alexanders erste Sätze befassten sich mit der Abreise des Freundes: *Falo ist heute wieder in seine Heimatstadt zurückgefahren. Früh am Morgen haben ihn die Eltern mit dem Auto abgeholt. Kurz vor den Einsteigen hatte er Ander zur Seite genommen. »Du sagst mir doch Bescheid, wenn in den Briefen etwas Besonderes steht«, hatte er ihm zugeflüstert.*

»Natürlich. Wenn es nicht gerade etwas sehr Privates ist, das uns nichts angeht, erfährst du's.«

Jetzt also war Falo abgereist, die Ferien zu Ende. Der schulische Alltag hatte die beiden Freunde wieder. Für Ander war es ein Neubeginn. Auch wenn er sich seine künftige Schule schon einmal von außen angesehen hatte, heute würde er sie zum ersten Mal betreten, würde die Lehrer und, darauf war er am meisten gespannt, seine neuen Klassenkameraden kennenlernen. Die durch die Erbschaft bedingte Wohnortänderung hatte einen Wechsel der Schule mit sich gebracht. Aber das machte Ander nichts aus. Er war ein guter Schüler ohne große Defizite, auch fiel es ihm nicht schwer, auf neue Menschen zuzugehen. Er würde in jeder Schule zurechtkommen.

Der turbulente Vormittag, das erste Begegnen und Zu-

sammensein mit den anderen Schülern, das Kennenlernen der Klassenlehrerin, auch das Sichzurechtfinden innerhalb des weitläufigen Gebäudekomplexes hatten ihn schließlich so in Anspruch genommen, dass er die Briefe des Großvaters völlig aus seinem Bewusstsein verdrängt hatte. Erst als er nach dem aufregenden Schultag in die Villa zurückgekehrt war, fiel ihm der Fund auf dem Dachboden wieder ein. Mein Gott, wie hatte er das vergessen können. Am liebsten wäre er jetzt sofort auf sein Zimmer gegangen, um die Briefe zu lesen. Aber das Mittagessen stand bereits auf dem Tisch und wartete auf ihn.

Natürlich fielen dem Vater die ungewöhnliche Unruhe des Sohnes und auch seine gedankliche Abwesenheit auf, aber er schrieb sie den Ereignissen des Morgens zu, glaubte, die vielen neuen Eindrücke in der Schule seien dafür verantwortlich. So zeigte er Verständnis, als sich der Junge gleich nach Beendigung des Essens mit der Vorgabe, Hausaufgaben machen zu wollen, zurückzog.

Ander hatte, als ihm der Vater nach dem Umzug erlaubte, sich sein künftiges Zimmer selbst auszusuchen, den hohen Raum im ersten Stock gewählt – oder vielmehr, er hatte ihn wiederhaben wollen, denn genau dort war er früher während seiner Besuche bei den Großeltern immer untergebracht gewesen. Er mochte die Aussicht von hier auf den nahen Berg mit dem Turm darauf, auf den Himmel ringsum und die darüber hinwegziehenden Wolken, liebte die Stille und das helle Morgenlicht an dieser der Stadt abgewandten Ostseite des Hauses. Auch wenn jetzt nur noch ein schmaler Sonnenstreifen durch das große Fenster fiel, Anders Zimmer war voller Helligkeit. Der beige Fellteppich und die weißen Wandtapeten fingen und hielten das Licht des Mittags und verteilten es verschwenderisch im Raum.

Auf dem Boden herrschte eine nicht unbeträchtliche Unordnung, die unübersehbaren Spuren des wochenlangen Zusammenlebens der Freunde. Überall lagen die Sachen herum: Bücher und Spiele, Turnschuhe, auch Bälle, Schläger und anderes Sportgerät. Heute Morgen vor der Schule war die Zeit zu knapp gewesen, um noch aufzuräumen. Das hatte sich Ander für den Nachmittag vorgenommen.

Er schaute auf sein ungemachtes Bett, auf die zurückgeschlagene Decke und das von der Nacht zerknäulte Laken. Sein Blick ging zu dem Kopfkissen, zu der gut erkennbaren Ausbuchtung in seiner Mitte. Es war unmöglich, sie nicht zu bemerken, wenn man wusste, wohin man sehen musste. Ein unbestimmtes kribbelndes Gefühl beschlich ihn bei dem Gedanken an das Bevorstehende. Was würde er in den Briefen zu lesen bekommen? Etwas Erfreuliches? Was, wenn es nicht so war?

Entschiedener, als ihm zumute war, trat er zum Bett, zog das Bündel unter dem Kissen hervor und trug es zu seinem Schreibtisch. In einer eher sinnlosen Absicht hielt er die Briefe kurz an die Nase, so als spüre er dem Geruch des Großvaters nach, dem herben Mief seiner ständig qualmenden Zigarren. Doch das Papier hatte nach den vielen Jahren längst jeden eigenen Duft verloren. Es roch nach Moder und Staub, so wie wahrscheinlich alle Gegenstände oben auf dem Dachboden.

Ander war erregt, das ließ sich nicht leugnen. Er merkte, dass ihm die Finger nicht so wie sonst gehorchten, als er das fest verknüpfte Band aufzubinden versuchte. Entgegen seiner Gewohnheit, eine Kordel oder eine Schnur mit der Schere durchzuschneiden, wenn ihre Verknotung ihm zu viel Widerstand bot, scheute er jetzt die Anwen-

dung dieser Methode. Es war schon ein Unterschied, ob man ein Geschenkpaket aufmachte oder das Band um eine Ansammlung von in langen Stunden geschriebenen Briefen entfernte.

Endlich gelang es ihm, den Knoten zu lösen und die Verschnürung unter dem Stapel hervorzuziehen. Befreit aus seiner Fixierung, verrutschte das Bündel augenblicklich, fächerte sich auf und verteilte sich auf der Schreibtischplatte. Sieben Umschläge zählte Ander, alle in dem gleichen länglichen Format und dem gleichen beige-gelben Farbton. Das Papier war fest, an der Oberfläche aufgerauht und unterschied sich deutlich von den postüblichen glatten Kuverts. Eine Nummerierung der Umschläge gab es nicht. Deshalb nahm sich Ander in Acht, die Reihenfolge der Briefe nicht zu verändern, als er den obersten mit Daumen und Zeigefinger vorsichtig abhob.

Ein anerkennendes Lächeln überzog das Gesicht des alten Lehrers. Was für ein wunderbarer Geschichtenerzähler Alexander doch war. Wie mühelos es ihm gelang, mit seinen farbigen Ausschmückungen und den immer neuen Wendungen den Leser, in diesem Fall ihn, in seinen Bann zu ziehen, ihn zu fesseln und neugierig zu machen auf das, was noch folgte.

So auch jetzt, als er im Weiteren die Erkundung des Briefstapels und die vergebliche Suche nach einer Adresse schilderte. Wie schon am Vorabend im Halbdunkel des Dachbodens war trotz der guten Lichtverhältnisse eine Schrift auf der Briefvorderseite nicht zu erkennen. Alexander oder Ander, wie er sich in der Geschichte nannte, nahm an, dass die Temperatur- und Feuchtigkeitsschwankungen unter dem Dach im Laufe der Jahre Wirkung hinterlassen hatten und das völlige Abblassen der Schrift die Folge war.

Doch dann, als er zur Betrachtung eine Lupe heranzog, erkannte er, dass die Vorderseite aller Briefe unbeschrieben, eine Anschrift nirgends vermerkt war. Außerdem, es fehlten neben der Adresse auch die Marken und die Stempel, die Briefe konnten also gar nicht auf dem Postweg verschickt worden sein. Hatten sie vielleicht dieses Haus niemals verlassen?

Ander drehte die Briefe. Als Absender stand auf allen Fr. Gerlach, der abgekürzte Vorname und der volle Name des Großvaters – sonst nichts, keine Wohnanschrift, keine Stadt, keine Straße.

Dann eine Überraschung, als er die Umschläge noch einmal inspizierte und die Laschen sämtlicher Briefe offen fand, so als wären sie nie zugeklebt gewesen. Natürlich musste der Junge sofort an das denken, was er über Spione gelesen hatte, über Agenten, die mithilfe von Wasserdampf den Klebverschluss lösten und sich so Zugang zu verschlossenen Dokumenten verschafften. Doch sofort verwarf er den Gedanken. Diese offenen Briefumschläge konnten keine Geheimpapiere enthalten, dafür sahen sie viel zu privat aus.

Eine weitere Überraschung wartete auf Ander beim Herausziehen der Bögen aus dem unverschlossenen obersten Kuvert. Seine Verwunderung über den Inhalt, ja seine Fassungslosigkeit wurde in seinen Worten deutlich: Das Erste, was Ander beim Blick auf das Papier in seinen Händen empfand, war grenzenloses Erstaunen. Aber was hatte er erwartet? Wahrscheinlich eine intime, vielleicht auch mysteriöse, auf jeden Fall persönliche Korrespondenz, das hatten die besonderen Briefumschläge und auch die verborgene Lage des Bündels annehmen lassen. Mit was er auf keine Fall gerechnet hatte, waren die seitenlangen

Zahlenkolonnen, die er jetzt vor sich sah. Ausnahmslos alle Blätter des Briefes waren von maschinengeschriebenen Ziffern bedeckt. Es war unschwer zu erkennen: Nicht ein moderner Computer, sondern eine alte mechanische Schreibmaschine hatte diese Nummern getippt. Lückenlos standen die Zahlen nebeneinander, zwölf, fünfzehn Reihen auf jeder Seite. Ein System war nicht zu erkennen, ihre Anordnung erschien zufällig.

Was hatte das zu bedeuten? Wie war diese Aneinanderreihung von Ziffern zu verstehen?

Oben rechts war ein Datum eingegeben: 24.2.1993. Zwanzig Jahre lag das jetzt zurück, zwanzig Jahre, von denen Großvater nur noch zwölf bis zu seinem Tod erleben durfte. Nachdenklich faltete er die Blätter zusammen, steckte sie in das Kuvert zurück und schob den Umschlag unter die noch ungelesenen Briefe.

Ratlosigkeit, aber auch eine Portion Enttäuschung war aus den folgenden Zeilen herauszulesen, in denen Ander den Wert und die Bedeutung des gerade Erfahrenen einzuschätzen versuchte. Er bekannte offen, dass er mehr erwartet, sich vom Fund der Briefe ein Abenteuer versprochen hatte. Stattdessen jetzt das hier: Zahlen – seitenweise. Die kurze Hoffnung, es könne sich vielleicht dahinter etwas Geheimnisvolles verbergen, etwas Kryptisches – hatte er doch eben schon die Agenten ins Spiel gebracht -, verflüchtigte sich schnell bei dem erneuten Blick auf die Zahlenreihen. Wie nüchtern das alles aussah, wie geschäftsmäßig. Aber noch hatte er ja die übrigen Briefe. Vielleicht stand ja dort..?

Mit unsicherer Erwartung griff Ander nach dem zweiten Umschlag. Doch schon beim Herausziehen der Papierbögen sah er sich in seiner Befürchtung bestätigt. Auch die Seiten dieses Briefes waren ausnahmslos mit den aus dem Vorbrief bekannten Zahlenkolonnen beschrieben. Das Datum zeigte den 16. März 1993, drei Wochen also lagen zwischen diesem und dem ersten Brief.

Ander gab sich nun nicht mehr der Illusion hin, die restlichen Briefe könnten etwas Anderes, Aufregenderes enthalten. Eher vollständigkeitshalber nahm er sich die noch verblieben fünf Exemplare der Reihe nach vor, überprüfte ihren Inhalt und erkannte sehr schnell, wie richtig er mit seiner Einschätzung lag. Auch diese Briefe enthielten das gleiche Zahlenmaterial wie die ersten.

Dennoch, die Hoffnung blieb, dass sich hinter dem nackten Zahlenwerk eine verschleierte Botschaft versteckte, eine Verschlüsselung mit nur dem einen Zweck, sie vor Uneingeweihten zu verbergen. Wer so etwas tat, scheute die Öffentlichkeit, hatte etwas zu verheimlichen. Aber was? Erneut nahm er sich die Briefe vor, studierte die Nummernkombinationen, ging die Reihen noch einmal durch – und entdeckte am Ende des letzten Briefes einen Nachsatz – er musste ihn beim ersten Lesen übersehen haben –, eine handschriftliche Notiz, augenscheinlich in Eile, vielleicht auch in Erregung hingekritzelt. Zunächst hatte Ander gar nicht verstanden, was für eine Mitteilung dort weitergegeben worden war, hatte die drei, vier Zeilen ein zweites Mal lesen müssen, um das Außergewöhnliche, das Erschreckende zu begreifen, von dem der Großvater sprach. Mein Gott, wenn das stimmte, was da geschrieben stand! Es hatte ihn Mühe gekostet, nicht sofort zum Vater hinunterzulaufen und sich ihm anzuvertrauen.

Noch einmal hielt er sich die Schlussseite des letzten Briefes vor Augen und las: »Keine Sorge, die Person ist gerichtet. Wer so handelt, hat sein Leben verwirkt. Ich war dabei, als sie in der Nähe des Wasserbehälters vergraben wurde. Oberhalb der Stelle habe ich einen Lebensbaum gepflanzt – zur Mahnung und als Warnung an alle, die das Wahre verraten.«

13

»Wir müssen reden«, rief der Vater von der Tür her in den Musiksaal hinein, »wie lange brauchst du noch?« Fragend sah er zur Tochter hin.

Miriam legte die Noten aus den Händen und kam heran. »Zwanzig Minuten wird‘s noch dauern. Ich will die einzelnen Stimmen verteilen und das Lied wenigstens einmal ansingen.« Er wusste, sie nahm ihre Aufgabe als Leiterin des Schulchors sehr ernst. »Gibt es denn etwas Wichtiges?«

»Ja, ich war gerade mit Alexander zusammen. Seine Geschichte beunruhigt mich. Darüber müssen wir reden. Ich mache dir einen Vorschlag: In der Zeit, in der du hier noch zu tun hast, spaziere ich hinunter zum See. Wir treffen uns im Strandcafé und essen dort eine Kleinigkeit, denn nach Kochen steht mir jetzt weiß Gott nicht der Sinn.«

Eine halbe Stunde später saßen sie sich auf den schmucklosen Plastikstühlen des Cafés gegenüber. Die Terrasse war leer, sie waren die einzigen Gäste an diesem frühen Nachmittag. Das mochte an den Wolken liegen, die sich regenverkündend im Westen zusammenballten. Ein baldiges Gewitter lag in der Luft, das bremste offensichtlich die Badelust.

Der alte Lehrer legte den Umschlag vor seiner Tochter auf den Tisch. »Hier, das zweite Kapitel. Gleich wirst du wissen, was mich beunruhigt. Ich hole uns in der Zwischenzeit etwas zu essen und zu trinken.« Sie einigten sich auf den Eintopf aus dem Angebot, nahmen dazu den obligaten Kaffee, den sie um diese Tageszeit beide nötig zu haben glaubten.

Als der Vater nach einigen Minuten aus dem Schankraum zurückkam, war Miriam noch immer in die Lektüre vertieft. Leise schob er das vollbeladene Tablett auf den Tisch, nahm sich seinen Becher und stellte sich mit dem Kaffee seitlich an das Geländer. Vor ihm der See war spiegelglatt, das Schilfrohr am hinteren Ufer stand bewegungslos in der schwülen Luft. Noch war es windstill, doch über den Bergen am Horizont leuchteten erste Blitze auf. Es war die Ruhe vor dem Sturm, bald würde es auffrischen und mit dem Wind würde der Regen kommen. Viel Zeit für den Aufenthalt im Freien blieb ihnen also nicht mehr.

»Um Himmels willen, was schreibt der Junge da?« Miriams Ausruf veranlasste ihn, sich umzudrehen. Die Augen der Tochter starrten auf die Blätter Alexanders. Wahrscheinlich war es das Ende seines Kapitels, das sie so erregte. In einer Geste der Abwehr, so als ginge eine Gefahr von ihnen aus, warf sie die Seiten auf den Tisch, erhob sich abrupt und trat auf ihn zu. »Vater, was soll das? Verstehst du, was er da schreibt?«

»Ja, zumindest das Letzte – das ist ja wohl unmissverständlich. Aber komm, lass uns erst einmal essen, solange der Eintopf noch heiß ist – und solange der Himmel es zulässt.« Er deutete auf die Wolkenbank, die in beängstigender Geschwindigkeit näher kam. »Unseren Kaffee können wir später noch drin an der Theke trinken und dabei reden.«

Schweigend löffelten sie die Suppe, diesmal jedoch ohne die Hingabe, mit der sie sich sonst einer Mahlzeit zu widmen pflegten. Die Gedanken an Alexanders Bericht dämpften den ungetrübten Genuss.

Und dann, sie hatten gerade zu Ende gegessen, prasselten die ersten Tropfen auf den Tisch. »Komm, wir machen drinnen weiter!« In Eile griff Miriam nach dem Umschlag, packte das Geschirr auf das Tablett und hastete zur Terrassentür. Der Vater folgte ihr mit den Kaffeebechern.

Eine Weile noch beobachteten sie von der Theke her das Unwetter draußen. Blitz auf Blitz zuckte über den Himmel, krachend entlud sich der Donner. Hinter einer Wand aus Regen war der vom inzwischen sturmstarken Wind aufgewühlte See kaum noch zu sehen.

Miriam wandte den Blick vom Fenster, fasste den Vater am Arm und drehte ihn zu sich herum. »Auch wenn ich immer wieder die gleiche Frage stelle«, sie zeigte auf die Seiten neben ihr, »ist das die Wahrheit, was der Junge hier erzählt? Gibt es die Briefe des Großvaters mit all dem Geheimnisvollen wirklich? Oder hat er sich das Ganze ausgedacht?«

»Ja, das frage ich mich auch jedes Mal. Fakt jedoch ist – diese Geschichte ist eine erzählerische Meisterleistung – so oder so. Fesselnd von Beginn an mit ständigen Steigerungen bis zu dieser entsetzlichen Offenbarung am Ende. Nicht eine Sekunde reißt der Spannungsbogen ab. Ein faszinierend geschriebenes Kapitel. Und genau das ist der Punkt. Bei aller Fantasiebegabung – ich bezweifle, dass sich ein junger Mensch mit so wenig Lebenserfahrung wie Alexander etwas Derartiges ausdenken kann. Ich nehme nach wie vor an, dass er das, was er hier schildert, zumindest im groben Ablauf erlebt hat. Er mag es ausgeschmückt haben, vielleicht, hat möglicherweise auch das eine oder andere Detail hinzugefügt, aber ich bin mir ziemlich sicher: Die Briefe gibt es und auch der Inhalt stimmt im Großen und Ganzen.«

»Sagt denn der Junge selbst etwas dazu?«

»Nein, von sich aus nicht. Ich habe ihn aber auch nicht direkt gefragt. Du weißt, dass ich im Moment noch vorsichtig bin, ihn darauf anzusprechen. Solange er so mitteilsam wie jetzt ist, will ich nicht riskieren, durch unnötiges Fragen die sprudelnde Quelle zum Versiegen zu bringen. Ich habe natürlich versucht, auf Umwegen etwas aus ihm herauszubekommen, habe zum Beispiel, um ihn zu provozieren, in den Raum gestellt, der Briefinhalt könne völlig belanglos sein, möglicherweise auf ein Hobby des Großvaters hinweisen – habe angedeutet, dass man die Schlusssätze auch anders interpretieren könnte, eher pfadfinderisch spielerisch als ernst gemeint.'Nein, das sind sie nicht', war Alexanders einzige Entgegnung. Und dann hat er mich auf morgen vertröstet: Warten Sie das dritte Kapitel ab, dann werden Sie sehen, wie die Geschichte weitergeht.«

Miriam griff nach dem Becher, hielt aber in der Bewegung inne. Nachdenklich stellte sie den Kaffee wieder ab. »Nehmen wir einmal an, die Zahlenreihen bergen tatsächlich eine Verschlüsselung, so etwas wie eine versteckte Botschaft...«

»Versteckt? Du meinst, in krimineller Absicht?«

»Zum Beispiel. Denk doch nur an die Schlussnotiz:'Die Person ist gerichtet – ich war dabei, als sie vergraben wurde.' Das klingt, als habe man jemanden umgebracht und danach den Leichnam in der Erde verscharrt. Dadurch erhielte die Geschichte noch ein zusätzliches Gewicht.«

»Als wäre das Gewicht nicht jetzt schon schwer genug.«

Einen Augenblick saßen Vater und Tochter schweigend nebeneinander, tranken ihren Kaffee. Draußen tobte unverändert das Unwetter, laut knallte der sturmgepeitschte Regen gegen die Scheiben.

»Hast du eine Vorstellung, was diese Zahlen bedeuten, was für einen Code sie darstellen könnten?«

»Wenn es denn ein Geheimcode ist. Es kann genauso etwas völlig Harmloses und Alltägliches sein«, dämpfte der Vater die Erwartungen der Tochter, »aber momentan habe ich absolut keine Erklärung. Nach welchem Prinzip die Ziffern aneinandergereiht sind, ob sie vielleicht irgendwo entnommen worden sind – einem Kursbuch der Bahn zum Beispiel oder einem Telefonverzeichnis – ich weiß es beim besten Willen nicht.«

»Und der Wasserbehälter, an dem die gerichtete Person liegen soll? Hast du eine Ahnung, wo der sein könnte?«

»Jedenfalls in der Nähe der Stadt. Alexanders Großvater hat immer hier gewohnt, er kennt das Gelände ringsum. Da ist es wahrscheinlich, dass er diese Ortskenntnis ausnutzt.«

»Welch ein Zynismus! An der Stelle, an der die Leiche beseitigt wird, einen Lebensbaum zu pflanzen! Was ist das für ein Mensch, dieser Fritz Gerlach, Alexanders Großvater?«

»Vielleicht erfahren wir das morgen, bekommen im dritten Kapitel Antworten auf unsere Fragen. Zumindest hat das der Junge versprochen.«

14

Mittlerweile begannen ihre Treffen fast so etwas wie Routine zu werden. Schon die Aufforderung »wie immer«, mit der der alte Lehrer dem Jungen das Geld hinstreckte, und die schweigende Selbstverständlichkeit der Entgegennahme zeigte die inzwischen entstandene Vertrautheit unter ihnen.

»Ich lasse mir wieder Zeit – so wie gestern«, rief Alexander von der Tür her, »das dritte Kapitel ist noch etwas länger als das zweite. Das werden Sie nicht in fünf Minuten gelesen haben.«

»So, so«, der Alte nahm den Umschlag in die Hand, »wie viele Kapitel werden es denn noch werden?«

»Ich weiß noch nicht. Die Geschichte könnte hiermit auch zu Ende sein. Vielleicht ist es mein letztes Kapitel.« Nach dieser orakelhaften Ankündigung verließ der Junge den Raum.

Etwas ratlos blieb Wilhelm zurück. Wie hatte Alexander das gemeint? Nachdenklich zog er die Blätter heraus, wog sie in der Hand. Der Junge hatte recht, das Kapitel heute war noch umfangreicher als das gestrige. Und noch etwas fiel auf. Die Schrift des Knaben glich jetzt wieder der seiner schulischen Aufsätze und seines ersten Kapitels, war wie da unstet, voller Schwankungen, ein Auf und Ab von Buchstaben und Worten. Es schien, als sei Alexanders zwischenzeitliches Gleichgewicht wieder völlig aus den Fugen geraten. War daran der Inhalt des Kapitels schuld?

Der Alte legte die Blätter nebeneinander auf den Tisch, erwartungsvoll beugte er sich vor. Dann begann er mit der

Lektüre: *Erst jetzt, nach dem erneuten Lesen der Schlusssätze, begriff Ander die Tragweite des Notierten. Die Person ist gerichtet – das konnte doch nur heißen: Man hatte sie getötet. Auf was war er da gestoßen? Auf einen Mord und die Beseitigung der Leiche?*

Doch was ihn mehr als alles andere traf, war die Erkenntnis, dass der eigenen Großvater in die Angelegenheit verwickelt war. Er fühlte, das hier war zu groß, um alleine getragen zu werden. Er brauchte jemanden, mit dem er sprechen konnte, dem er sich anvertrauen und von dem er wenigstens eine Meinung, vielleicht auch einen Rat erhalten konnte.

Das Einfachste wäre, er weihte den Vater ein, erzählte ihm vom Auffinden der versteckten Briefe und ihrem Inhalt. Oder besser noch, er übergab sie ihm – wahrscheinlich hatte der Vater als Schwiegersohn sogar ein Recht darauf. Doch dann – Ander konnte sich seine Scheu selbst nicht erklären – verwarf er den Gedanken. Möglicherweise hielt ihn das Unbehagen davon ab, mit dem Vater über ein Verbrechen seines Opas reden zu müssen.

Aber wer kam sonst in Frage? Es gab ja kaum jemanden hier an seinem neuen Wohnort, den er kannte. Die Lehrerin fiel ihm ein. Frau Schellberg war nett, er schätzte und mochte sie. Doch gerade das war ein Grund, sie nicht mit dieser Geschichte zu belasten. Dann kam ihm Falo in den Sinn. Hatte er nicht versprochen, ihn zu informieren, wenn in den Briefen etwas Besonderes stand? Was aber konnte von größerer Besonderheit sein als die Handnotiz am Schluss des letzten Briefes?

Er beschloss, den Freund anzurufen. Wer, wenn nicht Falo, war besser geeignet, ihm jetzt zur Seite zu stehen. Er schob den Brief zurück in den Umschlag und verstaute ihn zusammen mit den anderen in der Schublade. Dann nahm er sein Handy und telefonierte.

Es war schön, die vertraute Stimme des Freundes wieder zu hören, doch Ander verlor keine Zeit mit Nebensächlichem, er kam gleich auf das zu sprechen, was ihm am Herzen lag, deutete an, im Zusammenhang mit dem Fund auf dem Dachboden auf etwas Bedeutsames gestoßen zu sein. Er brauche ihn dringend, müsse ihm die Entdeckung zeigen, mit ihm darüber sprechen. Sie vereinbarten, sich am kommenden Wochenende hier zu treffen. Falo würde mit dem Zug kommen, Ander ihn am Bahnhof abholen.

Der Sonnabend kam, ein lauer Spätsommertag, und mit ihm kam der Freund. Der Vater hatte bedauert, den Sohn nicht fahren zu können, aber die Klaviertage in der nahen Großstadt machten seine ganztägige Präsenz dort erforderlich. Früh am Morgen war er gefahren, und voraussichtlich erst spät in der Nacht würde er zurückkommen.

Also machte sich Ander zu Fuß auf den Weg zum Bahnhof. Er freute sich auf das Wiedersehen mit Falo und vor allem auf die Möglichkeit, endlich jemandem sein nach dem Lesen der Briefe reichlich belastetes Herz ausschütten zu können.

Der Zug war pünktlich. Auf dieser wenig befahrenen Strecke abseits der großen Verkehrswege waren Verspätungen ausgesprochen selten. Falo hatte lediglich einen kleinen Rucksack mit sich, für die eine Nacht, die er zu bleiben beabsichtigte, war das ausreichend. Mit lässigem Handschlag begrüßte er den Freund, doch war die Spannung angesichts dessen, was ihn erwartete, nicht zu übersehen. Kaum, dass sie das Bahngelände verlassen hatte, stoppte Falo. »Und, hast du die Briefe dabei?«

Auch Ander blieb stehen, so, als hätte er nur auf die

Frage gewartet. Bedeutungsvoll klopfte er auf die Hintertasche der Hose. »Hier, zwei habe ich mir eingesteckt. Du solltest sie sofort lesen.« Er ging dem Freund voran, überquerte das Bahnhofsrondell und steuerte auf ein halbhohes Mäuerchen zu. »Du musst gesehen haben, was drinsteht, dann erst können wir darüber sprechen.«

Sie setzten sich dicht nebeneinander. Es war angenehm kühl auf den Steinen, ein Laubgang über ihnen spendete Schatten.

Ander kramte die Briefe aus der Tasche. »Von den sieben im Stapel habe ich zwei mitgebracht – den ersten und den letzten. Im Grunde sind sie alle gleich, deshalb reicht es, wenn du den hier liest.« Er hielt dem Freund den am frühesten datierten Brief hin.

»Und was ist mit dem da?« Falo deutete auf das in Anders Hand verbliebene Schreiben.

»Das ist auch nichts anderes – bis auf den Schluss. Alle Briefe sind ohne Adresse.« Er erzählte, wie er mit der Lupe die Briefvorderseiten vergeblich nach einer Anschrift abgesucht hatte. Auch über das Fehlen der Briefmarken und Stempel informierte er. »Der Absender ist in allen Fällen mein Großvater, überall auf den Rückseiten findet sich sein Fr. Gerlach. - Aber komm jetzt, fang mit dem Lesen an! Schon dieser erste Brief wird dir einige Rätsel aufgeben.«

Nicht einmal eine Minute dauerte es, bis Falo den Blick von den Seiten löste und verwundert fragte: »Was soll das? Nichts außer Zahlen. Was hat das zu bedeuten?«

»Die anderen Briefe enthalten das Gleiche: Endlose Nummernreihen, nichts weiter.« Ander hob die Schultern. »Frag mich nicht nach dem Sinn des Ganzen – soviel ich darüber nachdenke, ich finde keinen.«

»Vielleicht ist es ein Geheimcode?«, ereiferte sich Falo.

»Daran habe ich auch schon gedacht, aber ich wüsste nicht, was für ein Schlüssel dahinter steckt. Das alles sieht so verdammt vernünftig aus – wie eine Geschäftsabrechnung oder eine Bestellliste. Aber genausogut kann sich auch etwas dahinter verbergen.«

»Zum Beispiel eine Nachricht von Agent zu Agent«, war Falo Feuer und Flamme von seiner Idee eines Geheimcodes. »War das das Bedeutungsvolle, von dem du am Telefon gesprochen hast?«

»Nein, wir wissen ja nicht einmal, ob die Zahlen eine besondere Bedeutung haben.«

»Was dann?«

Ander rutschte vom Mäuerchen herunter. Er stellte sich vor den Freund, nahm ihm den Brief aus der Hand und reichte ihm den anderen, noch ungelesenen. »Hier, sieh dir das an, dann wird dir klar, auf was ich gestoßen bin. Den Anfang kannst du dir sparen, es genügt, wenn du das Ende liest.«

Falo durchblätterte flüchtig den Brief, schob schließlich die ersten Seiten unter die letzte. Dann nahm er sich den handgeschriebenen Schlussabsatz vor. Ein kurzes Aufsehen zwischendurch verriet, dass er den Abschnitt ein zweites Mal las. Es fiel ihm offenbar schwer, das Gelesene zu begreifen. »Das gibt's doch gar nicht!«, rief er schließlich und hielt die Seiten hoch, »da erzählt einer vom Verbuddeln einer Leiche.«

»Nicht einer, auch nicht irgendeiner, sondern mein Großvater«, berichtigte Ander. »Aber das ist ja noch nicht einmal das Schlimmste.«

»Was kann denn noch schlimmer sein?«

»Die Art und Weise, wie es zu der Leiche gekommen ist.«

»Du meinst..?«

Ander nahm dem Freund den Brief aus der Hand. Er zeigte auf den Schluss und zitierte: ‚Die Person ist gerichtet. Wer so handelt, hat sein Leben verwirkt.' Weißt du, was das bedeutet? Da ist jemand bestraft und zum Schweigen gebracht worden, vergraben am Wasserbehälter. – Für mich gibt es da kaum einen Zweifel, was mit dieser Person geschehen ist.«

»Man hat sie umgebracht«, hauchte Falo mit erstickter Stimme, so als sollte keiner der Vorübergehenden seine schreckliche Erkenntnis mitbekommen. Mit aufgerissenen Augen starrte er den Freund an. »Glaubst du, dass die Leiche in dem Brief wirklich existiert?«

»Ja, das glaube ich«, nickte Ander und faltete den Brief zusammen. »Aber, um ganz sicher zu sein, gibt es nur eines: Wir müssen nachsehen.«

»Nachsehen?« Falo sprang auf. »Du willst doch nicht etwa..?«

»Doch. Ich habe schon alles vorbereitet. Heute Abend gehen wir zum Wasserbehälter und überprüfen, ob, und wenn ja, was dort vergraben ist.«

»Aber es gibt doch bestimmt mehrere Wasserbehälter rings um die Stadt. Woher weißt du, welcher gemeint ist? Nach so langer Zeit kann es doch sein, dass der Behälter gar nicht mehr existiert?«

»Aber ja, es gibt ihn. Ich habe ihn bereits gefunden. Noch am selben Tag, als ich davon las, habe ich mir eine Wanderkarte besorgt. Mit der bin ich losgezogen, habe die eingezeichneten Hochbehälter alle aufgesucht - und bin fündig geworden. Nur einer kommt in Frage. Wenn du hörst, wo dieser Behälter liegt, wirst du es kaum glauben.« In einer vertraulichen Geste legte Ander dem Freund die Hand auf die Schulter. »Er befindet sich am Nordhang un-

seres Berges – nicht weit von der Stelle, an der wir den letzten gemeinsamen Ferientag verbracht haben.«

Doch die Erinnerung an diese Stunden vermochte Falos Bedenken nur kurz zu verdrängen. Zweifelnd wollte er wissen. »Und worauf gründet sich deine Überzeugung, den richtigen Wasserbehälter gefunden zu haben?«

»Auf der Thuja am Fuß des Hügels.«

»Thuja? Was ist denn das ?«

»Mensch, Falo, hast du gefehlt, als wir in Biologie die Bäume durchgenommen haben?«

»Quatsch«, wehrte sich der Freund. »Trotzdem, ich habe keine Ahnung, was Thuja ist.«

»Gut, dann will ich dir's sagen: Es ist die botanische Bezeichnung für einen Baum – den Lebensbaum. Verstehst du jetzt?«

Es dauerte etwas, bis der Freund begriff. »Lebensbaum – davon spricht doch dein Großvater im letzten Brief: ‚Ich habe an dem Ort einen Lebensbaum gepflanzt' – so ähnlich jedenfalls. Mein Gott, und so einen Baum hast du entdeckt?«

»Ja, zehn Meter neben dem Wasserbehälter. Auf den ersten Blick fällt er gar nicht auf, weil er am Rand eines Nadelgehölzes steht. Doch wenn man weiß, nach was man sucht, findet man ihn leicht.«

»Und die Stelle, an der man die Person..?« Falo dämpfte erneut die Stimme. »Erkennt man, wo damals gegraben wurde?«

»Nein, nicht mehr. Das ist jetzt zwanzig Jahre her. Da ist natürlich alles zugewachsen.«

»Wie sollen wir denn dann? Bei all den Büschen, die inzwischen da stehen müssen?«

»Sie haben um den Wasserbehälter herum alles frei

gemacht - wahrscheinlich, um die Anlage zugänglich zu halten und auch, um zu verhindern, dass Wurzeln da hineinwachsen. Lediglich Gras und ein paar niedrige Waldpflanzen bedecken den Boden. Das dürfte keine Schwierigkeiten machen.«

»Zwanzig Jahre, sagst du – ist denn da noch etwas von der Leiche übrig?«

»Zumindest die Knochen. Vielleicht gibt es ja auch Hinweise, wer die vergrabene Person war.«

»Wenn wir überhaupt etwas finden«, sperrte sich Falo noch immer bei dem Gedanken, nach einem Toten suchen zu müssen.

»Ja, wenn überhaupt«, gab ihm Ander recht, »aber um Gewissheit zu haben, müssen wir graben. Komm jetzt«, setzte er sich in Bewegung, »lass uns nach Hause gehen und unser Vorgehen planen. Ein paar Dinge sind noch zu tun.«

Der Nachmittag verging mit Vorbereitungen für die abendliche Unternehmung. Sie suchten zusammen, was sie bei der Grabung benötigen würden und auch einiges darüber hinaus, so zum Beispiel ein Seil und einen Gurt mit Karabinerhaken – für alle Fälle. Als die Sachen schließlich vor ihnen lagen, die Taschenlampen, die Kreuzhacke, der Spaten und die Schaufeln, kamen ihnen Bedenken. Wenn sie sich so auf den Weg zum Wald machten, mit dem sperrigen Werkzeug über den Schultern, würden sie ein Blickfang sein für alle, denen sie begegneten. Augenblicklich wäre der Verdacht geweckt, sie führten etwas im Schilde. »Wir brauchen Werkzeug, das im Rucksack zu verstauen ist. Das hier«, Ander deutete auf die Gartengeräte, »ist viel zu auffällig.«

Doch dann erinnerte er sich an einen seiner neuen Mit-

schüler, dessen Vater bei der städtischen Feuerwehr war. Auf seiner alten Schule noch, damals im Rahmen eines Aktionstages, waren er und seine Klasse einmal auf einer Feuerwache gewesen. Dort hatte er die Ausrüstung der Brandschützer kennen gelernt, auch ihr zusammenklappbares Werkzeug; das wäre jetzt genau das Richtige. »Ich rufe Jasper an, sein Vater kann uns bestimmt etwas besorgen.«

Eine Stunde später kam Ander von seinem Schulkameraden zurück, im Rucksack zwei Klappspaten und eine zusammenschraubbare Kreuzhacke.

Es war noch früh am Abend, als sie aufbrachen; sie würden einige Zeit brauchen bis zu ihrem Ziel. Durch die Stadt und dann hinauf bis an den Waldrand fuhren sie mit den Rädern, von da ging es zu Fuß weiter. Da es noch hell war, viel zu hell für ihr Vorhaben, beschlossen sie – in einer Art nostalgischer Anwandlung -, die Zeit bis zum Eintritt der Dämmerung oben auf dem Berg zu verbringen – dort, wo sie erst vor wenigen Tagen so eng und intensiv zusammen gewesen waren. Damals hatten sie noch nichts geahnt von dem, was sie heute hierher führte, nichts von dem gruseligen Abenteuer, das ihnen bevorstand.

Eine Weile saßen sie schweigend auf den gleichen Steinen wie an jenem Nachmittag. Im Westen versank gerade die Sonne, ein letztes rotes Glühen noch am Himmel, dann verschwand mit dem Licht auch die Farbe. Um sich abzulenken von dem unguten Gefühl, das sich ihrer in Erwartung des Kommenden bemächtigt hatte, ergingen sie sich eine Zeitlang in Spekulationen über die Bedeutung der Zahlenkolonnen. Doch ihre Bemühungen blieben fruchtlos, sie konnten einfach keinen Sinn in der Abfolge der Ziffern finden. So ging der Abend voran, es wurde dämmrig.

»Lass uns gehen, solange es noch ein bisschen hell ist«, schlug Ander vor und erhob sich. »Es ist zwar nicht mehr weit, aber der Weg ist steil, da kann man leicht ausrutschen und fallen.« Sie nahmen die Rucksäcke auf, holten die Lampen aus den Seitentaschen, ließen sie aber ausgeschaltet. Noch war das Licht ausreichend.

Sie bemühten sich, so lautlos wie nur eben möglich zu gehen, achteten schon beim Auftreten darauf, dass sie keinen Stein ins Rollen brachten, kein Ast unter ihrem Tritt zerbrach.

Je mehr sie sich dem Wasserbehälter näherten, desto enger rückten sie zusammen, fast schon, dass Falo den Freund vor ihm berührte. Dann tauchte das Ziel unter ihnen auf: Das von Bäumen gelichtete kleine Plateau mit dem schemenhaft aus seiner Mitte aufragenden Hochbehälter.

Die Jungen blieben, dicht aneinandergedrängt, stehen und lauschten in die vollkommene Stille hinein. Nicht das geringste Geräusch war zu vernehmen, kein Laut drang von unten zu ihnen herauf. Nichts als ihr eigenes keuchendes Atmen war zu hören.

»Noch können wir umkehren«, flüsterte Falo, »hier links geht ein Pfad, der führt um den Berg herum zurück zum Waldrand.« Er packte den Freund an der Schulter, versuchte, ihn zur Seite und auf den schmalen Weg zu ziehen.

»Nein«, Ander löste den Griff der Hand, fasste Falo am Arm und schob ihn weiter den Hang hinunter. »Jetzt, wo wir fast da sind – jetzt will ich auch die Wahrheit wissen.«

Das Licht war inzwischen so schwach, dass sie aufpassen mussten, wohin sie traten. Ein letzter Schimmer lag noch über dem westlichen Himmel, doch zwischen den Bäumen war es bereits stockdunkel. Noch war der Mond nicht aufgegangen.

»Da hinten«, Ander zeigte auf die nahen Fichten, »wenn du genau hinschaust, siehst du die Thuja.«

Aber so sehr er sich auch bemühte, Falo konnte in der schwarzen Nadelwand keinen andersartigen Baum unterscheiden.

»Komm, gehen wir hin. Wenn du davor stehst, wirst du ihn unschwer erkennen.«

Auch wenn die Versuchung groß war, die Lampen zu benutzen und das Gelände vor sich zu beleuchten, ließen sie sie uneingeschaltet. Erst wollten sie sicher sein, dass sie alleine und unbeobachtet waren, wollten nicht Gefahr laufen, vom Lichtschein verraten zu werden. So schlichen sie einmal um den Hügel herum und näherten sich von seitlich der Stelle, die Ander als Standort des Lebensbaumes in Erinnerung hatte. Alles war ruhig, nichts bewegte sich weder im Wald noch auf der freien Fläche rings um den Hochbehälter. Hin und wieder brach ein Zweig unter den Füßen, raschelte das welke Laub, sonst war es still, totenstill.

»Ich glaube, wir können die Lampen jetzt anmachen«, gab Ander das Signal zum Einschalten. »Hier ist niemand, wir sind völlig ungestört.«

Wie auf ein Startzeichen leuchteten die Strahlen auf, fielen als erstes auf das Gesicht des anderen, so als wollte sich jeder der beiden der Anwesenheit des Freundes vergewissern. Von dort wanderten sie weiter über den Waldrand auf der Suche nach der im Brief angegebenen Stelle. »Da«, Ander wies in die Richtung seines Lichtes, »der Lebensbaum. Komm, schauen wir nach.«

Jetzt sah auch Falo, wie sehr sich die Thuja von den benachbarten Nadelbäumen unterschied. Sie war knorrig im Stamm mit breitem buschigem Körper, ganz anders jedenfalls als die schlanken, hohen Fichten um sie herum.

Sie erinnerte ihn an die Bäume und Büsche, die er auf dem Friedhof gesehen hatte, auch wenn die dortigen Exemplare von wesentlich ebenmäßigerer Gestalt waren als dieser verwachsene Wildwuchs.

Kurz dachte er darüber nach, ob man die Thuja vielleicht deshalb Lebensbaum nannte, weil sie an den Gräbern, den Stätten des Todes das Leben symbolisierte? Falo erschrak, als ihm bewusst wurde, wie zutreffend sein Gedanke gerade an diesem Ort sein konnte. Er drehte den Kopf, richtete den Strahl seiner Taschenlampe auf das Zentrum des Plateaus. Von hier aus war nur der obere Rand des betonierten Wasserbehälters zu erkennen. Es sah aus, als erhebe sich eine graue Grabplatte aus dem aufgeschütteten Erdhügel. Schnell wandte er sich ab.

Ander stand bei dem Baum, schwenkte die Lampe und leuchtete den Boden ringsum ab. Ein-, zweimal bückte er sich, legte den Kopf schief, so als müsse er etwas überprüfen.

Falo trat neben ihn. »Wie können wir wissen, wo genau wir suchen müssen?«, fragte er und deutete mit dem Lichtstrahl umher, »wir können doch unmöglich das alles hier aufgraben.«

»Müssen wir auch nicht«, zeigte sich Ander optimistisch. »Denk nach! Was steht in dem Brief? ‚Oberhalb der Stelle habe ich einen Lebensbaum gepflanzt‘«, gab er selbst die Antwort und erklärte: »Oberhalb - das kann doch nur bedeuten, in Richtung Waldrand, denn andernfalls hätte der Erdaushub damals zwischen den Bäumen gemacht werden müssen, zwischen dichtem Wurzelwerk – darauf hat man bestimmt verzichtet. Ich habe mir gerade den Boden angesehen. Hier«, er leuchtete in eine Kuhle unter der Thuja, »diese Einsenkung könnte darauf hindeuten,

dass hier einmal lockeres Erdreich gewesen ist. Unter dem Einfluss von Schnee und Regen wird es sich im Laufe der Jahre gesetzt haben. Vielleicht ist diese Vertiefung ja das Gesuchte.« Wie um seine Überzeugung zu unterstreichen, nahm er den Rucksack vom Rücken, öffnete ihn und holte das Werkzeug heraus. »Hier werden wir zu graben beginnen. Es sollte mich wundern, wenn das nicht die richtige Stelle ist.«

Sie hatten sich geeinigt: Einer würde hacken, einer schippen. In der Zeit, in der der eine tätig war, konnte der andere verschnaufen. Die Arbeit ging leichter von der Hand, als sie befürchtet hatten. Nur eine dicke Wurzel musste mit der Kreuzhacke durchtrennt werden, sonst bot das dünne Wurzelgeflecht wenig Widerstand.

Sie kamen gut voran, hatten schon bald ein Loch von mehr als einem Meter Tiefe ausgehoben. Der am Boden Arbeitende stieß die Erde mit dem Spaten ab oder lockerte sie mit der Hacke, der andere gab ihm vom Grubenrand Licht. Alle zehn Minuten wechselten sie sich ab.

Als sie nach einer halben Stunde noch immer nicht auf menschliche Knochen gestoßen waren, unterbrach Ander die Arbeit. »Es bringt nichts, noch tiefer zu gehen. So weit unten liegt die Leiche nicht. Wir müssen seitlich weitersuchen. Am besten, wir machen das Loch größer. Dazu brauchen wir nur den Rand herunterzubrechen. Die Erde kann dann einfach nach hinten geschoben werden. So ersparen wir uns das Herausschippen.«

Wie erwartet ging das Graben nun noch zügiger. Die Aushöhlung war bald so groß, dass beide darin stehen und arbeiten konnten. Erdscholle auf Erdscholle fiel unter den Schlägen der Kreuzhacke herab, wurde mit dem Spaten weitergeschoben in den hinteren Teil der Grube. Das Loch verlängerte sich ständig, nahm immer mehr die Form eines langgezogenen Ovals an.

»Stopp!«, rief Falo und hielt augenblicklich inne, das lockere Erdreich an Ander vorbei nach hinten zu ziehen. Er fuchtelte mit dem Arm. »Hier ist was – etwas Helles.« Mit dem Spaten stieß er gegen den Fund.« Es klang, als wenn man auf einen Stein träfe.

»Leuchte mal mit der Lampe hierher«, forderte er den Freund auf und bückte sich. Als der Lichtstrahl auf die Stelle fiel, an der er sich hingehockt hatte, sprang das helle Objekt sofort ins Auge. Wie ein Leuchtpunkt hob es sich von dem dunklen Waldboden ab. Unwillkürlich fasste Falo danach, zog das Ding aus der schwarzen Erde heraus – und ließ es sofort wieder fallen. Mit einem leisen Aufschrei richtete er sich auf. »Das ist ja ein Knochen«, stöhnte er und starrte auf den bleichen Gegenstand zu seinen Füßen.

»Was hast du denn erwartet, schließlich sind wir zum Knochenfinden hergekommen«, gab Ander den Überlegenen. »Hier, halt mal«, reichte er dem Freund die Lampe und kniete sich auf den Boden. Mit der einen Hand ergriff er den Knochen, mit der anderen streifte er die daran haftenden Erdkrümel ab.

»Zweifellos von einem Menschen«, begutachtete er den Fund. Er kannte den Aufbau eines Skeletts, sie hatten in der Schule anhand eines Modells ausführlich darüber gesprochen. »Von einem Arm oder einem Bein.« Mit der Faust umfasste er den Knochen, streckte ihn wie eine Trophäe aus der Grube heraus in den Nachthimmel. Trotz seiner nicht zu überhörenden Beklommenheit lag Genugtuung in der Stimme. »Wir haben gefunden, was wir gesucht haben. Ich hatte also recht, die Leiche liegt hier an dieser Stelle.«

Dann aber schien ihm aufzugehen, dass das Entdecken

eines einzelnen Knochens schwerlich mit einem Leichenfund gleichzusetzen war. »Komm«, stieß er Falo an und griff nach der Hacke, »lass uns nach den übrigen Knochen graben. Vor allem den Schädel müssen wir finden.«

Nicht einmal eine Viertelstunde später hatten sie eine Vielzahl an Skelettteilen zusammengetragen und zu einem Haufen auf den Boden der Grube geschichtet. Sie beschränkten sich auf die großen langen Knochen der Beine und Arme, auf die Rippen, die Wirbelsäule und den Beckengürtel. Und auch einen Schädel hatten sie gefunden. Falos anfängliche Scheu war inzwischen völlig verschwunden, mit einer schon fast an Schatzsucher erinnernden Besessenheit hatte er die gelockerte Erde durchwühlt und begeistert jeden Fund kommentiert.

Nun war es an der Zeit, das Ausgegrabene zu sortieren, es in die anatomische Ordnung zu bringen, die ihnen von dem Schulmodell her vertraut war. Dabei stellten sie fest, das dem Skelett noch ein Oberschenkelknochen und ein Fuß fehlten. Von ihrem noch ungestillten schatzgräberischen Ehrgeiz getragen, gruben sie weiter, bis sie erneut auf Skelettteile stießen. Doch wie erstaunten sie, als sie neben dem Gesuchten noch zusätzliche Knochen und einen weiteren Schädel zu Tage förderten.

»Zwei Schädel? Wie kann das sein?« Falos Blick glitt ratlos über die vor ihm liegenden Gebeine. »In dem Brief stand doch nur von einer Leiche..?«

Auch Ander war im ersten Augenblick verblüfft, hatte er doch Großvaters Notiz noch wortgenau in Erinnerung: »Keine Sorge, die Person ist gerichtet. Ich war dabei, als sie vergraben wurde.«

Es war unzweifelhaft von nur einem Menschen die Rede gewesen. Jetzt aber hatten sie zwei Schädel... War etwa noch jemand in die Erde gelegt worden, weil er das Wahre verraten und dadurch sein Leben verwirkt hatte?

»Wer mag dieser Zweite sein?«, fragte Falo, als ihm Ander seine Überlegungen mitteilte.

»Keine Ahnung. Wir wissen ja noch nicht einmal, wer die Person aus Großvaters Brief ist.« Unentschlossen standen die Jungen in der Grube, neben sich die Schädel und die anderen Skeletttteile.

»Was machen wir jetzt?« Falo zeigte auf die Knochen am Boden der Höhlung. »Wir können das doch nicht so hier liegen lassen?«

»Nein, das können wir nicht. Es muss ja keiner wissen, dass hier gegraben wurde.« Kurz zögerte Ander, dann griff er nach dem Spaten. »Das, was wir wollten, haben wir erfahren. Die Knochen selbst sind für uns nutzlos. Deshalb lass uns die Erde wieder draufschaufeln und das Loch zumachen. Und danach verschwinden wir.«

In den Folgeminuten arbeiteten sie verbissen, schoben das Erdreich über die Knochen und warfen den Aushub in die Grube zurück. Man merkte, wie sehr ihnen jetzt daran gelegen war, so schnell wie möglich von diesem unheimlichen Ort fortzukommen. Der Schweiß lief ihnen über die dreckverschmierten Gesichter, ihr Atem ging schwer, sie schufteten bis zur Erschöpfung.

Es dauerte nicht lange, bis die Höhlung wieder aufgefüllt und die Fläche soweit eingeebnet war, dass man von der Grabung kaum noch etwas erkennen konnte. Inzwischen war der Mond aufgestiegen, voll stand er am Himmel. Jetzt würden sie die Lampen nicht mehr brauchen.

Sie packten die Sachen zusammen und nahmen die Rucksäcke auf. Noch einmal ließen sie den Blick über das schummrige Szenarium wandern, schauten auf den glatten

Hügel des Hochbehälters, den knorrigen Lebensbaum und das Grab, von dem nun nicht mehr als seine erdfrische Oberfläche zu sehen war. Die Freunde fröstelten. Wie viel weniger furchterregend war es gewesen, die Knochen sichtbar vor sich zu haben, sie sogar anzufassen, als jetzt dieses Blicken auf die schwarze Erde mit dem Wissen um die unsichtbare Existenz der menschlichen Gebeine dort unten in der Tiefe.

»Komm, lass uns gehen«, befreite sich Ander aus der schaudernden Betrachtung und zog Falo mit sich. »Wir müssen zurück sein, bevor Vater nach Hause kommt.«

Obwohl sie eilten, hatten sie das Gefühl, dass der Heimweg durch das Halbdunkel des gespenstischen Waldes um ein Vieles länger war als das Herkommen im hellen Tageslicht. Überall zwischen den Bäumen und Büschen bewegten sich die Schatten, es knisterte und knackte, jedes Rascheln ließ sie erschreckt auffahren. Wie erleichtert waren sie, als sie schließlich den Waldrand erreichten und ihre Fahrräder besteigen konnten, wie froh, als sie dann endlich die Lichter der Stadt vor sich sahen.

Erst, als sie die Räder vor dem Haus abstellten und die Treppe zum Eingang hinaufgingen, merkten sie, wie sehr sie das gerade Erlebte mitgenommen hatte. Die Herzen schlugen ihnen bis zum Hals, die Beine waren schwach, gaben nach und die Hände zitterten so, dass Ander Mühe hatte, den Schlüssel in das Türschloss zu stecken.

»So willst du das Ganze enden lassen?« Wilhelm sah zu dem Jungen hin, der gerade mit den Getränken zurückgekommen war und sich ihm gegenüber an den Tisch gesetzt hatte. »Kein Hinweis auf das, was damals vor zwanzig Jahren passiert sein kann? Keine Andeutung, wer die Toten sein könnten? Du lässt deine Geschichte mit einem Rätsel aufhören, ohne es zu lösen?«

»Vielleicht gibt es keine Lösung«, Alexander zuckte mit den Schultern. »Und außerdem, es muss ja nicht so enden.«

»Heißt das, du schreibst eine Fortsetzung?«

»Eine Fortsetzung? Nein, keine Fortsetzung, aber möglicherweise habe ich noch eine Ergänzung. Wer weiß.« Alexander griff nach seinem Kakao. Er hob den Becher an den Mund. Es war offensichtlich, dass er jetzt keine weitere Erklärung geben wollte.

Auch der Alte nahm seinen Kaffee und trank. Noch aufgewühlt von dem soeben Gelesenen versuchte er, seine Gedanken erst einmal wieder einzufangen, sie zu ordnen und sie bereit zu machen für die Entscheidungen, die zu fällen er nicht umhinkommen würde. Doch im Moment war er noch zu verwirrt, noch zu unschlüssig, wie er sich weiter verhalten sollte. Er durfte den Jungen nicht drängen oder etwas von ihm erzwingen wollen, durfte seine bisherige Bereitschaft und Zugänglichkeit auf keinen Fall gefährden.

»Die beiden in deiner Geschichte, Ander und Falo, haben sich doch bestimmt auf dem Heimweg und auch später in ihrem Zimmer über das Abenteuer im Wald unterhalten«, blieb er auf dem neutralen Boden der Erzählung. »Was meinst du, wie hätten sie mit ihrer Entdeckung umgehen sollen – immerhin die Aufdeckung eines oder mehrerer Verbrechen? Hätten sie schweigen sollen – oder wäre es ihre Pflicht gewesen, mit jemandem darüber zu sprechen, mit dem Vater zum Beispiel? Vielleicht hätte sogar die Polizei informiert werden müssen?« Noch während er sprach, spürte er die Unglaubwürdigkeit seiner vielen Konjunktive; da hätte er den Jungen auch direkt fragen können.

Alexander stellte den ausgetrunkenen Becher auf den

Tisch. »Falo und Ander haben vereinbart zu schweigen«, blieb auch er bei seiner Geschichte. »Was hätten sie denn tun können? Das Ganze lag doch so weit zurück. Nichts würde die Toten wieder lebendig machen. Dazu noch die Beteiligung des Großvaters... Also schweigen sie – und werden auch weiter schweigen.«

Der Alte nickte, das hatte er verstanden. Offenbar hatten die Knaben sich gegenseitig das Versprechen abgenommen, das Geheimnis für sich zu behalten. Eine solche Übereinkunft durfte natürlich nicht gebrochen werden. Deshalb also Alexanders Umweg über die Aufsätze und die Kapitel. Er schien zu glauben, auf diese Weise die Einhaltung seines zugesicherten Stillschweigens umgehen zu können.

Er baute dem Jungen eine Brücke. »Was ist, wenn ein Fremder von dem Inhalt des Briefes Kenntnis erhält und so auch von dem Grab erfährt? Was, glaubst du, sollte der dann tun?« Seine Augen fixierten Alexander, entließen ihn nicht aus der Verpflichtung, ihm jetzt ohne Ausweichen zu antworten.

Diesmal jedoch wich der Junge dem Blick nicht aus. Seine Stimme war fest, als er antwortete: »Er muss die Sache aufdecken, muss mit jemandem reden – warum nicht mit Anders Vater. Und dann sollte er die Polizei einschalten – schließlich geht es um Mord.«

»Das ist ein klares Wort, mein Junge.« Der Alte streckte den Arm über den Tisch, »ein klares Wort zur rechten Zeit.« Auffordernd drehte er die Handfläche nach oben.

Für einen Moment hielt er den Atem an. Noch fehlte die letzte Bekräftigung. Doch dann, mit einem Gefühl grenzenloser Erleichterung, spürte er, wie sich die Hand des Knaben in die seine legte. Noch einmal begegneten sich ihre Blicke wie zur Besiegelung des gemeinsamen Entschlusses, dann stand der alte Lehrer auf. »Komm, tun wir, was getan werden muss.« Er fasste den Jungen um die Schulter. Zusammen verließen sie den Raum.

15

Noch am selben Abend kamen sie zusammen. Die Zeit des Zuwartens war vorbei. Die Gewichtigkeit der Angelegenheit erforderte jetzt die Einbeziehung aller, die dem Jungen helfen und der Auflösung der Sache dienlich sein konnten.

Gleich nach dem Heimkommen hatte der Vater die Tochter informiert, hatte ihr Alexanders drittes und möglicherweise letztes Kapitel zum Lesen gegeben.

»Mein Gott, was für ein grausiger Fund, kein Wunder, dass das Spuren hinterlassen hat«, entsetzte sich Miriam. Sie waren sich einig: Ihr bisheriges Vorgehen war nun nicht mehr angebracht, das vorsichtige, rücksichtsvolle Vortasten, mit dem sie Alexanders Geheimnis auf die Spur kommen wollten, musste ein Ende haben.

»Das heißt nicht, dass wir das Talent des Jungen aus den Augen verlieren«, versicherte der Vater. »Im Gegenteil, wir werden es gut im Blick behalten, uns später wieder intensiv darum kümmern. Aber im Moment ist anderes vorrangig. Ich werde jetzt als erstes Herrn Schiller anrufen und ein Treffen zwischen uns und ihm vereinbaren.«

Bei dem Telefonat erfuhr Wilhelm zwei Dinge, die seinem Vorhaben entgegenkamen: Alexander war den ganzen Nachmittag nicht daheim, das Fußballturnier in der Nachbarstadt würde ihn dort bis in den Abend hinein binden. Sein Vater hingegen war zu Hause. Er teilte mit, dass er ab fünf zur Verfügung stünde.

Sie verabredeten sich für sechs in der Villa auf dem Hügel. Der alte Lehrer versprach, die Umschläge mit den Kapiteln Alexanders vorher vorbeizubringen, sie in den Briefkasten zu werfen. Herr Schiller sollte sich noch vor dem Gespräch mit ihrem Inhalt vertraut machen können.

Wie ihr Vater vor wenigen Tagen sah Miriam das graue, pompöse Haus heute zum ersten Mal aus der Nähe. Sie kannte das Bauwerk, natürlich – in seiner exponierten Lage auf dem Hügel war es ja fast schon ein Wahrzeichen der Stadt. Aber sie war nie nahe genug herangekommen, um mehr sagen zu können, als dass es ein stattliches Gebäude war.

»Das also ist Alexanders Festung«, erinnerte sie sich an das, was der Vater erzählt hatte. »Keine schlechte Bezeichnung – der Kasten sieht tatsächlich etwas düster und uneinnehmbar aus. Von weitem wirkt er viel freundlicher.«

»Die Entfernung verkleinert die Dinge, nimmt ihnen das Kompakte. Aber keine Angst, drinnen ist es urgemütlich. Und erst der Blick auf die Stadt und den See – na, du wirst gleich sehen.«

Der Hausherr schien auf sie gewartet zu haben, unmittelbar nach dem Läuten wurde ihnen geöffnet. Herr Schiller begrüßte sie, bat sie hereinzukommen. Auf dem Weg zum Wohnzimmer wandte er sich an Miriam. »Ich freue mich, die Lehrerin meines Sohnes kennenzulernen. Frau Schellberg ist supernett – so hat sich Alexander ausgedrückt. Auf den ersten Blick würde ich sagen – er hat recht.«

Erfreut registrierte der Alte, dass sich die Wangen der Tochter röteten. Wie gut für Miriam, nach der Enttäuschung mit dem Dozenten mal wieder ein Kompliment aus einem jungen männlichen Mund zu hören.

Natürlich war der großartige Ausblick über Stadt und Land das Erste, was nach dem Betreten des Wohnraums eine Würdigung erfuhr. Es war immer wieder erstaunlich, wie die auf Augenhöhe betrachtet unterschiedlichen und nebeneinanderstehenden Dinge von oben gesehen zu einem Ganzen verschmolzen, zu einer harmonischen Einheit, die nun wenigstens kurz kommentiert und bewundert werden musste.

Aber sehr schnell kam man auf das zu sprechen, weswegen man sich jetzt hier traf. Die Angelegenheit war einfach zu gewichtig, um Zeit mit Konversation zu verschwenden. Zu sehr standen alle noch unter dem Eindruck dessen, was sie heute erfahren hatten. Vor allem der Vater des Jungen schien das gerade Gelesene noch immer nicht fassen zu können. »Warum hat mir Alexander nichts von den Briefen erzählt? Warum hat er mir ihre Existenz verschwiegen?«

»Ich nehme an, er war sich ihrer Bedeutung nicht bewusst«, versuchte sich der Alte mit einer Erklärung. »Er wird sie anfangs nur als einen interessanten Fund betrachtet haben, als ein spannendes Geheimnis, das man nicht mit Erwachsenen teilt. Selbst als die beiden losgezogen sind, die Stelle am Wasserbehälter zu suchen, war das für sie ein Abenteuer, eine Art aufregendes Pfadfinderspiel, das in dem Ausgraben der Skelette ihren Höhepunkt hatte. Erst später, auf dem Heimweg und in den Folgetagen, muss ihnen klar geworden sein, in was für eine Geschichte sie da hineingestochert haben.«

Miriam hatte einen Einwand: »Ich glaube, wir hängen das Ganze viel zu rational auf. Es ist fraglich, ob die Jungen die Tragweite ihres Fundes in ihrer vollen Bedeutung überhaupt begreifen. Ich könnte mir vorstellen, dass vor allem die im Kopf hängengebliebenen Bilder das Entscheidende sind - die Bilder jener Nacht im Wald, vielleicht auch die Erinnerungen an den Abend auf dem Dachboden – die machen den Jungen zu schaffen.«

Stefan Schiller ergänzte: »Ein weiterer, emotionaler Faktor kommt hinzu – zumindest für Alexander: Sein eigener Großvater ist in die Geschichte involviert – und zwar als Täter, möglicherweise als Mordkomplize. Das muss den Jungen doch ins Mark treffen.«

»Ja«, stimmte der Alte zu, »Alexander muss sich in einem schlimmen Zustand befunden haben. Er ist derart aufgeladen, dass er ein Ventil braucht, um den Druck loszuwerden. Also schreibt er sich in den Aufsätzen, später in den Kapiteln das von der Seele, was ihn bedrückt. Miriam und ich haben darüber diskutiert.« Er berichtete, wie sie erörtert hatten, dass der Junge, wahrscheinlich einem verqueren jugendlichen Ehrencodex folgend, das Geheimhaltungsversprechen nicht hatte brechen wollen, sich aber gleichzeitig bewusst war, dass er die Briefe und das sich daraus Ergebende unmöglich verschweigen konnte. »Also gab er sein Wissen – erst in Andeutungen, später in Form einer Erzählung – auf Umwegen preis. Zu seiner Beruhigung hat er die Geschichte verklausuliert, wenn auch sehr vordergründig, hat sie von zwei Jungen mit verfremdeten Namen erleben lassen. So konnte er sein Gesicht wahren, ohne – zumindest seiner Meinung nach – Verrat begangen zu haben.«

Das Schweigen im Raum zeigte, dass keiner dieser Einschätzung etwas hinzuzufügen hatte. Aber noch waren die Konsequenzen, die sich daraus ergaben, offen. Letztendlich hatten sie sich deshalb hier getroffen, um zu besprechen, was jetzt weiter zu tun war.

»Etwas dürfen wir auf keinen Fall aus dem Blick lassen«, meldete sich Miriam zu Wort. »An den Unternehmungen war Olaf beteiligt. Sowohl beim Finden der Briefe als auch im Wald war er mit dabei. Ihn müssen wir in alle unsere Überlegungen mit einbeziehen.«

»Natürlich, ja, das ist ganz wichtig«, bekräftigte der Hausherr, »wer weiß, wie er das alles verarbeitet hat. Ich werde nachher mit Olafs Eltern telefonieren und sie informieren.«

»Glauben Sie denn, die Jungen könnten traumatisiert sein?«, wollte der Alte wissen, »so traumatisiert, dass sie psychologisch betreut werden müssen? Der Fund im Wald – skelettierte Leichen; das ist keine Kleinigkeit.«

Kurz zögerte Herr Schiller, dann schüttelte er den Kopf. »Nein, ich glaube nicht, dass Alexander nachhaltig darunter leidet. Wie sehr ihn das Ganze auch belastet haben mag – vor allem das Erlebnis im Wald mit dem Ausgraben der Knochen – mein Sohn scheint gut damit klarzukommen. Ich konnte jedenfalls bisher nichts Auffälliges in seinem Verhalten feststellen. Hoffentlich verhält es sich mit Olaf ähnlich. Aber das werde ich gleich bei meinem Anruf erfahren.«

»Ich meine auch, wir müssen jetzt nicht in Aktionismus verfallen«, pflichtete ihm Miriam bei, »es reicht, Alexander in der nächsten Zeit aufmerksam zu beobachten. Die Bedingungen dafür sind ja optimal: Ich sehe den Jungen jeden Vormittag in der Schule, Sie als Vater haben ihn den restlichen Tag über im Auge. Sollte einer von uns etwas Besonderes bemerken, schließen wir uns einfach kurz.«

»Ja, so wollen wir es machen.« Stefan Schiller war einverstanden. »Wir sollten wachsam sein, das ja, aber nicht überreagieren. Da stimme ich voll mit Ihnen überein. Und wenn etwas ist, dann telefonieren wir miteinander – oder wir treffen uns irgendwo und besprechen das Problem.« Es war offensichtlich, dass er sich über diese Aussicht freute.

»Und in der Angelegenheit selbst? Was unternehmen wir da?« Wie um das Gewicht der Sache zu verdeutlichen, hob der alte Lehrer die Hand. »Wir haben von einem Verbrechen Kenntnis, das können wir nicht einfach für uns behalten.«

»Nein, das geht nun nicht mehr«, schloss sich der Hausherr an.

Auch Miriam stimmte zu, dann präzisierte sie: »Selbstverständlich übergeben wir den Fall der Polizei. Das alles hier überfordert uns, abgesehen davon, dass wir wahrscheinlich gar nicht berechtigt sind, in einem alten Mordfall herumzustöbern.«

»Ja, das ist auch meine Meinung. Doch vergessen wir dabei nicht, dass das Ganze eine Angelegenheit von Herrn Schiller ist«, mahnte der Alte. »Er sollte letztendlich entscheiden, was geschieht. Oder gibt es vielleicht noch andere enge Angehörige, die ein Mitspracherecht hätten?«

»Nein, meine Frau war das einzig Kind der Gerlachs. Andere Verwandte existieren nicht - oder viel mehr nicht mehr. Eine Tante von ihr ist vor einigen Jahren kinderlos verstorben. Auch ein Onkel hat mal existiert, ist aber seit langem schon völlig aus dem Blickfeld verschwunden. Ich habe keine Ahnung, ob der überhaupt noch lebt.« Alexanders Vater sah etwas ratlos aus. »Aber was hätten wir denn sonst an Möglichkeiten? Frau Schellberg hat es ja gerade gesagt: Wir sind da total überfordert. Nein, es gibt gar keine andere Wahl, wir müssen die Polizei einschalten – auch wenn der Ruf meines Schwiegervaters und seiner Familie dadurch Schaden nehmen sollte. Die alte Geschichte muss aufgeklärt werden, falls das nach so langer Zeit überhaupt noch geht. Wie könnte Alexander mit so vielen ungelösten Fragen leben?«

»Ja, Sie haben recht. Der Junge würde sich lebenslang Gedanken um mögliche Antworten machen. Wir können die Sache nicht unter den Tisch kehren, so tun, als wüssten wir von nichts. Also, wer von uns geht..?«

Drei, vier Sekunden stand die Frage im Raum. Dann richtete sich Stefan Schiller auf. »Ich mache das.« Er griff nach den Umschlägen mit den Kapiteln. »Ich werde das hier und auch die Briefe der Polizei übergeben. Aber zunächst will ich mit meinem Sohn reden. Wenn er vom Fußballturnier heimkommt, werde ich ein ausführliches Gespräch mit ihm führen. Vielleicht kann ich ja erreichen, dass er mich morgen auf meinem Gang zur Polizei begleitet. Die Beamten werden eine Menge Fragen an ihn haben.«

»Ja, ganz bestimmt!« Da waren sich alle einig: Die Polizei würde einiges wissen wollen. Der Alte zeigte auf die Umschläge. »Haben Sie denn überhaupt keinen Zweifel, dass das, was Alexander da geschrieben hat, wirklich wahr ist? Er könnte es ja erfunden haben. Klare Antworten auf meine dahingehenden Fragen hat er nie gegeben.«

»Nein, ich bin mir sicher: Mein Sohn hat sich das nicht ausgedacht. Dafür ist seine Schilderung viel zu eindringlich. Das muss er tatsächlich erlebt und auch durchlitten haben – so viel steht für mich fest. Ich werde mir die Briefe meines Schwiegervaters heute Abend selbst einmal ansehen. Aber ich möchte, dass Alexander sie mir eigenhändig gibt. Er soll das Gefühl haben, in unsere Entscheidung mit einbezogen zu werden. Auch soll er die Gelegenheit erhalten, an der Aufklärung dieser Angelegenheit persönlich mitzuwirken – diesmal aber zusammen mit der Polizei. Ich glaube, es wäre ein Fehler, ihn jetzt aus allem, was damit zusammenhängt, herauszuhalten. Dafür ist er innerlich viel zu sehr beteiligt – und auch viel zu neugierig. Es wird ihm nicht schaden, die Polizeiarbeit aus der Distanz mitzuverfolgen.«

»Nein, sicher nicht. Ich könnte mir sogar vorstellen, dass er seine Erlebnisse auf diese Art viel besser bewältigt, als wenn er sie verdrängt.« Der alte Lehrer wandte sich an die Tochter. »Ich glaube, wir haben besprochen, was zu besprechen war. Das Weitere muss jetzt seinen Gang gehen.«

»Ich nehme an, Sie halten uns über die Entwicklung dieser Geschichte auf dem Laufenden, Herr Schiller?«, erinnerte Miriam auf dem Weg zur Tür an das, was sie vereinbart hatten.

»Ja, natürlich. Ich rufe Sie an, Sie oder Ihren Vater – gleich morgen nach dem Besuch bei der Polizei. Dann werde ich Ihnen auch sagen können, wie es Olaf geht.«

Sie verabschiedeten sich, gingen auseinander mit dem Ernst, den die Situation erforderte. Aber bei aller unsicheren Erwartung bezüglich dessen, was die nächsten Tage bringen würden – es war unverkennbar, sie waren erleichtert, die Last der Verantwortung jetzt auf mehrere Schultern verteilt zu sehen.

Miriam hatte den Vater untergehakt, zügig gingen sie den steilen Berg hinunter. Obwohl sie auf der anderen Seite der Stadt wohnten, waren sie zu Fuß gekommen, hatten den Hinweg in der warmen Nachmittagssonne genossen. Auch der Heimweg würde ein Genuss sein, denn noch immer war es mild an diesem frühen Abend und die Luft erfüllt von den schweren Düften des scheidenden Sommers.

Anfangs hatten sie sich noch unterhalten, hatten über die bevorstehenden amtlichen Ermittlungen spekuliert –

auch über die Aussichten der Polizei, das Zahlengeheimnis zu lösen und die unbekannten Skelette zu identifizieren. Doch allmählich verstummten ihre Gespräche, je näher sie der Innenstadt kamen. Nur wenige Menschen waren noch auf den Straßen, das Flackern hinter den Scheiben und Vorhängen verriet, dass das Abendprogramm des Fernsehens begonnen hatte und die Leute vor den Apparaten saßen. Vater und Tochter genossen das schweigende Nebeneinander und überließen sich ihren Gedanken.

Vor dem Rathaus bleib Wilhelm unvermittelt stehen. Es sah aus, als hätte er etwas an dem angestrahlten Gebäude entdeckt, das seiner Aufmerksamkeit bisher entgangen war. Aber sehr schnell begriff Miriam, dass dem Vater etwas eingefallen sein musste, ihm etwas bewusst geworden war, dessen Bedeutung er vorher nicht erkannt hatte.

»Ich glaube nicht, dass wir aus dieser Sache schon ganz heraus sind«, schüttelte der Alte den Kopf. »Alexander hat da eine Bemerkung gemacht, die lässt mich daran zweifeln.«

»Wie meinst du das?«

»Am Ende unseres gestrigen Treffens habe ich den Jungen gefragt, ob es eine Fortsetzung der Geschichte gibt. Seine Antwort war keineswegs eindeutig. Es wird keine Fortsetzung mehr geben, hat er sich zwar festgelegt – dann jedoch hinzugefügt: Möglicherweise aber eine Ergänzung – so etwa hat er sich ausgedrückt. Ich frage mich, ob er vielleicht noch irgendeine Überraschung hat?«

»Du glaubst, er hat noch etwas in der Hinterhand? Etwas, das er bisher verheimlicht hat?«

»Ja, etwas, das ihn bedrückt und das er loswerden muss.«

»Und du könntest der Adressat sein, dem er es anvertraut?«

»Vorstellbar wäre das.« Gedankenvoll blickte der Alte auf das Glockenspiel an der Rathausgiebelwand. »Aber warten wir ab. Es ist ja nur ein Gefühl – obwohl ich mich wundern würde, wenn ich mich täuschen sollte.«

16

Der ersehnte Anruf kam am Nachmittag. Beide, Vater und Tochter, saßen im Garten, im Schatten der Buche, vor sich den Kaffee und den ersten frischen Zwetschgenkuchen des Jahres, den Miriam aus der Backstube der Stadtbäckerei mitgebracht hatte. Das Telefon lag zwischen ihnen auf dem weißgestrichenen Holztisch, jederzeit griffbereit, wenn es denn läuten sollte.

Dass Alexander tatsächlich, wie erhofft, am Morgen mit zur Polizei gegangen war, das hatte die Tochter bereits berichten können. Nach der vierten Unterrichtsstunde war der Junge zu seiner Lehrerin gekommen, hatte sie, ohne nähere Angaben zu machen, darüber informiert, dass er jetzt verabredet sei und deshalb an den zwei letzten Unterrichtsstunden nicht teilnehmen konnte. »Sie wissen schon«, mehr hatte er dazu nicht erklärt. Nun warteten sie darauf, von dem Ergebnis dieser Verabredung zu erfahren.

Es war Miriam, die noch vor dem Vater nach dem Hörer griff, als das Telefon endlich klingelte. Nicht nur, dass sie jünger und reaktionsschneller war – auch die Erwartung, mit Alexanders Vater reden zu dürfen, schien sie zu beflügeln. Außerdem, der Alte hatte den Mund voll Pflaumenkuchen, er hätte jetzt sowieso nicht sprechen können.

»Miriam Schellberg«, meldete sie sich, um gleich darauf hinzuzufügen. »Wir haben Ihren Anruf schon erwartet, Herr Schiller.« Noch einmal hörte sie kurz zu, dann bestätigte sie die offensichtlich gerade geäußerte Vermutung ihres Gesprächspartners: »Ja, er sitzt neben mir. Ich mache den Lautsprecher an, dann kann Vater mithören.« Sie drückte den Knopf und legte den Apparat in die Mitte des Tisches. »So, jetzt können Sie mit uns beiden sprechen.«

»Hallo, Herr Schellberg«, begrüßte der Klavierstimmer den alten Lehrer, »schön, dass ich auch Sie antreffe.« Einige Sekunden vergingen, offensichtlich wurde eine Erwiderung des Grußes erwartet.

Miriam blickte zu ihrem Vater. Wie gut, dass sich die optische Übermittlung der Gesichter während des Telefonierens noch nicht durchgesetzt hatte, dachte sie, als sie das unmutige Hochziehen seiner Augenbrauen sah. Sie kannte Vaters Aversion gegen solche Konversationsrunden, seine Abneigung gegen das Öffentlichmachen eines Telefonats, das für ihn immer noch eine private, intime Angelegenheit darstellte. »Man wird ja nicht einmal gefragt, ob man mithören will«, pflegte er zu schimpfen, wenn mal wieder jemand den Lautsprecherknopf betätigt und ihn ungewollt in das Gespräch hineingezwungen hatte.

Wenigstens schien ihn die Nützlichkeit dieser kleinen Telefonkonferenz zu überzeugen, erhielt er doch so auf direktem Weg die Neuigkeiten, auf die er gewartet hatte. »Guten Tag, Herr Schiller«, grüßte er deshalb zurück.

Alexanders Vater kam gleich zur Sache: »Ich war heute Morgen mit meinem Sohn auf der Polizeidirektion. Um elf Uhr dreißig hatten wir einen Gesprächstermin mit einem Kriminalrat. Fast zwei Stunden hat das gedauert. Allein, bis die Briefe und die Kapitel gelesen waren.«

»Und wie hat Alexander das verkraftet?«, wollte Miriam wissen.

»Gut, sehr gut sogar. Er war erstaunlich sachlich, hat präzise Angaben gemacht und nichts verheimlicht.«

»Und emotional? Wie ist er mit seinen Gefühlen fertiggeworden?«

»Ich weiß nicht. Das ist selbst für mich als Vater nicht leicht zu beurteilen. Aber man merkt schon, dass er bei seiner Schilderung innerlich nicht unbeteiligt ist, dass ihm die Sache im Wald doch mehr zu schaffen macht, als er nach außen zugeben will. Und dennoch, ich glaube, wir liegen mit unserer Einschätzung richtig: Alexander ist stark genug, ohne fremde Hilfe damit klar zu kommen.«

»Nun, ganz ohne Hilfe ist er ja nicht«, erinnerte der Alte, »er hat einen Vater als Ansprechpartner, dazu eine verständnisvolle Lehrerin und auch mich, seinen literarischen Mentor, an den er sich jederzeit wenden kann.«

»Nicht zu vergessen seinen Freund«, ergänzte Miriam, »immerhin hat er mit dem die Geschichte gemeinsam erlebt. Das verbindet enger als alles andere. - Apropos, was ist mit Olaf? Haben Sie mit den Eltern gesprochen?«

»Ja, gleich gestern Abend noch. Sie fielen aus allen Wolken, als sie von den Vorkommnissen hörten. Olaf hatte davon nichts erzählt. Das Positive daran ist, dass ihnen an ihrem Sohn, genauso wie mir an Alexander, nichts Negatives aufgefallen ist. Olaf scheint das ebenfalls ganz gut weggesteckt zu haben. Wir vereinbarten, die Kinder weiter zu beobachten und uns untereinander auszutauschen, wenn sich etwas Neues in dieser Geschichte ergeben sollte.«

»Schön«, freute sich der alte Lehrer, »anscheinend kommen beide mit der Situation gut zurecht. Es ist schon erstaunlich, wie robust die Jugendlichen heutzutage mit solch grausigen Ereignissen umzugehen in der Lage sind.«

»Ist das ein Wunder bei der Vielzahl an Schreckensbildern in den Medien«, kapitulierte Miriam, »täglich damit konfrontiert wird das Entsetzliche schnell zum Gewohnten.«

»Ja, eine Entwicklung, mit der wir leben müssen«, ergab sich auch Wilhelm in dieses gesellschaftliche Phänomen. Aber mit einem konnte er sich augenscheinlich nicht abfinden – der düstere Blick auf die Tischmitte verriet das Fortbestehen seines Unmuts. In einer raschen Bewegung streckte er den Arm, griff nach dem Telefon und hielt es sich ans Ohr. Auch wenn er den Lautsprecher eingeschaltet ließ, allein die Haltung gab ihm das Gefühl, zu der Vertrautheit zurückzukehren, die er mit einem telefonischen Gespräch verband. »Wie hat denn die Polizei das Ganze aufgenommen? Was hält sie von der Geschichte?«

»Sie nehmen die Angelegenheit ernst, auch scheinen sie keinen Zweifel an ihrem Wahrheitsgehalt zu haben.« Herr Schiller berichtete nun ausführlich von der Anhörung, die eher ein Gespräch als ein Verhör gewesen war. Der Kriminalbeamte sei sehr einfühlsam gewesen, habe Alexander ausgesprochen rücksichtsvoll behandelt. Man habe auf jegliche Einschüchterung verzichtet und den Jungen frei erzählen lassen. Zu dem weiteren Prozedere konnte er nur soviel sagen, dass die Polizei in den nächsten Tagen damit beschäftigt sein würde, erst einmal alles zu sichten und zu überprüfen. Dabei stand das Ausgraben der Skelette im Vordergrund, wahrscheinlich morgen würde man damit beginnen. Das Analysieren und Auswerten der Briefe und vor allem das Dechiffrieren der möglicherweise verschlüsselten Zahlenreihen könnte dagegen einige Zeit erfordern, denn diese Arbeiten würden von Spezialabteilungen des Landeskriminalamtes erledigt. »Man hat mir den Rat gegeben, zunächst einmal Geduld aufzubringen und abzuwarten, bis die Ergebnisse vorliegen. Deshalb mein Vorschlag: Wir lassen die Beamten in Ruhe ermitteln, mischen uns nicht in ihre Arbeit ein. Ich als Angehöriger des möglichen Tatbeteiligten bleibe sowieso eng am Geschehen dran. Man hat schon angekündigt, sich den Fundort der Briefe auf dem Dachboden ansehen zu wollen. Wenn es also wichtige Erkenntnisse gibt, dürfte ich der Erste sein, der davon erfährt. Natürlich werde ich die Informationen sofort an Sie weiterleiten.«

Eine Weile noch erwogen sie hin und her, wie sie möglicherweise doch noch etwas zur Aufklärung des Falles beitragen konnten. Sollten sie sich wirklich völlig zurückhalten und die Enträtselung der mysteriösen Angelegenheit ganz der Polizei überlassen? Schließlich einigten sie sich, die Ermittlungsbehörde erst einmal walten zu lassen und abzuwarten, welche Resultate sie erzielten. Danach würde man weitersehen.

Sie waren schon dabei, sich zu verabschieden, als Alexanders Vater noch etwas einfiel: »Herr Schellberg, ich soll Ihnen ausrichten: Morgen Vormittag sucht Sie ein Beamter auf und befragt Sie. Es geht um die Aufsätze meines Sohnes und Ihre Literaturtreffen mit ihm. Schließlich ist durch Sie der Stein ins Rollen gekommen, waren Sie es, der Alexander dazu gebracht hat, von seinen und Olafs Entdeckungen zu berichten. Da ist es nachvollziehbar, dass die Polizei wissen will, wie das alles seinen Anfang genommen hat.«

»Ja, natürlich«, zeigte der alte Lehrer Verständnis, »ich werde morgen da sein und den Beamten erwarten. Obwohl, viel Neues wird er von mir nicht erfahren.«

Mit dem Versprechen Stefan Schillers, sie sofort zu benachrichtigen, wenn er etwas über das Ergebnis der Ausgrabung am Wasserbehälter hörte, beendeten sie das telefonische Dreiergespräch.

Wie zur Demonstration seiner Abneigung gegenüber dieser Art des Kommunizierens, begradigte der Alte augenblicklich den gewinkelten Arm, der den Fernsprecher am Ohr gehalten hatte. So auf Distanz gebracht, drückte er mit spitzem Finger und zur Schau gestelltem Widerwillen auf den Lautsprecherknopf. Erst danach schaltete er den Apparat ganz aus.

»So, das hätten wir«, zog er ein Fazit, wobei unklar blieb, was ihn mehr erleichterte – das Ende des Telefonierens oder die Tatsache, dass Alexander bei der Polizei gewesen war. »Warten wir also ab, was auf uns zukommt.« Zufrieden lehnte er sich zurück und biss in den Zwetschgenkuchen.

Am folgenden Morgen erschien der angekündigte Beamte, ein Mann mittleren Alters, der so ganz und gar nicht den Erwartungen entsprach, die man an die körperliche und geistige Fitness eines Polizisten stellte. Seine Gestalt, von Natur aus gedrungen, wurde von einem mächtigen Bauch beherrscht, speckige Wülste quollen aus der Hose und drohten, den Gürtel zu sprengen. Sein Körperumfang musste sich seit der Einstellung in den Polizeidienst in gleichem Maß vermehrt haben, wie seine Begeisterung für die ihm aufgetragene Arbeit abgenommen hatte. Lustlos grüßend, ohne sich weiter vorzustellen oder gar auszuweisen, quälte er den korpulenten Leib durch den Flur ins Wohnzimmer und ließ ihn dort nach einem »Bitte, nehmen Sie Platz« des Hausherrn ungebremst in den Sessel plumpsen.

»Mein Gott«, dachte Wilhelm, »wie kommt der da wieder heraus?« Dann jedoch erinnerte er sich seiner Gastgeberrolle und bot etwas zum Trinken an.

Ein Kopfschütteln signalisierte, dass der Beamte weder etwas zu trinken wollte noch beabsichtigte, sich lange in diesem Haus aufzuhalten. Seine sauertöpfische Miene sprach Bände. »Erzählen Sie«, forderte er auf und zerrte mit einiger Mühe ein schwarzes Büchlein samt Kugelschreiber aus der Innentasche seiner Uniformjacke. »Erzählen Sie«, wiederholte er und drückte auf den Kuli.

Verwundert über die pauschale Aufforderung – er hatte mit einer Befragung gerechnet – wollte der Alte wissen: »Was genau soll ich erzählen?«

»Alles«, war die lapidare Antwort. Ein gelangweilter Blick folgte, dann ein nicht minder gelangweiltes Schweigen.

Wilhelm fühlte sich unwohl. »In Gottes Namen«, dachte er, »erzähl ich eben, was ich weiß.« Also begann er mit seinem Bericht. Er beschränkte sich auf das unbedingt Notwendige, sprach die Aufsätze an und die rätselhaften Andeutungen darin, die in ihm und der Tochter den Verdacht geweckt hatten, dass da etwas Sonderbares ablief. Die sprachliche Begabung des Jungen erwähnte er nur am Rande, erzählte gerade soviel, dass der Beamte verstehen konnte, wie es zu den literarischen Treffen und dem Aufschreiben der Geschichte gekommen war. Er habe schnell begriffen, dass Alexander etwas schilderte, das er selbst erlebt haben musste. Die Brisanz und die kriminelle Bedeutung des Kapitelinhaltes habe ihn dann veranlasst, den Vater davon in Kenntnis zu setzen. Gemeinsam hatten sie beschlossen, die Polizei zu informieren und das Weitere in ihre Hände zu legen. »Jetzt also liegt es in ihren Händen«, schloss er den Bericht, konnte sich aber nicht verkneifen, noch eine rhetorische Frage zu stellen: »Sie sind doch deswegen da, oder?«

Der alte Lehrer spürte den Sarkasmus in seinen Worten, merkte, wie unwirsch er klang. Aber hatte er nicht allen Grund dazu? Nicht eine Notiz hatte sich der füllige Beamte während seines Berichts gemacht, nicht ein einziges Mal das Gesicht in einem Anflug von Anteilnahme oder Interesse verzogen oder auch nur eine einzige Frage gestellt.

Das geräuschvolle Zuklappen des Büchleins leitete den Aufbruch des Polizisten ein. Kommentarlos, wenn auch unter Ächzen und Stöhnen, stemmte sich der Übergewichtige aus dem Sessel, verstaute Buch und Stift in der Jackentasche und wandte sich zum Ausgang. »Gut«, war sein einziger Wortbeitrag, ehe er ging.

Verblüfft schaute ihm der Alte hinterher, verfolgte, wie sich der beleibte Ordnungshüter hinter das Steuer seines vor dem Haus geparkten Dienstwagens zwängte und losfuhr. Vielleicht sollte er doch das Heft des Handelns in der Hand behalten und es nicht allein der Polizei überlassen, Licht in das Dunkel dieses Falls zu bringen.

Aber dann erinnerte er sich an all die Freunde und Bekannten im Vollzugsdienst, die engagiert und mit großem Einsatz ihrer Arbeit nachgingen. Sie würden, da war er sich sicher, die Ermittlungen mit anderem Elan angehen, würden sich mit voller Hingabe der Aufklärung des Falles widmen. Aber was, wenn er sich in der Beurteilung des Beamten von eben irrte, wenn er sich durch das äußere Erscheinungsbild zu Vorurteilen hinreißen ließ? Vielleicht verfügte der Mann ja über die Gabe, das Gehörte gleich so zu analysieren und im Gedächtnis zu speichern, dass sich Fragen und Notizen erübrigten? Wenn da nur nicht dieses Phlegma gewesen wäre.

Wilhelm Schellberg nahm sich vor, erst einmal nichts weiter in der Sache zu unternehmen. Wenn die Ergebnisse der polizeilichen Untersuchungen vorlagen, war es Zeit, Schlüsse zu ziehen und sich Gedanken zu machen.

Langsam ging er ins Haus zurück. Noch war er sich nicht schlüssig darüber, ob er erleichtert sein sollte, sich nun aus der Angelegenheit ausklinken zu können, oder ob er die Einbindung in die Geschichte des Jungen vermissen würde. Doch im Innersten wusste er längst, wie sehr ihm Alexander und seine wunderbare Begabung in den kommenden Tagen fehlen würden.

17

In den folgenden Tagen kehrte der alte Rhythmus wieder ein, das Leben ging seinen Gang wie vor der Begegnung mit Alexander und seiner Geschichte. Miriam, nach wie vor begeistert von ihrer pädagogischen Aufgabe, stürzte sich Hals über Kopf in die berufliche Herausforderung. Neben den Unterrichtsstunden war es vor allem ihr musikalisches Engagement, das sie bis in die Freizeit hinein beanspruchte. Zusätzlich zu dem Chor hatte sie jetzt auch die Leitung des Schulorchesters übernommen, eine Stellung, die durch den Abgang eines Kollegen vakant geworden war. Als jahrelanges Mitglied der Universitätssymphoniker verfügte sie über genügend Erfahrung, um sich dieser Aufgabe gewachsen zu fühlen. Dass sie gut Geige spielen konnte, war ihr immer wieder bestätigt worden – jetzt konnte sie sich auch in der Führung eines Ensembles beweisen.

Ebenso wie bei der Tochter kam auch das Leben des Alten rasch in seinen gewohnten Takt. Schon bald hatten die auf ihn wartenden Verpflichtungen ihn wieder fest im Griff. Zwar war er als Pensionär von der Erwerbsarbeit befreit, aber die selbstauferlegten Vorhaben und die vielen freiwillig eingegangenen Bindungen nahmen ihn voll in Anspruch; oft reichten die verfügbaren Tagesstunden nicht zur Erledigung des vorgenommenen Pensums.

Im Augenblick war er damit beschäftigt, Shakespeares Sommernachtstraum in eine für eine Laienspielgruppe bewältigbare Fassung zu bringen. Nicht einmal drei Wochen waren es noch, dann sollten die Proben der städtischen Theatergruppe beginnen. Bis dahin mussten die Rollen geschrieben, gedruckt und verteilt sein. Sein Ehrgeiz ging dahin, das Geschehen tatsächlich nur in dieser einen Nacht und ausschließlich im Wald spielen zu lassen, also auch die Szenen im Palast ganz in die Natur zu legen. Davon versprach er sich, die geheimnisvolle, verzauberte Stimmung vom Anfang bis zum Ende ungebrochen erhalten zu können. Das war ein schönes Stück Arbeit – da brauchte er die Ruhe, die jetzt nach den Turbulenzen der Vortage wieder eingekehrt war.

Zweimal noch hatte er Berührung gehabt mit dem, was die Jungen am Wasserbehälter erlebt und entdeckt hatten. Das erste Mal durch den Anruf Stefan Schillers, zwei Tage nach der Übergabe der Angelegenheit an die Polizei. Er sei, so berichtete Alexanders Vater, soeben von einem Kriminalbeamten über die Ergebnisse der behördlichen Grabungen am Hochbehälter informiert worden. Übereinstimmend mit dem, was der Sohn in seinem Kapitel geschrieben hatte, war man auf die Skelette zweier Menschen gestoßen, hatte diese exhumiert und zur näheren Untersuchung in das gerichtsmedizinische Institut der Universität gebracht. Bei der ersten Inspektion durch den Polizeiarzt noch vor Ort hatte dieser keine Spuren von Gewalt an den Knochen festgestellt, jedoch das Geschlecht und das ungefähre Alter der Leichen bestimmen können. Das eine Skelett war das eines Mannes, eines jungen Mannes von höchstens dreißig Jahren, wie der Arzt schätzte. Das andere gehörte einer Frau, die bei ihrem Tod die fünfzig schon überschritten hatte. Zwar waren auch Reste der Kleidung gefunden worden, aber nichts davon hatte auf die Identität der Vergrabenen schließen lassen. Alles Weitere würde jetzt Aufgabe der Spezialisten sein, die sich mit den detaillierten Analysen befassen mussten. Bis zu den Resultaten dieser Untersuchungen könnte es allerdings einiges dauern. Er werde zu gegebener Zeit von sich hören lassen, hatte Herr Schiller das Gespräch beendet.

Der zweite Kontakt mit dem Ort der Skelettfunde war ein direkter: Vier, fünf Tage nach dem Telefonat machte sich Wilhelm auf den Weg, die Lokalität mit eigenen Augen kennenzulernen. Über den Beweggrund war er sich nicht ganz schlüssig. Möglicherweise war es die bloße Neugier, die ihn trieb, den Schauplatz jener unheimlichen Nacht selbst sehen zu wollen. Dass er sich erst jetzt, Tage nach dem Geschehenen, aufmachte, lag daran, dass er das Abflauen des großen Publikumsinteresses an den Leichenfunden abwarten wollte. Er hatte keine Lust, sich unter die Schaulustigen einzureihen.

Aus Alexanders Beschreibung wusste er, um welchen Berg es sich handelte, an dessen Nordhang der Wasserbehälter lag; oft genug war er in dieser Gegend gewandert. Anders als die Jungen in der Nacht ersparte er sich aber den steilen Aufstieg auf den Gipfel. Er nahm den Weg um den Berg herum und stieß schon nach Kurzem punktgenau auf das Ziel, das er angesteuert hatte. Bereits beim Herankommen sah er, dass er an der richtigen Stelle war: Das rot-weiße Trassenband rund um die Grabungsstelle stach wie ein Fremdkörper ins Auge. Zufrieden registrierte er, dass er allein und ungestört war.

Suchend ließ er den Blick über den Ort gleiten, den er aus der Schilderung des Jungen kannte. Jetzt, bei Tageslicht und mit dem Wissen, wohin er schauen musste, sah er die Thuja sofort. »Oberhalb der Stelle habe ich einen Lebensbaum gepflanzt«, so stand es in der Briefnotiz. Und wahrhaftig, der Baum berührte fast das Absperrband, sein plumper, gedrungener Schatten bedeckte die Hälfte der aufgegrabenen Fläche. Wer keine Kenntnis hatte von dem früheren Geschehen, wer nicht wusste, nach was die Jungen und später die Polizisten hier gegraben hatte, musste in dem bandumspannten Areal die Baustelle eines Arbeitstrupps des städtischen Wasserwerks vermuten.

Der Alte umrundete den Hochbehälter, versuchte, die Stelle aus den gleichen Blickwinkeln zu betrachten, wie sie Falo und Ander an jenem Abend betrachtet hatten. Auch wenn von den damaligen Schatten und Schemen jetzt am hellen Tag nichts zu sehen war, er konnte sich die Szenerie der Nacht gut vorstellen: Die drohende Schwärze des dunklen Waldrands, den Kegel des Wasserbehälters, einem Grabhügel gleich, und den knorrig verwunschenen Lebensbaum. Wenn ihm schon in der Fantasie solche Bilder erschienen, wie schaurig erst mussten sie sich denen einprägen, die sie tatsächlich gesehen hatten. Noch vor Ort im

Wald erneuerte er seinen Vorsatz, Alexander im Blick zu behalten und auch Stefan Schiller immer wieder daran zu erinnern, Olaf nicht aus den Augen zu verlieren.

Die Tage vergingen, der Sommernachtstraum verdichtete sich, die Umarbeitung des Shakespearestücks stand kurz vor dem Abschluss. Wilhelm hatte inzwischen die Handlung komplett im Wald angesiedelt, hatte den Herzog und sein Gefolge mit einem Jagdvergnügen zwischen die Bäume gelockt und sie dort auf Zettels Handwerkertruppe stoßen lassen. Hier unter dem Blätterdach hatte er ihnen dann das zweifelhafte Vergnügen zuteil werden lassen, sich die Aufführung des schaurigen Schauspiels um Pyramus und Thisbe ansehen zu müssen.

Es war ein warmer, windstiller Nachmittag. Der alte Lehrer saß im Garten über den letzten Seiten des Theaterstücks und genoss die vollkommene Ruhe. Miriam würde erst spät heimkommen, eine Orchesterprobe für das Schulfest stand an, und auch die Nachbarn waren alle noch außer Haus. Vielleicht schaffte er es ja, das Werk schon heute zu vollenden. Noch grübelte er über dem Schluss. Sollte er das Stück mit der lustigen Handwerkerszene beschließen? Die Leute würden lachend das Theater verlassen. Oder sollte er den Puck noch einmal erscheinen und die Komödie träumerisch-besinnlich enden lassen?

Schritte knirschten auf dem Kiesweg, der um das Haus herum in den Garten führte. Verwundert drehte der Alte den Kopf. War Miriam schon zurück? Hatte sie ihm nicht gesagt..?

Doch wie erstaunte er, als er sah, wer da um die Ecke bog. »Alexander«, rief er und stand auf, »du hier?« Freudig kam er ihm entgegen, reichte ihm die Hand und drückte sie. »Das ist aber eine Überraschung. Ich hoffe, es geht dir gut?« Prüfend schaute er ihn an. Obwohl – er wusste, wie es um den Jungen stand. Die Tochter hielt ihn auf dem Laufenden, erzählte regelmäßig von Alexander, von dem Fehlen jeglicher Abnormität in seinem Verhalten und ihrem Eindruck, dass das Zurückliegende nichts Negatives bei ihm hinterlassen hatte.

»Danke, Herr Schellberg, mir geht es gut – trotz allem«, antwortete der Knabe höflich, um sich gleich darauf zu entschuldigen: »Verzeihen Sie, wenn ich störe. Ich habe vorne geläutet, aber da kam niemand. Deshalb bin ich um das Haus herumgegangen...«

»Das geht schon in Ordnung, mein Junge – und keine Sorge, du störst nie. Aber setz dich doch!« Einladend deutete er auf die Gartenbank. »Willst du etwas trinken?«

»Nein, danke, das ist freundlich von Ihnen«, wehrte Alexander ab und blieb stehen. »Ich bin nur gerade auf einen Sprung vorbeigekommen. Vater wartet in der Stadt auf mich.«

»Weiß dein Vater, dass du hier bist?«

»Nein, ich habe ihm nicht gesagt, dass ich zu Ihnen gehe. Aber mit irgend jemand muss ich sprechen. Ich wüsste sonst niemanden, an den ich mich wenden könnte.«

»Was gibt es denn?« War etwas geschehen? Hatten die Jungen wieder etwas unternommen?

»Ich glaube, ich habe eine Entdeckung gemacht, etwas, das ich Ihnen zeigen möchte.« Alexanders Augen glänzten, die offensichtliche Genugtuung, mit der er einige zerknitterte Blätter aus der Hosentasche zog, widerlegte die Besorgnis, etwas Unangenehmes könnte passiert sein.

»Hier«, hielt der Junge die Papiere hin, »sehen Sie sich das an, dann werden Sie es selbst erkennen.«

»Was ist das?«

»Die Kopie des ersten der Briefe – Sie wissen schon, die von Großvater – die mit den Zahlenreihen. Mir ist da etwas aufgefallen.« Noch einmal streckte sich ihm die Hand entgegen.

Der Alte griff nach den Blättern. Das also waren sie, die mysteriösen Briefe – oder zumindest einer. Bisher hatte er nur von ihnen gehört, kannte sie nur aus Alexanders Kapiteln. Dort waren die geheimnisvollen Zahlen lediglich in einigen Beispielen angeführt. Jetzt also sah er sie vor sich, schaute zum ersten Mal auf die seitenbedeckenden Ziffern, die so viel bedeuten konnten – Harmloses, Belangloses gleichermaßen wie eine gewichtige Botschaft, die es wert war, verschlüsselt zu werden. Ein paar Sekunden hielt er sich die Papiere vor die Augen, versuchte, eine sinnvolle Systematik in der Anordnung der Zahlen zu entdecken. Doch er fand nichts, was ihn weiterbrachte. Schließlich wollte er wissen: »Wo hast du das her? Ich dachte, die Briefe hat die Polizei?«

»Jetzt ja, aber vorher hatte ich sie«, erklärte der Knabe selbstbewusst. »Bevor ich sie Vater gab, habe ich sie kopiert. Die Kopien der anderen Briefe liegen in meinem Zimmer.«

»So ist das.« Der Alte nickte, deutete auf die Zahlen. »Und was ist dir daran aufgefallen? Für mich sieht das aus, als wären die Ziffern hier willkürlich hintereinander geschrieben worden.«

»Nein, das sind sie eben nicht – zumindest glaube ich das. Gestern Abend beim Klavierspielen ist mir etwas ins Auge gesprungen. Das hat mich auf die Idee gebracht.«

»Beim Klavierspielen? Das verstehe ich nicht.« Noch einmal blickte er auf die Zahlenreihen, die die vier Seiten des Briefes bedeckten. Ungeduldig klopfte er gegen das

Papier. »Was hat das hier mit deinem Klavierspiel zu tun?«

Alexander zögerte mit der Antwort. Es war unverkennbar, er genoss sein Mehrwissen, kostete den Augenblick aus, den er den anderen auf die Folter spannen konnte. »Mein Klavierspiel selbst ist bedeutungslos«, gab er schließlich Auskunft. »Ich spiele oft, klimpere meist nur vor mich hin – nehme mir manchmal auch etwas nicht allzu Schweres und spiele es vom Blatt. Das entspannt mich. Gestern Abend habe ich Mozart gespielt – und dabei hatte ich ein richtiggehendes Aha-Erlebnis.«

»Mozart? Schön und gut. Ich spiele auch gerne Mozart. Aber selten bis nie habe ich dabei ein Aha-Erlebnis. Willst du mich nicht endlich aufklären, um was es geht?« Der Alte klang etwas ungehalten, so als ärgerte er sich über sich selbst, weil er nicht verstand.

Alexander schien das zu spüren, denn er beeilte sich zu erklären: »Ich weiß, dass auch Sie Klavier spielen und einiges von Musik verstehen; das ist einer der Gründe, weshalb ich zu Ihnen gekommen bin. Sie kennen sich aus, wissen, wovon ich rede, wenn ich Ihnen sage, dass ich die bekannte A-Dur-Sonate gespielt habe, die mit dem wunderbaren Variationssatz am Anfang...«

»Und dem berühmten Rondo alla turca am Ende - die meinst du doch? Köchelverzeichnis 331?«

»Ja, exakt die – Köchelverzeichnis 331. Und genau das ist der springende Punkt.« Wie zur Abwehr eines eventuell erneut aufkommenden Unmuts hob Alexander die Arme. »Sie sollen sofort hören, was ich meine«, beschwichtigte er. »Sie erinnern sich, dass ich Ihnen soeben sagte, mir sei beim Spielen etwas ins Auge gesprungen – bildlich natürlich? Aber gerade so war es. Als ich gestern Abend die Sonate aufschlug, fiel mein Blick auf die Nummer des Köchelverzeichnisses: 331. Und da war es, mein Aha-Erlebnis. Ich wusste augenblicklich, diese Zahl hatte ich irgendwo schon vorher unterschwellig registriert, war mir sofort sicher, dass ich ihr in den letzten Tagen mehrfach begegnet war. Aber wo war das - und in welchem Zusammenhang? Und dann auf einmal begriff ich, wo ich sie gelesen hatte, ohne mir ihrer Bedeutung bewusst geworden zu sein.«

Jetzt machte Alexander doch eine Pause. Wie ein Magier, der schweigend den Moment der Enthüllung hinauszögert, stand er da, die Lippen fest zusammengepresst, als müsse er sich zwingen, das Geheimnis noch einen Augenblick in sich zu verschließen. Endlich öffnete er den Mund, seine Hand zeigte auf die Kopien. »Dort in den Briefen, da habe ich sie gesehen, die 331 – auf jeder Seite kommt sie mehrmals vor. Bewusst ist mir das allerdings erst geworden, als ich die Köchelnummer am Kopf der Sonate las.«

»Du meinst..?« Ungläubig hob sich der alte Lehrer nochmals die Kopien vor Augen, suchend ging er die Seiten durch. Tatsächlich, schon in der ersten Zeile fand er die 331, dann auch noch in vielen weiteren. Und auch die zweite Seite enthielt die erwähnte Ziffernfolge, insgesamt vierzehn Mal las er sie aus den langen Zahlenreihen heraus. »Was soll das?« Fragend hielt er dem Jungen die Blätter hin. »Kannst du dir darauf einen Reim machen? Was kann das bedeuten?«

»Nun, ich nehme an, es bedeutet das, als was ich es identifiziert habe: Die Werkszahl für die Mozartsonate. - Und sehen Sie«, Alexander war jetzt dicht herangetreten, mit dem Finger zeigte er über den Arm des Alten, »diese Dreierkombination hier. Ich weiß nicht, wie gut Sie die Köchelbezeichnungen kennen, aber diese hier dürfte Ihnen vertraut sein. Ich habe sie auf einer von Vaters CDs gefunden.«

Die Fingerspitze fuhr auf der Seite nach unten, verhielt im letzten Drittel. »Hier, noch einmal die Zahl – und auch hier am Schluss wieder. Dreistellig, genau wie die andere aus dem Köchelverzeichnis. Das kann kein Zufall sein.«

»Die 550?« Der Alte furchte die Stirn, strich sich mit der freien Hand über das Gesicht. Er versuchte, sich zu erinnern. »Natürlich, das ist doch die Nummer der g-moll-Sinfonie, Mozarts vorletzter.«

»Ja, die große g-moll-Sinfonie, Köchelverzeichnis 550. - Erst die Sonate, Köchel 331, jetzt die Sinfonie. Und so geht das weiter. Auch diese Zahlenfolge kommt immer wieder vor«, er tippte auf die Seite, »die 525, die Köchelnummer von Mozarts ‚Eine kleine Nachtmusik'. Hier... und hier... und hier... Verstehen Sie jetzt, was ich entdeckt habe?« Der Stolz über seine Leistung stand dem Jungen ins Gesicht geschrieben. »Wenn Sie den Brief genau durchsehen, werden Sie feststellen, dass sich im Grunde alle dreistelligen Zahlen irgendwo wiederholen.«

»Also nimmst du an, dass auch sie Nummern aus dem Köchelverzeichnis entsprechen?«

»Ja, davon bin ich überzeugt. Deshalb dachte ich, ich unterrichte Sie als Ersten von meinem Verdacht. Wenn einer ihn bestätigen kann, dann Sie. Sie verfügen doch bestimmt über das vollständige Verzeichnis?«

»Ja, oben in meinem Arbeitszimmer steht eine Mozartbiographie. In ihrem Anhang sind alle Werke aufgelistet – mit der kompletten Köchelnummerierung. - Aber wenn es wirklich so wäre, dass diese sich wiederholenden Dreierkolonnen Zahlen aus dem Köchelverzeichnis darstellen – was für einen Sinn macht das?«

»Keine Ahnung. Vielleicht kriegen Sie's raus, wenn Sie das Verzeichnis vor sich haben.«

»Am besten, ich hole es gleich.« Der Alte machte Anstalten, sich zu erheben.

»Nein, jetzt nicht«, winkte der Junge ab, »ich bin schon viel zu lange bei Ihnen. Mein Vater wartet.« Er wandte sich zum Gehen. »Sie dürfen diese Kopien hier behalten. Ich habe sie für mich noch einmal kopiert. Sie können dann später alles in Ruhe überprüfen, die Zahlen und das mit dem Köchelverzeichnis.« Er betrat den Kiesweg. »Danke, Herr Schellberg, dass Sie mir zugehört haben.«

»Und was, wenn sich das bestätigt, was du vermutest?«, rief ihm der Alte hinterher. »Wenn sich herausstellt, dass die Zahlen tatsächlich mit Mozarts Werknummern übereinstimmen, sich am Ende gar erweist, dass ein geheimer Code hinter der Verschlüsselung steckt?«

»Sie werden es herausfinden, da bin ich mir sicher.«

»Aber bist du denn nicht daran interessiert, das Ergebnis zu erfahren?«

»Doch, ja – so schnell wie möglich.« Noch einmal drehte sich Alexander um, kam einen Schritt heran. »Sobald Sie etwas herausbekommen haben, lassen Sie es mich bitte wissen. Ihre Tochter kann mir ja Bescheid geben.« Er schickte sich an zu gehen, zögerte aber; noch einmal sah er den alten Lehrer an. »Und wann treffen wir uns wieder im Leseraum – so wie in alten Zeiten?« Sein Blick war eher eine Bitte als eine Frage.

»Bald, Alexander, bald«, sicherte ihm Wilhelm zu, »sowie das hier vorbei ist, setzen wir uns wieder zusammen – wie in alten Zeiten – abgemacht!«

18

Vor ihm auf dem Tisch lag, aufgeschlagen am Anhang, die Biographie Wolfgang Amadeus Mozarts. Gleich nach dem Weggang des Jungen hatte sie Wilhelm aus dem Arbeitszimmer geholt und in den Garten mitgenommen. Jetzt wollte er Klarheit, sofort, wollte augenblicklich wissen, ob Alexander mit seiner Vermutung recht hatte oder nicht.

Ganze achtzehn Buchseiten nahm das Verzeichnis ein, das von Ludwig von Köchel Mitte des 19. Jahrhunderts erstellt und im Jahr 1862 veröffentlicht worden war. Sämtlich Werke Mozarts, seine Sinfonien und Sonaten, seine Instrumentalkonzerte, die Opern, Messen, Lieder und Tänze hatte der gute Mann akribisch gesichtet, sie chronologisch nach dem Zeitpunkt ihrer Entstehung geordnet und mit einer Nummer versehen. Diese Heidenarbeit bescherte ihm immerhin den Nachruhm, bis heute und vielleicht für ewig mit dem Werk des großen Salzburger Meisters verbunden zu werden, denn das KV ist so etwas wie ein unzertrennlicher Zwilling, ohne den die Orientierung im umfangreichen Schaffen Mozarts kaum möglich wäre.

Wilhelm blätterte in dem Verzeichnis, sah, wie lückenlos von KV1 bis KV626 Köchel die unterschiedlichen Tonschöpfungen aufgelistet hatte. Alle Werke waren genau bezeichnet und mit ansteigenden Nummern versehen. Zunächst überzeugte er sich, dass die schon identifizierten Zahlen tatsächlich zu den Werken gehörten, denen er und der Junge sie gerade zugeordnet hatten. Er ging das Verzeichnis durch, fand unter der 331 die Sonate, unter der 525 die kleine Nachtmusik und auch die Sinfonie unter der 550. Das also stimmte.

Er griff nach den Kopien des Briefes. Noch einmal überflog er die Zahlenkolonnen. Er staunte, wie direkt ihm jetzt, da er von ihnen wusste, die soeben identifizierten Ziffern ins Auge fielen – die 331, die 525 und die 550. Sonst aber sah er nichts – auch nicht auf diesen zweiten etwas gründlicheren Blick. Nichts war auffällig oder gar verdächtig. Abstandslos fügte sich Zahl an Zahl, nichts wies daraufhin, dass sich in den zwölf, fünfzehn Nummernreihen, die jede der vier Briefseiten bedeckten, eine chiffrierte Mitteilung verbarg.

Doch dann erinnerte er sich an eine Erwähnung Alexanders, an etwas, das er vorhin gesagt hatte. Er hatte davon gesprochen, dass sich alle dreistelligen Zahlen irgendwo auf den Seiten wiederholten. Also machte er die Probe aufs Exempel.

Die erste Zahlenreihe des Briefes begann mit der 314, eine unspektakuläre Ziffernfolge, deren gehäuftes Auftauchen auf den Folgeseiten schon als Hinweis für die Richtigkeit der Vermutung gedeutet werden konnte.

Bereits in der dritten Zeile entdeckte er die 314 wieder, und auch im Weiteren fand er sie mehrfach. Er sah im Verzeichnis nach: Es war Mozarts Oboenkonzert, das Köchel mit dieser Nummer versehen hatte. Zur Bestätigung nahm er sich auch die zweite Dreierfolge des Briefanfangs vor. Sie bestand aus den Zahlen 5, 0 und 4. Diesmal musste er etwas länger suchen, insgesamt nur viermal im gesamten Brief stieß er auf die Kombination – aber sie war da, die Wiederholung, und sie bezeichnete Mozarts 38., die Prager Sinfonie.

Nun gab es für Wilhelm keinen Zweifel mehr: Das

Zahlenkonvolut, das sich beim flüchtigen Durchsehen dem Leser so absichtslos und zufällig darbot, war eine Aneinanderreihung und Wiederholung von Nummern aus dem Köchelverzeichnis – und er war sich sicher, dass die Erstellung dieses Zahlenwerks nicht der spielerischen Begeisterung für den Komponisten entsprungen war, sondern dass ganz andere Motive und Pläne dahintergesteckt hatten. Doch welche – das war die Frage, die im Moment noch ohne Antwort blieb.

Der nach wie vor unvollendete Entwurf des Sommernachtstraums lag noch auf dem Tisch. Er drehte das Deckblatt um, nahm den Stift und notierte sich auf der leeren Seite die zu den bisher gefundenen Nummern gehörenden Stücke:

die A-Dur Sonate
die Kleine Nachtmusik
die g -moll Sinfonie
das Oboenkonzert
die Prager Sinfonie

Was hatten diese Werke gemeinsam, welche versteckte Nachricht enthielten sie? Das türkische Rondo in der Sonate und die Sinfonie mit dem Beinamen »Prager« – waren das vielleicht geografische Hinweise? Nein, er verwarf diesen Gedanken sofort. Aus nur zwei Gemeinsamkeiten durfte keine Allgemeingültigkeit konstruiert werden.

Er beschloss, zunächst einmal alle im Brief verwendeten Köchelnummern herauszuschreiben. Vielleicht schälte sich ja aus der Art der Werkauswahl ein System heraus, das erkennen ließ, worauf das Ganze abzielte. Also begann er, die sich wiederholenden Zahlenkombinationen zu identifizieren und die damit korrespondierenden Nummern im Köchelverzeichnis zu suchen. Sorgfältig schrieb er sich die Stücke heraus, ihre genaue Beschreibung, die Instrumentierung, das Tongeschlecht, dazu den Ort und das Jahr ihrer Entstehung. Wer weiß – möglicherweise ließ sich ja daraus etwas ablesen.

Unter der konzentrierten Arbeit der folgenden Minuten schritt der Nachmittag voran, fast eine Stunde war vergangen, als der Alte die letzte Zahl endlich entschlüsselt hatte. Nun also war definitiv bewiesen, dass es sie gab, die Verbindung des Brieftextes zu den Werknummerierungen Mozarts, denn alle Dreierkombinationen hatten eine Entsprechung im Köchelverzeichnis – alle, bis auf eine.

Wilhelm war verwirrt. Es hatte ihn von Anfang an stutzig gemacht, wie häufig diese dreistellige Ziffer vorkam. Auf allen Seiten tauchte sie in mehr oder weniger regelmäßigen Abständen auf – fast in jeder Zeile, oder doch zumindest in jeder zweiten. Und, was sie vollends von den anderen Ziffern abhob, diese Zahl existierte nicht in Köchels Werkauflistung. Mit dem letzten Opus, dem Requiem, dieser berührenden Totenmesse, die Mozarts eigene werden sollte, endete das Verzeichnis. Köchel hatte dem Werk, um das sich so viele Gerüchte rankten, die Nummer 626 gegeben.

Hier aber hatte er es mit der 627 zu tun; immer wieder stieß er auf sie, auch am Briefende fand er die Zahlenfolge.

Einen Augenblick kam ihm der Gedanke, ein weiteres spätes Mozartwerk könnte erst jetzt posthum aufgespürt und dem Verzeichnis angegliedert worden sein. Aber davon hätte er gewusst, ganz sicher. Er las das Feuilleton sehr gründlich, hörte regelmäßig die Kultursendungen im Radio. Das wäre ihm nicht entgangen.

Noch einmal ließ er den Blick über die Seiten gleiten, merkte, wie sehr seine Sehweise jetzt geprägt war von dem

Entdeckten. Aus den langen Ziffernkolonnen der Anfangsbetrachtung war nun eine Abfolge von Zahlendrillingen geworden, deren Kombinationen ihm inzwischen schon so vertraut waren, dass sie sich oft automatisch mit den dazugehörenden Musikstücken verbanden. Nur diese 627 – die brachte er nicht unter.

Erneut knirschte der Kies auf dem Gehweg, diesmal aber erkannte der Vater die Kommende am Schritt. »Hallo, mein Kind«, begrüßte er die Tochter, »wie du siehst, sitze ich noch immer im Garten.«

»Kommst du mit deinem Stück nicht voran?« Miriam trat zu ihm und umarmte ihn. »Du wolltest den Sommernachtstraum doch heute zum Abschluss bringen.«

»Ja, aber mir fehlt noch der Schluss. Doch es gibt einen Grund, warum ich noch nicht fertig bin. Rate mal, wer mich gerade besucht hat?«

»Woher soll ich das wissen?«

»Alexander war bei mir – hat mir das hier gebracht.« Er zeigte auf die abkopierten Seiten. »Das ist der erste der Briefe seines Großvaters; er hat mir die Kopien zur Durchsicht dagelassen – und mit ihnen eine Menge Rätsel.«

»Alexander war hier?« Verwundert setzte sich die Tochter neben ihn, griff nach den Seiten. Sie hielt sich das Papier vor die Augen. Auch für sie war es das erste Mal, dass sie einen der Briefe sah.

»Zahlen, nichts als Zahlen.« Verständnislos schüttelte sie den Kopf. Dann senkte sie die Seiten. »Nun erzähl schon, Vater, was genau wollte Alexander?«

Also berichtete Wilhelm von dem Besuch des Jungen, seinem Aha-Erlebnis am Klavier und der Folgerung, die Zahlen in den Briefen könnten dem Köchelverzeichnis entnommen sein. »Ich habe das überprüft – und tatsächlich, es kommt hin. Unterteilt man die Zahlenreihen in Dreiergruppen, so entsprechen alle Triplets einer Nummer aus dem Werkverzeichnis Mozarts. Hier«, er wies auf die Ziffernfolge, erklärte ihr den Zusammenhang. »Soweit bin ich jetzt, aber eben auch nicht weiter. Ich habe keine Ahnung, ob und wie sich aus diesen Köchelnummern eine Information oder gar eine Botschaft herauslesen lässt.« Er deutete auf die Blätter in Miriams Händen. »Aber vielleicht hast du ja eine Idee – jetzt, wo wir wissen, was dieser Verschlüsselung zugrunde liegt.«

Der Vater lehnte sich zurück, sah der Tochter zu, wie sie sich das Papier erneut vor die Augen hob, es dabei grübelnd betrachtete, wie sie die Seiten hin und her drehte, als könnte sie durch den veränderten Lichteinfall eine Geheimschrift sichtbar machen. Nach einer Weile beugte er sich vor, schob ihr das Anfangsblatt des Theaterstücks zu. »Hier, auf der Rückseite habe ich die mit den Zahlen korrespondierenden Köchelnummern notiert. Vielleicht hilft dir das.«

Wieder beobachtete er sie, sah sie den Briefinhalt mit den Nummern des Köchelverzeichnisses vergleichen. Endlich nickte sie. »Ja, das ist eindeutig. Das kann kein Zufall sein – diese dreistelligen Ziffern wiederholen sich immer wieder. Außerdem, sie überschreiten nicht einmal den Umfang des Werkregisters – nicht eine einzige Siebenhunderter-, Achthunderter- oder Neunhunderternummer ist dabei. Das bestätigt, dass es Köchelzahlen sind.«

»Ja, Mozarts Werkverzeichnis geht bis zur 626, der Nummer des Requiems. Die findest du mehrfach im Brief. Soweit wäre ja alles klar, wenn da nicht das hier wäre.« Er nahm ihr die letzte Seite aus der Hand. »Diese Nummer hier«, sein Finger deutete auf das Briefende, »die 627 – wie passt die dazu?« Er ging das Blatt durch, Zeile für Zeile, zeigte auf die Zahl. »Da... da... und da... – überall diese drei Ziffern. Doch eine 627 gibt es nicht im Köchelverzeichnis. Wie erklärst du dir das?« Er ließ die Seite auf den Tisch gleiten, fragend sah er die Tochter an.

»Ich weiß nicht«, Miriam war unsicher, es war deutlich, dass sie das auch nicht verstand. Noch einmal nahm sie sich die Briefkopien vor und studierte sie. Man sah ihr die Konzentration an, mit der sie nach einer Erklärung suchte, spürte ihr Bemühen, das Rätsel zu lösen. Doch ihr wiederholtes Kopfschütteln signalisierte, wie schwer sie sich damit tat.

Erst jetzt bemerkte der Vater, wie müde die Tochter aussah, wie erschöpft von dem langen Arbeitstag. Er machte sich Vorwürfe. Warum musste er sie auch gleich mit dem Brief konfrontieren. Es wäre bestimmt besser gewesen, sie erst einmal ein bisschen zur Ruhe kommen zu lassen. Nachdenklich betrachtete er das schöne Gesicht. Wie abgespannt es wirkte, wie glanzlos waren jetzt die sonst so leuchtenden Augen. Entschlossen, ihr die Blätter aus der Hand zu nehmen und sie aufzufordern, zunächst einmal abzuschalten und zu entspannen, beugte er sich vor, wollte gerade nach den Kopien greifen, als plötzlich eine Bewegung in Miriams Körper kam, so als durchliefe sie ein Ruck. Er hielt inne, fragte: »Was ist, hast du etwas entdeckt?«

»Entdeckt? Nein, das wäre zuviel gesagt. Es ist eher ein Eindruck, den ich gerade beim Daraufblicken hatte.« Sie hielt ihm die Seiten hin. »Diese 627 – so oft, wie die hier auftaucht, verstreut über den gesamten Brief – das wirkt auf mich wie die Interpunktion in einem Schriftstück – wie Punkt, Komma, Fragezeichen. Genauso sieht das auch hier aus, so, als würde die 627 die Zahlenreihen trennen, sie unterteilen, gliedern – eben wie Satzzeichen in Worttexten.«

»Satzzeichen? Meinst du wirklich..?« Der Vater nahm die Blätter, hielt sie gefächert auf Armeslänge von sich, als wolle er sich erst einmal einen Überblick verschaffen. Dann ging er die Seiten einzeln durch; das fast unmerkliche Bewegen des Kopfes von links nach rechts zeigte, dass er Zeile für Zeile überprüfte.

Zwanzig, dreißig Sekunden vergingen in vollkommener Stille, sowohl der Vater als auch die Tochter schwiegen – der eine vertieft in die Betrachtung der Zahlen, die andere in der gespannten Erwartung, ihre Vermutung bestätigt zu sehen.

Es war kein lauter Ausruf, kein jubelndes »Heureka«, das das Schweigen beendete. Nur das tiefe Ein-und Ausatmen, das heftige Heben und Senken der Brust verrieten, was in dem Alten vorging. »Wahrhaftig«, stieß er endlich aus, »ich glaube, das ist die Lösung!« Begeistert sprang er auf, war kurz davor, Miriam zu umarmen. Dann aber dachte er an das, was ihn gerade beim Anblick seiner Tochter bewegt hatte. Trotz allem Überschwang, Miriams Befinden war jetzt erst einmal das Wichtigste.

»Mein Kind«, legte er ihr die Hand auf die Schulter, »ich schlage vor, du ruhst dich zunächst ein bisschen aus, erfrischst dich. Ich sehe doch, wie sehr dich der Schulnachmittag angestrengt hat. Das hier«, er schwenkte die Briefkopien, »das läuft uns nicht weg.«

»Ja, Vater, du hast recht, ich spüre, wie kaputt ich bin. Soviel Spaß es auch macht, mit dem Orchester zu üben – es ist wahnsinnig anstrengend. Um die Schüler in der Spur zu halten, braucht es eine Menge Fingerspitzengefühl - und auch jede Menge Konzentration.« Miriam seufzte; dann stand sie auf. »Ich gehe jetzt duschen. Das wird mich wieder ins Leben zurückbringen.«

»Ja, tu das, Kind – und lass dir Zeit. Ich bleibe noch ein halbes Stündchen im Garten. Mal sehen, was mir die Zahlen jetzt unter dem neuen Blickwinkel sagen. Ich komme danach gleich ins Haus, dann können wir darüber sprechen.«

Er folgte der Tochter mit den Augen, ihre Müdigkeit war nicht zu übersehen. Auch wenn sie noch jung war, den ganzen Tag zusammen mit Kindern und Jugendlichen – das ging an die Substanz. Wilhelm wusste das aus eigener Erfahrung. Wie oft war er früher aus der Schule heimgekommen nur mit dem einen Wunsch, erst einmal ganz für sich zu sein. Nelly hatte das verstanden, hatte stets ein gutes Gespür für sein Befinden gehabt. Sie hatte gewusst, wann und wie lange sie ihn allein lassen musste, bis er wieder zu sich gefunden hatte.

Er wandte sich wieder dem Tisch zu. Dort lagen sie, die Blätter mit den geheimnisvollen Zahlen, dem Rätsel, das jetzt vielleicht gar nicht mehr so rätselhaft war. Wenn das stimmte, was Miriam soeben vermutet und auch er gerade zu sehen geglaubt hatte, wenn die 627 tatsächlich einem Satzzeichen entsprach, dann müsste es doch eigentlich ein Leichtes sein, die Codierung zu entschlüsseln.

Wilhelm trat auf den Rasen. Er war zu erregt, um sich hinzusetzen, erst musste der Gedanke zu Ende gedacht werden. Unruhig ging er auf und ab. Bisher waren er und auch Miriam davon ausgegangen, dass sich, wenn überhaupt, hinter den Zahlen in den Briefen irgendwelche konkreten Dinge verbargen – Gegenstände vielleicht, Ortsangaben oder ähnliches. Ohne dass sie darüber gesprochen hätten, beide hatten sie irgendwie angenommen, dass es sich bei dem, was in den Briefen stand, um einen chiffrierten, geheimzuhaltenden Sachverhalt handeln musste. Andere Möglichkeiten hatten sie gar nicht in Betracht gezogen. Doch sollte sich das, was sie vermuteten, bewahrheiten, dann erweiterte sich das Spektrum der denkbaren Mitteilungsinhalte beträchtlich.

Satzzeichen gab es dort, wo es Sätze gab, und Sätze bestanden aus Wörtern, die wiederum aus Buchstaben zusammengesetzt waren. Was, wenn sich zusätzlich zu dem, was sich schon bestätigt hatte, dass die Zahlendreier den Werksnummern des Köchelverzeichnisses entsprachen, jetzt noch herausstellte, dass jede der fixen Kombinationen einen Buchstaben aus dem Alphabet repräsentierte?

Doch wo sollte er ansetzen, um zu verstehen, welche Zahl welchem Buchstaben zuzuordnen war? Eines war sicher, die Köchelnummern mussten damit zu tun haben, sie waren der Schlüssel – weshalb sonst hätte man diese Chiffrierung gewählt?

Er kehrte zum Tisch zurück. Noch im Hinsetzen griff er nach den Seiten, breitete sie, nebeneinander liegend, vor sich aus. Dann platzierte er das Blatt mit den herausgeschriebenen Köchelnummern darüber, nahm den Stift und machte sich an die Arbeit.

Er brauchte nicht lange, um das System herauszufinden. Wenn man erst einmal wusste, wie vorzugehen war, erwies sich das Entschlüsseln als wenig kompliziert. Er staunte, wie leicht es ihm letztendlich gelang.

Er begann mit dem Briefanfang, nahm sich das erste Zahlentripel vor. Es war die 314, mit der Köchel das Oboenkonzert nummeriert hatte. Ihm fielen zwei Wege ein, wie ein Buchstabe chiffriert in einem Musikstück untergebracht werden konnte: Da war erst einmal die Tonart, die, zumindest bei den Instrumentalstücken, stets angegeben war. Doch das würde lediglich den Anfang des Alphabets abdecken, nicht mehr als die acht Buchstaben der Tonleiter kämen dabei heraus. Die andere Möglichkeit war, die Stückbezeichnungen und die Soloinstrumente zur Findung der fehlenden Buchstaben heranzuziehen.

Wilhelm überlegte, was auf das Oboenkonzert in C-Dur zutreffen könnte. Die Tonart? Er ging die Liste durch, fand zwei weitere Werke in C-Dur. Dreimal ein C, das ergab keinen Sinn. Wahrscheinlicher war, dass bei der Verschlüsselung der Anfangsbuchstabe des Soloinstrumentes verwendet worden war. Er notierte ein O, versah es aber mit einem Fragezeichen.

Die zweite Zahlenkombination des Briefes, die 504, die der »Prager« Sinfonie in D-Dur entsprach, schien ihm eindeutiger. Da ein anderes Werk in D diesen Buchstaben bereits besetzte, hatte er kaum einen Zweifel, dass das P des Zusatzwortes »Prager« das Gesuchte war. Also schrieb er es hinter die Sinfonie, diesmal ohne Fragezeichen.

So ging er weiter vor, hatte auf diese Weise schon bald einiges auf dem Papier stehen. Die A-Dur Sonate lieferte ihm beispielsweise den ersten Buchstaben, die g-moll-Sinfonie den siebten. Dazu kamen die Buchstaben, die er aus den Gattungs- und Zusatznamen gewonnen hatte. Sie komplettierten das Alphabet. So steuerte das Requiem das R bei, die »Jupiter«-Sinfonie das J, von der »Zauberflöte« stammte das Z.

Wilhelm richtete sich auf, betrachtete das schriftbedeckte Papier vor sich auf dem Tisch. Zufrieden ruhte sein Blick eine Weile auf dem, was ihm gerade gelungen war. Da lag es, das Blatt mit den Köchelnummern – und hinter jeder Zahl stand, so als wäre ein Ausrufezeichen gesetzt, ein Buchstabe. Stolz auf das Erreichte erfüllte ihn, auch wenn er sich bewusst war, dass der entscheidende Impuls von der Tochter gekommen war. Erst ihre Idee mit dem Satzzeichen hatte ihm den Weg zur Lösung des Rätsels gewiesen.

Was für eine ausgefallene Verschlüsselung! Er konnte sich vorstellen, dass es selbst für die Geheimschriftexperten nicht alltäglich war, mit einer solch ungewöhnlichen Codierung konfrontiert zu werden. Was mochte Alexanders Großvater bewogen haben, Köchelnummern für die Chiffrierung seiner Briefe zu verwenden? War er ein Kunstliebhaber, vielleicht so bewandert in der Musik, dass er die Werksziffern Köchels und ihre Buchstabenverbindungen lesen konnte wie andere ein Buch? Es wurde Zeit, dass er den Inhalt des Briefes kennenlernte.

Inzwischen war es kühl geworden, die Sonne längst verschwunden. Der Alte zog die Schultern ein, es fröstelte ihn. Er spürte, das Ende des Sommers war gekommen, der Herbst stand unabwendbar vor der Tür. Außerdem, die Tageshelligkeit hatte schon merklich abgenommen, das Lesen in dem schwachen Licht begann, ihm Schwierigkeiten zu machen.

Er faltete die Blätter zusammen, steckte sie in die Mozartbiographie. Dann stand er auf, griff nach Buch und Stift und verließ den Garten. Das Entziffern der Zahlenschrift konnte er genausogut an seinem Schreibtisch erledigen, mit einer übergeworfenen Strickjacke und im Schein der Lampe.

Als er ins Badezimmer sah, fand er Miriam in der Wanne, wohlig ausgestreckt im Schaum des Entspannungsbades. »Ich denke, du wolltest duschen?«, wunderte sich der Vater.

»Ja, das hatte ich auch vor. Aber die Versuchung, mich einfach ins warme Wasser zu legen und zu entspannen, war zu groß. Also hab ich's gemacht.« Sie seufzte und schloss dabei die Augen. »Es tut so gut.«

«Warum bleibst du dann nicht noch ein Viertelstündchen in der Wanne? So lange werde ich bestimmt brauchen, bis ich den Brieftext vollständig entschlüsselt habe. Du findest mich im Arbeitszimmer.«

Kurz darauf saß er am Schreibtisch, neben sich ein Glas Wein, vor sich die Zahlen mit den Buchstaben und die Briefkopien. Aus dem Lautsprecher der CD-Anlage schwebten Mozartklänge in den Raum – weich und einschmeichelnd. Es schien ihm passend, seiner Beschäftigung mit den Köchelnummern ein stimmungsvolles Ambiente zu geben. Doch vielleicht brauchte er auch die Musik, um seine übergroße Anspannung zu dämpfen. Denn schließlich – er hatte jetzt den Schlüssel, wusste, wie er benutzt werden musste. Gleich würde er erfahren, ob der Briefinhalt tatsächlich die Brisanz enthielt, die erklärlich machte, dass Menschen deswegen sterben mussten.

Er beugte sich über die Blätter und begann mit der Dechiffrierung. Es war nun ein Leichtes, über die Zahlendreier die dazugehörenden Buchstaben zu schreiben, sie zu Worten und auch – mithilfe der 627 – zu Sätzen zusammenzufügen. Er verzichtete darauf, das Entzifferte gleich von Beginn an im Zusammenhang lesen und verstehen zu wollen, seinen Inhalt bezüglich Sinn und Aussage schon jetzt zu überprüfen. Damit wollte er warten, sich so die Spannung bis zum Schluss erhalten.

Er benötigte noch nicht einmal die angekündigte Viertelstunde, bis der letzte Buchstabe über den Zahlen stand. Da er nicht wusste, welches Zeichen er für die 627 setzen musste, markierte er die Satztrennung erst einmal mit einem doppelten Strich. Das machte die Gliederung übersichtlich und würde ihm das Lesen gleich erleichtern.

Wilhelm griff nach dem Wein, trank langsam zwei, drei Schlucke, behielt das Glas jedoch in den Händen. Unschlüssig sah er auf das Papier. Warum zögerte er? Ein Gefühl bedrängte ihn, flüchtig nur und unbestimmt, eher die Ahnung, er könnte eine unerlaubte Grenze überschreiten, wenn er das hier las. Wer auch immer es verschlüsselt hatte, es war in der Absicht geschehen, den Inhalt geheim und vor anderen verborgen zu halten.

»Ach was!«, schalt er sich laut und stellte das Glas auf dem Schreibtisch ab. Zwei Skelette waren gefunden worden, das dürfte ja wohl jegliche Bedenken gegenstandslos machen. Entschlossen nahm er die erste Seite des Briefes und hielt sie unter die Lampe. Noch fehlte ja der letzte Beweis, dass er mit seiner Theorie recht hatte. Doch schon nach den ersten ein, zwei Zeilen erkannte er, wie richtig er lag: Buchstabe an Buchstabe reihte sich aneinander, formte Silben, Worte und Sätze und verwandelte die anfangs so willkürlich zusammengestellt erscheinenden Zahlen in einen Text mit Sinn und Botschaft. Obwohl – Wilhelm stockte, verblüfft las er die erste Seite noch einmal.

Das war nicht das, was er erwartet hatte – im Gegenteil, er erschrak, als er erkannte, wovon der Brief handelte. Sofort befiel ihn wieder das ungute Gefühl, das er soeben verspürt hatte. Sollte er weiterlesen? Hatte er ein Recht dazu? Aber vielleicht kam ja jetzt erst das Entscheidende, das, was dem Brief seine kriminelle Bedeutung gab?

Nun hatte er angefangen, jetzt würde er auch zu Ende

lesen. Er musste den Inhalt ganz kennen – vorher würde er sein Gewicht nicht beurteilen können.

Also las er weiter, obwohl es ihm zunehmend schwerfiel. Doch es war nicht das Zusammensetzen der Worte, das ihm Mühe machte, sondern das, was er erfuhr und lieber nicht erfahren hätte.

19

Seine Finger hielten noch die letzte Seite, als Miriam das Arbeitszimmer betrat. Unbeweglich saß der Alte am Schreibtisch und starrte auf das Blatt in seinen Händen.

»Vater, was ist?«, fragte die Tochter, als sie ihn so dasitzen sah. »Ist es der Brief? Hast du ihn entschlüsselt?«

»Ja, Kind«, er wandte den Kopf und schaute zu ihr hin, »ich habe alles entziffern können – dank deiner Eingebung: Die 627 ist tatsächlich das Satzzeichen. Das hat mich dann auf die Idee gebracht, die anderen Zahlenkombinationen könnten Buchstaben sein. Und so war es auch. In den Köchelnummern ist wahrhaftig das Alphabet versteckt.« Er legte die Seiten aufeinander, schob sie zusammen und reichte sie der Tochter. »Hier hast du den ganzen Wortlaut. Ich habe die Buchstaben über die Zahlen geschrieben. Du wirst keine Schwierigkeiten haben, sie im Zusammenhang zu lesen.«

Miriam nahm die Kopien, dabei sah sie den Vater an. »Du wirkst nicht gerade glücklich. Freust du dich denn nicht, dass du den Code geknackt hast?«

»Lies!«, wies er auf die Papiere, »dann weißt du, warum ich mich etwas unbehaglich fühle.«

Miriam trug die Blätter zum Fenster. Sie drehte sich so, dass das Restlicht des Tages auf die Seiten fallen konnte. Sie las still und langsam, Buchstabe für Buchstabe. Lautlos bewegte sie die Lippen.

Erfreut registrierte der Vater, dass die Tochter jetzt ganz anders aussah als noch vorhin, das Baden im warmen Wasser hatte sie sichtbar belebt. Während er ihr bei der Lektüre zusah, dachte er an die vergangenen Tage. Wie vieles hatten sie zusammen gelesen, gemutmaßt und diskutiert: Zuerst Alexanders Aufsätze, dann seine Kapitel, jetzt der Brief. Und noch immer waren nicht alle Rätsel gelöst. Was hatte er da gerade lesen müssen!

Er stand auf, holte ein zweites Glas und stellte es neben das seine. Er schenkte großzügig ein, goss die Gläser randvoll – heute war nicht der Tag, am Wein zu sparen.

Miriam drehte sich um. »Du meine Güte!« Sie kam zum Schreibtisch, legte kopfschüttelnd die Blätter ab. »Genau das wollten wir doch vermeiden, wollten auf keinen Fall in Privatangelegenheiten herumstochern.«

»Ja«, bestätigte der Vater, »und jetzt das hier. Privater und intimer geht's ja wohl kaum. Das ist der reinste Liebesbrief.« Wilhelm zog die Kopien heran, nahm das erste Blatt in die Hand. »Beginnen tut's ja noch recht sachlich«, tippte er auf den Seitenanfang und zitierte: *Operation gelungen – ich hab's überstanden. All diese Tage im Krankenhaus. Was bin ich froh, wieder zu Hause zu sein. Verzeih, dass ich dich gebeten habe, mich nicht am Krankenbett zu besuchen; aber ich hätte es nicht ertragen, dich neben mir stehen zu sehen, ohne dich berühren zu können. Um keinen Verdacht zu erregen, habe ich mir von allen anderen ebenfalls den Besuch verbeten, habe vorgeschützt, wegen der delikaten Besonderheit der Operation von niemandem dazu befragt werden zu wollen. Gott sei Dank, nun sind diese schrecklichen Tage vorüber, die Trennung hat ein Ende.*

Kurz blickte Wilhelm auf, begegnete Miriams Blick. »Und nun wird‘s richtig intim.« Die Überwindung, weiter zu zitieren, war ihm anzusehen: *Liebste, wie habe ich dich vermisst, deine Stimme, den lieben Blick deiner Augen, wie haben mir deine Umarmungen, deine Küsse gefehlt. Allein die Hoffnung, dich bald wieder in den Armen halten zu können, hat mir die Kraft gegeben, den schweren Eingriff zu überstehen. Liebste, wenn du nicht wärst...* »Und so weiter, und so weiter – eine Anbetung ohne Ende. Was hältst du davon?«

»Da ist ein großes Gefühl im Spiel, vielleicht auch ein zu großes.« Miriam wirkte nachdenklich. »Solche Gefühle versetzen Berge, im Guten wie im Bösen.«

»Du glaubst doch nicht, dass das hier etwas mit den zwei Toten am Wasserbehälter zu tun hat?«

»Es wäre nicht die erste verbotene Liebesbeziehung mit tödlichem Ausgang.«

»Aber wir wissen noch nicht einmal, ob es sich hierbei um eine Affäre handelt. Vielleicht sind die Briefe Fritz Gerlachs ja an die eigene Frau gerichtet?« Doch noch während er sprach, wurde Wilhelm die Unsinnigkeit seines Einwurfs bewusst.

Auch die Tochter verwarf diese Möglichkeit sofort. »Schreibt so ein Mann an die Ehefrau? Vielleicht am Anfang, ja, in der Flitterzeit, von mir aus auch noch in den ersten Jahren nach der Hochzeit. Aber später? - Hier, sieh dir das Datum des Briefes an: Februar 1993, da waren Fritz und Elisabeth Gerlach lange verheiratet. Nein, solche Worte wie die hier verwendeten schreibt man nur an die

Geliebte.« Miriam schnaubte. »Und dazu noch dieser Satz: ‚Um keinen Verdacht zu erregen'. Der beweist doch geradezu, dass da etwas außerhalb der Regel läuft.«

»Du hast ja recht«, gab der Vater zu, »nichts spricht für die Ehefrau. Auch die Tatsache, dass eine Geheimschrift verwendet wurde, deutet auf die Geliebte hin.«

»Nicht unbedingt«, wandte Miriam ein. »Es könnte doch auch sein, dass ein Paar sich durch das Schreiben verschlüsselter Briefe eine Belebung der Ehe verspricht, den besonderen Kick, der die verwelkte Beziehung wieder auffrischt. Nein, die Geheimschrift ist für mich nicht das Entscheidende, wohl aber die Schreibweise: Das ist der typische Brief an eine heimliche, vielleicht sogar verbotene Geliebte – da bin ich mir sicher. Die Geheimschrift dürfte dabei vorrangig den Zweck haben, den Inhalt vor unbefugten Lesern zu schützen, nebenbei aber auch einen gefühlsintensivierenden Kitzel darstellen, der den Briefwechsel der Verliebten romantisiert.«

»Das bestätigt der Schreiber im Grunde ja selbst. Hier zum Beispiel lässt er sich über die Geheimschrift aus.« Der Alte überflog kurz die Blätter, dann griff er nach der dritten Seite und las: *Ich weiß nicht, wie es dir geht, aber ich genieße es, diesen nur uns bekannten Zahlencode zu verwenden. Wie nah wir uns dabei kommen in unserer gemeinsamen Liebe zu Mozart, mit welcher ungefährdeten Offenheit ich dir so meine innersten Gefühle mitteilen kann. Ich hätte nie gedacht, wie viel Intimität in dem Wissen steckt, dass nur wir das hier lesen können. Aber bei aller Sicherheit, die uns diese Geheimschrift gibt – vergiss nicht, Liebste, die Briefe zu vernichten, oder sie zumindest so aufzubewahren, dass sie niemals einem anderen in die Hände fallen können. Ich würde es nicht überleben, wenn man von unserer Liebe erführe, sich die Münder darüber zerreißen und sie in den Schmutz ziehen würde.*

Wilhelm legte die Seite auf den Schreibtisch zurück. »Der Rest ist eine einzige Anhäufung von Liebesschwüren, das Versprechen ewiger Zuneigung und völliger Hingabe. Aber bei allem Gefühlsüberschwang – es ist nichts Abgeschmacktes dabei. Die Beziehung, von der hier gesprochen wird, ist aufrichtig und von solcher Tiefe, dass sogar die Ankündigung, ihr Aufdecken und damit ihr Ende nicht überleben zu können, glaubhaft erscheint.«

»Ja, das ist auch mein Eindruck, diese Liebe ist ernst und echt. Aber ist dir aufgefallen, dass kein einziges Mal ein Name erwähnt wird?«

»Ja, das habe ich auch bemerkt. Der Briefschreiber spricht immer nur von seiner Liebsten, einmal nennt er sie ‚mein Engel'. Aber das muss nichts bedeuten – Liebende reden so miteinander. Mich würde interessieren, ob die anderen Briefe genauso gefühlsintensiv sind wie dieser hier.«

»Ich weiß nicht«, Miriam wirkte unsicher. »Wenn wir wirklich damit rechnen, sie könnten ähnlich sein, dürfen wir sie dann überhaupt lesen? Wir haben immer eine Grenzlinie gezogen. Die Intimsphäre dieses Paares könnte eine solche sein.«

»Ja, prinzipiell hast du recht. Wenn die übrigen Briefe Gleiches enthalten, sollten sie für uns eigentlich tabu sein. Aber das können wir erst wissen, wenn wir sie gelesen haben. Vielleicht steht ja in den Folgebriefen etwas ganz anderes drin. Denk an die handgeschriebenen Nachsätze des letzten Briefs, die haben uns immerhin zu den zwei Toten geführt.«

»Du meinst also, wir sollten alle Briefe lesen?«

»Ja, um sicher zu sein, dass nichts in ihnen versteckt ist, das die Polizei wissen müsste.«

»Aber die Leute vom Landeskriminalamt werden den Code doch auch bald geknackt haben. Schließlich sind sie Spezialisten.«

»Ja, das ist wahrscheinlich. Früher oder später werden sie hinter die Chiffrierung kommen«, da hatte Wilhelm keinen Zweifel. »Dennoch sollten wir schon jetzt den Inhalt aller Briefe kennen. Das könnte von Bedeutung sein für den Umgang mit Alexander. Außerdem hängt davon ab, ob wir die Polizei an unserem Entschlüsselungserfolg beteiligen müssen. Sollte sich nämlich bestätigen, dass es sich ebenfalls um reine Liebesbriefe handelt, haben wir keine Veranlassung, die Beamten einzuschalten. Die Liebe ist kein ahndungswürdiges Vergehen.«

»Nein, die Liebe nicht, aber häufig das, was aus ihr erwächst«, orakelte Miriam.

»Na, warten wir es ab. Alexander hat mir erzählt, dass er die Kopien der anderen Briefe hat. Es wäre gut, wenn du ihn morgen bittest, sie für mich mitzubringen.«

»Und was sage ich ihm, wenn er fragt, wie weit du mit dem Entziffern der Zahlen gekommen bist?«

»Sag ihm, ich sei auf einem guten Weg, brauchte aber alle Briefe, um die endgültige Lösung zu finden. Mehr sollten wir ihm vorerst nicht sagen. Es ist nicht nötig, ihm die Liebesaffäre seines Großvaters zu unterbreiten.«

»Aber irgendwann wird er wissen wollen, was in den Briefen steht.«

»Dann wird man es ihm in geeigneter Form erzählen müssen. Normalerweise ist dafür der Vater zuständig.«

Wilhelm stand auf. Es war ihm anzusehen, dass er nicht zufrieden war mit dem, wie sich die Angelegenheit jetzt darstellte. Die Erwartung, durch die Decodierung des Briefes etwas Faktisches in die Hand zu bekommen, das der Polizei zur Klärung übergeben werden konnte, hatte sich nicht erfüllt. Stattdessen war er auf ein Liebesverhältnis gestoßen, auf eine in Bezug auf Alexander sehr heikle Liebesbeziehung. Nicht genug, dass der Junge von der Verwicklung seines Großvaters in ein Mordgeschehen Kenntnis hatte, jetzt erfuhr er möglicherweise auch noch von einem Ehebruch. Wie würde er es aufnehmen, wenn er hörte, dass die geliebte Großmutter von ihrem Mann hintergangen worden war?

Nachdenklich ging der Alte im Zimmer umher. Die Tochter folgte ihm mit den Augen, schwieg aber, überließ ihn seinen Gedanken. Dieser nach innen gewandte Blick, das In-sich-Hineinhorchen während der Bewegung – sie kannte das, wusste, da entstand etwas in ihrem Vater, das man am besten in Ruhe sich formen ließ.

Wilhelm kehrte zum Schreibtisch zurück. Er nahm die Flasche, goss sich ein, dann setzte er sich. Den Stiel des Glases langsam zwischen den Fingern drehend saß er eine Zeit lang da und schaute in den Wein.

»Was wissen wir eigentlich von diesem Fritz Gerlach?« Es schien, als habe er sich die Frage selbst gestellt. Kurz überlegte er, dann versuchte er eine Antwort: »Etwas über ihn haben wir gerade erfahren: Er hatte ein Liebesverhältnis – jedoch keines dieser leichtlebigen, wie sie viele Ehen nebenher begleiten – nein, seine Beziehung war tiefergehend und durchaus ernster Natur. Der Wortwahl und der Intensität seiner Formulierungen nach dürfte er ein leidenschaftlicher Mann gewesen sein. Und noch etwas hat er uns soeben verraten. Ihm muss die Musik, vor allem die Musik Mozarts, viel bedeutet haben. Ein Schöngeist also, dieser Fritz Gerlach, empfindungsreich und zu großen Gefühlen fähig.« Jetzt blickte der Vater doch auf, sah die Tochter fragend an. »Und dann diese handschriftliche Notiz, in der er über die Beseitigung eines Menschen spricht, als wäre das das Alltäglichste der Welt. Wie passt das zusammen?«

Auch diesmal gab er die Antwort selbst. »Das ist einfach nur widersprüchlich. Einerseits beschreibt Alexander den Großvater als streng, korrekt und gerecht – außerdem, er war Stadtrat, befand sich also in einer ehrenwerten, gehobenen Position – und dann soll dieser Mann in ein solches Verbrechen verwickelt sein? Einen Mordbeteiligten stelle ich mir anders vor?«

»Ja, das wirkt schon reichlich diskrepant. Allerdings – die gehobene Position lasse ich als Ausschlusskriterium nicht gelten. Man braucht sich nur anzusehen, wie viele Menschen in solchen Stellungen straffällig werden. Wer viel hat, hat auch viel zu verlieren. Aber sonst hast du recht: Die Persönlichkeit des Großvaters ist zwiespältig. Das mag aber auch daran liegen, dass wir zu wenig von ihm wissen.«

»Ja, genau das ist der Punkt, der uns das Urteil über ihn und die Briefe erschwert. Wir kennen den Mann zu wenig: Ist er ein armer Teufel, der unverschuldet in etwas hineingeraten ist, der vielleicht absichtslos zum Spielball seiner Leidenschaft wurde? Oder ist er einer, der im wörtlichen Sinn über Leichen gegangen ist, der Menschen beiseite geräumt hat, wenn sie ihm unliebsam geworden waren und der auch keine Skrupel kannte, seine Frau zu belügen und die Ehe zu brechen?«

Der Alte erhob sich, trank sein Glas im Stehen leer. »Warum nutzen wir nicht die Zeit, bis uns Alexander die restlichen Briefe bringt? Ich könnte mich zum Beispiel ein bisschen umhören, könnte versuchen, Genaueres über diesen Stadtrat Gerlach zu erfahren. Je mehr wir von ihm wissen, desto leichter fallen uns die Entscheidungen bezüglich unseres Verhaltens Alexander gegenüber.«

»Und was ist mit Herrn Schiller? Sollten wir nicht zuallererst ihn unterrichten, ihm das Ergebnis der Dechiffrierung mitteilen?«

»Natürlich, Alexanders Vater muss vollständig informiert werden. Erst dann kann er darüber befinden, ob und wieweit er den Sohn mit dem Briefinhalt vertraut machen will. Aber wir sollten ihm das nicht telefonisch, sondern persönlich übermitteln. Ich nehme an, du würdest das ganz gerne übernehmen?«

Auch wenn sie diesmal nicht gerade errötete, der kurze Blick zur Seite bestätigte dem Vater, wie sehr sich die Tochter von seiner wissenden Formulierung ertappt fühlte. »Du gehst also zu Herrn Schiller?«, fragte er noch einmal.

»Ja«, Miriam gab sich nun keine Mühe mehr, ihre Freude zu verbergen. »Ich rufe ihn an und vereinbare für morgen einen Termin mit ihm. Vielleicht gibt mir Alexander dann auch gleich die Briefkopien für dich mit.«

»Gut, und danach treffen wir uns im Garten und erstatten uns gegenseitig Bericht.«

Jetzt nahm auch Miriam ihr Glas, leerte es und stellte es mit einem Seufzer auf den Schreibtisch zurück. »Ich habe es gewusst, so schnell entlässt uns die Geschichte nicht aus ihren Fängen. Sie ist wir die Katze, die mit der Maus spielt, ihr immer wieder Freilauf gibt, um sie jedesmal erneut zu packen.«

»Mit dem Unterschied: Das Spiel der Katze endet meistens tödlich.«

»Nun, zwei Tote hatten wir auch schon. Da hat sich ebenfalls jemand nicht nur mit dem Spielen begnügt. Ob wir jemals Genaueres darüber erfahren?«

»Wer weiß.« Wilhelm drückte den Korken tiefer in den Flaschenhals. »Vielleicht sind wir ja schon bald schlauer.«

20

Gerade erst war die Stadt aufgewacht. Sie rieb sich die Augen, räkelte sich, zum Aufstehen war es ihr aber noch zu früh. Nur wenige Menschen waren jetzt schon unterwegs, einige trugen Bäckertüten mit den Morgenbrötchen in der Hand.

Wilhelm liebte das Erwachen seiner Stadt, ihr erstes, kräftiges Luftholen nach der Stille der Nacht. Morgens wirkte alles so beständig, so fest und verlässlich: Die Häuser und die Mauern, die Brunnen, die Kirchen, alles stand dort, wo es immer gestanden hatte, unverrückbar. Es war das Fundament, das Gerüst, das sich im Laufe des Tages mit Leben füllen würde, später, wenn die Menschen sich durch die Gassen schoben und sich die Fahrzeuge auf den Straßen drängten.

Er sah auf die Uhr. Es war noch genügend Zeit bis zu ihrem Treffen, vor acht machte das Café sowieso nicht auf. Karl würde jetzt auch schon auf dem Weg sein. Er kam von der anderen Stadtseite, zu Fuß, so wie er, da war er sich sicher. Karls Leidenschaft für das Gehen stand der seinen in nichts nach.

Gleich gestern Abend nach dem Gespräch mit Miriam hatte er den Freund angerufen und sich mit ihm für heute Morgen verabredet. Wenn einer in dieser Stadt etwas über Fritz Gerlach wusste, dann war es Karl. Als ehemaliger

Kriminalbeamter und Stadtverordnetenvorsteher hatte er einiges kennengelernt, hatte das Lokalgeschehen nicht nur miterlebt, sondern es auch mitgeprägt. Er kannte vieles, wenn nicht alles, was sich in dieser Stadt ereignet hatte und noch ereignete, auch die Dinge, die unter der Hand geregelt wurden. Und natürlich auch die Gerüchte, die aus dem Nichts entstanden und wieder verschwanden, häufig aber auch blieben und dann als Wahrheit gehandelt wurden. Karl würde ihm bestimmt helfen können.

Aber warum wusste er selbst so wenig über diesen Fritz Gerlach? Erst jetzt beim Gang über den Marktplatz fiel ihm auf, dass er den Mann zwar dem Namen nach kannte, aber nicht die geringste Erinnerung an ihn hatte, nicht einmal ein Gesicht vor Augen bekam, wenn er ihn sich vorzustellen versuchte. Wie konnte das sein? Immerhin hatte er den größten Teil seiner fünfundsiebzig Lebensjahre in dieser Stadt zugebracht, war hier politisch aktiv gewesen, hätte also mit einem Stadtrat mehr als nur oberflächlich bekannt sein müssen. Doch lediglich die Tochter hatte er in der Schule kennengelernt, Alexanders Mutter. Ihre Eltern waren ihm dagegen in all den Jahren erstaunlich fremd geblieben.

Es gab eigentlich nur eine Erklärung dafür: Fritz Gerlachs politisches Engagement musste in die Zeit gefallen sein, in der er, Wilhelm, außerhalb seiner Heimatstadt gelebt hatte. Das war vor allem die Zeit des Studiums gewesen. Wegen der großen Distanz zwischen der Hochschule und dem Elternhaus hatte er sich ein Zimmer genommen und am Studienort gewohnt. Anfangs war er an den Wochenenden noch nach Hause gefahren, später aber, nachdem er Nelly kennengelernt hatte, ganz in der Universitätsstadt geblieben. Auch nach dem ersten Staatsexamen hatte er noch nicht sofort zurückkehren können, hatte erst ein Referendariat in einem kleinen Ort am Rand der Heide annehmen und darauf warten müssen, dass eine Stelle an einer heimatlichen Schule frei werden würde. Drei Jahre war er dann als Lehrer im flachen norddeutschen Land tätig gewesen, stets begleitet von der Sehnsucht nach seinen vertrauten Bergen und Wäldern, nach der von Kind an gewohnten Begrenzung des Horizonts und der Freiheit, die der Blick von einem Gipfel herunter in die Täler und Senken gewährte. Dann endlich hatte er heimkommen dürfen, zusammen mit Nelly in die Stadt, die er von nun an nie mehr länger als ein paar Wochen verlassen sollte.

Wilhelm war am Ende des Marktplatzes angekommen. Unter seinen Schuhen knirschte es, ein Teil des Fugensandes lag noch auf dem frischverlegten Pflaster. Gerade erst war die Neugestaltung dieses zentralen Stadtplatzes abgeschlossen worden, die Baustelle erst vor wenigen Tagen beseitigt. Akkurat sah alles nun aus, sehr dekorativ – und sehr deutsch. Er war sich sicher: Keine der neuaufgestellten Bänke würde auch nur um ein Grad von der rechtwinkligen Anordnung abweichen, keiner der ins Pflaster eingelassenen Bäume auch nur um einen Zentimeter im Abstand zueinander differieren. Jetzt ohne Menschen sprang das ins Auge. Doch er tröstete sich: Nachher, wenn der Platz bevölkert war, würde man davon kaum mehr etwas wahrnehmen.

Wilhelm war an diesem Morgen der erste Gast in dem soeben geöffneten Café. Judith, die blonde, nette Bedienung, begrüßte ihn. »Hallo, Herr Schellberg, schön Sie zu sehen. Sind Sie heute wieder mit Herrn Seiffert verabredet?«

»Ja, mich wundert, dass er noch nicht da ist.«

»Da kommt er gerade um die Ecke«, sie deutete die Gasse hinauf. »Am besten, ich fange schon mal mit der Frühstücksvorbereitung an«, verschwand sie in der Küche. Die Frage nach den Wünschen ihrer Gäste ersparte sie sich, denn seit Jahren hatten die beiden bei ihren regelmäßigen morgendlichen Zusammenkünften stets das Gleiche bestellt: Zweimal das kleine Frühstück, zwei hartgekochte Eier und zwei Gläser frisch gepressten Orangensaft. Und auch der Tisch, an dem sich die Freunde nach der Begrüßung setzten, war immer der gleiche.

»Ausgeschlafen, Karl?«, begann Wilhelm in der üblichen Weise die Unterhaltung.

»Längst. Um diese Zeit war ich früher schon im Dienst«, verwies der ehemalige Kripobeamte auf den alten Lebensrhythmus, den er auch als Pensionär beibehalten hatte. Da auch Wilhelm bei der Gewohnheit geblieben war, zeitig aufzustehen, waren die frühen Verabredungen für beide nichts Ungewöhnliches, im Gegenteil, sie genossen die stille Stunde, die Ruhe vor der geschäftigen Betriebsamkeit, die sich bald überall regen und die Stadt in Beschlag nehmen würde.

Karl Seiffert war nur wenig jünger als Wilhelm, gerade mal ein paar Monate. Er war wie er ein städtisches Urgestein, das den heimischen Mauern nur selten und nie für lange den Rücken gekehrt hatte. Beide Freunde kannten sich seit der Schulzeit, hatten sich auch in den Jahren, die sie in ihren eigenen Familienkreisen verlebten, nie aus den Augen verloren. Nach dem fast zeitgleichen Tod der Ehefrauen waren sie sich, vereint in der gleichen Betroffenheit und Trauer, noch näher gekommen, hatten sich regelmäßig getroffen und viel Zeit mitcinander verbracht. Ihr morgendliches Zusammenkommen in diesem Café war für sie inzwischen so etwas wie ein Zweipersonenstammtisch.

Das Frühstück kam, Judith wünschte einen guten Appetit. Also griffen sie zu, tauschten unter dem Schmieren der Brötchen ein paar erste Neuigkeiten aus. Doch schon beim Schälen der Eier kam Karl von sich aus auf die Angelegenheit zu sprechen, die Wilhelm mit ihm zu bereden vorhatte.

»Ich habe gehört, du bist in diese Skelettgeschichte verwickelt. Die ehemaligen Kollegen haben mir erzählt, es sei hauptsächlich dir zu verdanken, dass sie sich jetzt mit dieser Sache befassen. Du hättest den Anstoß zum Ausgraben der Knochen gegeben. Was ist da dran?«

Wilhelm, froh, ohne Umschweife auf das ihn Interessierende kommen zu können, gab dem Freund einen groben Abriss der Ereignisse, die dem Leichenfund vorausgegangen waren. Er berichtete von den Aufsätzen, den Kapiteln, den auf dem Dachboden entdeckten Briefen. Und auch die Sprachbegabung Alexanders erwähnte er. Als er dann von der Familie Schiller und dem großen Haus auf dem Hügel erzählte, wurde Karl Seiffert hellhörig. »So, so, die Gerlach-Villa, da also wohnt der Junge.«

»Er ist der Enkel von Fritz Gerlach, dem Stadtrat. Der ist dir doch bekannt, oder?«

»Natürlich kenne ich Fritz. Immerhin haben wir vier Jahre im gleichen Parlament gesessen.«

»Da war ich ja nun auch einige Jahre Mitglied. Dennoch habe ich so gut wie keine Erinnerung an diesen Mann – weder an ihn als Politiker noch an ihn als Bürger dieser Stadt. Kannst du mir sagen, warum?«

Karl dachte nach. »Vielleicht hängt es damit zusammen, dass du in der Zeit, als Fritz politisch aktiv war, gar nicht hier gewohnt hast. Warst du nicht ein paar Jahre in der Heide?«

»Ja, ich war fast sieben Jahre, das Studium eingeschlossen, von hier weg. Das müsste dann genau die Zeit gewesen sein, in der Gerlach Stadtrat war.« Nachdenklich goss er sich Kaffee in die Tasse. »Aber weshalb war dieser Mann nur so kurz im Parlament? Ist da irgendetwas vorgefallen, das sein Ausscheiden nach sich gezogen hat? Und warum hat er sich danach nicht weiter politisch betätigt?«

Jetzt griff auch Karl nach dem Kännchen. Während er einschenkte, lachte er leise vor sich hin. »Du hast ihn nie getroffen, kennst ihn nicht?«

»Jedenfalls nicht, dass ich es wüsste. Das an sich ist schon verwunderlich – schließlich haben wir beide jahrelang am gleichen Ort gelebt.«

»Nein«, der ehemalige Stadtverordnetenvorsteher schüttelte den Kopf, »bei Fritz ist das überhaupt nicht verwunderlich.«

Einen Augenblick schwieg er, seine Gedanken schienen zurückzuschweifen in die Jahre, von denen sie sprachen. »Man muss wissen, dass Fritz Gerlach ein eigenartiger Mensch war«, fuhr er schließlich fort, »schon sein Beruf war nicht von dieser Welt. Er lehrte an der Universität, in einem nie gehörten Fachbereich – irgendetwas mit theologischer Moraltheorie – oder so ähnlich. Fritz war promoviert, wahrscheinlich haben sein Doktortitel und der exotische Lehrstuhl die Vereinigte Wählergemeinschaft bewogen, ihn als ihren Kandidaten aufzustellen. Fritz hat sich bereitschlagen lassen, wurde tatsächlich gewählt und zum Stadtrat ernannt.«

»Aber warum weiß man so wenig von ihm. Ich jedenfalls kenne ihn gar nicht. Bleibende Spuren scheint er nicht hinterlassen zu haben.«

»Nein, wie auch. Er war der geborene große Schweiger. Die Partei wird sehr schnell gemerkt haben, was für einen Fehlgriff sie mit ihm getan hatte. Man wird ihn das gespürt haben lassen. Aber Fritz wusste selbst, dass das politische Geschäft nicht seine Sache war. Deshalb gab er nach nur einer Wahlperiode sein Amt auf und zog sich ganz aus der Politik zurück – zu seinem eigenen Besten und zur Erleichterung der Partei. Er war schon ein eigenartiger Kauz, dieser Fritz Gerlach«, wiederholte Karl, »in der Politik und auch sonst.«

»Wie meinst du das?«

»Nicht nur, dass er in Sachen Moral lehrte – er war auch der personifizierte Moralapostel. Allerdings auf die stille Weise. Darüber lautstark zu wettern, das war nicht seine Art. Er war ein Mensch, der nicht auffallen wollte – und der auch nicht auffiel.«

»Und woher weißt du das alles, wenn er doch nichts an die große Glocke hängte?«

»Mein Nachbar hat mir damals davon berichtet, er gehörte der gleichen Kirchengemeinschaft wie Fritz an. Selbst den eigenen Glaubensbrüdern waren seine rigiden, unnachgiebigen Moralprinzipien zuviel.«

»Was weißt du noch von ihm?«

»Wenig. Wie gesagt, Fritz war genau die graue Maus, die er sein wollte. Ich weiß nur, dass er in seiner Kirche sehr engagiert war. Aber in so einer kleinen Gemeinde ist man unter sich, da dringt wenig nach außen.«

»Kleine Gemeinde? Von welcher Kirche sprichst du?«

»Von der Neuapostolischen, oben auf dem Schulberg. Du wirst das Gebäude kennen, es ist das Haus mit den Säulen, direkt neben der Zeitung.«

»Ja, natürlich.« Dieses auffällige Bauwerk kannte jeder,

der in der Stadt wohnte. »Dort also hat sich Fritz Gerlach in die Gemeindearbeit eingebracht. Und weiter? Was gibt's darüber hinaus noch zu berichten?«

»Beim besten Willen, mir fällt nichts ein.« Hilflos hob Karl die Hände, es war deutlich, wie gern er dem Freund behilflich sein würde. »Fritz lebte zurückgezogen, nahm am städtischen Gesellschaftsleben nicht teil. Nach seinem kurzen Ausflug in die Politik hat man nahezu nichts mehr von ihm gehört. Außer, dass er vor ein paar Jahren gestorben ist, ganz normal und friedlich in einem Krankenhaus.« Der alte Kripobeamte faltete die Serviette auseinander und wischte sich die Krümel von den Lippen. Dabei sah er seinen Freund fragend an. »Kannst du mir sagen, warum du so interessiert an dem Mann bist? Ist es wegen der Briefe? Die sollen von ihm geschrieben sein.«

»Wegen der Briefe, ja, und wegen der handschriftlichen Notiz, mit der er auf die eine der vergrabenen Leichen hinweist. Fritz Gerlach scheint eine Schlüsselrolle in dem Ganzen zu spielen.«

»Ich habe gehört, dass die Briefe in Geheimschrift verfasst sind. Die vom LKA werden nicht lange mit dem Entziffern brauchen.«

»Nein, bestimmt nicht, das sind Spezialisten«, wich Wilhelm aus. Er hatte nicht vor, von seiner erfolgreichen Dechiffrierung zu berichten. Über den Inhalt dieser persönlichen Briefe würde er Stillschweigen bewahren, selbst seinem besten Freund gegenüber. »Ich will mir einfach nur ein Bild von Alexanders Großvater machen, will wissen, wie ich dem Jungen begegnen soll, wenn von seinem Opa die Rede ist. Schade, dass du mir so wenig helfen kannst.«

»Tut mir leid, mehr weiß ich nicht.« Karl hob bedauernd

die Schultern. Dann beugte er sich zum Brotkorb. »Isst du das hier?« Er hielt die Laugenstange hoch.

»Nein, ich nehme mir noch eine Schrippe«, langte auch Wilhelm in den Korb. Jetzt war die Marmelade dran. Während er das Brötchen aufschnitt, überlegte er: Wenn schon Karl so wenig von dem ehemaligen Stadtrat wusste, dann war nicht zu erwarten, dass er von anderen mehr erfuhr. Kaum einer der Stadtbewohner verfügte über einen größeren Fundus an Insiderwissen als der Freund, keiner war besser informiert als er.

Oder vielleicht doch? Wilhelm hielt mit dem Verstreichen der Marmelade inne, legte das Messer auf den Teller. Wenn Fritz Gerlach sich wirklich so in seiner Kirche engagiert hatte, wie von Karl gerade berichtet, dann wussten die Gemeindemitglieder möglicherweise noch einiges mehr über ihn, kannten Interna, die nie an die Öffentlichkeit gedrungen waren. Wenn er also jemanden finden könnte, der bereit wäre, ihm Auskünfte zu geben...

»Sag mal, Karl«, sprach der den Freund an, der gerade dabei war, seine Laugenstange in den Kaffee zu tunken, »diese Neuapostolischen – kennst du da jemanden, der die damaligen Zeiten miterlebt hat – die Zeit vor ungefähr zwanzig Jahren also – einen, der vor allem auch bereit wäre, mit mir darüber zu sprechen?«

»Ich nehme an, du willst über Fritz Gerlach reden, weniger über die Zeit.«

»Über ihn in dieser Zeit, ja. Es könnte aufschlussreich sein zu erfahren, wie sein Engagement in der Gemeinde damals aussah, welche Neigungen und Interessen er hatte. Ich weiß zum Beispiel, dass die Musik eine große Rolle in seinem Leben gespielt hat. Möglicherweise hat er sich ja im kirchlichen Rahmen musikalisch betätigt?«

»Wenn es um Musik geht, dann ist mein Nachbar genau der Richtige.« Karl legte die angebissene Laugenstange auf den Rand der Untertasse. Er brauchte jetzt seine Hände, denn das Gestikulieren gehörte so untrennbar zu der Art seines Redens wie das stets freundliche Lächeln in seinem bärtigen Gesicht. »Ich spreche von Linus Gollmann«, sagte er und erklärte: »Er wohnt in meiner Straße mir schräg gegenüber. Gerade eben erst habe ich ihn erwähnt, habe dir von einem erzählt, der sich als langjähriges Gemeindemitglied in dieser Kirche auskennt und mich gelegentlich über das Geschehen dort informiert.« Er blickte den Freund an. »Den müsstest du doch auch kennen?«

»Den alten Gollmann? Natürlich kenne ich den. In der Unter- und Oberprima hatte ich ihn als Lateinlehrer. Und der lebt noch?« Wilhelm erschrak, als er begriff, wie er, selbst ein Alter, von dem noch Älteren sprach. »Ich meine, der muss doch schon an die neunzig sein«, schwächte er sein Urteil ab.

»Dieses Jahr wird er neunzig. Im Oktober. Ich bin zu seiner Geburtstagsfeier eingeladen.«

»Linus Gollmann, der Kollege am Gymnasium«, sinnierte Wilhelm vergangenen Schulzeiten nach, »einer von der aussterbenden Spezies Altphilologe – hat ausschließlich Latein und Altgriechisch gelehrt. Und warum soll ausgerechnet der mir helfen können?«

»Weil er exakt dem Profil entspricht, das du gerade von einem, der dir nützlich sein kann, entworfen hast: Er soll der Neuapostolischen Gemeinde angehören, die dortigen Verhältnisse kennen, auch die früheren Zeiten, soll mit ihren musikalischen Aktivitäten vertraut und dazu noch redebereit sein. All das vereint Linus Gollmann in geradezu vollkommener Weise.« Karl Seifferts geöffnete

Handflächen zeigten zur Zimmerdecke, als weise er auf eine himmlische Erscheinung hin. »Du wirst keinen Besseren finden als Gollmann, auch wenn er schon steinalt ist«, führte auch er das Alter an.

Etwas war Wilhelm noch unklar: »Was hat denn Gollmann mit der Musik zu tun? Ich kenne ihn nur als Altphilologen.«

»Die Musik«, verkündete Karl mit dem ihm eigenen Pathos, »die Musik ist seine große Leidenschaft. Linus hat vor Jahren den Kirchenchor gegründet und leitet ihn noch heute. Auch spielt er während des Gottesdienstes Orgel. Du siehst, wenn etwas musikalisch gelaufen ist in dieser Gemeinde, dann ist es über Gollmann gelaufen.«

Wilhelm nickte, das klang gut. Vielleicht war der ehemalige Oberstudienrat tatsächlich der Mann, der ihm noch etwas mehr über Fritz Gerlach sagen konnte. Zumindest war es einen Versuch wert. »Gollmann wohnt bei dir in der Straße?«, versicherte er sich bei dem Freund.

»Ja, Haus Nummer 17. Aber wenn du jetzt gleich mit ihm sprechen willst, ist die Wahrscheinlichkeit, ihn in der Kirche anzutreffen, größer als zu Hause. Trotz seines Alters macht er morgens regelmäßig seinen Gang dorthin, verrichtet so eine Art Hausmeisterdienst und übt auf der Orgel.« Karl schaute auf die Uhr. »In einer halben Stunde dürfte er auf dem Weg sein. Wir können also in Ruhe unser Frühstück beenden und noch einen Kaffee nehmen. Danach kannst du dein Glück versuchen.«

21

Der Weg hinauf zum Schulberg war kurz, gerade mal vier Minuten brauchte er vom Café bis zur Neuapostolischen Kirche. Der Morgen war inzwischen fortgeschritten, es war Bewegung in die Gassen gekommen. Menschen eilten hin und her, verschwanden in den Eingängen der Geschäfte und Ämter.

Wilhelm passierte die Volkshochschule, sah auf die vielen jungen Leute, die sich dort auf dem Hof versammelten; gleich würden die Vormittagskurse beginnen. Auch in das Gebäude der Zeitung gegenüber war Leben eingekehrt, die Maschinen rotierten, Annoncenten und Lieferanten kamen und gingen.

Schon beim Näherkommen hörte Wilhelm, dass er nicht vergebens hier herauf gestiegen war. Gedämpft durch die dicken Mauern drangen leise Orgelklänge nach draußen. Es musste also jemand in der Kirche sein, jemand, der die Orgel zu spielen verstand – und die Wahrscheinlichkeit, dass es sich bei diesem Jemand um Linus Gollmann handelte, war groß.

Er nahm die wenigen Stufen hinauf zum Kircheneingang und trat unter das von vier Säulen getragenen Vordach. Links neben der Tür war ein Hinweisschild an die Wand geschraubt. Wilhelm kannte das darauf Geschriebene. Stets, wenn er vor dem Gebäude gestanden oder es betreten hatte - meist an den Tagen des offenen Denkmals, an denen auch die Kirchen ihre Pforten öffneten -, hatte er davor stehenbleiben und es lesen müssen.

Das Haus, in das er gleich eintreten würde, war früher

die städtische Synagoge gewesen. Wie sehr hätte er sich gewünscht, dass ihm dort auf dem weißen Blech mitgeteilt würde, die Angriffe und Zerstörungen, die in jener verhängnisvollen Novembernacht 1938 nahezu alle jüdischen Gemeindezentren Deutschlands betroffen hatten, wären damals von der Stadtbevölkerung im Namen und Geist der Toleranz und der Menschlichkeit unterbunden und verhindert worden – oder besser noch, ein darauf ausgerichtetes Gedankengut wäre erst gar nicht geduldet worden. Aber auch hier, in seiner Stadt - das las er nun ein wievieltes Mal -, war die Synagoge den Attacken des nationalsozialistischen Mobs nicht entgangen, war, exakt hundert Jahre nach ihrer Erbauung, verwüstet, geschändet und ihres religiösen Lebens beraubt worden. Welch geringer Trost, dass nun wieder eine Glaubensgemeinschaft, wenn auch eine christliche, in dieses Gotteshaus eingezogen war.

Wilhelm betrat die Kirche. Noch immer tönte die Orgel, jetzt aber ungedämpft, ein Choral von Johann Sebastian Bach durchströmte feierlich den Raum.

Für einen Moment blieb er im Eingang stehen, lauschte den getragenen Akkorden; dann schloss er die Tür, setzte sich still auf die vorderste Kirchenbank und blickte sich nach dem Organisten und seinem Instrument um.

Er entdeckte die Orgel schnell, es war nur eine kleine Ausführung mit einer überschaubaren Anzahl von Pfeifen. Sie befand sich links vom Altar, auf halber Höhe der Wand. Eine Art Balkon, umgeben von einem holzverkleideten Geländer, war davor in den Raum hineingebaut.

Dort hätte eigentlich der Organist sitzen müssen, aber von dem Spieler war, so sehr er sich ihn zu entdecken anstrengte, nichts zu sehen. Kurz kam ihm die Idee, die Musik könnte vom Band oder von einer CD kommen. Aber schnell ließ er diesen Gedanken fallen, dafür war das Orgelspiel nicht perfekt genug, immer wieder waren kleine Griffungenauigkeiten herauszuhören. Nein, da übte jemand, mühte sich, die noch existierenden Interpretationsunzulänglichkeiten wenigstens zu minimieren.

Wilhelm sah sich um, ließ den Blick durch den rechteckigen Kirchensaal gleiten. Das Mobiliar, ausschließlich Holzbänke, war einfach, der Wandschmuck spärlich und da, wo er angebracht war, schlicht. An der dem Altar gegenüberliegenden Stirnseite war eine Empore errichtet, eine seitliche Treppe führte zu ihr hinauf. Vor dort her war auch die Orgel zugänglich.

Auch wenn das Instrument klein war, seine Klangfülle die einer großen Orgel nicht erreichte, es war ein voller, warmer Ton, den die silbernen Pfeifen in den Kirchenraum entließen. Der Choral wechselte. »Wachet auf, ruft uns die Stimme« tönte es jetzt zu ihm hinunter und bewirkte, dass er, dem Weckruf folgend, aufstand, sich unter die Orgel stellte und sich räusperte: »Herr Gollmann«, rief er halblaut zu der Stelle empor, an der er den Organisten vermutete. Und dann, lauter noch: »Herr Gollmann, entschuldigen Sie, wenn ich störe.«

Aber der fast Neunzigjährige – wenn er es denn war, der dort spielte – ließ sich nicht stören, ununterbrochen und unvermindert brauste seine Aufforderung zum Wachwerden durch den Raum.

Zehn, fünfzehn Sekunden verharrte Wilhelm, den Kopf zu dem Klanggebraus über ihm erhoben. Doch auch weiterhin regte sich nichts, niemand ließ sich blicken, nicht eine Sekunde verstummte die Orgel. Als ihm die Hoffnungslosigkeit seines Unterfangens klar wurde, drehte er sich zur Treppe und stieg zur Empore hinauf.

Das kleine Türchen, das normalerweise den Zugang zur Orgel versperrte, stand jetzt offen; also betrat der den schmalen Gang, der zum Platz des Organisten führte. Nun endlich sah er auch den Mann, oder sollte er besser sagen das Männchen, das sich in geradezu akrobatischer Weise mit den Pedalen und Manualen seines Instrumentes abmühte. Der Spitzname seines ehemaligen Lateinlehrers fiel ihm ein. »Liliput« hatten sie ihn genannt wegen seiner Größe, oder richtiger wegen seiner kleinwüchsigen Gestalt. Und auch daran erinnerte er sich, dass die Schüler diese Bezeichnung damals weniger despektierlich gemeint, sondern sie vielmehr als ein liebevolles Attribut angesehen hatten, denn Linus Gollmann war – trotz eines gewissen, Altphilologen eigenen Hangs zur Pedanterie – ein allseits beliebter und geachteter Pädagoge gewesen.

Noch immer rauschte die Orgel, der kleine Mann am Pult schien keine Notiz von dem Herankommenden zu nehmen. Wahrscheinlich bemerkte er im Eifer seines Übens gar nicht, dass sich jemand näherte. Wilhelm zögerte, dann zog er sich in der Befürchtung, er könne den Mann an der Orgel zu Tode erschrecken, wenn er plötzlich neben ihm stand, wieder auf die Empore zurück. Dort schlenderte er ziellos auf und ab, hob dabei gelegentlich die Arme, und hoffte, dass der in sein Spiel Vertiefte die Bewegungen wahrnehmen und auf ihn aufmerksam werden könnte.

Und tatsächlich, gerade drei-, viermal war er hin und her gegangen, als das Spiel plötzlich verstummte. Es wurde still, totenstill, wie Wilhelm nach dem abrupten Abbrechen des raumfüllenden Orgelklangs empfand – dann drangen vom Organistenstuhl her einige leise, kaum hörbare Worte zu ihm hin: »Was machen Sie hier?«, fragte eine Stimme, die passend zu dem schmächtigen, zerbrechlichen Körper wie die eines Vogels klang.

Wilhelm beeilte sich, wieder den Gang zur Orgel zu betreten. »Herr Gollmann, verzeihen Sie, dass ich Sie in Ihrem Spiel störe – Karl Seiffert schickt mich zu Ihnen«, versuchte er, mit der gemeinsamen Bekanntschaft eine persönliche, den Einstieg in das Gespräch erleichternde Verbindung herzustellen.

»Karl Seiffert, so, so«, neugierig sah ihn der Philologe an. Dann nickte er und erhob sich. Nun begriff Wilhelm vollends, warum er den Organisten von unten nicht hatte sehen können. Selbst jetzt im Stehen überragte sein Kopf kaum das Geländer. Von Natur aus schon klein, hatten ihn die Lebensjahre sichtbar so sehr schrumpfen lassen, dass er im Sitzen auf der Orgelbank den Blicken der Gemeinde völlig entzogen war.

»Herr Gollmann, ich weiß nicht, ob Sie sich noch an mich erinnern...«, begann Wilhelm. Seine vage Handbewegung deutete an, dass ihre letzte Begegnung schon lange zurücklag. »Damals war ich in Ihrer Oberprima...«, stieß er das Gedächtnis seines ehemaligen Lehrers an.

Kurz stutzte der »Liliput«, dann erkannte er seinen früheren Schüler. »Natürlich, der Schellberg«, rief er aus, trat ein paar Schritte auf Wilhelm zu und baute sich vor ihm auf – wenn man dieses Verb bei seiner Größe überhaupt verwenden durfte. Eindringlich sah er ihn von unten her an. »Tacitus – De bello Gallico!! - So etwas vergisst man nie!« Er schnaubte, doch es klang nicht unwillig, eher belustigt und liebevoll. »Freut mich, dass aus Ihnen trotzdem noch etwas geworden ist. Immerhin Rektor und Schulrat – das ist schon was.«

Wilhelm wusste, auf was sich diese Anspielungen bezogen. Ihm war damals in der Lateinabschlussprüfung ein Lapsus unterlaufen, der für ihn selbst nur ein Versprecher, allenfalls ein kleiner Irrtum war. Für seinen Lateinlehrer aber musste er einem Erdbeben mit nachfolgendem Erdrutsch gleichgekommen sein, der das altphilologische Fundament und den Glauben an seine schulische Vermittelbarkeit erheblich erschüttert hatte. War doch dieser Schüler Schellberg so dreist gewesen - vielleicht auch nur so einfältig -, die Autorenschaft des »Gallischen Krieges« nicht, wie richtig, Caesar, sondern dem erst nachgeborenen Tacitus zuzuschreiben.

Wilhelm ergriff die ihm entgegengestreckte, knochige Hand, berührte sie vorsichtig und staunte über die Festigkeit des erwiderten Drucks. Doch war das verwunderlich bei einem Organisten, dessen Finger, im täglichen Gebrauch geschult, ihre Kraft bis ins hohe Alter bewahrt hatten?

»Sie besitzen noch eine erstaunliche Spielfertigkeit«, lobte er den bald Neunzigjährigen, »diese Choräle eben, das war sehr bewegend und klang richtig feierlich.«

»Ja, ja, die Choräle, die sind leicht zu spielen, da können sich die Finger auf den Akkorden ausruhen. Aber wenn‘s dann an die Geläufigkeit geht...«, bedauernd streckte er die faltigen Hände vor, bewegte die Finger. »Die wollen dann nicht mehr so, wie ich es gern möchte. Aber was soll‘s, ich muss dankbar sein, dass es überhaupt noch geht.« Schnell, als wolle er sie dem Blick seines Gegenübers entziehen, zog er die Hände zurück und verschränkte die Arme auf dem Rücken. Nun sah er wieder aus wie der Lehrer früherer Zeiten, auch wenn er diesmal nicht die Deklination oder den Ablativ abforderte, sondern lediglich seine Feststellung von eben wiederholte: »So, so, Karl Seiffert, der also schickt Sie.« Um gleich die Frage anzuschließen: »Und in welcher Angelegenheit?«

»Es geht um eine Person, die Sie – so jedenfalls vermutet Karl – gut, wenn nicht sogar sehr gut kennen, oder vielmehr kannten. Der Mann war früher Mitglied Ihrer Gemeinde.«

»Sie sprechen von Fritz Gerlach?«

»Wie, Sie wissen..?«

»Ich kann schließlich zwei und zwei zusammenzählen. Inzwischen pfeifen es ja schon die Spatzen von den Dächern, überall wird darüber geredet: Es waren Fritz Gerlachs Briefe, durch die Sie von der Stelle erfahren haben, an der die Leichen vergraben lagen. Da ist es nicht weiter verwunderlich, dass Sie sich für den Mann interessieren.«

»Ja, es geht vor allem um Alexander – das ist sein Enkel«, erklärte Wilhelm. »Ich habe den Jungen ein bisschen unter meine Fittiche genommen – als Förderer seiner literarischen Begabung – Sie werden möglicherweise davon gehört haben. Da bleibt es nicht aus, dass ich von ihm auf diese fürchterliche Geschichte mit seinem Großvater angesprochen werde. Deshalb möchte ich durch Sie Fritz Gerlach ein bisschen näher kennenlernen, verstehen Sie?«

»Ich verstehe Sie schon«, nickte Linus Gollmann, »doch ich weiß nicht, ob ich dafür der Richtige bin. - Aber kommen Sie, setzen wir uns erst einmal; das lange Stehen fällt mir mittlerweile schwer – schließlich bin ich nicht mehr der Allerjüngste.« Während er sich umdrehte und zu seinem Orgelplatz zurückging, kicherte er leise vor sich hin, das Kokettieren mit seinem Alter schien ihm Spaß zu machen. Auf dem Weg zu seiner Bank zog er einen Holzschemel heran – wohl die Sitzgelegenheit für den Notenumblätterer - und forderte Wilhelm zum Platznehmen auf.

Schließlich saßen sie beide. Der Altphilologe breitete die Arme aus. »Wie gesagt, ob Sie von mir viel erfahren werden, bezweifele ich«, wiederholte er seine Bedenken. »Ich kenne Fritz Gerlach so, wie ihn alle anderen in der Gemeinde kannten – nicht mehr und nicht weniger. Darüber hinaus gab es zwischen uns nahezu keine Verbindung.«

»War er wirklich so – extrem?« Wilhelm fiel kein besseres Wort ein. »Karl Seiffert hat erzählt, er sei ein Moralapostel reinsten Kalibers gewesen.«

»Das war er tatsächlich, ja«, Gollmann seufzte. »Aber solange er uns damit in Ruhe ließ, ging uns das nichts an. Schließlich war es sein Beruf, sich mir solchen Sachen zu beschäftigen. Da bleibt es nicht aus, dass man irgendwann selbst eine solche Haltung einnimmt.«

»Und wie äußerte sich seine Einstellung? Ging es ausschließlich um theologische Moralbegriffe?«

»Vorwiegend ja. Aber ist nicht unsere gesamte abendländische Sittenlehre religiös geprägt? Bei aller Entfremdung von der Kirche heutzutage – diese christliche Ethik, die steckt in uns, die kriegen wir so schnell nicht wieder raus. Fritz hat's halt übertrieben mit seinen Prinzipien. Ich weiß noch, wie wir den Kopf geschüttelt haben über seine strikten Fastenregeln. Er hat nichts geduldet, was auch nur an den Rand des Verbotenen kam. Auch Sonntagsarbeit war für ihn absolut tabu. Da konnte ein Sturm die dicksten Äste heruntergerissen und damit die Hauseinfahrt versperrt haben – sonntags, am Tag des Herrn, wurde nichts weggeräumt. So kann man das Ganze natürlich auch zum Exzess steigern.«

»Und die Gemeinde – wie hat die darauf reagiert?«

»Eigentlich gar nicht. Es war ja seine ureigene Angelegenheit. Die Familie Gerlach hat für sich beschlossen, so zu leben – gut, sollte sie. Uns andere hat das nicht tangiert. Fritz war ein ruhiger, zurückgezogener Mensch, der allenfalls mal heimlich die Faust in der Tasche geballt haben mag, wenn er von Verfehlungen oder Übertretungen anderer hörte. Nie aber wäre Fritz aus seiner Betrachterrolle herausgetreten, hätte auf den Tisch gehauen oder in irgendeiner Weise die Initiative ergriffen. Das war nicht seine Art.« Die alte Hand fuhr durch die Luft, unterstrich das Abwegige jeder anderen Sicht.

Wilhelm war verwirrt. Was für ein Bild wurde da gerade von dem Mann gezeichnet, den er bisher mit der Beseitigung, vielleicht sogar Ermordung eines Menschen in Verbindung gebracht hatte? Schon Karl hatte angedeutet, was nun bestätigt wurde: Fritz Gerlach, ein vielleicht der Wirklichkeit etwas entrückter, sonst aber stiller, friedlicher und gebildeter Mensch, hatte sein Leben auf christlichen Moralgrundsätzen aufgebaut. Ihre Überschreitung wäre für ihn niemals in Betracht gekommen. Es waren selbstauferlegte Normen, Verhaltensregeln, die auch das Gebot »Du sollst nicht töten« einschlossen. Wie aber passte das zusammen?

»Herr Gollmannn«, nun wollte Wilhelm auch das noch wissen, »einer der Hauptgründe, weshalb mich Karl Seiffert an Sie verwiesen hat, ist Ihr musikalisches Engagement hier in der Gemeinde. Nach seiner Auskunft sind Sie für die Musikgestaltung der Gottesdienste zuständig, leiten den Kirchenchor und spielen die Orgel. Deshalb müssten Sie, so glaubt er wenigstens, Fritz Gerlach mehr noch als alle anderen kennen.«

»Wieso..?« Der Orgelspieler rutschte auf seiner Bank nach vorne. Fragend hob er den Blick, so als habe er nicht verstanden, was da gerade gesagt worden war. »Was hat Fritz mit der Musik zu tun?«

»Er war ein großer Freund dieser Kunst«, erklärte Wilhelm, »ich weiß, dass er vor allem eine starke Verehrung für Mozart empfand, sich im Köchelverzeichnis bestens auskannte. Da ist es doch möglich, dass er sich auf irgendeine Weise am musikalischen Gemeindeleben beteiligt hat – zum Beispiel als Chorsänger.«

»Fritz Gerlach und Musik?« Der kleine Mann schien noch eine Nuance fassungsloser als zuvor. »Nie und nimmer! Friedrich und Friederike, ja, aber doch nicht Fritz!«

»Friedrich und Friederike? Wer sind denn die?«

»Das sind der Bruder und die Schwester von Fritz. Die beiden waren über Jahre die Stützen des Kirchenchors, der eine so musikalisch wie die andere.«

»Und Fritz?«

»Ach!« Die Art, wie der Altphilologe den Seufzer aussprach, nahm die Antwort vorweg. »In puncto Musik war Fritz so etwas wie das schwarze Schaf der Familie. Obwohl der alte Gerlach viel Wert auf eine gute musikalische Ausbildung seiner Kinder gelegt hat – bei Fritz war alle Mühe vergebens. Er war einfach untalentiert, hatte nicht die geringste Begabung. Ein Jahr lang haben wir ihn dem Vater zuliebe im Chor regelrecht mitgeschleift, haben ihm jedoch jegliches lautes Singen verbieten müssen. Er war ein hoffnungsloser Fall.«

»Das verstehe ich nicht«, ratlos erhob sich Wilhelm von seinem Hocker, setzte sich aber gleich wieder. Noch gab es eine Möglichkeit. »Vielleicht gehörte Fritz Gerlach ja in die Kategorie der ausschließlich Kunstbegeisterten. Die müssen nicht unbedingt ein Instrument spielen oder sich praktisch betätigen. Es gibt genügend Menschen, die schon das Anhören der Musik befriedigt. Solche reinen Theoretiker findet man immer wieder, sogar in Familien mit großer

Musiktradition. Warum nicht auch hier bei den Gerlachs?«

Linus Gollmann winkte ab, seine Bewegung war bestimmt, sein Urteil stand fest. »Wenn Fritz am Gemeindeleben aktiv teilgenommen hat, dann nur mit Wortbeiträgen – aber nie musikalisch, damit hatte er einfach nichts am Hut. Er verstand die Musik nicht und sie interessierte ihn auch nicht. Das ist so sicher wie das Amen unseres Diakons.« Der alte Organist schürzte die Lippen und schwieg, aus seiner Sicht war alles gesagt. Zwar registrierte er die Verwirrung seines Gegenübers, tat aber nichts, was dazu beitragen konnte, diesen Zustand zu beseitigen. Schließlich wandte er sich seinem Instrument zu, legte eine Hand auf die Tasten und blätterte mit der anderen in den Noten. Es war offensichtlich, dass er nun weiter üben wollte.

Wilhelm verstand und erhob sich. »Danke, Herr Gollmann, dass Sie sich die Zeit für mich genommen haben.«

»Aber ja doch, gerne. Ich fürchte nur, viel habe ich Ihnen nicht helfen können.«

»Doch, Sie haben mir geholfen, mehr, als Sie glauben. Aber eines möchte ich noch wissen, bevor ich gehe: Wie kommen Eltern dazu, ihre Kinder Fritz, Friedrich und Friederike zu nennen? Können Sie mir das sagen?«

»Dafür war der Vater verantwortlich, der alte Gerlach, ein Kommisskopf durch und durch, für den drehte sich alles um Preußen. Also gab er seinen Kindern entsprechende Namen.«

»Und ausgerechnet der Unmusikalischste von ihnen wird nach dem alten Fritz benannt, diesem Könner des Flötenspiels und der Komposition?«

»Ja, das ist schon ziemlich komisch. Aber bei der Geburt des Jungen war ja wohl kaum der musikalische Begabungsgrad zu erkennen.«

»Es sei denn, man nahm das Geschrei des Babys als Maßstab.« Wilhelm lachte und streckte seinem ehemaligen Lateinlehrer die Hand hin. »Vale, magister, et iterum gratias tibi.«

Ein Leuchten trat in die Augen des kleinen Mannes. Mit einer für sein Alter erstaunlichen Flinkheit sprang er auf, umschlang emphatisch die Finger seines früheren Schülers: »Vale, discipulus, vale, deus tecum!«, rief er mit einer Herzlichkeit, die der Funke ihrer gemeinsamen lateinischen Abschiedsworte in ihm entzündet hatte und die ihn, da war sich Wilhelm sicher, in diesem Augenblick sogar großzügig darüber hinwegsehen lassen würde, wenn noch einmal jemand den »Gallischen Krieg« dem Tacitus zuschreiben sollte.

22

Vor der Kirche blieb er einen Augenblick stehen, blickte noch einmal auf die Säulen, auf die Tür dahinter und die hellen Fenster, durch die erneut leise und verschwebend die Klänge der Orgel drangen.

Wilhelm sah auf die Uhr. Es war noch immer früh am Tag, nur wenig über zehn. Eigentlich hatte er vorgehabt, noch an diesem Morgen den Sommernachtstraum fertigzustellen, die von ihm geschriebene neue Version ein letztes Mal dahingehend zu überprüfen, ob seine Kürzungen, Ergänzungen und Überleitungen stimmig waren oder Brüche hinterlassen hatten, die einer Reparatur bedurften.

Aber wie sollte er Ordnung schaffen in dem Theaterstück, wie dessen Gefüge harmonisch zusammenbringen, wenn in seinem Kopf soviel durcheinander ging, wenn der eine Gedanke nicht zu dem anderen passte, die Bilder sich nicht zueinander fügten?

Er beschloss, sich erst einmal zu bewegen, im Gehen das innere Gleichgewicht wiederzufinden, das unter den Gesprächen dieses Morgens gelitten hatte. Also nahm er den Weg den Berg hinunter zum Fluss, überquerte die Uferstraße und folgte dem Wasserlauf stadtauswärts. Er passierte den Kleingolfplatz, die Tennisplätze und das alte Strandbad. Auf der gegenüberliegenden Flussseite spiegelte sich das Wasser der Kiesseen, rechterhand erhob sich der Hügel mit der Villa. Sofort musste er an den preußischen Gerlach und seine Kinder denken.

Eine bogenförmige Fußgängerbrücke führte hinüber zu den Seen. Wilhelm betrat den schmalen, unter seinen Schritten schwankenden Steg. Auf seinem Scheitelpunkt hielt er an, sah eine Weile der Flut hinterher, wie sie, aufgestaut durch das nahe Wehr, träge und breit der Stadt zuströmte. Dann setzte er sich erneut in Bewegung, umrundete den größten der Seen und fühlte, wie mit jedem zurückgelegten Meter die Ausgeglichenheit und Ruhe wiederkehrte, in der er am Morgen das Haus verlassen hatte.

Am Bootshafen, nahe des Slipkrans, hockte er sich auf einen der Randsteine und ließ den Blick über die glatte Wasserfläche gleiten. Vom Widerschein der hellen Morgensonne geblendet, schloss er die Augen. Er versuchte, sich zu konzentrieren, sich die beiden Gespräche von eben noch einmal in Erinnerung zu rufen: Da war seine Unterredung mit Karl. Doch was hatte der Freund ihm zu berichten gewusst? Fritz Gerlachs Episode als Stadtrat, ja – auch hatte er seinen Beruf erwähnt, sein Engagement in der Kirchengemeinde. Das war aber auch schon alles. Statt ihm handfeste Fakten zu liefern, die ihm helfen konnten, die Briefe und die handschriftlichen Eintragungen darin zu verstehen, hatte er ihn weiterverwiesen an Linus Gollmann, seinen früheren Lateinlehrer.

Er rief sich das Bild des kleinen Organisten wieder vor Augen. Immerhin hatte der ihm etwas Entscheidendes sagen können, wenn es auch das einzige war, das ihn in seinem Versuch, mehr über Alexanders Großvater zu erfahren, weiterbrachte: Fritz Gerlach war, entgegen seiner Annahme, in musikalischen Dingen wenig, um genau zu sein, überhaupt nicht bewandert, hatte weder Begabung noch Interesse für die Musik. So zumindest war er von Linus Gollmann eingeschätzt worden. Wilhelm hatte nicht den geringsten Anlass, an diesem Urteil zu zweifeln.

Ein Geräusch unweit von ihm ließ ihn aufsehen. Ein am Steg vertäutes Boot wurde zum Auslaufen vorbereitet. Er verfolgte das Ablegen, das Hissen der Segel und das Krängen des Rumpfes in der frischen Brise, als das Fahrzeug Fahrt aufnahm – dann kehrten seine Gedanken zu den Gesprächen des Morgens zurück.

In einem waren sich die Nachbarn, der Organist und Karl Seiffert, einig gewesen: Dr. Fritz Gerlach war ein zwar etwas verschrobener, ansonsten aber harmlos defensiver, eher öffentlichkeitsscheuer Gelehrter gewesen. Selbst sein kurzer politischer Auftritt hatte daran nichts geändert. Er war ein Mensch mit hohen Moralmaßstäben, der für sich selbst kein Abweichen vom rechten, religiös definierten Weg geduldet hatte, so jedenfalls hatten sie ihn übereinstimmend geschildert.

Aber wie war das möglich? Was hatte der Mann, dessen Bild er soeben entworfen hatte, mit dem Verfasser des leidenschaftlichen Briefes und dem Schreiber des handschriftlichen Nachsatzes gemein? Musikalisch talentlos, zurückhaltend, sittenstreng – Fritz Gerlach war das genaue Gegenteil eines Mozartfreundes, eines Ehebrechers oder gar Mordbeteiligten.

Wilhelm hob den Blick, etwas ging ihm durch den Kopf. Überrascht sprang auf. Einige Sekunden stand er still, starrte auf das Wasser, ohne jedoch das Segelboot zu beachten, das inzwischen die Mitte des Sees erreicht hatte. Ein Gedanke bedrängte ihn, nahm Form an, verschwamm, wollte weitergedacht werden. Erregt nahm er seine Wanderung wieder auf.

Dr. Jekill und Mr. Hyde fielen ihm ein. Konnte es sein, dass sich ein Mensch derart verschieden darstellte, dass er so unterschiedlich war in seinem Auftreten, seinen Fähigkeiten, seinen Äußerungen? War es möglich, dass sich dermaßen differente Eigenschaften und voneinander abweichende Verhaltensweisen in nur einer Person vereinten?

Auf der Höhe des Bootshauses traf er die Entscheidung: Nein, so etwas gab es in Romanen, aber nicht im wirklichen Leben. Doch, wenn das so war, was ergab sich daraus, welche Schlussfolgerung musste sich da zwangsläufig aufdrängen?

Einen Moment verharrte er, unschlüssig, was er tun sollte. Dann fuhr seine Hand suchend in die Tasche, fand das Handy und zog es heraus. Dankbar, es heute ausnahmsweise mal dabei zu haben, wählte er die Nummer seiner alten Schule. Es war einer der wenigen Anschlüsse, die er eingespeichert hatte, doch es war ihm wichtig, seine Tochter während der Schulzeit jederzeit erreichen zu können.

Wie erwartet meldete sich die Sekretärin schon nach dem zweiten Läuten. Es war so etwas wie das Markenzeichen von Frau Brettschneider, immer präsent und parat zu sein.

»Der Herr Rektor persönlich«, begrüßte sie ihn in der ihr eigenen herzlichen, bisweilen etwas überschwänglichen Art. »Das ist aber eine Freude, wieder einmal von Ihnen zu hören.« Dabei hatte er sich erst vor wenigen Tagen mit ihr unterhalten. Vor seinem letzten Treffen mit Alexander war er ihr auf dem Flur begegnet, hatte mit ihr ausführlich gesprochen. Auch, dass sie ihn noch immer mit Herr Rektor anredete – wie viele Male hatte er schon vergeblich versucht, ihr klarzumachen, dass er nach seiner Pensionierung nur noch der Herr Schellberg war.

»Frau Brettschneider«, kam er gleich zum Grund seines Anrufs, »ich müsste dringend mit meiner Tochter reden.« Er drehte den Arm, sah auf die Uhr. »Die große Pause dürfte gerade begonnen haben. Wenn Sie so freundlich wären, im Lehrerzimmer nachzusehen?«

»Aber ja doch, es hat schon zur Pause geläutet. Frau Schellberg müsste jetzt dort sein. Ich eile und rufe sie – bleiben Sie am Apparat.«

Während Wilhelm wartete, dachte er an den Tag zurück, an dem er zum ersten Mal Elsa Brettschneider begegnet war. Damals, er war gerade zum Rektor ernannt worden, hatte er die Nachfolgerin für die aus Altersgründen ausscheidende Sekretärin auswählen und zur Anstellung vorschlagen müssen. Drei Bewerberinnen waren eingeladen worden, Elsa war die erste gewesen, die er zum Vorstellungsgespräch hereingebeten hatte. Noch jetzt sah er sie vor sich sitzen, so als wäre es gestern gewesen – in ihrem grünen Kostüm mit dem roten Gürtel und den smaragdfarbenen Pumps. Er erinnerte sich noch gut an ihre langen, übereinandergeschlagenen Beine, die seinen Blick wenigstens für einen Augenblick von dem Farbexzess der Kleidung abzulenken vermocht hatten. Sein erster Gedanke damals war gewesen: »Mein Gott, was will diese Frau hier in der Schule?«

Doch dann hatten sie sich unterhalten, lange, länger, als er es vorgehabt hatte. Schon bei diesem ersten Gespräch war ihm ihre Herzlichkeit aufgefallen, auch das große Maß an Verständnis und Hilfsbereitschaft, die er und die Schüler von dieser Frau erwarten durften. So war sein Entschluss, Elsa Brettschneider als neue Sekretärin vorzuschlagen, schnell getroffen. Und es gab nicht einen Tag, an dem er diese Entscheidung bereut hätte.

Ein Knacken im Handy, dann die Stimme seiner ehemaligen Mitarbeiterin ließen Wilhelm aufmerken. »Ihre Tochter kommt sofort, Herr Rektor, sie ist schon auf dem Weg. Nur noch einen kleinen Moment.«

Wilhelm nutzte die Wartezeit zu der Frage: »Wie lange haben Sie denn eigentlich noch, Frau Brettschneider?« Ihm war eingefallen, dass die junge Frau von damals inzwischen das Rentenalter fast erreicht haben dürfte.

»Noch exakt einhundertneunundsiebzig Arbeitstage, den heutigen eingeschlossen«, kam die Antwort prompt.

»So genau wissen Sie das?« Auch wenn er es nicht beabsichtigt hatte, ein bisschen an Vorwurf musste herausgeklungen haben. Das Wort von der inneren Kündigung war in aller Munde.

»Ich zähle die Tage nur deshalb, damit ich weiß, wie viele mir noch hier zu genießen vergönnt sind«, beeilte sie sich zu versichern, »ich liebe diese Schule, das wissen Sie doch.«

Natürlich, das war ihm klar, er hatte eigentlich auch nichts anderes erwartet. Aber bevor er ihr das sagen konnte, beendete sie das Gespräch. »Hier kommt Ihre Tochter – ich übergebe.«

Miriams Stimme klang besorgt. »Was ist, Vater, warum rufst du an? Ist etwas passiert?«

»Nein, passiert ist nichts – zumindest nichts im Sinne eines Unglücks. Ich bin da auf etwas gestoßen, das dringend einer Klärung bedarf. Deshalb rufe ich dich an.«

»Ich muss gleich wieder zurück, wir haben eine kleine Pausenkonferenz. Also sag, um was es geht.«

»Hast du dich mit Alexanders Vater verabredet?«

»Ja, ich habe ihn vorhin angerufen.« Miriam zögerte kurz. »Er hat mich zum Mittagessen eingeladen – zum Italiener. Da können wir alles in Ruhe besprechen. Alexander bleibt heute in der Schule, irgendeine AG, die bis drei Uhr dauert.«

»Du musst mir nichts erklären, Kind. Ich freue mich, wenn du ausgehst. Genieße es. - Weshalb ich anrufe ist Folgendes: Wenn du mit Herrn Schiller redest, dann frage ihn bitte nach dem Onkel seiner Frau, nach Friedrich Gerlach – und auch nach der Tante Friederike?«

»Friedrich und Friederike? Und dazu der Bruder Fritz?«, wunderte sich die Tochter.

»Der Vater war Militarist, Preußenfreund – deshalb die Namen. Versuch herauszukriegen, ob dieser Friedrich noch lebt, wenn ja, wo. Friederike scheint tot zu sein. Herr Schiller hat einmal eine kinderlose, verstorbene Tante erwähnt.«

Trotz ihrer zeitlichen Bedrängnis wollte Miriam wissen: »Wozu brauchst du das, Vater? Was hast du entdeckt?«

»Später, Kind. Dir das jetzt zu erklären, würde zu lange dauern. Bring mir die Informationen, um die ich dich gerade gebeten habe – und zwar so schnell wie möglich. Am besten, du rufst mich gleich an, wenn du etwas weißt. Ich lasse das Handy eingeschaltet.«

»Gut, Vater, jetzt muss ich aber zurück. Du hörst von mir, sobald ich etwas weiß.«

Das Gespräch war zu Ende. Wilhelm ließ das Handy empfangsbereit und verstaute es wieder in der Tasche. Nun blieb ihm nichts anderes zu tun, als auf Miriams Anruf zu warten. Mit der Langsamkeit eines, der die Zeit totschlagen muss, schlenderte er durch die Stadt zurück nach Hause.

Seine einfache Mittagsmahlzeit, eine Dosensuppe, war schnell gegessen. Nun hatte er sich auf dem Sofa ausgestreckt, las die Zeitung, neben ihm auf dem Couchtisch lag das Handy. Warum rief Miriam nicht an? Sie musste doch längst mit Alexanders Vater in der Pizzeria sein. Hatte sie etwa ihr Versprechen vergessen?

Er schrak zusammen, als das Telefon klingelte. Benommen richtete er sich auf, sah auf die Uhr. Der kleine Zeiger stand kurz vor der Drei, er war eingenickt, hatte nahezu eine Stunde geschlafen.

Schnell rutschte er auf den Sofarand und griff nach dem Hörer. »Hallo, Miriam, warum rufst du so spät an?«

»Einmal, um dich nicht in deiner Mittagsruhe zu stören. Ich höre doch, du hast geschlafen.«

»Ja, ich hatte mich auf die Couch gelegt und da muss ich eingeschlummert sein...«

»Aber der Hauptgrund, weshalb ich erst jetzt anrufe, ist ein ganz anderer. Die Anschrift dieses Onkels, nach dem du gefragt hast – die hatte Stefan natürlich nicht bei sich. Wir mussten nach dem Essen erst zu ihm nach Hause fahren. Stefan war sich nicht einmal sicher, ob er sie überhaupt finden würde, aber jetzt hat er sie doch noch irgendwo aufgestöbert. Am besten, du sprichst mit ihm selbst. Ich gebe ihn dir.« Während das Telefon den Sprecher wechselte, nickte der Vater vor sich hin. Stefan also! Man war sich offensichtlich näher gekommen.

»Hallo, Herr Schiller«, begrüßte er den Essenspartner seiner Tochter, »verzeihen Sie, wenn ich Sie noch einmal um eine Auskunft bitte, die Ihre Familie betrifft. Miriam hat Ihnen ja schon gesagt, was ich gerne wissen möchte.«

»Ja, sie hat mir mitgeteilt, dass Sie an Onkel Friedrich und Tante Friederike interessiert sind. Gibt es dafür einen Grund?«

»Ich habe mich heute mit Leuten unterhalten, die die Familie Ihrer Frau kennen und die mir von Fritz Gerlachs Geschwistern erzählt haben. Ich dachte, es könnte mein Wissen über Ihren Schwiegervater vervollständigen und abrunden, wenn ich auch ein bisschen von ihnen erführe, wie und wo sie gelebt haben, wie ihr Verhältnis zu ihrem Bruder war und ähnliches.« Wilhelm umging eine detailliert Angabe seiner Absichten, das würde er nachholen, wenn er Genaueres wusste.

»Ich fürchte, Herr Schellberg, ich kann Ihnen da nur wenig behilflich sein. Friederike ist schon vor Jahren gestorben, noch bevor ich in die Familie eingeheiratet habe. Ich kann mich nicht erinnern, dass ich von ihr irgendwann einmal groß habe reden hören. Sie starb als ledige Jungfer. Und Friedrich? Das war ein Eigenbrötler, aber das waren alle in der Familie Gerlach. Schon Alexanders Urgroßvater muss so ein Unikum gewesen sein: Ein vom Preußentum besessener, gleichzeitig künstlerisch ambitionierter Mann – eine wahrlich seltsame Mischung. Friedrich und Friederike sind wohl in die musischen Fußstapfen ihres Vaters getreten, aber Genaueres weiß ich nicht. Bei meinen Schwiegereltern war Friedrichs Name und seine Erwähnung so etwas wie ein Tabu. Es hatte wohl früher einmal einen Familienzwist gegeben – es ging um irgendwelche Gelder -, seitdem verkehrten die Brüder nicht mehr miteinander. Die vorher schon nicht sehr engen Beziehungen wurden von diesem Zeitpunkt an völlig abgebrochen. Deshalb – ich weiß noch nicht einmal, ob Lindas Onkel überhaupt noch lebt.«

»War er älter als Ihr Schwiegervater?«

»Nein, er war der jüngere Bruder, der mittlere der drei Geschwister. Er war Lehrer, daran kann ich mich noch erinnern – aber sonst...«

»Und wo er wohnte, oder vielleicht noch wohnt..? Miriam deutete an, Sie hätten etwas aufgestöbert?«

»Ja, es gibt da ein Adressbuch, hunderte von Anschriften sind dort gesammelt. Da habe ich auch den Namen Friedrich Gerlach gefunden. Ob diese Adresse allerdings noch aktuell ist, das ist die Frage. Wie gesagt, der Onkel war ein Verfemter in der Familie meiner Frau. Meine Schwiegereltern haben ihn vollständig aus ihrem Bewusstsein verdrängt.« Ein Rascheln im Hörer ließ erkennen, dass er ein Papier in der Hand hielt. »Haben Sie etwas zu schreiben?«

Wilhelm griff nach dem Stift, zog die Zeitung heran und notierte darauf die Anschrift, die ihm Stefan Schiller diktierte. »Nun, das ist ja nicht weit bis dorthin«, stellte,er schon während des Schreibens fest. »Dürfte nicht schwer sein zu überprüfen, ob es den Mann an diesem Ort noch gibt.«

»Sie wollen ihn aufsuchen?«

»Vielleicht«, tat Wilhelm noch unentschlossen, obwohl, er hatte längst eine Entscheidung getroffen. »Erst einmal vielen Dank, Herr Schiller.« Dann fiel ihm ein, dass er noch etwas fragen wollte: »Gibt es inzwischen von der Polizei Neuigkeiten? Irgendwelche Ermittlungsfortschritte?«

»Nein, die Untersuchungen dauern noch an. Ich warte selbst auf einen Anruf.«

»Na, dann üben wir uns eben in Geduld«, gab sich Wilhelm gelassen, auch wenn ihm anders zumute war. Er spürte, die alte Unruhe war wieder da, der Drang, diesem rätselhaften Fall nachzuspüren. »Wenn Sie mir jetzt bitte noch einmal meine Tochter geben könnten?«, bat er bemüht beiläufig. Dabei erhob er sich.

Dann hatte er Miriam wieder am Apparat. »Hör zu«, informierte er sie, »ich mache mich jetzt auf den Weg, versuche herauszufinden, ob es diesen Friedrich noch gibt. Ich habe vor, zum Abendbrot wieder zu Hause zu sein. Denkst du daran, die Briefe mitzubringen?«

»Ja, ich habe schon mit Stefan darüber gesprochen. Er war ganz überrascht, dass Alexander Kopien gemacht hat. Aber er hat nichts dagegen, uns die gesamte Korrespondenz lesen zu lassen. Er hält es sogar für unabdingbar, meint, wer verstehen will, was da abgelaufen ist, muss alles kennen. Wegen der Intimität des Inhaltes setzt er auf unsere Verschwiegenheit. Ich habe sie ihm natürlich zugesichert.«

»Gut, wenn dann auch Alexander einverstanden ist, haben wir die Kopien heute Abend bei uns zu Hause.« Der Vater verließ das Wohnzimmer, ging ins Bad. »Ich mache mich ein bisschen frisch, dann fahre ich los, es ist ja nicht weit. Wir sehen uns später. Ich könnte mir vorstellen, dass ich dir dann einiges zu berichten habe.«

23

Es waren nur wenige Meter von der Straße bis hin zu der Bank, die, halb verdeckt vom mächtigen Stamm einer alten Eiche, am Rand der Wiese stand. Verglichen mit den soliden Bänken entlang der Wanderwege war diese Sitzgelegenheit eher als primitiv zu bezeichnen. Eigentlich waren es nur zwei Holzpfosten, über die man ein verwittertes, von grüngrauem Moos bedecktes Bohlenbrett gelegt hatte – eine reichlich instabile Konstruktion, auf der sich Wilhelm vorsichtig niederließ.

Auch wenn er keine Initialen oder gar ein Herz eingeritzt hatte, das hier war, trotz allem Mangel an Komfort, seine Bank. Stets, wenn er den gerade mal eine halbe Fahrstunde von seiner Heimatstadt entfernten Bergkamm überquerte, hielt er auf der Kuppe an, ging die paar Schritte und gönnte sich die Pause auf dem kleinen Holzsitz. Früher hatte er hier mit Nelly gesessen, hatte zusammen mit ihr den Blick genossen hinunter in das jenseitige Tal und die Häuseransammlung in der Ferne. Einen Augenblick verlor er sich in den Erinnerungen, dann kehrten seine Gedanken zu dem zurück, weswegen er jetzt auf dem Weg in die unter ihm liegende Stadt war.

Friedrich Gerlach galt es zu finden, den jüngeren Bruder von Fritz. Zwar hatte er eine Adresse, doch Stefan Schiller hatte schon angedeutet, dass die Anschrift alt war, möglicherweise gar nicht mehr als Wohnort des Gesuchten existierte – er könne inzwischen sogar verstorben sein. Das lange Zerwürfnis unter den Brüdern hatte über Jahre hinweg jeden Informationsfluss unterbunden. Alles war möglich, auch, dass er nichts und niemanden fand und sich umsonst hierher aufgemacht hatte.

Noch einmal rief er sich seine plötzliche morgendliche Eingebung ins Bewusstsein, vorhin am Bootshafen. Wie sicher war er sich da gewesen, wie folgerichtig sein Schluss: Wenn alles gegen den moralischen und unmusikalischen Fritz als Schreiber der Liebesbriefe und der handschriftlichen Anmerkungen sprach, dann musste sich eben jemand anderer unter dem Absender Fr. Gerlach verbergen. Wer aber käme da eher in Betracht als Friedrich, der Bruder.

Entschlossen stand Wilhelm auf. Ein letztes Mal schaute er über das Land und den Fluss unter ihm; dann ging er zurück zu seinem Wagen, startete und rollte der Stadt, seinem Ziel, entgegen.

Unweit der bogenüberspannten Brücke, die den westlichen Ortsteil mit dem östlichen verband, stellte er das Auto ab. Von hier war es nicht weit zum Marktplatz und der dort vor der Kirche aufgestellten Informationstafel. Auf ihr sollte es ihm unschwer gelingen, die Straße zu lokalisieren und den Weg dorthin ausfindig zu machen.

Er ging zügig, denn der Nachmittag war schon fortgeschritten. Noch waren die Geschäfte geöffnet, die Menschen zum Einkaufen unterwegs. Auch hier waren die Gassen eng, die Häuser alt, winklig und schief, womöglich krummer noch als in seiner Heimatstadt. Wilhelm erinnerte sich an die unterschiedlichen Reaktionen von Freunden und Bekannten, wenn sie ihn zum ersten Mal besuchten. Für die einen hatte die Enge der Bebauung etwas Bedrückendes, in anderen weckte sie ein Empfinden großer Geborgenheit. Er jedenfalls zählte zu denen, die sich wohl fühlten zwischen den dicht an dicht stehenden Hauswänden.

Der Marktplatz lag schon größtenteils im Schatten, nur ein paar Dächer noch und der Kirchturm waren in das warme Licht der sinkenden Sonne getaucht. Wilhelm studierte den Plan, fand die Straße sofort; ihr Anfang lag nur wenige Meter von seinem Standort entfernt direkt unterhalb der alten Stadtbefestigung. Sofort machte er sich auf den Weg, ging an der Mauer entlang und suchte nach der aufnotierten Nummer.

Das Haus, vor dem er schließlich stand, war, wie die meisten dieser Straße, ein Fachwerkbau, schmal, eher klein mit spitzem Giebel. Rote Ziegel bedeckten das steile Dach.

Drei hohe Stufen führten zu der Eingangstür, ein eiserner Handlauf sicherte den Aufgang. Wilhelm las die daneben angebrachten Schilder mit Namen. Der obere, Aslami, klang fremdländisch, der untere dagegen ausgesprochen deutsch. Doch einen Schriftzug mit dem Namen Gerlach konnte er nirgends entdecken. Er entschloss sich, den unteren Klingelknopf zu betätigen und bei der Familie Schulz zu läuten.

Während er dem Öffnen der Haustür entgegensah, fragte er sich, ob er eigentlich enttäuscht war, denn nichts wies darauf hin, dass Friedrich Gerlach hier noch wohnte. Aber was hatte er erwartet – nach all den Jahren und den zahllosen Möglichkeiten, die einen Menschen im Laufe seines Lebens zum Wechseln des Wohnorts veranlassen konnten?

Ein Schlüssel drehte sich im Schloss, ein Riegel wurde zurückgeschoben. Die Kette straffte sich, als die Tür einen Spaltbreit aufging. Noch bevor er den Bewohner zu Gesicht bekam, wusste er, dass er es mit einer alten Person zu tun haben würde. Nicht nur die lange Zeitspanne vom Klingeln bis zum Öffnen der Tür, auch die ängstliche Vorsicht, mit der die Wohnung abgesichert war, ließen ihn nicht daran zweifeln. Wilhelm hatte die Erfahrung gemacht: Je älter die Menschen waren, desto furchtsamer wurden sie, misstrauten allem und jedem und argwöhnten stets das Schlimmste. Aber natürlich gab es Ausnahmen – er zum Beispiel glaubte eine zu sein.

Ein halbes Gesicht zeigte sich jetzt im Spalt, eine Nase und ringsherum ein Stück Haut voller Runzeln und Falten. Es war ihm unmöglich zu entscheiden, ob er einen Mann oder eine Frau vor sich hatte.

»Guten Tag«, blieb er deshalb zunächst neutral, »mein Name ist Schellberg.«

»Ja, und was wollen Sie?« Auch aus der brüchigen, hohen Stimme hinter der Tür war das Geschlecht des Sprechers nicht zu erraten.

Wilhelm zögerte kurz, dann versuchte er sein Glück. »Herr Schulz, ich komme...«

»Herr Schulz ist tot, schon seit Jahren.« Nun klang die Stimme etwas bestimmter. »Ich bin Lina Schulz, seine Witwe.«

»Oh,« entfuhr es Wilhelm, wobei er wie zur Entschuldigung eine Verbeugung machte, »das tut mir leid.«

Augenblicklich war ihm klar, dass es schwer werden würde, diese Bastion einzunehmen. »Frau Schulz, ich wollte Sie bitten...«

»Ich gebe nichts. Das Wenige, das ich habe, reicht kaum für mich selbst. Nein«, war die Alte entschlossen, die Tür zu schließen und das Gespräch zu beenden, bevor es überhaupt richtig begonnen hatte.

Was für eine Überraschung ist der Mensch oft für sich selbst, dachte Wilhelm, als er begriff, was er gerade zu tun sich anschickte. Eigentlich geschah so etwas nur in Filmen und Geschichten. Dort nur stellte man den Fuß absichtlich dem Verschließen einer Tür entgegen, zwang sie mit derart robustem Einsatz zum Aufbleiben. Doch wie staunte er nun, als er auf seinen eigenen Fuß blickte, der sich in einem nicht für möglich gehaltenen Reflex in die schmale Öffnung der Tür gedrängt und so ihr Zudrücken verhindert hatte.

»Frau Schulz«, versuchte er, selbst erschrocken über die Tat, seine brachiale oder richtiger pedale Geste abzumildern, »verzeihen Sie, wenn ich einen falschen Eindruck erweckt haben sollte – ich will keine Spende von Ihnen, will Ihnen auch nichts verkaufen...«

»Was sollten Sie denn sonst wollen?« Ihre Stimme klang traurig, verbittert. Es war die Stimme einer vereinsamten Frau, die Besuche aus anderen Motiven und Anlässen lange entbehrt haben musste.

»Ich suche Friedrich Gerlach.« Wilhelm kramte in der Hosentasche, ließ den Fuß aber sicherheitshalber in dem Türspalt. »Hier, diese Adresse hat man mir gegeben.« Er schwenkte den Zettel mit der Anschrift. »Angeblich soll Herr Gerlach hier wohnen. Aber ich sehe kein Namensschild.« Wilhelms Kopf deutete nach links und rechts, gleichzeitig drehte er die Handflächen zur Veranschaulichung seiner vergeblichen Suche.

»Ach«, klang es unwirsch aus dem Halbdunkel, »den suchen Sie – der hatte die Wohnung über uns. Später wohnten dort Türken, aber die sind auch schon weg. Jetzt lebe ich ganz allein im Haus.« Wieder war die Bitterkeit aus ihren Worten herauszuhören. »Der Mann, den Sie suchen, dieser Gerlach, der ist schon lange nicht mehr hier. Er musste ausziehen, als es immer schlimmer wurde.«

»Schlimmer?«

»Ja, mit seinem Kopf. Sie haben ihn hier ins Altenheim gebracht.« Ein abgezehrter Arm streckte sich durch den Spalt und zeigte nach oben. »Da, am offenen Fenster hat er gesessen, hat laut gesprochen - und leider auch gesungen. Der Mann ging einem mit seinem Chor auf die Nerven.«

»Das kann ich Ihnen nachempfinden«, fingierte Wilhelm Mitgefühl. Obwohl, so ganz verstanden hatte er nicht. Was sollte das mit dem Chor und dem offenen Fenster..? Er hob den Kopf, trat vom Eingang zurück und blickte an der Fassade empor.

Dass das ein Fehler war, begriff er, als die Haustür, jetzt von keinem dazwischengestellten Fuß mehr aufgehalten, mit einem Knall zufiel. Verdutzt stand er da und starrte auf den verschlossenen Wohnungszugang. Das war ja wohl! Das Gespräch einfach so zu unterbrechen! Mit einem Schnauben machte er seiner Empörung Luft. Aber hatte er überhaupt ein Recht dazu, erbost zu sein? Hatte er nicht soeben selbst ein empörendes, ja geradezu Verachtung verdienendes Verhalten an den Tag gelegt, als er den Fuß in die Tür gestellt hatte? Was war nun zu tun? Sollte er es noch einmal mit Klingeln versuchen?

Die Geräusche aus dem Wohnungsinnern enthoben ihn einer Entscheidung: Ein Schlüssel wurde gedreht, der Riegel wieder in die Halterung zurückgeschoben. Er gab sich keiner Illusion hin, die Zugbrücke war hochgezogen, jeder Versuch eines Zugangs zu der Festung Schulz würde vergebens sein.

Doch dann wurde ihm klar, dass er trotz der nur kurzen Unterhaltung gerade etwas Entscheidendes erfahren hatte, etwas, das ihm höchstwahrscheinlich weiterhelfen würde: Friedrich Gerlach war im hiesigen Altenheim aufgenommen worden, das hatte die Frau erwähnt. Allerdings hatte sie nichts darüber gesagt, ob der Mann noch am Leben war. Rätselhaft war ihm auch noch die Sache mit dem Chorgesang. Was hatte es damit auf sich?

Die einfachste Art, Antworten auf die Fragen zu bekommen, war, das Heim aufzusuchen und Auskünfte einzuholen. Vielleicht war es ja auch möglich, mit Friedrich Gerlach selbst zu reden.

Er ging den Weg zurück, den er gekommen war. Inzwischen hatten sich die Straßen geleert, das Ende der Geschäftszeit stand bevor. Auch auf dem Marktplatz war es ruhig geworden, nur noch wenige Gäste saßen unter den Schirmen des Cafés.

Wilhelm wusste, wo sich das städtische Altenheim befand – zumindest kannte er seine ungefähre Lage. Auf dem Stadtplan überzeugte er sich von der Richtigkeit seiner Erinnerung. »Dann also«, spornte er sich selbst zur Eile an. Er würde sich sputen müssen, wollte er noch vor dem Abendbrot dort eintreffen.

Es war kurz nach sechs, als er den gläsernen Vorbau des Hauses betrat. Auch hier war die spätnachmittagliche Ruhe spürbar, gerade mal zwei Senioren verloren sich in der lichten Eingangshalle. Augenscheinlich sammelten die alten Leute auf ihren Zimmern Kraft für den letzten Höhepunkt des Tages, das Abendessen.

Eine Frau in einem hellgrauen Kittel kam eine Treppe herab, in der Hand hielt sie einige Papiere. Ohne ihn zu beachten, durchquerte sie die Halle auf dem Weg zu einer seitlich der Tür befestigten Anschlagtafel. Dort begann sie, ihre Blätter, offensichtlich Informationsmaterial, an der Pinnwand anzuheften.

Wilhelm wunderte sich, dass er, der Fremde, mit seinem Erscheinen so wenig Aufmerksamkeit erregte. Aber dann machte er sich klar, dass Besucher hier ein und aus gingen, fremde Menschen also zum alltäglichen Bild eines Seniorenheims gehörten. Und außerdem – er konnte nicht verhindern, dass er bei diesem Gedanken zusammenzuckte – die Leute, die hier wohnten, waren nicht viel älter als er; wie sollte er da auffallen.

Mit einem trotzigen Schwung hob er den Kopf, so als könne er sich dadurch der lästigen Erkenntnis entledigen. Dann trat er auf die Altenpflegerin zu. Unsicher, wie er in dieser zwischen Tag und Abend angesiedelten Stunde grüßen sollte, begnügte er sich mit einem formlosen »Hallo«.

Einige Sekunden sah er ihr zu, schließlich sprach er sie an: »Ganz schön viel, was den alten Menschen so geboten wird.« Er deutete auf die Papiere und Zettel in ihrer linken Hand – und als er sah, wie viel Anstrengung es sie kostete, mit ihrer freien rechten ein Plakat an der weißgestrichenen Holzwand aufzuhängen, bot er ihr an. »Kommen Sie, ich helfe Ihnen.« Er stellte sich neben sie, legte seine flachen Hände auf das Papier und presste es so gegen das Brett, dass es ihr nun leicht fiel, es mit den Pinnstiften zu befestigen. Auch beim Anheften der restlichen Ankündigungen ging er zur Hand.

Dabei hörte er ihren Erklärungen zu: »Die alten Menschen kommen heutzutage nicht mehr nur zum Sterben hierher – nein, sie erwarten noch einiges von ihrem Leben als Senioren in einem Heim – und wir bieten ihnen auch einen ganze Menge, wie Sie hier sehen.« Nicht ohne Stolz zeigte sie auf die vollbehängte Informationstafel.

Wilhelm überflog die Angebote, las von täglicher Gymnastik, von Singstunden und Malkursen, von Ernährungsberatung und gemeinsamem Kochen und von der Aufführung einer Komödie, die die heimeigene Theatergruppe einstudiert hatte und die auf dem gerade befestigten Plakat für die kommende Woche angekündigt wurde.

»Wunderbar«, lobte er und scherzte: »Hierher möchte man am liebsten schon mit fünfzig kommen und dann mindestens hundert Jahre alt werden – bei einem solchen Programm und...«, anerkennend blickte er sie an, » bei einer solchen Betreuung.«

»Na, na«, lachte die junge Pflegerin ohne eine Spur von Verärgerung oder Verlegenheit. Sie schien Sprüche dieser Art von alten Männern gewohnt zu sein. »Sie sind heute offenbar zum ersten Mal hier«, schloss sie aus seinem Auftreten. »Wollen Sie jemanden besuchen?«

»Ja, ich würde gern mit Herrn Friedrich Gerlach reden – falls er hier wohnt und noch am Leben ist.« Diesmal sah er sie nur fragend an.

»Onkel Friedrich?« Erstaunt schaute sie ihn an. »Natürlich lebt er noch – und wie. Würde mich nicht wundern, wenn der die hundert Jahre erreicht, von denen sie gerade sprachen. Was wollen Sie denn von ihm?«

Es war schwer zu entscheiden, ob es die betreuende Fürsorge oder die pure Neugier war, die sie die Frage stellen ließ. Jedenfalls war er froh, zunächst einmal bei der Wahrheit bleiben zu können. »Ich bin ein Kollege von Herrn Gerlach, ein Lehrer wie er«, gab er eine Tatsache preis, an der nichts zu rütteln war.

Doch sie ließ nicht locker. »Weswegen wollen Sie ihn denn sprechen? So spät abends?«

Irritiert hob er den Arm, schaute auf die Uhr. Es war noch nicht einmal halb sieben. Doch dann fiel ihm ein, dass sich in Heimen, ähnlich wie in Krankenhäusern, die Essens- und Schlafenszeiten erheblich von den sonst im Alltag üblichen unterschieden – so gesehen war es wohl schon spät am Abend.

Um ihre Frage zu beantworten, musste er nun doch zu einer Lüge greifen: »Es gibt da einige persönliche Dinge von Herrn Gerlach, die wir in der Schule gefunden haben, Sachen, die ihm gehören. Ich möchte ihn eigentlich nur fragen, ob er noch daran interessiert ist – und wenn ja, wohin wir sie schicken sollen. Es wird nicht lange dauern, nicht einmal eine halbe Stunde.«

»Mehr werden Sie auch nicht zur Verfügung haben, denn Punkt sieben ruft der Gong zum Essen. Sie werden es erleben, wie schnell Ihr Gespräch dann zu Ende ist. Denn nichts ist den Senioren wichtiger, ja geradezu heilig, als rechtzeitig zum Beginn der Mahlzeiten im Speiseraum zu sein. Also kommen Sie, ich führe Sie zu Herrn Gerlach.«

»Ist er auf seinem Zimmer?«

»Nein, um diese Zeit ist er immer im Musikraum oben im ersten Stock.« Sie musterte ihn, dann entschied sie: »Sie brauchen noch keinen Fahrstuhl. Wir gehen über die Treppe.«

Gewillt, sich vor der jungen Frau keine Blöße zu geben, passte er sich ihrem flotten Schritttempo an – mit dem Resultat, dass er am Ende des Treppenaufstiegs erst einmal stehenbleiben und zu Atem kommen musste. Aber kaum, dass er stand, hob er den Kopf. Was war das? Da sang doch jemand. Verblüfft lauschte er, versuchte den Ort zu lokalisieren, von dem ihm das lautstarke Singen entgegenschallte.

Die Pflegerin, fünf Schritte vor ihm, drehte sich um. »Wir sind am Ziel«, zeigte sie auf ein Hinweisschild. »Das hier ist das Musikzimmer.« Wilhelm kam heran, stellte sich zu ihr vor die Tür. »Herr Gerlach übt gerade, hören Sie.« Sechs, sieben Sekunden blieben sie so stehen, lauschten den wechselnden Tönen einer gesungenen Tonleiter. Es war in der Tat unüberhörbar.

»Gehen wir hinein«, forderte sie ihn auf und betrat, ohne anzuklopfen, den Raum.

Der Gesang verstummte augenblicklich, eine Bewegung in der Mitte des Zimmers lenkte den Blick auf eine lange, hagere Gestalt, die sich den Eintretenden zuwandte und sie mit zornigen Augen anfunkelte.

»Schwester Karin!« Der reine Vorwurf lag in der Stimme des Mannes, ein heftiges Kopfschütteln unterstützte seinen Protest und ließ die wenigen weißen Haare in wirrem Durcheinander über Stirn und Schläfen fallen. »Schwester Karin!«, wiederholte er mit noch größerer Schärfe, »wie oft habe ich Ihnen schon gesagt, dass während der Chorprobe...«

»Ich weiß, Onkel Friedrich, ich weiß«, unterbrach ihn die Angesprochene und legte ihm beschwichtigend die Hand auf den Arm, »keinerlei Störung während der Probe. Aber der Herr hier«, sie fasste nach hinten, zog Wilhelm an ihre Seite, »der Herr ist Sänger – und da Sie doch ständig auf der Suche nach neuen Chormitgliedern sind, dachte ich...« Nun schob sie Wilhelm ganz nach vorne, einer Mutter nicht unähnlich, die ihr Kind zur wohlgefälligen Beurteilung einer Jury präsentiert, »und außerdem ist der Herr ein Mann – Ihnen fehlen doch männliche Stimmen, oder?«

Dies waren Karins letzte Worte. Als Wilhelm sich zu ihr umdrehte, war sie gerade dabei, den Raum zu verlassen. Noch einmal blickte sie über die Schulter zurück, der Schalk war ihr aus den Augen herauszulesen. Ein letztes Winken noch, dann schloss sich die Tür hinter ihr.

Und wieder fühlte sich Wilhelm am Arm gepackt, herumgezogen und schließlich so postiert, dass ihn der Weißhaarige genau begutachten konnte. »Sie sind also Sänger«, stellte er fest, während er ihn umkreiste wie der Viehhändler das Schaf oder die Kuh, bevor er sie kaufte. Schließlich blieb er vor ihm stehen, tippte ihm mit dem Finger an die Brust und fragte: »In welcher Tonlage singen Sie denn?«

»Keine Ahnung. Ich habe seit Jahren nicht mehr gesungen.« Wilhelm, überrumpelt von der Frage, versuchte in Anbetracht der noch nicht einmal halben Stunde, die ihm jetzt noch blieb, die Sprache auf das zu bringen, weswegen er hier war. »Herr Gerlach«, begann er...

Doch Onkel Friedrich, wie man ihn im Heim zu nennen schien, ließ ihn erst gar nicht zu Wort kommen. »Ich brauche Tenöre, Tenöre sind rar. Blicken Sie sich um.« Er deutete in den Raum. »Frauen habe ich zur Genüge – dort steht der Sopran«, er zeigte in die leere Zimmerhälfte, in der außer dem an die Wand geschobenen Flügel nichts zu sehen war, »daneben der Alt. An Frauen ist also kein Mangel. Aber Männer – schauen Sie doch nur auf diese armselige Besetzung.« Nun wies seine Hand auf die andere, ebenfalls menschenleere Raumseite. »Vor allem im Tenor fehlt es...« In theatralischer Geste hob er die Arme. »Aber wo finden Sie heute noch brauchbare Männerstimmen. Da muss man schon lange suchen. Doch ist das ein Wunder? Die Leute benutzen ihre Stimmbänder nicht mehr, wie soll sich da eine Stimme ausbilden. Kaum einer, der noch singt!« Sein Jammern wurde begleitet von einem vorwurfsvollen Blick in die Richtung, in der er sich einbildete, das imaginäre Häuflein männlicher Sänger stehen zu sehen.

Langsam begriff Wilhelm, was Frau Schulz mit ihrer Aussage »es wurde immer schlimmer« gemeint haben könnte. »Sie proben also mit diesem Chor hier«, er ließ den Arm durch den leeren Raum schwenken, »üben mit ihm womöglich sogar mehrstimmig..?«

»Natürlich, ja, das tue ich seit Jahren. Mein Anspruch ist hoch, die Teilnahme an der täglichen Probe Pflicht. Und ich nehme auch nicht jeden, das sollten Sie wissen. Deshalb werde ich mir jetzt erst einmal Ihre Stimme anhören.«

Noch bevor Wilhelm seinen Einwand vorbringen konnte, öffnete der selbsternannte Chorleiter den Mund und ließ in zweimaliger Wiederholung die Töne eines Dreiklangs erklingen. »Jetzt Sie!«, forderte er mit einer energischen Handbewegung zum Nachsingen auf. Dabei stellte er sich so, dass er seinen Probanten gut im Blick hatte.

Zum zweiten Mal heute wurde Wilhelm von sich selbst überrascht. Fest entschlossen, gegen diese gesangliche Vereinnahmung zu protestieren, machte auch er den Mund auf, um einen Einspruch zu formulieren. Doch dann, zu seiner eigenen Verwunderung, sang er die geforderte Tonfolge nach, alle drei Töne des Akkords und auch die Wiederholung.

Mein Gott, was war nur in ihn gefahren, er war doch nicht zum Singen hier, sondern wegen etwas ganz anderem. Außerdem, er war selbstkritisch genug, um die Qualität des Dargebotenen einschätzen zu können: Seine Stimme war ungeübt, mehr als ein ungefähres Treffen der vorgegebenen Tonhöhen war ihm nicht gelungen.

Onkel Friedrich reagierte augenblicklich. Mit einem klagevollen »Halt« sprang er zurück, presste sich die Hände auf die Ohren und flehte: »Bitte, hören Sie auf.« Es war unverkennbar, die gerade erlebte stimmliche Kostprobe war auf sein entschiedenes Missfallen gestoßen.

Wilhelm, aus ihm selbst unerklärlichen Gründen, verteidigte sich: »Ich bin etwas erkältet, meine Stimme ist belegt. Sie haben es ja gerade gehört, wie heiser ich bin.«

»In der Tat!«, erschauerte Friedrich Gerlach und drehte ihm demonstrativ den Rücken zu. In der Pose des Dirigenten hob er die Hände. »Ich muss mich jetzt meinem Chor widmen. Kommen Sie wieder, wenn sich Ihre Stimme erholt hat.«

Aber so leicht ließ sich Wilhelm nicht abspeisen. »Herr Gerlach, ich bin hier wegen der Briefe – Briefe, die Sie geschrieben haben.«

Noch einmal senkten sich kurz die Arme. »Briefe? Von mir? - Und wenn schon.« Ohne jegliches Interesse wandte er sich wieder seinem unsichtbaren Chor zu.

In Anbetracht der fortschreitenden Zeit beschloss Wilhelm, keine Umwege mehr zu gehen. »Es sind sehr heikle Briefe, Herr Gerlach«, kam er gleich zur Sache. »Briefe, die Sie vor zwanzig Jahre an Ihre Geliebte geschrieben haben.« Er wartete auf eine Reaktion, wiederholte noch einmal: »Briefe an Ihre Geliebte. Ich weiß von mindestens sieben.«

Doch er sprach gegen eine Wand, oder genauer gegen einen Rücken, der sich, unbeeindruckt von seinen Worten, in rhythmischem Dirigat vor und zurück bewegte, um den vier Chorstimmen ihren Einsatz zu geben.

Wilhelm sah auf die Uhr, fünf Minuten blieben ihm noch bis zum angekündigten Essensgang. Er hatte jetzt keine Zeit mehr zu verlieren.

»Herr Gerlach«, trat er vor den Dirigierenden hin und versperrte ihm mit seinem Körper den Blick auf den nicht existierenden Chor. »Sie müssen sich doch noch an diese Affäre erinnern. Immerhin war sie Ihnen damals so wichtig, dass Sie es für nötig hielten, die Briefe für andere unlesbar zu machen. Sie haben sie in einem auf dem Köchelverzeichnis basierenden Code verschlüsselt. So etwas kann man doch nicht vergessen.« Auffordernd blickte er den Angesprochenen an.

Doch die einzige Wirkung, die sein Appell hervorrief, war ein unwirsches Wedeln der noch immer erhobenen Dirigentenhände. So, als wollten sie Fliegen verscheuchen oder kläffende Hunde davonjagen, signalisierten sie dem Störenfried, dass er die Arbeit behindere und dass er verschwinden sollte. Von Interesse an dem gerade Gehörten, geschweige denn von Betroffenheit, war im Gesicht Friedrich Gerlachs nichts zu lesen.

Aber dann, nach ein paar Sekunden, zeigte sich doch noch eine, wenn auch kleine Reaktion, eher so etwas wie das verspätete Begreifen des vorher Gesagten. Ein verstehendes Lächeln legte sich um den schmalen Mund, die Hände sanken herab. »Köchelverzeichnis«, nickte er freudig, »Sie haben es also erkannt.«

»Erkannt? Was soll ich erkannt haben?«

»Das Stück, Köchelverzeichnis 618 – Sie sprachen soeben davon.«

»Aber doch nur im Zusammenhang mit...«

Der Weißhaarige unterbrach ihn; es war offenkundig, er hörte gar nicht zu, ihn schien nur die Musik zu interessieren. »Ich habe es für vier Stimmen gesetzt. Klingt gut, nicht wahr?«

»Von was reden Sie?«

»Vom »Ave verum«, Köchelverzeichnis 618 – das haben wir gerade gesungen. Offenbar waren wir so gut, dass Sie es gleich erkannt haben. In meinem Chorsatz kommt das ziemlich feierlich daher, finden Sie nicht auch?«

Nun begriff Wilhelm, von was der Mann sprach. Das

Dirigieren, das er gerade miterleben durfte, hatte dem für ihn unhörbaren Einstudieren des berühmten Mozartstückes gegolten. Und als er eben das Köchelverzeichnis erwähnt hatte, musste im Gehirn des Musikbessenenen eine Verbindung hergestellt worden sein, die ihn glauben ließ, er habe das Werk erkannt.

Aber auch das begriff er: Seine Mission im Altenheim würde nicht das halten können, was er sich von seinem Besuch hier versprochen hatte. Abgesehen davon, dass die Zeit nahezu abgelaufen war, bezweifelte er, dass es überhaupt einen Sinn machte, mit Friedrich Gerlach ein vernünftiges Gespräch zu führen. Auch ohne Arzt oder Psychiater zu sein – es war unschwer zu erkennen, dass dem alten Heimbewohner der Bezug zu Realität und Vergangenheit weitgehend abhanden gekommen war, dass er sich in eine musikalische Wahnwelt zurückgezogen hatte, in der der Chor sein ausschließlicher Lebensinhalt zu sein schien. So gesehen war auch die Reaktion oder vielmehr das Fehlen einer adäquaten Reaktion auf die ihm vorgehaltene Urheberschaft der Briefe kaum zu bewerten. In nichts hatte er zu erkennen gegeben, dass er der Briefeschreiber von damals war. Doch es konnte genausogut möglich sein, dass ihm sein geistiger Zustand nur keine Erinnerung mehr daran erlaubte.

Das Ertönen des Gongs unterbrach seine Überlegungen. Auch die Übungsstunde des Chors war von einem Moment auf den anderen zu Ende. Mit einer kurzen Verbeugung entließ der Dirigent seine Sänger, bevor er selbst Anstalten machte, den Raum zu verlassen.

»Warten Sie«, versuchte ihn Wilhelm aufzuhalten. Noch konnte er sich nicht damit abfinden, dass sein Besuch hier völlig umsonst gewesen sein sollte. »Was ist mit den

Briefen? Wollen Sie die nicht haben? Es sind doch Ihre.« Es war ein letzter Versuch, ihn doch noch dazu zu bewegen, sich als ihr Schreiber erkennen zu geben.

Aber Onkel Friedrich war jetzt in Eile. Der Gong hatte gerufen, das Essen wartete. Ungeduldig durchwühlte er die Taschen seiner Strickjacke. »Am besten, Sie schicken alles an meinen Sohn. Hier ist die Adresse.« Er reichte Wilhelm die Visitenkarte, dann hastete er zur Tür. Noch einmal drehte er sich um. »Wie gesagt, ich brauche Tenöre. Wenn Sie gesund sind, kommen Sie wieder.« Angetrieben von der Freude auf die bevorstehende Mahlzeit drückte er die Klinke und verließ mit fast jugendlichem Elan das Zimmer.

Das Kärtchen in der Hand, sah ihm Wilhelm nach. Dann las er das Aufgedruckte: »Friso Gerlach, Immobilien« stand dort in protzigen Großbuchstaben. Mein Gott, schon wieder ein Fri im Vornamen, nahm denn die preußische Tradition kein Ende? Aus der Anschrift darunter war nicht ersichtlich, ob es sich um eine Geschäfts- oder Wohnadresse handelte. Der Ort, ein Marktflecken, lag auf seinem Heimweg, dorthin zu fahren würde kein großer Umweg sein. Was, wenn er jetzt gleich..?

Auf dem Weg die Treppe hinunter erwog er das Für und Wider. Doch schon, als er den Ausgang erreichte, hatte er sich entschieden: Er würde es wenigstens versuchen, heute Abend noch mit Friso Gerlach zu sprechen. Möglicherweise erfuhr er ja von dem Sohn das, was ihm der Vater nicht mehr hatte sagen können.

24

Noch vor dem Losfahren rief er zu Hause an.

»Hallo, Vater«, meldete sich Miriam, um sofort zu fragen: »Hast du diesen Friedrich gefunden?«

»Ja, in einem Altenheim. Ich habe dort mit ihm gesprochen.«

»Und was hast du erfahren?«

»Eigentlich nichts, was zur Lösung unserer Geschichte beiträgt.« Er erzählte in kurzen Worten von seinem Gespräch. »Der Mann ist alt und krank und völlig wirklichkeitsfremd. Er lebt in einer Traumwelt; das, was früher war, interessiert ihn nicht mehr. Da ist beim besten Willen nichts Brauchbares herauszuholen.«

»Also hättest du dir die Fahrt auch sparen können.«

»Nicht ganz – eine gewisse Hoffnung bleibt, dass ich doch noch zu einem Ergebnis komme. Deshalb rufe ich dich an.« Er berichtete von seiner Absicht, noch heute Abend den Sohn aufzusuchen. »Ich werde also nicht so früh zurück sein, wie ich es angedeutet habe, aber ich glaube nicht, das s es sehr viel später wird – der Ort liegt an der Strecke. Gegen acht kannst du mit mir rechnen.«

»Schön. Dann bleibt ja noch genügend Zeit, uns die Briefe anzusehen.«

»Du hast sie also mitgebracht?«

»Ja, Alexander war wie sein Vater einverstanden, dass wir sie lesen. Er hat sie mir ohne Zögern gegeben.«

»Na, dann«, wollte Wilhelm das Gespräch beenden, als ihm ein Einfall kam. »Was hältst du davon, schon mal mit dem Entziffern anzufangen? Der Dechiffrierschlüssel – die

Köchelnummern mit den Buchstaben darüber – liegt auf meinem Schreibtisch. Das würde uns nachher eine Menge Zeit ersparen.«

»Großartige Idee. Ich gehe gleich an die Arbeit. Jetzt möchte ich auch wissen, was in den anderen Briefen steht.«

»Gut, dann mache ich mich nun auf den Weg zu dem Sohn. Bis später.«

Wilhelm hatte Glück: Die Straße, auf der er in den Ort hineinfuhr, war die auf der Visitenkarte angegebene. Jetzt brauchte er nur noch die Hausnummer zu finden. Aber dann musste er doch bis fast an das Ende des Ortes fahren, denn das gesuchte Anwesen war das vorletzte der Gemeinde.

Er stellte den Wagen auf der Straßenseite gegenüber ab. Beim Überqueren der Fahrbahn fiel ihm auf, wie sehr sich das Haus des Maklers von den Häusern der anderen abhob. Schon die Besonderheit seiner Lage auf einem völlig kahlen, baumlosen Grundstück erregte Aufmerksamkeit. Doch was noch weit mehr ins Auge sprang, war die verwinkelte Konstruktion des Gebäudes, die vielen Erker, Balkone und Vorsprünge. Auch das Dach wechselte mehrfach die Richtung und Schräge, die so entstandenen kleinen Flächen wirkten, begrenzt von ihren messingfarbenen Abflussrinnen, wie eingerahmte Bilder. Aber das Flair des Verspielten und Verträumten, das solch aufgelockerten Bauweisen oft innewohnt, fehlte hier vollkommen. Wie hätte es auch entstehen können bei der Kälte der verwendeten Materialien: Beton, wohin man sah, Fenster und Türen aus verzinktem Metall und auf dem stahlblauen Dach glasierte, frostig glänzende Ziegel.

Wilhelm betrat die Einfahrt, ging auf das Haus zu. Auch hier bot sich den Augen das gleiche abweisende Bild:

Lückenlos mit Steinen bedeckt, bildete der Boden einen undurchlässigen Panzer, der Gräsern und Halmen kaum eine Chance gab, zur Oberfläche durchzudringen.

Wilhelm fragte sich, was für ein Mensch das war, der so etwas anlegen und bauen ließ und, vor allem, der in einer dermaßen sterilen Umgebung zu leben vermochte? Er konnte nicht verhindern, dass ein Bild vor seinem inneren Auge auftauchte: Er sah einen Mann vor sich in einem schwarzen, aufgeknöpften Hemd, aus dessen Brusttasche, gut sichtbar, der dicke Rand einer Sonnenbrille hervorsah, sah das Goldkettchen um seinen Hals und die Ringe und Reifen an den Fingern und Handgelenken. Hier wohnte, das war unübersehbar, ein Neureicher, der glaubte, in der Menge des Zurschaugestellten und in seiner Extravaganz den eigenen Wohlstand und die persönliche Bedeutung präsentieren zu müssen.

Neben dem Hauseingang war ein Schild angebracht. Wilhelm blieb stehen und las. Es war die gleiche prätentiöse Schrift wie auf der Visitenkarte: Goldumrandet stand oben der Name, darunter, ebenfalls mit Goldrand, die Berufsbezeichnung Immobilienmakler.

Er läutete und erschrak, als er die lauten elektronischen Signale hörte. Aber was anderes hätte zu diesem Haus gepasst? Gespannt sah er dem Öffnen der Tür entgegen.

Doch nicht der erwartete Mann erschien in ihrem Rahmen, sondern eine zierliche blonde Frau in mittleren Jahren. Stumm stand sie da und schaute ihn mit ängstlichen Augen an. Schließlich trat sie einen Schritt auf ihn zu und fragte: »Was wünschen Sie?« Dabei wanderte ihr Blick über seine Schultern, als erwarte sie dort jemanden auftauchen zu sehen.

»Frau Gerlach..?«, vermutete Wilhelm, und als sie

nickte, erklärte er. »Ich möchte zu Ihrem Mann. Ich brauche ein paar Auskünfte von ihm – es geht um seinen Vater.«

»Mein Gott, ist etwas passiert?« Die Angst in ihrem Blick verstärkte sich, mit geweiteten Augen starrte sie ihn an.

»Aber nein, nichts ist passiert.«, beeilte sich Wilhelm, ihre Besorgnis zu zerstreuen. »Ich komme gerade von Ihrem Schwiegervater, war bei ihm im Altenheim. Es geht da um eine frühere Geschichte, zu der ich ein paar Fragen habe. Eigentlich hatte ich mir erhofft, von ihm Antworten darauf zu erhalten, aber...«

»Ach«, seufzte sie, ein kleines Lächeln legte sich um ihre Augen, »wenn Sie nicht gerade etwas über Singstimmen und Chöre wissen wollen, werden Sie nichts erfahren. Alles andere als die Musik existiert für ihn nicht mehr. Aus diesem Grund mussten wir ihn ja in ein Seniorenheim geben.« Wie entschuldigend öffnete sie die Hände. »Er war einfach untragbar für die Allgemeinheit geworden, fand sich im Alltag nicht mehr zurecht. Als er andere dann zu belästigen begann, haben wir keinen anderen Ausweg gesehen, als ihn im Heim unterzubringen.«

»Ja, natürlich«, zeigte Wilhelm Verständnis. Obwohl, wenn er sich umblickte, an das offensichtlich reichlich vorhandene Geld und die großzügigen Räumlichkeiten dachte – ihm wären noch andere Möglichkeiten eingefallen. Doch als er sah, wie wichtig es ihr war, den Eindruck zu vermeiden, sie hätten den Vater abgeschoben, versicherte er ihr nochmals. »Ich verstehe das. Manchmal muss man eben handeln.«

Nach ein paar schweigsamen Sekunden kam er auf das zurück, was ihn hierhergeführt hatte. »Wenn Sie bitte Ihren Mann rufen könnten, Frau Gerlach. Ich verspreche, ich werde ihn nicht lange in Anspruch nehmen. Nur ein paar Fragen, dann bin ich auch schon wieder weg.«

»Tut mir leid«, bedauerte die Frau, »mein Mann ist nicht da. Er kegelt heute im ‚Krug'. Da müssen Sie schon ein anderes Mal wiederkommen.«

»Ach, das ist schade«, gab sich Wilhelm enttäuscht. Einen Augenblick überlegte er, dann entschied er sich. »Na, da kann man nichts machen. Ich hätte eben vor meinem Kommen telefonieren sollen. Bitte, entschuldigen Sie die späte Störung, beim nächsten Mal melde ich mich vorher an.« Er hob die Hand. »Einen schönen Abend noch – Auf Wiedersehen.«

Kurz wartete er auf eine Entgegnung, dann drehte er sich um und ging. Das leise metallische Klacken in seinem Rücken verriet, dass sich die Tür hinter ihm geschlossen hatte.

Einen Moment fragte sich Wilhelm, ob es die richtige Entscheidung war, sich einfach so zu verabschieden, ohne wenigstens den Versuch unternommen zu haben, etwas aus der Frau herauszukriegen. Warum hatte er sie nicht zu der Affäre von damals befragt? Vielleicht wusste sie ja von einem Verhältnis ihres Schwiegervaters, kannte die Umstände, möglicherweise sogar den Namen der Geliebten?

Nein, er war sich ziemlich sicher – selbst wenn sie etwas wusste, sie würde nichts preisgeben, zumindest nicht, solange ihr Mann sie nicht dazu autorisiert hatte. Denn eines stand für ihn fest: Diese verängstigte kleine Frau hatte hier im Haus nur wenige Rechte. Die Art, wie sie sich duckte, sich entschuldigte, wie sie ihn ansah, an ihm vorbeiblickte voller furchtsamer Erwartung – sie war ein Abbild des sprichwörtlich getretenen Hundes, und wer sie trat, daran hatte er keinen Zweifel.

Er fuhr auf der Hauptstraße zurück ins Ortszentrum. Üblicherweise fand man in deutschen Gemeinden die Gaststätten, vor allem die alten, die »Krug«, »Krone« oder »Linde« im Namen trugen, in der Nähe der Kirche. Zwar wurde das Aufsuchen des Wirtshauses nach dem Gottesdienst kaum noch praktiziert, doch die örtliche Verbindung gab es noch immer.

Wilhelm musste nicht lange suchen – zwischen Rathaus und Marktkirche entdeckte er das beleuchtete Kneipenschild. »Zum goldenen Krug« lautete der volle Name des Gasthofs, ein biergefülltes Trinkgefäß, über dem sich der Schaum wölbte, war unter den Schriftzug gemalt. Entschlossen betrat er den Schankraum.

Einen Moment blieb er am Eingang stehen, wartete, bis sich die Augen an das Dämmerlicht gewöhnt hatten. Nur ein, zwei Deckenlampen brannten, ein Leuchtband über der Theke erhellte gerade mal den Zapfbereich. Das Mobiliar, Tische, Stühle, auch der Tresen, war aus altem, abgenutztem Holz und so dunkel, dass es das wenige Licht fast vollständig zu absorbieren schien. Der Qualm der Raucher trug ein Übriges dazu bei, dass er die Handvoll Thekengäste von der Tür her nur verschwommen wahrnahm.

Der Wirt sah auf, als sein neuer Gast herankam, fragend blickte er ihn an. »Was darf ich Ihnen bringen?«

»Bitte ein Selters, ich bin mit dem Auto hier«, bestellte Wilhelm mit einem um Verständnis bittenden Achselzucken. Doch noch im gleichen Atemzug fragte er sich, in was für einer Gesellschaft er eigentlich lebte? Musste er erklären, sich gar dafür entschuldigen, keinen Alkohol zu trinken?

Der Wirt brachte das Wasser, stellte die Flasche neben dem Glas auf die Theke. Mit aufgestützten Händen sah er beim Eingießen zu. »Sie sind heute zum ersten Mal bei uns«, stellte er fest. »Haben Sie hier zu tun?«

»Nein, das wäre zuviel gesagt. Ich bin eigentlich nur auf einer Stippvisite hier, auf der Suche nach einem Mann, den ich sprechen möchte. Man hat mir gesagt, ich fände ihn hier – auf der Kegelbahn.«

»Aha«, der Wirt blickte zu den Männern, die zwei, drei Meter entfernt am anderen Ende des Tresens standen. Ihr bis dahin lebhaftes Gespräch war bei der Erwähnung des Wortes Kegelbahn verstummt, sieben, acht Köpfe hatten sich dem Neuankömmling zugedreht.

»Das ist unser örtlicher Kegelclub«, deutete der Gastwirt auf die Gruppe, »die wärmen sich hier auf, um gleich die richtige Betriebstemperatur für ihren Sport zu haben.« Er lachte den Männern zu, die ihn durch das Anheben der Gläser bestätigten. Dann fragte er interessiert: »Und wen genau suchen Sie?«

»Ich will mit Friso Gerlach sprechen. Sie kennen ihn doch?«

Ein kurzes Schweigen legte sich über den Raum. Wieder wechselten die Blicke. Ein Mann löste sich aus der Gruppe. »Sie wollen zu Friso Gerlach? Was wollen Sie denn von ihm?«

Auch wenn er statt des vermuteten schwarzen ein gelbes brustoffenes Hemd und eine Art Medaillon anstelle des angenommenen Goldkettchens trug – Wilhelm wusste sofort, wen er vor sich hatte. So selbstgefällig und arrogant, wie sich dieser Mann jetzt vor ihm aufbaute, mit soviel Gefallen an der eigenen Inszenierung und Präsentation, entsprach er genau dem Bild, das er sich von dem Besitzer des snobistischen Anwesens am Ende der Straße gemacht hatte. »Ich will mit ihm sprechen«, wiederholte er seine Absicht.

»Und worüber?«

«Über seinen Vater – es gibt da einiges zu klären.«

Kaum sichtbar zuckten die Mundwinkel in dem gebräunten Gesicht, hoben sich fragend die Augenbrauen des Mannes. Dann, wie um seine kurze Unsicherheit zu überspielen, polterte er unvermittelt los: »Ich wüsste nicht, was ich mit Ihnen über meinen Vater zu bereden hätte. Ich bin hier zum Kegeln und nicht zum Quatschen.« In demonstriert nachlässiger Überlegenheit drehte er sich um und kehrte zu seinen Kameraden zurück.

»Herr Gerlach«, Wilhelm wurde klar, hier würde ihn nur ein entschiedenes, selbstbewusstes, seinem Gegenüber Paroli bietendes Auftreten weiterbringen. »Ich war gerade bei Ihrem Vater. Mein Versuch, mit ihm über eine lange zurückliegende Affäre zu sprechen, ist natürlich gescheitert. Sie wissen am besten, warum. Deshalb komme ich zu Ihnen, dem Sohn.«

Friso Gerlach, der mit schiefgelegtem Kopf zugehört hatte, wandte sich wieder um.

»Eine Affäre?« Drohend kam er einen Schritt heran. »Soll das heißen, ein Liebesverhältnis meines Vaters mit einer anderen Frau?«

»Ja, genau darüber möchte ich mit Ihnen sprechen.«

»Pah!«, warf sich der Makler in die Brust. Prahlerisch drehte er sich zu seinen Freunden und höhnte: »Kommt der hierher und will Fragen zum Liebesleben meines Vaters stellen.«

Doch dann, in einer schnellen Bewegung, trat er nah zu Wilhelm, fasste ihn am Hemd. »Hören Sie, ich mag das nicht, wenn man in Sachen herumschnüffelt, die einen nichts angehen. So etwas kann dem, der zuviel fragt, mehr als schlecht bekommen.« Seine Hand ließ los, der

Arm hob sich wie zum Schlag, die Geste war unmissverständlich.

Zwei, drei Sekunden ließ er die Drohung im Raum stehen, dann senkte er den Arm und machte einen Schritt zurück. »Und außerdem – was ist das schon, eine Liebesaffäre. Meine Mutter war ein Drachen, ich könnte verstehen, wenn mein Vater sich auswärts vergnügt hat. Gönnen wir‘s dem alten Herrn.« Er griff nach seinem Glas, hielt es lachend hoch, als wollte er seinem Vater zuprosten. Dann wandte er sich wieder an Wilhelm und wiederholte: »Eine Liebschaft – was ist das schon!«

»Da haben Sie recht: Eine Liebschaft allein ist jedermanns eigene Sache. Wenn es nur darum ginge.«

»Was wollen Sie damit sagen?«

»Nun, dieses Liebesverhältnis Ihres Vater ist in mehreren Briefen dokumentiert – Briefe, die daneben auch noch andere, schwerwiegende Notizen enthalten.«

»Welche denn?«

»Zum Beispiel wird darin ziemlich detailliert ein Ort im Wald beschrieben, an dem die Polizei Teile von Skeletten gefunden hat. Die Frage ist: Wenn es wirklich Ihr Vater war, der die Briefe geschrieben hat – woher wusste er davon?«

Einige Augenblicke war es vollkommen still, so als hielte jeder den Atem an. Der Wirt unterbrach das Spülen der Gläser, die Kegler starrten auf ihren Kameraden und warteten auf eine Reaktion.

»So einen Blödsinn habe ich mein Lebtag nicht gehört«, explodierte Friso Gerlach schließlich. Erregt trat er von der Theke weg in den Schankraum, so als wollte er mit dem räumlichen Abstand die Abwegigkeit des Gehörten deutlich machen. »Was hat mein Vater mit einer Leiche zu schaffen?« Und als er sah, dass die Blicke der anderen noch immer auf ihn gerichtet waren, breitete er in theatralischer Geste die Arme, so wie es Wehrlose und Unschuldige taten, wenn sie ihre ungeschützte Brust darboten. »Und wenn schon – ich habe nichts damit zu tun? Sollte mein Vater wirklich von der Leiche geschrieben haben und in so etwas verstrickt sein, dann ist das seine und nicht meine Sache. Wir haben doch keine Sippenhaft, oder?« Trotzig blickte er von einem zum anderen, doch noch immer schwiegen alle.

»Also gut«, ließ er endlich die Arme sinken, »hör ich mir an, was dieser Herr hier zu sagen hat.« Abfällig hob er Wilhelm das Kinn entgegen, ehe er die Freunde anwies: »Geht ihr schon mal vor nach nebenan, ich komme gleich nach. Wird nicht lange dauern, unser Gespräch.« Dann beauftragte er den Wirt: »Schorsch, mach eine Runde für alle.«

»Für alle?« Der Wirt nickte fragend zu Wilhelm hin.

»Für alle, die kegeln«, ordnete er an, »bring‘s ihnen auf die Bahn.«

Es war offensichtlich, wer in dieser Gruppe das Sagen hatte. Der Makler schien so etwas wie der Anführer zu sein - oder auch der Mannschaftskapitän, wenn man es sportlich sah. Ein weiteres Mal wurde Wilhelm mit seiner Dominanz konfrontiert, zum ersten Mal war er ihr vor einer halben Stunde in der Unterwürfigkeit der Ehefrau begegnet.

Als der letzte Kegler den Raum verlassen hatte, setzte sich der Mann im gelben Hemd in Bewegung. »Kommen Sie«, forderte er Wilhelm im Vorbeigehen auf, »gehen wir dort in die Ecke, da können wir reden.« Die kurz ins Schwanken geratene Selbstsicherheit war wieder zurückgekehrt. Großspurig fläzte er sich an den Tisch am äußersten Ende des Schankraums. »Setzen Sie sich«, wies er auf den Stuhl ihm gegenüber, »und dann erzählen Sie, was Sie von mir wollen.«

Vom Tresen rief der Wirt herüber: »Soll ich Licht machen, Friso?«

»Nein, nicht nötig – ich will mir den Mann nicht ansehen; ich will hören, was er zu sagen hat. Dafür reicht das Licht.« Dann, an Wilhelm gewandt: »Also los, reden Sie!« Dabei lehnte er sich zurück und verschränkte die Arme vor der Brust. Er gab nun den Gelangweilten, den das Gerede seines Gegenübers nicht einen Deut interessierte. Wieder so eine Pose, dachte Wilhelm, das Sich-in-Szene-Setzen, Sich-zur Schau-Stellen schien einen nicht unerheblichen Teil im Leben dieses Mannes auszumachen.

»Herr Gerlach, ich glaube, ich kann mich kurz fassen. Das, was ich von Ihnen wissen will, ist, ob Sie Kenntnis haben von Briefen Ihres Vaters, von einem darin geschilderten Liebesverhältnis und von der Örtlichkeit des Leichenfundes, die er dort beschreibt.«

»Himmel!«, tat der Sohn entsetzt, »drei Fragen auf einmal. Aber die Antwort ist einfach und bei jeder Frage die gleiche: Nein.« Er nahm die Arme herunter, stützte die Hände auf und beugte sich vor. »Finden Sie nicht, dass Sie mir erst einmal erklären sollten, wer Sie sind und worum es überhaupt geht? Sie kommen hier rein, faseln etwas von Liebesbriefen und einer Leiche im Wald, beschuldigen dabei meinen Vater. Was soll das Ganze eigentlich?« Er langte über den Tisch, fasste Wilhelm am Arm. »Also, raus mit der Sprache!«

Auch wenn der Ton und das Verhalten rüde waren und jede Höflichkeit vermissen ließen – so unrecht hatte er nicht. Über das in den letzten Tagen Geschehene und die Gründe, die ihn, Wilhelm, heute hierher geführt hatten, konnte er nichts wissen. Allenfalls von den gefundenen Skelettteilen hätte er etwas in der Zeitung lesen können, alles andere aber musste ihm völlig unbekannt sein. Die Annahme lag nahe, dass er nicht eher reden würde, bis er zumindest im Groben über die Zusammenhänge informiert war.

Also kam er der Aufforderung nach, stellte sich mit seinem Namen vor und fasste in kurzmöglichster Form die jüngsten Ereignisse zusammen. Er berichtete dem Neffen von dem Fund der Briefe im Haus seines Onkels Fritz, von ihrem intimen Inhalt, ließ jedoch die Verschlüsselung und auch die Dechiffrierung unerwähnt. Von dem handschriftlichen Hinweis auf den Leichenfundort erzählte er ebenfalls.

»Die Polizei ist diesem Hinweis in der vergangenen Woche nachgegangen, hat exakt an der Stelle gegraben, die im Brief angegeben war. Dabei ist sie auf zwei menschliche Skelette gestoßen.« Bedeutungsvoll schaute er seinen Gegenüber an.

Die Schilderung hatte Spuren bei Friso Gerlach hinterlassen, das war unverkennbar. Er war nervös, von der selbstsicheren Überheblichkeit des Anfangsgesprächs war nun nicht mehr viel geblieben. »Na und?«, versuchte er die aufkommende Unruhe zu kaschieren, »da wird jemand Oma und Opa im Wald verbuddelt haben, um die Friedhofskosten zu sparen.« Er lachte über seinen makabren Scherz, doch sein Lachen klang alles andere als natürlich.

Und dann, plötzlich, krachte die Faust auf den Tisch, seine Stimme überschlug sich. »Und was, zum Teufel, bringt Sie auf die Idee, mein Vater könnte damit zu tun haben?«

Auch wenn es ihm nicht leicht fiel, Wilhelm versuchte,

unbeeindruckt zu bleiben. »Der Absender der Briefe und auch des Hinweises ist ein Fr. Gerlach – das könnte Friedrich Gerlach bedeuten.«

»So ein Quatsch!«, brauste der Makler erneut auf. »Die Briefe werden im Haus meines Onkels gefunden, die darin zitierte Stelle, an der die Leiche vergraben sein soll, liegt unweit seines Wohnorts. Ist doch klar, das Fritz der Absender ist.«

»Er war es aber nicht, das steht inzwischen fest. Es muss also ein anderer Fr. Gerlach gewesen sein.«

»Dann war‘s eben Tante Friederike«, lachte er lauthals über seinen Einfall. »Die alte Jungfer hatte heimlich einen Geliebten – ich fass es nicht!« Er wieherte vor Vergnügen.

»Nein, auch Friederike kommt nicht in Frage. In den Briefen wird immer nur von einer Geliebten gesprochen. Es muss also ein Mann gewesen sein.«

»Sie denken doch nicht etwas, dass ich...?«

»Ein interessanter Gedanke – darauf bin ich noch gar nicht gekommen. Wie alt waren Sie denn damals?«

»Mann, das liegt zwanzig Jahre zurück, da war ich noch ein junger Spund. In so einem Alter braucht man keine Geliebte, da hat man an jedem Finger ein Mädchen.«

Breitschultrig saß er nun wieder da. Die Arme auf die Stuhllehne gestemmt, sah er aus wie ein Hahn, der sich vor seinen Hennen aufplustert.

Doch Wilhelm beließ ihn nur kurz in dieser selbstgefälligen Haltung, seine Frage beendete schnell die Pose. »Woher wissen Sie das eigentlich, das mit den zwanzig Jahren? Ich erinnere mich nicht, eine Jahreszahl erwähnt zu haben.«

Friso stutzte. Es dauerte einen Moment, bis er seine Unbedachtsamkeit erkannte. In der gewohnt schroffen

Art versuchte er, den Fauxpas wieder gutzumachen. »Verdammt, Sie legen aber auch alles auf die Goldwaage. Das war doch nur so eine Zahl, einfach dahingesagt – sollte lediglich ausdrücken, wie lange das schon zurückliegen muss. Herrgott, nehmen Sie das genau!«

»Und damals, vor zwanzig Jahren, als diese Briefe geschrieben wurden, da haben Sie bei Ihren Eltern gewohnt?«

»Nein, natürlich nicht, wir hatten unsere eigene Wohnung, wollten beide unabhängig sein.«

»Beide? Wer war denn der andere?«

Ein Fauchen ging der Antwort voraus. »Ich wüsste nicht, was Sie das angeht.« Dann aber lenkte er ein. »Wenn Sie‘s unbedingt wissen müssen: Ich bin mit meinem Bruder Frank zusammengezogen, hier in dieses Kaff. Wir hatten ein ganzes Stockwerk für uns – sturmfreie Bude. Das war schon was.«

»Und Ihr Bruder? Wohnt der noch hier?«

»Nein«, eine kurze zögernde Pause, dann rätselhaft: »Frank wohnt überall und nirgendwo.«

»Was soll das heißen?«

Nun war die Pause länger. Das Gesicht abgewandt, schien sich Friso Gerlach Erinnerungen hinzugeben. Schließlich drehte er den Kopf, seine Stimme war leise, als er verkündete: »Mein Bruder existiert nicht mehr. Er hat sich einfach aufgelöst.« Eine die Luft durchschneidende Handbewegung unterstrich das Definitive seiner erneut rätselhaften Aussage.

Vier, fünf Sekunden, in denen er Wilhelm in völliger Verständnislosigkeit dasitzen ließ, dann kam die Erklärung: »Mein Bruder ist von einem Tag auf den anderen verschwunden, kein Mensch weiß, wohin. Höchstwahrscheinlich ist er nach Australien – dorthin wollte er schon immer. Aber dafür gibt es keinen Beweis. Er hat nie etwas von sich hören lassen.«

»Wann genau ist er denn verschwunden?«

»Was weiß ich?« Man spürte, jetzt war Friso auf der Hut. »Dürfte schon ein paar Jahre her sein.«

»Zwanzig Jahre vielleicht?«, wollte Wilhelm wissen.

»Möglich, ja...«, es war offenkundig, er drückte sich vor einer klaren Auskunft. »Wie gesagt, plötzlich war er weg, ohne zu hinterlassen, was er vorhatte. Vielleicht ist er ja inzwischen tot. Deshalb, falls Sie die Idee haben sollten, mit ihm zu sprechen – vergessen Sie's. Frank gibt es nicht mehr.«

Mit der Hand fuhr er sich übers Gesicht, durchwühlte die Haare, so als wollte er jeden Rest an Erinnerung aus seinem Gedächtnis streichen.

Dann, mit einem Ruck, sah er auf. »Ich muss zu meinen Freunden.« Er erhob sich. »Hab Ihnen ja gleich gesagt, dass ich nichts weiß.« Er schickte sich an, den Schankraum zu verlassen.

»Warten Sie«, stand nun auch Wilhelm auf, »Sie können noch nicht gehen. Sie haben mir ja kaum Gelegenheit gegeben, meine Fragen zu stellen. Wenigstens die Chance dazu sollte ich haben.«

Friso Gerlach zögerte. »Gut«, räumte er schließlich ein, »drei kurze Fragen noch, meinetwegen – danach gehe ich.« Gönnerhaft wandte er sich ihm zu, ganz wie ein Künstler, der sein Publikum mit einer Zugabe belohnen will.

»Also«, beeilte sich Wilhelm, diese letzte Möglichkeit zum Fragen zu nutzen. »Herr Gerlach, ist in der Familie jemals eine Liebesaffäre Ihres Vaters thematisiert worden? Gab es zum Beispiel deswegen Auseinandersetzungen zwischen den Eltern? Oder haben Sie selbst etwas davon mitbekommen? Wohlgemerkt, das Ganze hat sich vor zwanzig Jahren abgespielt?«

Die Stille, in der er auf die Antwort wartete, war nur kurz, das »Nein« des Maklers abschließend, seine Aufforderung unmissverständlich: »Die nächste Frage.«

Wilhelm war verunsichert, wagte aber nicht nachzuhaken, er wollte ja noch anderes wissen. »Die Briefe, ein ganzes Bündel – haben Sie die jemals zu Gesicht bekommen? Wussten Sie davon, dass Ihr Vater Briefe an eine Geliebte schreibt?«

»Nein.« Auch jetzt war die Antwort bestimmt. »Nun die dritte.«

Wilhelm gab sich nicht der Illusion hin, diesmal genauere Auskünfte zu erhalten, dennoch stellte er die letzte Frage: »Der Ort, an dem damals die Leiche vergraben wurde, ein Wasserbehälter in der Nähe der Stadt, in der Ihr Onkel wohnte - kennen Sie den? Waren Sie schon einmal dort? Oder haben Sie vielleicht irgendwann einmal diese Stelle erwähnen gehört?«

Wiederum das »Nein.« Es klang wie ein Schlussstrich, und der war's dann wohl auch. Hohn lag in der Stimme, als Friso Gerlach fragte: »Zufrieden?«

»Nein, ganz und gar nicht. Ehrlich gesagt, ich glaube Ihnen nicht.«

»Das ist Ihr Problem«, lachte der Makler und wandte sich zum Gehen. Auf der Höhe der Theke drehte er noch einmal den Kopf. »Auf Wiedersehen, Herr - wie war noch der Name – Schellberg? Oder besser noch, Auf Nimmerwiedersehen!« All die Arroganz seines früheren Auftretens war nun wieder da, ein herablassendes Winken noch, dann verschwand er in der Tür, die zur Kegelbahn führte.

»Machen Sie sich nichts daraus«, tröstete der Wirt, als

Wilhelm zum Zahlen an die Theke kam, »Friso ist immer etwas von oben herab. Sie wissen doch, das Geld – das formt die Menschen, und Friso hat Geld.«

»Ja, dass er wohlhabend sein muss, das habe ich an seinem Haus gesehen. Verdient er denn soviel mit seinem Maklergeschäft?«

»Das wohl auch. Aber den Grundstein für seinen Reichtum hat er vor Jahren gelegt – da muss er eine große Erbschaft gemacht haben. Damit hat er sein Geschäft aufgebaut.«

»Eine Erbschaft?« Wilhelm horchte auf. »Sie wissen aber nicht, wann genau das war?«

»Doch, doch, das weiß ich – das weiß jeder hier im Ort. Draußen vor der Kirche steht ein Gedenkstein – den hat Friso zur Erinnerung an das 800-jährige Gemeindejubiläum gestiftet. Das war im gleichen Jahr, in dem er zu Geld gekommen ist.«

Ein plötzliches Klingeln unterbrach das Gespräch. »Ich muss zur Kegelbahn, die Jungs haben Durst«, verkündete der Wirt. »Wenn Sie einen Moment warten...«

»Nein, ich bin jetzt etwas in Eile. Ich habe meiner Tochter versprochen, rechtzeitig zu Hause zu sein. Vielen Dank jedenfalls.«

»Na, dann, bis wieder einmal«, verabschiedete sich der Mann, den sie Schorsch nannten, und ging.

Wilhelm verließ den »Goldenen Krug«. Eine leichte Dämmerung lag inzwischen über dem Ort. Als er auf die Uhr sah, erkannte er, wie spät es schon war. Miriam würde auf ihn warten. Aber eines wollte er sich noch ansehen, bevor er fuhr. Er wechselte hinüber zum Kirchplatz und suchte den Stein.

Es war nicht schwer,das Ungetüm zu finden. Ein monolithischer Fels, gut zwei Meter hoch, war neben dem Kirchenportal in die Mitte einer Rasenfläche gesetzt, klotzig und protzig wie der Mann, der ihn hatte aufstellen lassen. Auf der Vorderseite war der Anlass für seine Aufrichtung eingemeißelt: »Zur Erinnerung an die 800-jährige Wiederkehr der urkundlichen Ersterwähnung«. Darunter standen der Name des Stifters Friso Gerlach und das Jahr des Jubiläums: 1993.

Zwanzig Jahre lag das jetzt zurück. Wilhelm nickte, als hätte er nichts anderes erwartet.

25

Es duftete, als Wilhelm sein Haus betrat. Er kannte den Geruch, auch wenn er ihn im ersten Augenblick nicht unterbringen konnte, spürte, dass er eine ausgesprochen angenehme Saite der Erinnerung in ihm angeschlagen hatte. Ein Geschmack gesellte sich dazu, ein süßes Prickeln, und dann ein Bild: Lange Reihen von Rebstöcken, die sich an steilen Hängen hinaufzogen, traubenbeladene Traktoren, weinlaubumrankte Bögen und Höfe. Noch einmal zog er den Duft in die Nase, dann wusste er, was ihn erwartete.

»Ist es denn schon so weit?«, begrüßte er die Tochter beim Betreten der Küche. Er deutete auf den Backofen. »Wenn mich nicht alles täuscht, gibt es Zwiebelkuchen. Soll das heißen, der erste Federweiße ist da?«

»Ja, heute frisch eingetroffen. Ich habe gleich zwei Flaschen mitgebracht. Und da es schon fast Ritus ist, zu diesem Anlass einen Zwiebelkuchen zu backen, habe ich eben einen gebacken. Mutter hat das immer so gemacht.«

Tatsächlich, ja, mit dem ersten neuen Wein war stets auch der Zwiebelkuchen auf den Tisch gekommen, erst jetzt wurde ihm das so richtig bewusst. Seit dem gemeinsamen Urlaub damals in Württemberg hatte Nelly auf diese kulinarische Weise die Erinnerung daran jährlich wiederbelebt, hatte es, ohne Worte darüber zu verlieren, ganz den Sinnen überlassen, dem zusammen Erlebten noch einmal nachzuspüren.

Mein Gott, was für herrliche Tage waren das gewesen, Nelly und er zur Weinlesezeit im Badischen. Sie hatten den Winzern bei der Ernte geholfen, waren mit ihnen in die Weinberge hinausgefahren, hatten die Trauben gelesen und dann zur Verarbeitung in die Winzergenossenschaft gebracht. Und natürlich hatten sie den halbvergorenen Most gekostet, den neuen Wein zusammen mit dem um diese Zeit im Weinland Baden allgegenwärtigen Zwiebelkuchen.

»Lieb von dir, Kind, dass du die Tradition fortsetzt«, drückte er die Tochter an sich. Einen Moment verharrten sie in stiller Umarmung, dann löste sich der Vater. »Tut mir leid, dass ich mich verspätet habe. Aber so leicht, wie ich es mir vorgestellt hatte, war es dann doch nicht«, entschuldigte er sich.

»Macht überhaupt nichts, der Zwiebelkuchen braucht sowieso noch ein paar Minuten. Und auch für das Entziffern der Briefe war es ganz gut, ein bisschen mehr Zeit zu haben.«

»Sag nur, du bist schon mit allen fertig?«

»Ja, dort auf dem Tisch liegen die entschlüsselten Kopien. Wenn man‘s einmal raus hat, wie‘s funktioniert, geht es leicht von der Hand.«

»Und?«

»Am besten, du liest es selbst. Hoffentlich bist du nicht allzu enttäuscht.«

»Das werden wir sehen. Jetzt werde ich aber erst einmal im Bad verschwinden – doch danach mache ich mich gleich ans Lesen.«

Als Wilhelm kurz darauf in die Küche zurückkehrte, stand der Federweiße auf dem Tisch. Miriam kam vom Herd heran, hielt ihm eines der beiden schon eingeschenkten Gläser hin, dann nahm sie das andere. »Auf einen interessanten Abend, Vater«, stieß sie mit ihm an, »du kannst dir vorstellen, dass ich ganz schön neugierig bin auf das, was du erreicht hast.« Sie stellte ihr Glas ab, nahm die Topfhandschuhe vom Haken und schlüpfte hinein. »Wenn du willst, kannst du erst die Briefe lesen, fünf Minuten dauert's bestimmt noch mit dem Essen. Aber danach musst du erzählen.«

Während sie sich wieder zum Backofen hinunterbeugte, zog sich Wilhelm einen Stuhl heran und setzte sich. Vor ihm auf dem Tisch lag der Stoß der Briefkopien, daneben das Blatt mit dem Dechiffrierschlüssel, das die Tochter zum Entziffern benutzt hatte.

»Im Grunde reicht es«, sah Miriam noch einmal vom Herd auf, »wenn du die Briefe überfliegst. Inhaltlich enthalten sie nicht viel anderes als der, den wir schon gelesen haben. Lediglich der letzte fällt aus dem Rahmen – und das nicht nur wegen der handschriftlichen Notiz. Die Schreibart ist hier spürbar verändert, viel eindringlicher und intensiver als in den Vorbriefen. Doch das wirst du gleich selbst beim Lesen erkennen.«

Während sich die Tochter weiter mit dem Zwiebelkuchen beschäftigte, zog Wilhelm den Papierstapel heran und griff nach den obersten Blättern. Schon auf den ersten

Blick sah er, dass das Muster dieser Briefe das gleiche war wie das des schon entzifferten. Auch hier die in lückenlosen Zahlenkolonnen aneinandergereihten Köchelnummern – darüber die von Miriam mit Bleistift geschriebenen Buchstaben, die zu der jeweiligen Dreierkombination gehörten. Jedes Satzzeichen, die Köchelziffer 627, war genau spezifiziert und entsprechend eingefügt, der Doppelstrich der Erstentschlüsselung diesmal durch ein Semikolon, ein Ausrufezeichen oder einen Punkt ersetzt.

Wilhelm lächelte, als er sein an die Tochter weitergegebenes Lehrergen in ihrer fast schon pedantischen Sorgfalt wiedererkannte.

Das Lesen des zweiten Briefes ging flüssig vonstatten. Es war so, wie es Miriam gerade gesagt hatte: Wenn man‘s mal raushatte, wie‘s funktioniert, dann ging es leicht von der Hand. Und auch in dem Anderen hatte die Tochter recht: Das hier Geschriebene unterschied sich zwar im Wortlaut, nicht aber in seiner Aussage von dem des ersten Briefs.

Wieder war die Liebe das große Thema. Unverändert innig, aber auch leidenschaftlich, betete der Schreiber seine Geliebte an. Mit großen, schönen Worten versicherte er sie seiner ewigen Zuneigung, ermahnte sie aber auch immer wieder zu äußerster Heimlichkeit. Im Grunde war es nur ein einziger Satz, dem man eine über die pure Gefühlsbeteuerung hinausgehende Bedeutung zumessen konnte. Kurz vor Ende des Briefes stand: Liebste, denk immer daran, wie verletzlich und verwundbar unsere Liebe ist. Wir müssen vorsichtig sein, übervorsichtig.

Wilhelm sah, dass die Tochter noch immer am Herd hantierte, also blieb ihm noch Zeit, weiter zu lesen. Nach einem Schluck aus dem Weinglas nahm er sich die anderen Blätter vor.

Schnell begriff er die Richtigkeit von Miriams Einschätzung: Neue Erkenntnisse ließen sich aus dem, was er las, nicht gewinnen. Es reichte tatsächlich, das vor ihm Liegende zu überfliegen, diese einzige Huldigung an die große Liebe. Und auch das hatte Bestand: Nirgends war ein Name erwähnt, weder der Liebhaber noch die Geliebte waren in einer Anrede oder einer anderen Formulierung genannt.

So war auch der dritte und vierte, der fünfte und schließlich der sechste Brief schnell gelesen. Alle Schreiben waren intensiv und bewegend im Ausdruck und von gleichstarker Empfindung wie die anderen. Zwischendurch hatte Wilhelm immer wieder mal die Blätter sinken lassen, die Lektüre unterbrechen müssen. Was, zum Teufel, gingen ihn die höchstprivaten Intimitäten anderer Menschen an?

Doch er wusste, dass er weitermachen würde, solange noch die Hoffnung bestand, auf etwas Verwertbares zu stoßen. Wer einen Berg soweit hinaufgestiegen war, konnte nicht kurz vor dem Gipfel umkehren. Also las er weiter und griff nach dem letzten, dem siebten Brief.

Die Teller klapperten, Miriam holte das Besteck aus der Schublade und kam heran. »Ich decke schon einmal den Tisch, aber einen Moment wird's noch dauern. Wie ich sehe, bist du schon beim letzten Brief – den solltest du in Ruhe lesen. Wir warten mit dem Essen, bis du fertig bist.«

Wilhelm nickte. Ja, jetzt wollte er das auch zu Ende bringen. Gespannt nahm er sich die erste Seite der noch verbliebenen Kopien vor. Kurz erinnerte er sich an das, was die Tochter gesagt hatte, dass sich Schreibart und Intensität in diesem letzten Brief verändert hätten. Voller unbestimmter Erwartung begann er zu lesen.

Schon die Anfangssätze ließen ihn verstehen, was Miriam gemeint hatte. Es war, als hätte sich die lichte Liebesseligkeit der Vorbriefe plötzlich verdunkelt, sich ein Schatten über das leuchtende Glück gelegt. *Liebste, ist das wirklich wahr? Bei unserem letzten Zusammensein hast du angedeutet, er könnte misstrauisch geworden sein, deine häufige Abwesenheit möglicherweise Argwohn in ihm erregt haben. Dabei waren wir doch immer sorgfältig darauf bedacht, unsere Liebe geheim zu halten. Wenn ich mir vorstelle, dass er dir jetzt vielleicht hinterherspürt und alles aufdeckt. Es wäre das Ende.*

Da war er wieder, dieser unbekannte Er. Was für ein fürchterlicher Mensch musste das sein angesichts des Schreckens, den er unter den Liebenden verbreitete. Vielleicht war der Mann, wahrscheinlich der Ehemann, krankhaft eifersüchtig, womöglich gewalttätig?

Doch dann kam ihm plötzlich ein ganz anderer Gedanke. Warum ging er eigentlich davon aus, dieser Er in den Briefen müsse der gehörnte Gatte der Geliebten sein? Was, wenn sich stattdessen ein Vater dahinter verbarg, ein Vater, der das Liebesverhältnis seiner Tochter mit einem verheirateten Mann streng missbilligte, es auf keine Fall dulden würde?

Und wie, wenn er den Gedanken weiterführte – wenn die Tochter noch jung, noch minderjährig war? Er entsann sich, dass er, als er zum ersten Mal von dieser Liebesbeziehung erfuhr, das Verhältnis instinktiv als eine verbotene Verbindung empfunden hatte. Damals allerdings hatte er die Affäre ausschließlich aus moralischem Blickwinkel betrachtet. Doch sollte das, was ihm gerade durch den Kopf gegangen war, zutreffen, würde sie sich auch juristisch als verboten erweisen.

Spekulationen, nichts als wilde Vermutung, rief sich

Wilhelm zur Ordnung und wandte sich wieder den Briefkopien zu. Vielleicht ergab sich ja aus dem Folgenden eine Erklärung.

Miriam schien inzwischen mit ihrer Essenszubereitung fertig zu sein. Den Zwiebelkuchen noch im Ofen lassend, setzte sie sich zu ihm an den Tisch. »Lies weiter, vorher können wir nicht darüber reden«, forderte sie ihn auf und überließ ihn den beiden letzten Seiten.

Er brauchte nicht lange, um den restlichen Brief zu lesen. Von dem anfangs so sich selbst genügenden, harmonischen Liebesverhältnis war nicht mehr viel geblieben, eine greifbare Spannung lag nun über und zwischen den Zeilen. Jedem liebevollen Wort, jeder zärtlichen Wendung folgte die ängstlich formulierte Sorge vor der Entdeckung: *Du weißt, wie sehr ich dich liebe und wie unverzichtbar es für mich ist, von dir geliebt zu werden – das alles soll nun vorbei sein? Sätze wie dieser bestimmten den Brief.*

Und auch der letzte Satz war voller auswegloser Hoffnungslosigkeit: *Was wird er tun, wenn er von uns weiß, wenn er begreift, dass unsere Liebe nichts und niemand trennen kann? Und schlimmer noch – was werden wir tun, wenn es ihm doch gelingt, uns auseinander zu bringen? Das Ende des einen wird das Ende des anderen sein.* Miriam hatte die finale Köchelzahl 627 als Punkt gedeutet. Doch er war sich nicht sicher, ob es nicht genausogut ein Fragezeichen hätte sein können.

Und dann, als wäre dieser Schluss nicht schon bedrückend genug, der bedeutungsschwere Nachsatz, die handschriftliche Notiz mit dem Hinweis auf die Leiche im Wald. Obwohl er die Sätze inzwischen auswendig konnte, las er sie ein weiteres Mal: *Keine Sorge, die Person ist gerichtet. Wer so handelt, hat sein Leben verwirkt. Ich war dabei, als sie in der Nähe des Wasserbehälters vergraben wurde. Oberhalb der Stelle habe ich einen Lebensbaum gepflanzt – zur Mahnung und als Warnung an alle, die das Wahre verraten.*

Welch ein Szenarium: Hier das verzweifelte Ringen eines Mannes um seine große Liebe – dort der zynische Bericht über die Beseitigung eines Menschen, dessen Verbrechen es war, etwas verraten zu haben. Sichtlich bewegt legte Wilhelm das letzte Blatt auf den Stoß der anderen. Als er den Kopf hob, schaute er in die Augen der Tochter, die ihn forschend ansahen.

»Ich schlage vor, wir essen erst einmal«, beantwortete er ihre unausgesprochene Frage, »dabei können wir uns unterhalten.«

Der Zwiebelkuchen kam auf den Tisch, die Gläser mit dem Jungwein wurden nachgeschenkt. Eine Weile noch ruhte das Gespräch im stummen Genießen, dem sich Vater und Tochter mit erkennbarem Vergnügen hingaben. Schließlich, als beide bereits das zweite Kuchenstück auf dem Teller hatten, wollte Miriam wissen: »Was hältst du von den Briefen?«

Der erste Teil der Antwort fiel Wilhelm leicht: »Die Briefe zwei bis sechs enthalten nichts Neues, sie bestätigen lediglich, was wir schon im ersten erfahren haben: Da lieben sich zwei Menschen heimlich mit großer Intensität und Ernsthaftigkeit. Auch wenn von Anfang an die Sorge wegen einer möglichen Aufdeckung spürbar ist, was sich ja auch in der Verschlüsselung zeigt, die Liebesbeteuerungen stehen doch ganz im Vordergrund. Das ändert sich mit dem siebten Brief.«

Nachdenklich griff Wilhelm nach dem Wein, trank, setzte ab und hob das Glas noch einmal an den Mund. Es schien, als müsse er sich erst klar darüber werden, wie dieser offenkundige Wandel zu deuten war. »Fakt ist, dass ab hier die Bedrohung den Text bestimmt - die panische Angst, die Liebesbeziehung könnte enthüllt und beendet werden. Sie beherrscht diese letzten Seiten. Man hat den Eindruck, die Aufdeckung des Verhältnisses steht kurz bevor. Damit ergeben sich natürlich ganz neue Perspektiven.«

»Was willst du damit sagen?«

»Nun, denk an den ersten Brief«, erinnerte der Vater, »als wir den dechiffriert und gelesen hatten, waren wir doch zugegebenermaßen enttäuscht von seinem Inhalt. Wir hatten eine Aufklärung erwartet, hatten gehofft, etwas über die Zusammenhänge in dieser Skelettgeschichte zu erfahren. Stattdessen ein Liebesbrief. Und auch die anderen Briefe, alle die gleichen Intimitäten, nicht ein Hinweis auf den Tatablauf, auf ein Motiv oder den Täter.«

»Aber davon ist doch auch in diesem letzten Brief nichts geschrieben. Nicht ein Wort darüber, was damals geschehen ist.«

»Nein, darüber wird nichts berichtet, das stimmt. Aber mögliche Motive werden jetzt erkennbar. Der Liebhaber zum Beispiel – Friedrich Gerlach, so wie es im Moment aussieht – der hätte einen triftigen Grund gehabt, diesen ominösen Er aus dem Brief zu beseitigen und danach zu vergraben. Aber auch dieser Er selbst hätte ein Mordmotiv: Seine Frau oder Freundin geht eine Beziehung mit dem Schreiber der Briefe ein. Aus verletzter Ehre, gekränktem Stolz, erfüllt von Hassgefühlen, bringt er sie um und lässt sie in der Erde verschwinden. Was sagst du dazu?«

»Ganz schön blutrünstig, deine Fantasie, Vater. Die eigene Frau umzubringen – da muss sich schon einiges aufstauen, um so eine Tat begehen zu können. Gefühle hin, Gefühle her – aber es gibt doch Barrieren, die zu überschreiten, das braucht schon eine Ausnahmesituation.«

»Vielleicht war das ja eine Ausnahmesituation? Welch starke Gefühle da im Spiel waren, hast du dort in den Briefen lesen können.« Er zeigte auf den Stapel. »Außerdem – ich behaupte ja nicht, dass es so gewesen ist. Ich wollte lediglich aufzeigen, wie sich mit dem letzten Brief die Qualität des Geschriebenen verändert hat. Wo vorher selbstvergessenes Liebesglück war, ist jetzt eine Atmosphäre der Angst und Bedrohung entstanden, ein brisantes Spannungsfeld, das geradezu nach einer Entladung verlangt. Der aufgebaute Druck sucht nach Entlastung, die Skelette im Wald könnten das Ergebnis sein.«

Für einen Augenblick verstummte das Gespräch; der Gedanke, den der Vater gerade entworfen hatte, beschäftigte beide. Die erste Flasche Federweißer war inzwischen geleert, der Zwiebelkuchen zur Hälfte gegessen. Miriam zog die zweite, noch volle Flasche heran, entfernte den losen Verschluss und goss ein. Dabei klagte sie: »Wenn wir wenigstens etwas Greifbares hätten, einen Beweis für unsere Annahmen; ein paar Fakten statt nur Vermutungen.«

Wilhelm nickte. Nachdenklich griff er nach dem Glas. »Ich glaube, ich habe da etwas. Das könnte in die von dir geforderte Kategorie fallen.«

»Etwas Handfestes, nicht nur Hypothetisches?«

»Ja. Heute Abend bei meiner Unterredung mit Friedrich Gerlachs Sohn bin ich auf ein, zwei Ungereimtheiten gestoßen. Die sind so auffällig, dass ich fast sicher bin… Aber vielleicht sollte ich dir erst einmal erzählen, was ich erlebt habe. Dann wirst du verstehen, was ich meine.« Er hob der Tochter das Glas entgegen, stieß mit ihr an. Noch während er trank, begann er, sich die Ereignisse des Nachmittags und Abends in Erinnerung zu rufen.

Mittlerweile war es schon fast eine vertraute Konstellation, sich gegenüber zu sitzen, der eine als der Berichtende, der andere als Zuhörer. Dabei ging es ihnen nicht allein um den Austausch von Neuigkeiten, auch die Reflexion des Geschehenen war wichtig. Sie staunten, was an Verblüffendem bei ihren Gesprächen oft zu Tage trat, wie viel Verdrängtes, das ihnen erst mit dem Erzählen oder auch unter der Nachfrage des anderen bewusst wurde.

Wilhelm begann, von seinem Besuch bei der alten Frau Schulz und ihrer Schilderung des am offenen Fenster singenden Mieters Friedrich Gerlach zu berichten »Die Frau erzählte auch etwas von einem Chor – doch zu diesem Zeitpunkt habe ich den Zusammenhang noch nicht verstanden. Immerhin erfuhr ich von ihr den aktuellen Aufenthaltsort Friedrichs.«

Bei der Schilderung seiner Visite im Altenheim und dem etwas ungewöhnlichen Gespräch mit dem verschrobenen Musikus musste Miriam schmunzeln. »Nun weißt du wenigstens, warum die Frau den Chor erwähnt hat.« Kopfschüttelnd sah sie den Vater an. »Und du hast tatsächlich gesungen, als er dich dazu aufgefordert hat?«

»Was sollte ich denn machen?«

»Na, das hätte ich hören wollen.« Leise lachte sie vor sich hin, als sie sich sein Singen vorstellte. »Am Telefon hast du angedeutet, von Friedrich kaum etwas Brauchbares erfahren zu haben. Ist das richtig?«

»Ja, wobei kaum sogar noch übertrieben ist. Eigentlich hat er nichts zur Erhellung der Geschichte beitragen können. Wie heißt es in dem Lied: ‚Ich bin der Welt abhanden gekommen‘. Das könnte Friedrich Gerlach auch von sich sagen, wenn er das zu begreifen noch in der Lage wäre. Aber immerhin konnte er mir die Adresse seines Sohnes geben.«

»Und zu dem bist du dann gleich gefahren?«

»Ja, es war ja kaum ein Umweg.« Er schilderte die Ankunft am Wohnort des Maklers und seine Verwunderung, als er auf dessen exaltiertes Anwesen geblickt hatte. »Ich habe dort nur die Hausherrin angetroffen, eine kleine, verängstigte Frau, die so überhaupt nicht in dieses prahlerische Gebäude passte.«

Dann beschrieb er seine Begegnung mit Friso Gerlach im »Goldenen Krug«. »Ein auf den ersten Blick unsympathischer Kerl, angeberisch und großkotzig, genauso wie sein Haus. Ein Geldprotz, wie er im Buche steht. Und wie der gekleidet war – gelbes, offenes Glanzhemd, mit so einem modischen Gehängsel um den Hals...«

»Vater«, unterbrach ihn Miriam, »deine Vorurteile gehen mal wieder mit dir durch. Vielleicht steckt in diesem auffälligen Hemd ja ein anständiger Mensch?«

»Der und anständig? Nie und nimmer! Diese Sorte kenne ich«, beharrte Wilhelm auf seinem Recht, Vorurteile zu haben, »dem traue ich alles zu.«

»Gut«, die Tochter wusste, dass es vergebens war, jetzt in irgendeiner Weise auf ihn einzuwirken. Manchmal konnte ihr Vater ganz schön stur sein. Am besten, man ließ ihn dann in Ruhe. Seine vorurteilsbeladenen intoleranten Phasen waren im Allgemeinen von der harmlosen, altmodischen Art und währten in der Regel nur kurz.

Um von der Person abzulenken, fragte sie: »Du hast dich mit diesem Friso unterhalten. Dabei ist dir etwas aufgefallen – etwas, das mit unserer Sache zu tun hat. Kannst du mir das näher erklären?« Mit dem Arm langte sie über den Tisch, zog Wilhelms geleertes Glas heran und schenkte nach. Erfahrungsgemäß würde die so erzwungene Pause reichen, um aus dem Vater wieder den ruhigen, analytischen Beobachter zu machen, der er normalerweise war.

Und wirklich, als er jetzt sprach, klang seine Stimme beherrscht und ganz auf das konzentriert, was ihm der Tochter mitzuteilen am Herzen lag. »Hör zu, ich erzähle dir, wie unsere Unterhaltung abgelaufen ist – vielleicht kommst du ja selbst darauf, was mich dabei stutzig gemacht hat.«

In einem kurzen Abriss fasste er das Gespräch zusammen, verzichtete diesmal aber darauf, sich über das exzentrische Verhalten des Maklers näher auszulassen. »Im Grunde war unsere Unterredung ziemlich unergiebig. Der Mann hat mir kaum auf meine Fragen geantwortet – und wenn ja, dann so knapp und inhaltslos, dass es keinen Unterschied gemacht hätte, wenn er nichts gesagt hätte.«

»Aber von dem Bruder hast du immerhin erfahren.«

»Ja, und in diesem Zusammenhang ist Friso Gerlach ein Fehler unterlaufen, ein Fehler, den er schon zu Beginn unseres Gespräches einmal gemacht hat. Weißt du, von was ich spreche?«

»Ich glaube, ja. So, wie du mir eben eure Unterhaltung wiedergegeben hast, ist von dir die Datierung der Briefe nie erwähnt worden. Wie kann der Mann da von zwanzig Jahren sprechen, wenn er doch den Zeitraum gar nicht kennt?«

»Gut erkannt, Kind«, lobte der Vater. »Ich habe ihn gefragt, wie alt er damals war, als das alles geschah. Da hat er spontan und ziemlich unbedacht geantwortet: ‚Das liegt zwanzig Jahre zurück'. Und dann, als wir über das Verschwinden seines Bruders sprachen, hat er mehr oder weniger einräumen müssen, dass auch das zwei Jahrzehnte her sein könnte. Die Bestätigung dafür hat ja dann der Gedenkstein erbracht. Zweimal also bringt er die zwanzig Jahre ins Spiel – das kann kein Zufall sein. Friso Gerlach weiß von der alten Geschichte, da bin ich mir sicher.« Wie zur Bekräftigung nickte Wilhelm. »Und dann seine Bemerkung von der im Brief zitierten Leiche – wohlgemerkt, er sprach in der Einzahl, von einer Leiche. In den Zeitungsmeldungen der letzten Tage war aber immer nur von zwei gefundenen Skeletten die Rede. Woher wusste Friso das mit der einen vergrabenen Person, auf die sich die Handnotiz im siebten Brief bezieht? Ich habe das ihm gegenüber nicht erwähnt?«

»Ja, das macht ihn zusätzlich verdächtig. Das kann er doch nur wissen, wenn er die Briefe gelesen hat.«

»Nicht unbedingt. Durchaus möglich, dass er ihren Inhalt nicht kennt, das Handgeschriebene nie gelesen hat.«

»Ja, wie denn sonst?« Miriam stockte, als ihr die Alternative bewusst wurde. »Du meinst doch nicht etwa..?«

»Doch.« Wilhelm wirkte bestimmt, es schien für ihn keinen Zweifel zu geben. »Entweder hat er sein Wissen von dem, der den Sachverhalt besser als jeder andere kennen muss – von dem Mörder.« Sein Blick streifte das entsetzte Gesicht der Tochter. »Oder aber – er ist selbst der Mörder.«

»Mein Gott«, war alles, was Miriam über die Lippen brachte. Mit zittrigen Fingern griff sie ihr Glas, nahm einen langen Schluck, als könnte sie das eben Gehörte mit dem Wein hinunterspülen.

Die Folgerung, die der Vater abschließend zog, ergab sich zwangsläufig: »Die im Brief zitierte gerichtete Person muss zunächst alleine vergraben worden sein, die zweite Leiche wurde erst später dazu gelegt. Bleibt die Frage: Wer lag zuerst unter der Erde, der männliche oder die weibliche Tote?«

Nun schwieg auch Wilhelm und trank. Er spürte, er würde aufhören müssen, auf diese Weise seine Erregung dämpfen zu wollen. Aber da inzwischen auch die zweite Flasche fast leer war, erübrigte es sich, über sein weiteres Trinkverhalten nachzudenken. Das, was besprochen werden musste, war im Großen und Ganzen gesagt.

Nur eines war noch unklar. Miriam war es, die es formulierte. »Und was machen wir jetzt mit unserem Wissen?«

26

Und dann überstürzten sich die Ereignisse.

Doch zunächst begann der Morgen fast wie immer. Wilhelm und Miriam saßen am Frühstückstisch. Wenn er sich nicht gerade mit seinem Pensionärsfreund Karl Seiffert in der Stadt verabredet hatte, frühstückte der Vater stets mit der Tochter. Was gab es Schöneres, als in ihrer Gesellschaft den Tag zu beginnen.

Im Brötchenkorb duftete der Toast, das Aroma des frisch aufgebrühten Kaffees mischte sich darunter; vom Geruch des Zwiebelkuchens am gestrigen Abend war nichts mehr geblieben. Sie strichen die Brote, pellten die Eier, doch eines war diesmal anders: Die Zeitung, die sie sonst morgens schweigend zu lesen pflegten – er immer zuerst den Sportteil, sie die Kulturseite – lag noch zusammengefaltet am Rand des Tischs. Es war auch nicht zu erwarten, dass sie an diesem Morgen noch gelesen würde, denn das Gespräch nahm ihre ganze Aufmerksamkeit in Anspruch.

Noch am Vorabend waren sie übereingekommen, die Polizei unverzüglich von der neuen Entwicklung zu unterrichten. Das, was Wilhelm erfahren hatte, war zu schwerwiegend, als dass sie es für sich behalten konnten.

Kurz diskutierten sie jetzt noch einmal das Für und Wider, blieben aber bei ihrem gestrigen Entschluss.

»Wann gehst du?«, fragte die Tochter und sah den Vater auffordernd an. Es war ihr anzumerken, dass sie die trotz aller Aufklärungen noch immer verworrene Angelegenheit in zuständige und wahrscheinlich auch kompetentere Hände gelegt sehen wollte.

Wilhelm zögerte noch. Immerhin, sie hatten viel erreicht in den letzten Tagen, auch ohne die Polizei: Die Briefe waren entschlüsselt, Friedrich Gerlach aufgespürt und mit dem Sohn sogar zum ersten Mal eine direkte persönliche Verbindung zu dem damaligen Geschehen hergestellt.

Dennoch, die offiziellen Ermittlungsstellen mussten informiert werden, nach dem Gespräch mit dem Makler blieb keine andere Wahl. Das, was dort geäußert worden war, konnten sie nicht einfach auf sich beruhen lassen.

»Ich gehe gleich nach dem Frühstück«, versprach Wilhelm, »wenn du auf dem Weg zur Schule bist, mache ich mich auch auf.«

»Und was willst du den Kriminalbeamten erzählen? Das, was wir haben, ist zwar gravierend, aber wohl kaum ein stichhaltiger Beweis.«

»Ich werde der Polizei die Unterredung mit Friso Gerlach so genau wie möglich wiedergeben. Was sie daraus an Schlüssen ziehen, ist ihre Sache.«

»Und die Briefe? Willst du ihnen erzählen, dass wir sie lesen können, dass wir den Inhalt inzwischen kennen?«

»Ich weiß nicht. Das lasse ich mir im Moment noch offen. Je nachdem, wie sich die Sache entwickelt.«

Doch schon wenig später wurde ihm diese Entscheidung abgenommen. Gerade war Miriam gegangen, als das Telefon läutete. Stefan Schiller war am Apparat.

»Herr Schellberg, entschuldigen Sie, dass ich so früh anrufe. Aber da ich heute den ganzen Tag unterwegs bin und gleich losfahre, dachte ich, ich sage Ihnen vorher Bescheid. Gerade hat mich die Polizei angerufen. Man hat da etwas festgestellt: Die Handschriften in den Briefen sind nicht identisch. Sicher ist, dass mein Schwiegervater den Nachsatz im letzten Brief geschrieben hat. Beim Vergleich mit Schriftproben von ihm war das eindeutig zu belegen.«

»Und der Absender – Fr. Gerlach? Wessen Handschrift ist das?«

»Das scheint noch unklar zu sein. Der Beamte hat sich dazu nicht geäußert. Aber etwas anderes ist der Polizei nun ebenfalls gelungen: Man hat die Geheimschrift entschlüsselt, ist gerade dabei, den Briefinhalt zu übertragen.«

»Na wunderbar, haben die Herren Spezialisten es auch geschafft. Miriam hat bereits gestern Abend den Zahlencode in Buchstaben und Worte übersetzt, sodass alle Briefe jetzt gut lesbar sind. Wenn Sie wollen, bringt sie Ihnen die dechiffrierten Kopien noch heute vorbei.«

»Aber ich kann sie doch nachher selbst mitnehmen – wenn ich Alexander abhole.«

»Alexander?«

Wilhelms Ahnungslosigkeit ließ Stefan Schiller zögern. »Sie wissen doch, dass mein Sohn zu Ihnen kommt? Miriam nimmt ihn nach der Schule mit – weil ich doch erst sehr spät wieder zurück bin.«

»Nein, das hat mir meine Tochter nicht gesagt. Vielleicht wollte sie mich überraschen.«

»Ich hoffe doch, es ist Ihnen recht?« Stefan klang unsicher.

»Selbstverständlich. Ich freue mich darauf, Alexander wiederzusehen. Dann bis heute Abend.«

Inzwischen war es neun geworden, eine anständige Zeit, um einer Behörde wie der Polizei einen Besuch abzustatten. Wilhelm trank seinen Kaffee aus und stand auf. Er war noch dabei, das Geschirr in die Spülmaschine zu räumen, als das Telefon erneut klingelte.

Sein erster Gedanke war, Alexanders Vater hätte wegen seiner gerade gezeigten Überraschung nun doch Bedenken, den Sohn am Nachmittag mitkommen zu lassen. So ein Unsinn, er musste doch wissen, wie sehr ihm Alexander ans Herz gewachsen war. Mit dem Vorsatz, seine Zuneigung zu dem Jungen noch einmal deutlich zu machen, hob er den Hörer ab.

»Noch immer der alte Wilhelm«, scherzte er in Erwartung Stefan Schillers – doch eine Antwort blieb aus. Obgleich, er hatte das Gefühl, da war jemand am anderen Ende der Leitung. Einmal glaubte er, einen Atemzug zu hören – dann ein Klacken und die Verbindung war unterbrochen.

Hatte er den Anrufer mit seiner unkonventionellen Namensmeldung verunsichert? Er konnte sich vorstellen, dass jemand, der mit einem Schellberg sprechen wollte, von einem, »alten Wilhelm« erst einmal überrascht war. Aber wenn dieser Jemand wirklich etwas von ihm wollte, würde er noch einmal anrufen.

Er hatte gerade die Löffelchen und die Messer in den Besteckkorb gestellt und die Spülmaschinentür geschlossen, als das Telefon ein drittes Mal an diesem Morgen läutete. Er nahm den Hörer auf und nannte, nun klar und förmlich, seinen kompletten Namen. »Wilhelm Schellberg.«

»Na also, warum nicht gleich. - Schellberg, genauso hatte ich's in Erinnerung. Hören Sie, Mann, ich muss mit Ihnen sprechen.« Auch wenn er sich nicht vorgestellt hatte, es war unverkennbar, wer am anderen Apparat war. Die unverschämte, fordernde Art und der arrogante Tonfall ließen keinen Zweifel zu.

»Guten Morgen, Herr Gerlach«, begrüßte ihn Wilhelm freundlich – auf diese Weise würde er ihm am ehesten den Wind aus den Segeln nehmen. »Sie wollen mit mir sprechen? Worüber denn?«

»Na, über was schon! Über Ihre Anschuldigungen natürlich – diese Leichengeschichte, die Sie meinem Vater anhängen wollen. Das lässt mir keine Ruhe.«

»Und was genau beunruhigt Sie daran? Dass er tatsächlich darin verwickelt sein könnte? Oder dass ich ihn zu Unrecht verdächtige?«

»Selbstverständlich ist er unschuldig. Das Leben meines Vaters – das ist Gesang und Musik – nichts anderes zählt für ihn. Mit einem Mord hat der alte Herr ganz bestimmt nichts zu tun.«

»Gut, es ist Ihr Recht, als Sohn eine hohe Meinung vom eigenen Vater zu haben. Doch genauso, wie ich keine definitiven Beweise für meine Vermutung habe, können Sie nicht beweisen, dass das Fr. Gerlach des Briefabsenders nicht für Friedrich Gerlach, Ihren Vater, steht.«

»Doch, das kann ich – deshalb rufe ich Sie ja an. Es gibt da etwas, das sowohl meinen Vater als auch mich von jedem Verdacht reinwäscht.«

»Sie? Fühlen Sie sich denn auch verdächtigt?«

»Na, haben Sie mir nicht gestern unter die Nase gerieben, dass dieses Fr. Gerlach auch Friso Gerlach bedeuten könnte?«

»Nun, das zu glauben, haben Sie mir ja auch einigen Anlass gegeben. Sie hatten da doch einige Kenntnisse zuviel von dem damaligen Geschehen.«

»Das mag vielleicht so rübergekommen sein«, gestand der Makler ein. »Aber genau das will ich Ihnen ja erklären, will den falschen Eindruck ausräumen, den Sie womöglich gewonnen haben. Deshalb müssen wir uns treffen und darüber sprechen.«

»Warum bereden wir das nicht jetzt hier am Telefon?«

»Das geht nicht, ich muss Ihnen etwas an Ort und Stelle zeigen.« Die hastige Art, in der er nun sprach, verriet, dass er sich schon einen anderen Plan zurechtgelegt hatte. »Sie müssen sich etwas ansehen, etwas, von dem nur ich weiß. Es liegt ganz in Ihrer Nähe – ich würde mich dort mit Ihnen treffen – so bald wie möglich.«

Eine Pause folgte. Etwas Lauerndes, bedrohlich Abwartendes hatte in seinen Worten gelegen. Urplötzlich befiel Wilhelm das Gefühl, eine Falle sei vor ihm aufgebaut und wartete darauf, dass er hineintappte.

»Eine Stelle in der Nähe?«, wiederholte er und riet ins Blaue. »Sie meinen wohl den Wasserbehälter im Wald über der Stadt?«

Ein lautes, alles andere als gutmütiges Lachen dröhnte auf. »Schlaues Kerlchen, was? Aber alles wissen Sie dann doch nicht. Wenn Sie meinen, die Geschichte damals ist mit den zwei Leichen abgetan, dann täuschen Sie sich. Ich hab da was, das wird Ihnen die Augen öffnen. Also, wie ist‘s, treffen wir uns dort oben?«

Wilhelm, überrumpelt von dem Vorschlag, versuchte, Zeit zu gewinnen. »Warum gehen Sie nicht zur Polizei und berichten dort von dem, was Sie mir zeigen wollen?«

»Was soll ich bei der Polizei? Ich habe mir nichts zuschulden kommen lassen. Oder waren Sie etwa schon bei denen, haben von Ihrem Verdacht und unserem gestrigen Gespräch erzählt?« Wieder das Lauernde, Bedrohliche. Wilhelm war froh über die Distanz, die zwischen ihnen lag.

»Nein«, seine Antwort war knapp; er würde den anderen spüren lassen, dass er sich nicht beeindrucken ließ, »bisher war ich noch nicht bei der Polizei. Aber ich wollte mich gerade auf den Weg dorthin machen. Ich kann mir vorstellen, dass die Beamten sehr daran interessiert sind, von unserer gestrigen Unterhaltung zu hören. Auch unser jetziges Gespräch lässt einige Schlussfolgerungen zu – finden Sie nicht?«

Die Eile, mit der er die Antwort erhielt, verriet die Aufruhr, in der sich der andere befand. »Warten Sie«, rief er mit einer Hast ins Telefon, als stünde Wilhelm bereits mit einem Bein in der Tür, »warten Sie wenigstens solange, bis wir uns getroffen haben. Sie werden sehen, die Geschichte erfährt eine ganz neue Wendung, wenn Sie mich angehört haben. Das, was ich Ihnen zeige, verändert alles. Und wenn Sie wollen, gehen Sie danach meinetwegen zur Polizei.«

Welch eine Wandlung, was für ein anderer Tonfall jetzt. Das bisher Fordernde in der Stimme des Maklers war nun nahezu völlig verschwunden, seine Worte klangen beschwörend, fast flehend. Es war unüberhörbar, der Mann befand sich in einer Notlage.

Wilhelm zerbrach sich den Kopf, wie er auf das Angebot reagieren sollte. War es wirklich ernst gemeint? Oder war es die Falle, die er vermutet hatte? Vielleicht verfolgte Friso aber auch ganz andere Absichten.

»Warum wollen Sie eigentlich ausgerechnet mich in dieses unbekannte Geheimnis, von dem Sie sprechen, einweihen? Gibt es einen Grund dafür?«

Auch hier kam die Antwort schnell, zu schnell, um nicht bereits erwartet und vorformuliert gewesen zu sein. »Mir geht es nicht um irgendeine Aufklärung«, versicherte Friso – dabei dämpfte er theaterreif die Stimme -, »einzig die Rehabilitierung meiner Familie liegt mir am Herzen. Als Sie gestern Ihre Verdächtigungen aussprachen, hat mich das tief getroffen. Mir bedeutet es viel, Ihnen zu beweisen, wie falsch Sie mit Ihren Beschuldigungen liegen.«

Es waren nicht allein die schwülstigen Worte, sondern vor allem das unechte Pathos, mit dem der Makler sie vorgetragen hatte, die in Wilhelm die absolute Gewissheit weckten, dass der einzige Zweck des morgendlichen Anrufs war, ihn in einen Hinterhalt zu locken.

Was beabsichtigte der Mann? Wollte er wirklich nur mit ihm reden, ihn überzeugen – ihn vielleicht einschüchtern? Was aber, wenn er vorhatte, sich ihn als Mitwisser seiner Tatbeteiligung – als einziger Mitwisser, wie er glauben musste – vom Hals zu schaffen? Dass der Vater inzwischen die Tochter eingeweiht hatte, konnte er nicht wissen.

Fieberhaft überlegte Wilhelm, was er tun sollte. Noch einmal verschaffte er sich eine Denkpause. »Wann würden Sie sich denn mit mir treffen wollen? Falls ich einem solchen Treffen überhaupt zustimmen sollte?«

»Sofort natürlich. Das Ganze ist von äußerster Wichtigkeit. Ich gebe Ihnen da etwas in die Hand, mit dem sich die damaligen Zusammenhänge vollkommen aufdecken lassen – und auch für mich ist die schnelle Erledigung enorm wichtig. Der Makel, die Finger bei dieser Sache mit im Spiel gehabt zu haben, muss so schnell wie möglich ausgeräumt werden. Das bin ich mir und meinem Vater schuldig. Wir sollten uns also gleich treffen.«

Noch immer sprach der unechte Friso Gerlach. Jetzt, da Wilhelm darauf achtete, hörte er die Anstrengung heraus, die es diesen herrischen Mann kostete, mit mühsam im Zaum gehaltener Stimme für seinen Plan zu werben.

Wilhelm zögerte. Er wusste, alles andere als ein sofortiges Einschalten der Polizei war riskant, konnte gefährlich werden, lebensgefährlich sogar. Auf der anderen Seite - die Aussicht, Entscheidendes zu erfahren, war verlockend. Doch ihm fehlte jetzt die Zeit, sich über die Folgen und Konsequenzen eines solchen Schrittes klarzuwerden. Er brauchte einen Aufschub.

»Gut«, entschied er, »wir sollten miteinander sprechen. Ich will mir anhören, was Sie mir mitzuteilen haben. Doch heute geht das auf keinen Fall. Ich bin den ganzen Tag über verhindert«, fingierte er einen unverschiebbaren Termin, »frühestens morgen könnten wir uns also treffen.«

»Wollten Sie nicht eben zur Polizei? Dafür also hätten Sie Zeit?«

»Ja, eine halbe Stunde hätte ich erübrigen können, nicht mehr. Ich sagte Ihnen ja, ich habe zu tun«, ließ sich Wilhelm auf nichts ein. »Was ist also mit morgen?«

Für einen Moment war es still, offenbar brauchte der Makler eine Weile, diese unvorhergesehene zeitliche Verschiebung in seine Planung einzubauen. Doch dann, ängstlich fast, wollte er wissen: »Und was wird jetzt aus Ihrem Gang zur Polizei..?«

Wilhelm hatte mit dieser Frage gerechnet. »Ich warte erst einmal unser Treffen ab«, wiegte er ihn in Sicherheit,

»sollten Sie wirklich so gravierende Neuigkeiten haben, wie Sie ankündigen, dürfte es wenig Sinn machen, die Polizei jetzt mit dem alten, überholten Wissen zu konfrontieren.«

»Ja, da haben Sie recht«, Friso hörte sich erleichtert an. »Wann könnten Sie denn morgen..?«

»Ganz, wie Sie wollen – ich stehe jederzeit zur Verfügung.«

»Ja, dann...«, der Makler wirkte unentschlossen, die neue Lage schien ihm zu schaffen zu machen. »Am besten, ich telefoniere am Vormittag mit Ihnen – dann vereinbaren wir, wann wir uns am Wasserbehälter treffen.«

»Einverstanden, ich warte auf Ihren Anruf«, wollte Wilhelm gerade das Gespräch beenden, als ihn Friso noch einmal ansprach.

»Sie kommen doch alleine, ja? Denken Sie daran – keine Polizei – und auch niemand anderen. Wenn jemand mitkommt, erfahren Sie gar nichts.«

»Das ist mir klar. Ich habe schon verstanden, dass Ihnen ausschließlich an einer persönlichen Rechtfertigung gelegen ist – die Polizei soll dabei außen vor bleiben«, gab sich Wilhelm verständnisvoll und versprach: »Ich komme allein.« Dann legte er auf.

Einige Augenblicke stand er unbeweglich da, verwundert über sich und seinen Leichtsinn. In welche Gefahr begab er sich da. War das Risiko, das er eingehen wollte, die Sache wirklich wert? Er überlegte nur kurz, dann gab er sich selbst die Antwort: Ja, möglicherweise war sie das. Was wäre, wenn er mit seinem jetzigen Kenntnisstand die Polizei aufsuchen würde, ihr von den verräterischen Versprechern Friso Gerlachs während des gestrigen Gesprächs erzählte – und wenn dann der Makler alles bestritt, wenn er den Ahnungslosen mimte, den zu Unrecht Beschuldigten? Wie leicht konnte es sein, dass dann von dem, weswegen er belangt werden müsste, nichts mehr blieb. Noch einmal machte er sich klar, wie dünn – oder praktisch nicht vorhanden – die Beweislage war.

Sicher, die gleiche Konstellation hatte auch schon vor dem Anruf bestanden, die Möglichkeit, dass seine der Polizei mitgeteilten Verdächtigungen sich bei eingehender Untersuchung als unbegründet erwiesen – doch da hatte es noch keine Alternative gegeben.

Jetzt aber gab es eine. Er würde Friso alleine begegnen, in ihm so ein Gefühl von Überlegenheit wecken, ihn möglicherweise zu entlarvenden Bemerkungen provozieren können. Es konnte sich lohnen, einen Versuch zu wagen.

Außerdem – Wilhelm gedachte nicht, sich unvorbereitet einer Gefahr auszusetzen. Er würde schon seine Vorsichtsmaßnahmen treffen und sich absichern, soweit das eben ging. Schon heute Abend wollte er damit beginnen.

Er sah auf die Uhr – halb zehn war inzwischen vorbei. Wenn er Glück hatte, erreichte er Stefan Schiller noch.

Es dauerte etwas, ehe Alexanders Vater am Apparat war. Er klang atemlos, als er seinen Namen nannte.

»Wo habe ich Sie denn hergeholt?«, fragte Wilhelm, »Sie klingen, als hätten Sie gerade einen Spurt hinter sich.«

»Das kann man so sagen«, lachte der Klavierstimmer. »Ich war schon auf dem Weg zum Auto, als ich das Telefon läuten hörte. Da bin ich zurückgerannt. Eigentlich müsste ich schon längst unterwegs sein.«

»Ich will Sie nicht lange aufhalten; wir können die Einzelheiten später besprechen. Nur soviel: In der Geschichte Ihres Schwiegervaters gibt es Bewegung. Wenn ich mich nicht sehr irre, haben wir heute Abend die Chance, einen der Tatbeteiligten oben am Wasserbehälter zu beobachten. Wenn Sie mich begleiten wollen, sollten Sie ein paar feste Schuhe und dunkle Kleidung mitbringen. Alles Weitere erkläre ich Ihnen, wenn Sie von Ihrer Tour zurück sind.«

»In Ordnung«, Stefan stellte keine Fragen, »ich packe alles zusammen. Dann aber muss ich los. Bis nachher.«

Wilhelm schob das Telefon zurück. Nachdenklich trat er ans Fenster und öffnete es. Wenn er sich weit hinauslehnte, konnte er den Berg sehen, an dessen dichtbewaldetem Hang der verabredete Treffpunkt lag. Eine plötzlich Ahnung überkam ihn, das Gefühl, mit dem heutigen Morgen und dem Anruf des Maklers neige sich die Geschichte dem Ende zu.

Energisch schloss er das Fenster, zog die Jacke über und nahm im Flur den Autoschlüssel vom Haken. Wenn denn wirklich Entscheidendes bevorstand, dann wollte er dafür gerüstet sein, sich nicht von Unvorhergesehenem überraschen lassen.

Entschlossen verließ er das Haus, ging hinüber zur Garage und bestieg den Wagen.

27

Es war ein stürmischer Abend. Der Wind hatte im Laufe des Tages immer mehr aufgefrischt, dabei war es kühl geworden. Welke, gelbe Blätter trieben fast waagrecht durch die Luft. Es war nicht zu übersehen – der Herbst gab seine Visitenkarte ab.

Wilhelm wandte sich zu seinem Beifahrer, zeigte auf

das rings um das Auto wirbelnde Laub. »Der Sturm kommt uns gerade recht. Der Wald ist voller Geräusche. Da kann auch mal ein Ast unter den Füßen knacken, ohne dass es auffällt.«

»Ja, das ist ein Vorteil«, stimmte Stefan Schiller zu. »Der Nachteil allerdings ist, dass man auch die Geräusche des anderen nicht hört – wenn er denn überhaupt kommt.«

»Er kommt – verlassen Sie sich drauf«, überzeugt klopfte Wilhelm auf das Lenkrad, »Friso Gerlach wird nichts dem Zufall überlassen. Er wird sich unseren morgigen Treffpunkt vorher ansehen, da bin ich mir sicher. Vielleicht wird er ihn ja auch präparieren wollen, je nach dem, was er mit mir vorhat.«

Der Weg war jetzt steil, die Äste krachten unter den Rädern. Wilhelm schaltete in den ersten Gang, dabei beugte er sich aus dem offenen Seitenfenster. »Wir werden wahrscheinlich gar nicht mal soviel auf unser Gehör angewiesen sein«, deutete er nach oben, »der Wind reißt die Wolken auf – es wird große Lücken geben und wir haben fast Vollmond. Ich gehe davon aus, dass wir von unserem Beobachtungsplatz eine gute Sicht auf die Lichtung haben.«

Heute Morgen war Wilhelm schon einmal an diesem Ort gewesen, gleich nach dem Telefongespräch mit dem Makler war er hier heraufgefahren, wollte vor allem eine Möglichkeit finden, wie sie am Abend, ohne die Hauptzufahrt benutzen zu müssen, unbemerkt zu ihrem Ziel gelangen konnten. Er hatte eine Zeit lang suchen müssen, um den holprigen, gut hundert Meter unterhalb des Wasserbehälters endenden Weg zu finden. Eigentlich verdiente die schmale Piste kaum diese Bezeichnung – sie war eher so etwas wie eine von Waldarbeitern zum Abtransport des geschlagenen Holzes angelegte Schneise, aber für das, was sie am Abend vorhatten, war diese provisorische Auffahrt geradezu ideal. Auf dem kleinen, von dichten Büschen umstandenen Wendeplatz würden sie das Fahrzeug, den Blicken von oben verborgen, abstellen und danach den Anstieg zum Wasserbehälter in Angriff nehmen können.

Und auch die Stelle, die er kurz darauf am Rand des Plateaus entdeckt hatte, war wie geschaffen, um von dort aus die freie Fläche bis hin zum Hochbehälter zu überblicken. Drei Ginsterbüsche auf einer flachen Erhebung direkt am Waldrand würden ihnen vollkommenen Sichtschutz gewähren.

Zu Mittag war er dann wieder zurück gewesen, hatte erst die Tochter und dann den Jungen begrüßt. »Hallo, Alexander«, hatte er ihm die Hand gereicht, obwohl er ihn am liebsten in die Arme genommen und an sich gedrückt hätte, »wie läuft‘s in der Schule?«

»Wunderbar, es macht viel Spaß – bei so einer Lehrerin«, hatte er Miriam angestrahlt, »da ist jeder Schultag ein Vergnügen.«

»Und das Schreiben? Hast du dich da mal wieder versucht?«

»Nein, noch nicht. Aber ich spüre, dass ich langsam wieder Lust darauf bekomme. Es wäre schön, wenn wir bald weitermachen könnten.«

»Ja, das werden wir ganz bestimmt bald wieder tun – so wie früher: Du schreibst, ich staune.« Und dann, wenn auch nur flüchtig, hatte er den Jungen doch noch in den Arm genommen.

Schließlich hatte er von seinen Telefonaten und dem Ausflug in den Wald erzählen müssen. Eigentlich hatte er vorgehabt, die morgendlichen Geschehnisse mit Miriam allein zu besprechen, doch Alexander hatte regelrecht darum gebettelt, seinen Bericht mitanhören zu dürfen. Er sei schließlich einer der Hauptbeteiligten in dieser Angelegenheit, kenne nahezu alle Einzelheiten der Geschichte, hatte er argumentiert. Und außerdem, er sei alt genug, um die Zusammenhänge zu verstehen und am Fortgang der Dinge beteiligt zu werden. Also hatten sie ihn teilnehmen lassen an ihrer kleinen Konferenz, die zunächst aus nichts anderem als aus Vorwürfen der Tochter an den Vater bestand.

»Auf was lässt du dich da ein«, hatte Miriam geschimpft, nachdem sie von seiner Absicht, sich mit Friso Gerlach treffen zu wollen, erfahren hatte. »Der Mensch hat möglicherweise einen Mord auf dem Buckel, ist, so wie du ihn geschildert hast, gewalttätig – und da willst du ihm an einem abgelegenen Ort im Wald allein gegenübertreten? Das lasse ich nicht zu.«

Vergebens hatte er versucht, ihr die Gründe für seine Zusage zu erklären, sie von den Erfolgsaussichten zu überzeugen, die eine einsame Begegnung eröffnete: »Er könnte mir gegenüber leichtsinnig werden, könnte Dinge verraten, die er in Anwesenheit von Zeugen niemals preisgeben würde. Vielleicht erfahre ich so die Wahrheit.«

»Natürlich«, hatte die Tochter gehöhnt, »er erzählt dir in aller Seelenruhe, wie er und sein Vater an dem damaligen Mord mitgewirkt haben. Dann setzt er sich hin und wartet, bis du die Polizei benachrichtigt hast.« Miriam hatte das Gesicht verzogen, aber das hatte überhaupt nicht lustig ausgesehen. Doch bei allem Zorn in ihren Augen, in der Stimme hatte nichts als die Sorge um seine Sicherheit gelegen. »Der Mann ist gefährlich – schon jetzt. Um wie viel gefährlicher wird er noch werden, wenn du ihn in die Enge treibst. Also lass die Finger von der Sache, bitte, Va ter«, hatte sie ihn angefleht, »übergib das Ganze der Polizei und halte dich da raus, das Risiko ist einfach zu groß.«

Alexander war dem Gespräch zwischen Vater und Tochter schweigend gefolgt, hatte mit offenem Mund dagesessen und gebannt der Auseinandersetzung zugehört. Nur ein einziges Mal war eine Äußerung von ihm gekommen – und das auch nur, weil ihn seine Lehrerin in dem Wunsch, den noch immer störrischen Vater von seinem Plan abzubringen, um Beistand gebeten hatte. »Nicht wahr, Alexander«, hatte sie ihn suggestiv gefragt, »du bist doch auch der Meinung, dass Vaters Leichtsinn durch nichts zu rechtfertigen ist?«

Aufgeschreckt durch die direkte Ansprache hatte der Junge verlegen von einem zum anderen geblickt. »Der Preis ist hoch«, war er in seiner Antwort ausweichend geblieben, »ob ihn das zu erwartende Ergebnis rechtfertigt, weiß ich nicht. Das muss allein Herr Schellberg entscheiden.«

Eine Weile hatten Vater und Tochter noch hin und her diskutiert, dann hatte Wilhelm eingelenkt. »Hör zu, ich mache einen Vorschlag. Heute Morgen bei meinem Telefonat mit Herrn Schiller haben wir für den Abend einen gemeinsamen Ausflug hinauf zum Wasserbehälter vereinbart. Ich rechne nämlich damit, dass Friso Gerlach schon heute dort auftauchen wird. Er wird sich überzeugen wollen, dass das, was er mir zeigen will, noch vor Ort ist.«

»Wenn es denn dieses Zeigbare überhaupt gibt?«, hatte Miriam Zweifel.

»Er wird sich zumindest die Örtlichkeit ansehen wollen, vielleicht auch einige Vorkehrungen für unsere morgige Begegnung treffen...«

»Genau das befürchte ich. Er wird die Szenerie so aufbauen, dass es ihm leichtfallen wird, dich zu überrumpeln.«

»Das herauszufinden ist einer der Gründe für unsere Aktion heute Abend. Die Sache ist völlig ungefährlich. Wir werden aus sicherer Entfernung beobachten, was der Mann treibt. Möglicherweise ist das ja schon aufschlussreich genug und das Treffen morgen erübrigt sich dadurch.«

Miriam hatte noch einige Einwände, war längst nicht so überzeugt wie ihr Vater, dass der Makler auch wirklich kommen würde. Doch dann, als er ihr von seiner gerade hinter sich gebrachten Exkursion in den Wald berichtet hatte, von dem uneinsehbaren Zufahrtsweg und der sicheren Beobachtungsstelle, hatte sie nachgegeben.

»Gut, Vater, das heute Abend mag noch angehen. Wenn ihr nur beobachten wollt – meinetwegen. Außerdem, es beruhigt mich, dass Stefan mit von der Partie ist. Aber ich stelle eine Bedingung: Wenn ihr dann zurückkommt, setzen wir uns zusammen und sprechen darüber, was mit deiner morgigen Verabredung wird.« Sie hatte definitiv und bestimmt geklungen. Wilhelm hatte nur genickt. Gegen diese Entschiedenheit der Tochter, die immer dann zutage trat, wenn es gegen eine in ihren Augen unvernünftige oder leichtfertige väterliche Entscheidung anzugehen galt, war kein Kraut gewachsen. Und außerdem – sie hatte ja nicht unrecht.

Jetzt also waren sie auf dem Weg zum Hochbehälter, Stefan Schiller und er, hatten soeben den unteren Einstieg in die von den Holzfällern geschlagene Schneise erreicht. Wilhelm musste sich eingestehen, dass es auch ihn beruhigte, Alexanders Vater neben sich zu haben. Zwar war es noch dämmrig, das Licht ausreichend, um ohne Scheinwerfer zu fahren – aber wenn er sich vorstellte, dass sich gleich die Dunkelheit über den schon jetzt bedrohlich wirkenden Wald legen würde und er allein – oder, schlimmer noch, mit einem möglichen Mörder – hier zwischen den Bäumen... Er schauerte und blickte dankbar auf den Begleiter an seiner Seite.

Sie waren gleich losgefahren, als Stefan Schiller nach Erledigung seines auswärtigen Auftrags in die Stadt zurückgekehrt war. Wegen der Ungewissheit, wann sie zurückkommen würden, und der Möglichkeit, dass es auch spät werden konnte, hatten sie vereinbart, dass Alexander gegebenenfalls im Gästezimmer übernachten und morgen dann von seiner Lehrerin in die Schule mitgenommen werden sollte.

Ein Stück noch fuhren sie auf der Schneise hangaufwärts, bis sie den kleinen Wendeplatz erreichten. Wilhelm lenkte den Wagen dicht unter die Büsche, dann stellte er den Motor ab. Einige Sekunden vergingen, in denen sie durch die Seitenfenster hinaus in den Wald lauschten. Doch der Wind war noch immer stark, das Rauschen und Reiben der Zweige und Äste überdeckte alle Geräusche.

Stefan Schiller drehte den Kopf. »Ob er schon da ist?«, flüsterte er und zeigte nach oben. »Was, wenn er das Auto gehört hat?«

»Hat er nicht, kann er nicht, dafür ist dieser Platz noch zu weit weg vom Wasserbehälter«, flüsterte Wilhelm zurück, »und dann bei diesem Wind – da ist sowieso nichts zu hören. Außerdem bin ich mir ziemlich sicher, dass er jetzt noch nicht da ist. Er wird die Dunkelheit abwarten. Aber es kann nicht schaden, wenn wir uns trotzdem leise und vorsichtig verhalten. Kommen Sie, steigen wir aus.« Wilhelm langte nach hinten und zog den Rucksack von der Rückbank. Dann öffnete er behutsam die Wagentür.

Eine Zeit lang standen die beiden Männer stumm, jeder auf seiner Seite des Fahrzeugs. Das Tageslicht war hier unter den Bäumen fast ganz verschwunden, oben, jenseits der Baumkronen, war noch ein leichtes restliches Schimmern zu sehen. In ihrer dunklen Kleidung unterschieden sich die Konturen ihrer Körper kaum von der Umgebung. Solange sie sich nicht bewegten, hätte man sie für Baumstämme halten können.

»Wann gehen wir los, Herr Schellberg?«

Wilhelm drehte den Kopf, dann ging er um das Auto herum. Er legte dem Jüngeren die Hand auf die Schulter. Freundlich, aber entschieden bestimmte er: »Schluss mit dem Herr Schellberg und dem Herr Schiller – ich bin der Wilhelm und du bist der Stefan – basta! Schließlich sind wir hier nicht auf einer Aktionärsversammlung, sondern auf einem Abenteuertrip im Wald. Also?«

Kurz zögerte Stefan, dann wiederholte er die Frage: »Wann gehen wir los, Wilhelm?«

»Gut«, brummte der Alte zufrieden, dann setzte er sich in Bewegung. »Wir gehen sofort. Noch haben wir einen Rest Tageslicht.« Er klopfte auf seinen Rucksack. »Die Taschenlampen lassen wir möglichst da drin, die benutzen wir nur im Notfall. Ihr Schein könnte uns verraten.«

Schweigend stiegen sie den steilen Hang hinauf, zunächst noch über die freigeschlagene Schneise, später dann, als diese endete, auf einem schmalen Fußpfad, der genausogut ein Wildwechsel sein konnte. Wilhelm stapfte vorneweg, gleichmäßig, stetig, Stefan passte sich dem Tempo des Vorausgehenden an.

Ein dichter, verfilzter Buschsaum – wohl der Rand des freien Plateaus – zwang sie, ein Stück um den Berg herumzulaufen. Nach einigen Metern bog der Pfad fast rechtwinklig ab, lief noch ein paar Schritte bergauf, um danach an einem kaum mannsbreiten Durchbruch zu enden.

Wilhelm blieb stehen, drehte den Kopf und winkte Stefan heran. Den Finger auf den Mund gelegt, flüsterte er: »Von nun an äußerste Vorsicht. Gleich dahinter liegt der Wasserbehälter. Wir verlassen hier den Pfad, gehen noch eine kurze Strecke im Sichtschutz der Büsche, dann stoßen wir direkt auf unseren Beobachtungsplatz. Halte dich dicht bei mir«, wies Wilhelm seinen Hintermann an, »ich kenne den Weg, bin ihn heute Morgen schon einmal gegangen. Ich finde unser Ziel auch im Dunkeln.«

So tasteten sie sich durch die inzwischen fast vollständige Finsternis, gingen eng hintereinander, fast auf Tuchfühlung. Dass hin und wieder ein Ast unter ihren Füßen knackte, störte sie nicht, sie hörten es ja selbst kaum in dem Brausen um sie herum – wie viel weniger also würde es ein entfernt Stehender hören können.

»Kompliment, das nenne ich Orientierung«, lobte Stefan, als sie kurz darauf die kleine Erhebung erreichten.

Wieder presste Wilhelm den Finger auf die Lippen. »Pst, lass uns erst herausfinden, ob er vielleicht schon da ist.«

Gut eine Minute lauschten sie in die Dunkelheit hinein, die zu Muscheln geformten Hände hinter die Ohren gelegt. Aber nichts war zu hören als das Zerren und Rütteln des Windes im Geäst und sein Pfeifen, wenn er über die freie Fläche vor ihnen strich.

»Komm, verstecken wir uns hinter den Ginsterbüschen«, duckte sich Wilhelm und kroch auf die Anhöhe zu. Stefan folgte ihm. Einen Augenblick später hockten sie nebeneinander auf dem flachen Hügel. Inzwischen war, wie vorausgesehen, die Wolkendecke unter dem starken Wind mehr und mehr aufgebrochen, in den Lücken zeigte sich jetzt immer wieder der Mond. Trotz seines nur schwachen

Lichts war der Wasserbehälter gut sichtbar, das ihn umgebende gerodete Land von hier oben frei zu überblicken. Aber so sehr sie auch umherspähten – von einem Fahrzeug war nichts zu sehen, und auch nichts, das auf die Anwesenheit eines Menschen hingedeutet hätte.

»Er ist noch nicht gekommen«, stellte Stefan fest und fügte fragend hinzu: »Vielleicht kommt er ja gar nicht und wir sitzen hier und warten vergebens?«

»Dann ist das eben so und ich habe mich geirrt. Aber noch glaube ich daran, dass er gleich erscheint. Aus seiner Sicht wäre der Zeitpunkt jetzt optimal: Es ist dunkel und spät schon, kein Mensch ist um diese Stunde noch im Wald unterwegs. Und außerdem – der Mond ist draußen, liefert ihm das Licht, das er braucht, um sich zurechtzufinden. Ich rechne nicht damit, dass wir lange warten müssen.«

Da Stefan das Terrain um den Wasserbehälter überhaupt nicht kannte, er heute zum ersten Mal hier oben war, erklärte ihm Wilhelm die Örtlichkeit, zeigte ihm den Lebensbaum und auch die Stelle, an der die Skelette in der Erde gelegen hatten. »Dort haben Alexander und Olaf gegraben«, berichtete er, »bis vor ein paar Tagen war das ganze Gebiet noch von der Polizei mit rot-weißem Trassenband abgesperrt – jetzt ist nichts mehr davon zu sehen.«

»Mein Gott, wenn ich mir das vorstelle – die beiden Jungen hier im Finstern – allein…« Stefan schüttelte sich bei dem Gedanken.

»Vertreiben wir uns die Zeit«, schlug Wilhelm vor und zog den Rucksack heran. Bedächtig packte er aus, was er von zu Hause mitgenommen hatte. Schweigend griffen sie zu.

Wäre nicht die lichtlose Dunkelheit, wenn sich die Wolken mal wieder vor den Mond geschoben hatten, und das in Böen an- und abschwellende Heulen des Windes, man hätte meinen können, eine idyllische Landpartie vor sich zu haben beim Blick auf die beiden am Boden sitzenden Männer. In der Voraussicht einer mehr oder weniger langen Wartezeit hatte Wilhelm einigen Proviant mitgenommen, ein paar belegte Brote, eine Thermoskanne mit Kaffee und auch ein Fläschchen Kognak für den Fall, dass es ihnen kühl werden würde draußen im Wald.

Nun also saßen sie da, den dampfenden Becher in der einen, das Brot in der anderen Hand – ein nächtliches Picknick inmitten der Natur.

Doch diese beschauliche Szene war nur von kurzer Dauer, der Kaffee erst halb getrunken, das Brot kaum angebissen, als sich, leise noch, aber deutlich vernehmbar, das Geräusch eines Automotors in das Rauschen der Blätter und Zweige mischte. Ein Wagen kam den Hauptweg herauf – und wer ihn steuerte, daran gab es keinen Zweifel.

Schnell wickelten sie die Brote wieder ein, gossen den Kaffee aus und verstauten Becher und Kanne im Rucksack. Dann duckten sie sich hinter den Ginster. Wenn sie die Büsche ein bisschen auseinander bogen, konnten sie mühelos durch die so entstandenen Lücken sehen und alles beobachten. Sie warteten.

Nur langsam näherte sich das Fahrzeug. Immer wieder, wenn es eine scharfe Kurve nahm, huschte flüchtig das Licht der Scheinwerfer über die Stelle, an der der Weg aus dem Wald herauskommen und auf die Lichtung stoßen würde.

Stefan war die Erregung anzuhören. »Was machen wir, wenn er hier ist?«

Wilhelm seufzte, das hatten sie doch schon vorher besprochen. »Zusehen, nichts anderes«, erinnerte er. »Wir verhalten uns ruhig und abwartend, versuchen lediglich herauszufinden, was er vorhat. Solange er uns nicht entdeckt und bedroht, haben wir keinen Anlass, aktiv zu werden.«

Und dann, obwohl erwartet, war plötzlich das Fahrzeug da, tauchten die hellen Scheinwerfer hinter dem Wasserbehälter auf. Voll aufgeblendet warfen die Lampen ihr grelles Licht auf den freien Platz, schwenkten mit dem Wenden des Wagens hinüber zum Waldrand und den Ginsterbüschen auf dem Hügel. Unwillkürlich machte sich Wilhelm klein, presste den Körper auf den Boden, dabei zog er Stefan zu sich herunter. Doch der Lichtkegel wanderte weiter, bis er schließlich an der Grabungs- und Fundstelle der Skelette zum Stillstand kam.

Wenige Sekunden später erloschen die Scheinwerfer, der Motor verstummte. Eine Wagentür ging auf, aber niemand stieg aus.

Die beiden Männer auf ihrem Beobachtungsposten hatten zunächst Schwierigkeiten, Einzelheiten wahrzunehmen. Nach der starken Blendung durch das Autolicht mussten sich die Augen erst wieder an die Dunkelheit gewöhnen. Und wenn dann noch der Mond wie in diesem Augenblick von einer der am Himmel dahinjagenden Wolken verdeckt wurde, war es nahezu unmöglich, etwas zu erkennen. Vergeblich bogen sie die Ginsterzweige weiter auseinander – doch so sehr sie auch das Blickfeld vergrößerten, es gelang ihnen nicht, das vor ihnen Liegende mehr als nur schemenhaft zu unterscheiden.

Doch dann waren die Wolken weitergezogen, hatte der Mond erneut das Land unter sich in sein blasses Licht getaucht; und auch die Augen hatten sich wieder dem nächtlichen Dämmern angepasst.

Noch immer war die Autotür offen, doch jetzt war in

ihr ein Mann zu sehen. Reglos stand er da und lauschte in die bewegte Nacht. Es war im Schatten des hohen Karosserieaufbaus nicht auszumachen, wer es war. Doch das protzige, hochrädrige Geländefahrzeug mit seinen überdimensionierten Scheinwerfern und dem ausladenden Heck war genau die Art Wagen, die Friso Gerlach fahren und besitzen würde.

Jetzt bewegte sich die Gestalt, trat einige Schritte von der Autotür weg. Wilhelm hatte keinen Zweifel mehr: Dieser selbstgefällige, arrogante Gang war unverkennbar, dieses hochmütige Stolzieren – er hatte es im »Goldenen Krug« zur Genüge miterlebt. Mit der einen Hand stieß er seinen Nebenmann an, mit der anderen hielt er den Daumen hoch. Stefan verstand und nickte. Friso Gerlach war also gekommen.

Doch dann mit einem Mal war der Mann verschwunden, war ins Dunkel getaucht, ohne dass sie bemerkt hatten, wohin er sich bewegt hatte. War er wieder eingestiegen? Die Wagentür jedenfalls stand unverändert offen.

Wilhelm blickte zu Stefan, sah ihn trotz der Dunkelheit ratlos mit den Schultern zucken. Offensichtlich verstand auch er nicht, wohin der Makler gegangen sein konnte. Was, wenn er jetzt gerade den Waldrand absuchte, zu ihrem Hügel kam, wenn er plötzlich über ihnen stand und auf sie hinunterblickte? Wilhelm sah sich um, musterte mit steigender Unruhe die Umgebung. Wie viele Schemen es gab in einer solchen Nacht, wie viele Konturen und Bewegungen an einem Ort wie diesem?

Stefan berührte ihn, zeigte mit dem Arm nach vorne. »Da«, flüsterte er und deutete auf den Schatten, der am hinteren Ende der einsehbaren Fläche sichtbar wurde. Langsam, eher sondierend als zielgerichtet, kam der Mann um den Wasserbehälter herum, blickte sich noch zwei-, dreimal um, dann hielt er auf sein Auto zu. Da war er also wieder. So plötzlich, wie er sich aus ihrem Blickfeld entfernt hatte, war er nun wieder aufgetaucht. Es war anzunehmen, dass er sich umgesehen, sich davon überzeugt hatte, hier oben allein zu sein. Welch ein Glück, dass sich seine Inspektion auf den baumfreien Teil des Plateaus beschränkt hatte. Wilhelm atmete auf.

Von nun an ging alles zügig vonstatten. In dem festen Glauben, an diesem Abend hier oben das einzige menschliche Wesen zu sein und somit unbeobachtet zu Werke gehen zu können, ließ Friso Gerlach alle Vorsicht fahren. Ohne sich die Mühe zu machen, dabei entstehende Geräusche zu vermeiden, bestieg er das Auto, schaltete die Scheinwerfer wieder ein und bugsierte den Wagen so, dass die Lichtbündel punktgenau auf das Stück Erde fielen, in dem die Leichen gelegen hatten. Nachdem er wieder ausgestiegen war, ging er um den Wagen herum und öffnete dic Heckklappe. Es schepperte, als er das Werkzeug herauszog. Die Schaufel geschultert, die Kreuzhacke in der Hand, trat er ins Licht.

Verwundert drehten sich die Männer auf dem Hügel die Gesichter zu. Was hatte das zu bedeuten? Was für einen Sinn konnte das machen, dort noch etwas finden zu wollen, wo vor einigen Tagen erst die Jungen und später dann – gewiss noch um einiges gründlicher – die Polizei die Erde durchwühlt hatte? Zumal Wilhelm sah, dass Friso Gerlach nun exakt an der Stelle zu graben begann, an der damals die Markierung der Kripo den genauen Fundort der Skelette gekennzeichnet hatte.

Gebannt schauten sie dem kräftigen Mann bei seiner schweißtreibenden Arbeit zu, sahen, wie er sich unter voller Verausgabung ins Zeug legte und binnen Kurzem einen beträchtlichen Erdwall neben sich aufgeschichtet hatte. Doch erst, als er zum Weiterarbeiten in das Loch hineinstieg und bis zur Hüfte darin verschwand, wurde ihnen die ungeheure Vehemenz klar, mit der dieser Mensch zu arbeiten verstand. Wilhelm erschrak, als er angesichts der gewaltigen rohen Kräfte an die für morgen vereinbarte Begegnung dachte.

Die Grabungsgeräusche drangen laut und deutlich bis zu ihnen, das metallische Kratzen der Schaufel, das Splittern eines Steins, wenn ihn die Hacke traf. Der Alte beugte sich zu seinem Nachbarn. »Der Wind steht günstig«, raunte er ihm zu, »er kommt von der Grabungsstelle, bringt alle Geräusche heran, ohne uns selbst zu verraten. Wir können uns unbesorgt leise unterhalten, davon kriegt er nichts mit.«

Dennoch schwiegen sie einige Minuten, beobachteten, wie die Grube immer tiefer wurde. Inzwischen reichte sie dem Makler bis an die Brust, aber noch immer schien es nicht genug zu sein. Schaufel um Schaufel feuchter Erde flogen aus dem Loch und türmten sich an seinem Rand.

»Glaubst du wirklich«, flüsterte Stefan nach einer Weile des verwunderten Zusehens, »dass dieser Mann nach etwas in der Erde sucht? Bei dieser Arbeitsweise riskiert er doch, alles kaputtzuschlagen. Man kann doch nicht einfach so wild draufloshacken – der merkt doch gar nicht, wenn er auf etwas trifft.«

»Ja, ich habe mich auch schon gefragt, ob der Mann überhaupt etwas finden will. Aber wenn er nichts sucht – warum gräbt er dann..?«

Ein Krachen, Prasseln, Brechen – ein dumpfer Aufschlag, dann ein lauter Schrei. Die Männer fuhren herum, drehten den Kopf zu der Stelle, von der der Lärm gekommen war. Einen Moment standen sie unbeweglich da, der Schreck war ihnen in die Glieder gefahren.

Friso Gerlach hatte sich als erster erholt. Flink sprang er aus dem Loch, griff nach der Kreuzhacke und stürzte auf den Ort des Aufruhrs zu. »He, wer ist da?«, brüllte er und hielt das Werkzeug schlagbereit.

Sofort war auch Wilhelm auf den Beinen. »Weg da, Mann, bleiben Sie, wo Sie sind«, rief er vom Hügel herab und trat aus der Deckung.

Stefan hatte sich ebenfalls erhoben, drohend kam auch er hinter den Büschen hervor. »Wehe, Sie rühren den Jungen an!«

Es waren die plötzlichen Stimmen aus dem Dunkeln, ihr drohender, warnender Unterton, der Friso Gerlach augenblicklich stehenbleiben ließ. Unschlüssig witterte er nach den Seiten wie ein Tier, das die nahe Gefahr ahnt und die Chancen, sich zu behaupten, abwägt. Sein Kopf drehte sich zu dem Hügel, dann wieder zu dem Ort, woher der Schrei gekommen war. Drei, vier Sekunden noch zögerte er, dann trat er den Rückzug an.

Es war jene Art von Rückzug, wie sie Friso Gerlach als würdevoll empfand und die zu zelebrieren er sich selbst schuldig zu sein glaubte. Auch wenn es ihm schwerfallen musste, er ging langsam, ohne sich auch nur ein einziges Mal umzusehen. Am Wagen angekommen, verstaute er ohne Hast sein Werkzeug, startete, wendete und fuhr den Weg zurück, den er gekommen war.

Doch noch bevor das Scheinwerferlicht im Wald verschwand, waren die Männer schon von ihrer Anhöhe heruntergelaufen auf die Stelle zu, an der gerade das Schreien, Brechen und Fallen erklungen war. Stefan lief vorweg, ihn hielt nun nichts mehr. Er sprang über Wurzeln und Büsche, zerteilte die Äste mit den Armen. Wilhelm folgte ihm auf dem gebahnten Weg. Auch er war jetzt in Eile und in großer Sorge, dass etwas Ernsthaftes passiert sein könnte.

Nur wenig später als der Jüngere erreichte er den Ort des Geschehens, eine kleine Laubbaumgruppe, die sich hell von der schwarzen Wand der Fichten abhob. Wilhelm erkannte drei alte, knorrige Eichen. An einem ihrer mächtigen Stämme lehnte, auf dem Boden sitzend, ein Mensch.

Kaum bei ihm angelangt, kniete sich Stefan neben ihn und hob sein Gesicht. »Junge«, strich er ihm liebevoll über die Wange, »was machst du nur für Sachen.« Dann schlang er die Arme um ihn und drückte ihn an sich.

Auch Wilhelm war jetzt heran, erschrocken schaute er hinunter auf den Knaben. »Mein Gott, Alexander, was ist geschehen?«

Der Junge löste sich aus der Umarmung und sah auf. Doch sein Blick verweilte nur kurz auf Wilhelms Gesicht, glitt von dort sogleich weiter aufwärts hinein in das Geäst der Eiche über ihm.

Von dort, aus dem Dunkel des Blätterschirms, kam auch die Antwort: »Alex musste pinkeln. Dabei ist er abgestürzt.«

Wie in einer einstudierten Bewegung hoben sich die Köpfe der Männer und suchten in dem Gewirr der Zweige nach der Stimme, die sie gerade über diesen ungewöhnlichen Sachverhalt informiert hatte. Nach einigem Umherblicken entdeckten sie schließlich den Sprecher. Eingeklemmt in einer Astgabel hing er mehr, als er saß, auf einem der dicken Eichenäste und schaute sie an.

»Du? Wie kommst du denn hierher?«, fragte Stefan verblüfft. Dann aber forderte er auf: »Komm herunter und erzähl, was passiert ist.«

Wenig später stand Olaf neben seinem noch immer am Baumstamm lehnenden Freund. Der Vater hatte Alexander untersagt, aufzustehen, da der Knöchel nach dem Fall vom Baum dick geschwollen war. Es musste befürchtet werden, dass etwas gebrochen sein könnte. Sie würden das Auto heranführen und den Jungen sitzend zum Röntgen transportieren müssen.

Stefan trat zu Olaf. »Los, erzähl – wie ist das gekommen?« Er deutete den Baum hinauf. »Warum ist Alexander gestürzt?«

Olaf blickte auf den Freund, dann erzählte er: »Wir hatten schon eine Zeit lang da oben gesessen, warteten darauf, dass der Mann erschien. Als er dann endlich kam und im Boden zu graben anfing – da musste Alex plötzlich ganz dringend. Ich hab ihm zugeflüstert, dass das nicht geht, dass der Mann das Plätschern hören könnte. Da ist er auf die Idee gekommen, gegen den Baumstamm zu pinkeln. So hört's keiner, hat er gesagt, das rieselt lautlos runter. Also ist er zum Stamm geklettert. Dabei ist er ausgerutscht und abgestürzt.«

Vorher oder danach, war Wilhelm versucht zu fragen, unterließ es aber angesichts der ernsten Situation, die mit dem Sturz Alexanders entstanden war. Stattdessen ordnete er pragmatisch an: »Stefan, du bleibst hier bei den beiden. Ich hole jetzt das Auto und komme über den Hauptweg herauf. Dann bringen wir Alexander erst einmal ins Krankenhaus. Alles andere besprechen wir später.«

Als Wilhelm nach gut zehn Minuten vorfuhr, warteten die drei schon am Wasserbehälter. Alexander setzte sich, vom Vater gestützt, auf den Rücksitz, Olaf quetschte sich vorsichtig daneben, sorgsam darauf bedacht, nicht an den verletzten, hochgelegten Fuß zu kommen.

Doch bevor sie fuhren, wollte Wilhelm eines noch wissen. Er kramte im Rucksack, holte die Taschenlampe hervor. »Komm«, drückte er Stefan die eine in die Hand, »lass uns sehen, nach was der Mann gegraben hat.«

Sie gingen die paar Schritte bis hin zu dem Erdwall, der den Rand der Grube markierte. Von dort leuchteten sie in das Loch.

»Da ist nichts als Dreck und Erde«, wies Stefan mit der Lampe nach unten, »möchte wissen, nach was der gesucht hat.« Ratlos ließen sie die Lichtstrahlen über die nackten Wände gleiten.

Und dann auf einmal tauchte in Wilhelm ein schrecklicher Verdacht auf. Entsetzt blickte er auf den Grund des Lochs, auf die Gestalt, die er dort am Boden liegen sah, diesen wohlvertrauten Körper – seinen eigenen.

Er musste ein Geräusch gemacht haben, einen Ausruf des Erschreckens bei dem Bild, das er gerade vor Augen hatte. Stefan leuchtete ihn an. »Was ist, was hast du?«

Vier, fünf Sekunden vergingen, dann war sich Wilhelm sicher. »Das Loch da vor uns«, umfuhr er mit der Lampe die Höhlung, »Friso Gerlach hat das nicht gegraben, um etwas zu finden...«

»Warum sonst?«

»Er wollte etwas darin verbergen – etwas, von dem er glaubte, es könnte ihm zum verräterischen Verhängnis werden...«

»Wie?«

»Von dem er die Aufdeckung seiner damaligen Tatbeteiligung fürchtete. Dort unten«, der Alte fixierte das Licht auf den Grubenboden, »dort auf der blanken Erde sollte ich liegen – getötet morgen bei unserem Zusammentreffen und verscharrt in diesem Loch, meinem Grab.«

28

Schon auf der Fahrt zurück durch den Wald mussten die Jungen berichten. Stefan war unerbittlich. »Was, zum Donnerwetter, hat dich auf die Schnapsidee gebracht, heute Abend hier heraufzukommen«, fuhr er den Sohn ungeachtet seiner Verletzung an, »und dann – was macht Olaf hier, kannst du mir das erklären?«

Wilhelm, überrascht von der lautstarken Strenge des Vaters, blickte kurz auf seinen Beifahrer, bevor er einräumte: »Ich fürchte, Miriam und ich haben Alexander auf den Gedanken gebracht.« Er erzählte von dem Gespräch am Nachmittag, wie das abendliche Vorhaben zwischen ihm und er Tochter diskutiert worden war. »Alexander hat inständig gebeten, zuhören zu dürfen. Da er die Zusammenhänge sowieso kennt, hatten wir keine Bedenken, ihn an unserem Gespräch teilnehmen zu lassen. Natürlich war nur an eine informelle Beteiligung gedacht – wer konnte denn ahnen, dass er hier in den Wald heraufkommt.« Wilhelm schnaubte, gab sich entrüstet, doch es klang alles andere als unfreundlich. Während er den Wagen auf dem rutschigen Schotter abbremste, lachte er leise vor sich hin. »Obwohl – wenn man‘s sich richtig überlegt, man hätte es ahnen können.«

»Wie meinst du das?«

»Wir waren doch schließlich auch mal jung, Stefan«, erinnerte er. »Hättest du widerstanden, wenn dir ein solches Abenteuer gewinkt hätte? Für mich jedenfalls hätte ich nicht die Hand ins Feuer gelegt.« Wilhelm schaltete, der Weg wurde jetzt flacher, gleich waren sie aus dem Wald heraus. »So, jetzt weißt du es. Alexander hat durch uns von der Sache erfahren. Nostra culpa!« Kurz breitete er die Arme, gab sich der Kreuzigung hin. Dann fasste er wieder nach dem Steuer.

»Aber der zweite Teil meiner Frage steht noch offen«, bestand Stefan auf einer vollständigen Antwort. »Wo, zum Teufel, kommt Olaf her?«

»Ja«, drehte sich Wilhelm halb nach hinten, als müsse er erst einmal den Knaben betrachten, den er bisher nur aus Alexanders Schilderung kannte, »wie kommt‘s, dass ihr zu zweit seid?«

Kurz war es still auf der Rückbank, so als müssten die beiden sich erst einmal verständigen. Dann antwortete Olaf: »Ganz einfach, Alex hat mich angerufen.«

Der Freund ergänzte: »Als ich erfuhr, was Vater und Herr Schellberg am Abend vorhatten, dachte ich – das wäre doch was für Olaf und mich, ein Abenteuer, wie es aufregender kaum sein kann. Und dann auch noch unsere alte Stelle – da, wo wir schon einmal bei Dunkelheit waren. Also habe ich mit Olaf telefoniert.«

»Und der ist dann so einfach gekommen?«, staunte Wilhelm.

Stefan klärte auf. »Olaf ist an Wochenenden oft bei uns. Er kommt mit dem Zug, Alexander holt ihn dann am Bahnhof ab. Es besteht die Übereinkunft, dass er jederzeit kommen kann – auch ohne mich erst fragen zu müssen. Die Jungen sind jetzt alt genug, die können das unter sich ausmachen.« Noch einmal drehte sich der erzürnte Vater um, ihm war etwas eingefallen. »Heute ist doch Freitag, das Wochenende beginnt, soviel ich weiß, erst am Samstag.«

»Morgen wär‘s aber doch zu spät gewesen«, belehrte ihn der Sohn mit unwiderlegbarer Logik.

Wilhelm, damit beschäftigt, ein Schmunzeln zu unterdrücken, fragte: »Aber wie seid ihr so schnell zum Wasserbehälter gelangt? Ihr wart doch wahrscheinlich schon vor uns da, andernfalls hätten wir euer Kommen bestimmt bemerkt.« Über die Schulter sprach er Alexander an. »Als wir, dein Vater und ich, bei mir zu Hause weggefahren sind, warst du noch in der Wohnung, das weiß ich. Wie also habt ihr das so flott da hinauf geschafft? Selbst mit den Fahrrädern wäre das nicht möglich gewesen.«

Die Jungen schwiegen, ihre Verlegenheit war bis nach vorne zu spüren. Schließlich, als er Alexander herumdrucksen sah, übernahm es Olaf zu antworten: »Wir haben ein Taxi genommen.«

»Ein Taxi?« Stefan war perplex. »Hattet ihr denn noch soviel Geld?«

»Wir haben unser restliches Taschengeld zusammengelegt. Es war die einzige Möglichkeit, rechtzeitig am Wasserbehälter zu sein.«

»Und der Taxifahrer hat euch so ohne Weiteres bei Dunkelheit in den Wald gefahren?«

»Nein, nur bis zum Waldrand. Von da sind wir gelaufen.« Jetzt war es wieder Alexander, der Auskunft gab. »Und ein bisschen dumm geguckt hat er schon. Hat uns gefragt, was wir so spät abends da oben wollen.«

»Und was habt ihr geantwortet?«

»Dass wir gerade ein Geländespiel machen, eine Art Wettlauf: Wer zuerst am Hochbehälter ist, der hat gewonnen. Da aber nichts darüber gesagt worden war, wie wir dorthin kommen, sei uns das Taxi eingefallen. Der Fahrer hat gelacht – und dann hat er uns zum Waldrand gebracht.«

Stefan sah Wilhelm an, beide schüttelten sie den Kopf.

Doch bei aller Missbilligung, ihre Mienen verrieten, wie sehr sie im Stillen die Cleverness und den Mut der Jungen bewunderten.

Inzwischen waren sie aus dem Wald heraus, einige Hundert Meter fuhren sie noch über einen Feldweg, dann bogen sie auf die Landstraße ein. Vor ihnen tauchten die Lichter der Stadt auf.

Wilhelm wühlte in der Hosentasche, fand das Handy und reichte es Stefan. »Hier – Miriams Nummer ist eingespeichert. Ruf sie bitte an, sag, dass wir auf dem Weg sind. Sie wird vor Sorge schon halbverrückt sein.«

Die Verbindung kam schnell zustande, die Tochter musste das Telefon in der Hand gehalten haben. Das Gespräch war nur kurz. »Ja, Miriam, ich weiß – aber du kannst dich jetzt entspannen, wir haben sie, alle beide – gerade fahren wir in die Stadt hinein – ein bisschen wird's noch dauern, wir müssen erst noch mit Alexander ins Krankenhaus – nein, nichts Schlimmes, er hat sich den Fuß verdreht, muss geröntgt werden – also bis gleich – wenn's länger wird, melde ich mich.«

Doch dann verging noch mehr als eine Stunde, bis Alexander im Krankenhaus untersucht und geröntgt war und sie ihn endlich wieder mitnehmen konnten.

Miriam empfing sie an der Haustür. »Mein Gott«, schlug sie die Hände vor den Mund, als sie den dick bandagierten Fuß des Jungen sah. Doch dann gewann die Erleichterung Oberhand über den Schrecken. »Alexander«, schloss sie den Jungen in die Arme, »was habe ich mir Sorgen gemacht. Hauptsache, du bist wieder da.«

»Wenn auch in etwas ramponiertem Zustand«, Stefan führte den humpelnden Sohn ins Haus. »Glücklicherweise ist nichts gebrochen. Ein Teilriss des Außenbandes, sagen die Ärzte, er wird die Schiene zwei, drei Wochen tragen müssen.«

Und dann, nachdem alle am Tisch Platz genommen hatten und Miriam mit Olaf bekannt gemacht worden war, begannen sie zu erzählen. Natürlich stand das Geschehen oben am Wasserbehälter im Vordergrund. Jetzt, mit etwas Abstand, verklärte sich die Sichtweise, vor allem die der Jungen. Ihr »Pirschgang« in den Wald, die »Besetzung« des Baumes und die »Observation des verdächtigen Objekts« – diesen Terminus brachte Alexander ins Spiel – machten aus dem abendlichen Ausflug einen Heldengang, dessen unrühmliches Ende einfach übergangen wurde und von dem die Tochter erst durch die ergänzende Schilderung ihres Vater erfuhr.

Aber auch Wilhelm und Stefan brachten, ohne dass es ihnen bewusst wurde, mehr Farbe in ihre Ausführungen, als der dunkle Abend tatsächlich geboten hatte. So nahm der zweifellos kräftige Wind in ihrer Darstellung Sturmstärke an, mutierte das Werkzeug des Maklers zur »Bewaffnung« und das damit ausgehobene Loch zur »Grabstätte«.

Mit dieser schmuckvollen Wiedergabe konnte Miriam natürlich nicht mithalten. Ihr Bericht war kurz und sachlich: »Ihr wart gerade aufgebrochen, als Alexander mir mitteilte, sein Freund Olaf käme in wenigen Minuten am Bahnhof an. Er müsse sofort los. Ich bot mich an, ihn zu fahren, aber das hat er vehement abgelehnt – jetzt wissen wir, warum. Er mache das immer so, wenn der Freund kommt, hole ihn vom Bahnhof ab – sein Vater habe ihm das erlaubt. Was wollte ich machen?« Hilflos hob Miriam die Hände. »Es war ja noch hell – und zum Bahnhof ist es nicht weit. Also ließ ich ihn gehen. Aber wer nicht wiederkam, war

Alexander.« Vorwurfsvoll wies sie mit der Hand auf den Übeltäter.

»Entschuldigen Sie, Frau Schellberg«, rutschte der Junge schuldbewusst auf seinem Stuhl herum, »aber wenn ich Ihnen gesagt hätte, was ich vorhabe, hätten Sie's mir bestimmt verboten. So blieb mir keine andere Wahl. Und gelogen war's ja auch nicht, ich habe Olaf tatsächlich am Bahnhof abgeholt...«

»So kann man's natürlich auch sehen«, lächelte Miriam und strich ihm über den Kopf. Dann, nach einem tiefen Atemzug, lehnte sie sich zurück und blickte in die Runde. »Was für ein turbulenter Abend. Man sieht euch an, dass ihr einiges mitgemacht habt, ihr seht erschöpft aus. Deshalb mein Vorschlag: Auch wenn wir jetzt eigentlich noch das weitere Vorgehen besprechen müssten, wir sollten für heute Schluss machen. Es ist schon spät und wir sind alle müde. Was haltet ihr davon, wenn wir jetzt erst einmal schlafen gehen. Morgen früh treffen wir uns dann wieder hier zum gemeinsamen Frühstück. Es ist schulfrei, wir können also ausschlafen und dann alles mit klarem Kopf durchdiskutieren.«

»Gute Idee«, stimmte Stefan zu und nickte zu den Jungen hin, die sichtbar damit zu kämpfen hatten, die Augen aufzuhalten. Während er Alexander beim Aufstehen half, bot er an: »Wir bringen morgen die Brötchen mit – pünktlich um neun sind wir da.«

Und dann waren alle gegangen: Stefan war mit dem Sohn und dessen Freund heimgefahren in die Villa, Miriam hatte sich in ihr Schlafzimmer zurückgezogen. Wilhelm saß allein in der dunklen Küche, neben sich auf dem Tisch ein kaltes Bier, so wie er es liebte vor dem Schlafengehen. Er brauchte und mochte diese einsamen Augenblicke, diese

Momente der Unansprechbarkeit, in denen er sich, durch nichts beeinflusst oder abgelenkt, seinen Gefühlen und Erinnerungen hingeben konnte.

Das Fenster stand offen, der Wind war hörbar abgeflaut, aber noch immer flogen die Wolken über den Himmel, verdeckten für eine Weile den Mond, um ihn gleich darauf wieder freizugeben. Wechselweise huschte sein Licht wie ein wehender Schleier über die Wände, dann, Augenblicke später, war es wieder dunkel im Raum.

Die Beine ausgestreckt, lehnte Wilhelm still auf seinem Stuhl und sah den lautlosen Bewegungen zu. Er spürte, wie sich die Ruhe seiner Umgebung allmählich auf ihn selbst übertrug, sich die Anspannung der Vorstunden löste.

Und dann, auf einmal, war es wieder da, das Gefühl, das er vor Kurzem schon einmal hatte. Nur, dass es diesmal nicht bloß eine Ahnung war, sondern Gewissheit: Er wusste, die Geschichte war kurz vor dem Abschluss, die Auflösung stand unmittelbar bevor. Und auch das war anders – dieses Wissen erregte ihn nicht mehr. Im Gegenteil – er fühlte sich wie ein Wanderer, der sich nach Stunden des Gehens auf das Erreichen des Ziels und das Ende des langen Weges freut.

Wilhelm stand auf und trank sein Bier aus; dann ging auch er zu Bett.

29

Himmel, hatten die Jungen einen Hunger! Ohne, dass er es sie merken ließ, hatte Wilhelm mitgezählt: Alexander war gerade dabei, sein drittes Brötchen zu schmieren, Olaf langte bereits zum vierten Mal in den Korb. Es war eine aufgeräumte Stimmung heute Morgen, man spürte, alle hatten lang und gut geschlafen. Die Ereignisse des gestrigen Abends wurden zu Beginn des Frühstückens bewusst ausgeklammert, man unterhielt sich so unbefangen, wie es eben unter diesen Umständen möglich war. Wilhelm erzählte einige Geschichten aus seiner Zeit als Lehrer, brachte damit die Jungen zum Lachen – sofern sie denn den Mund dazu frei hatten.

Doch dann war der Brötchenkorb geleert, die letzte Käsescheibe gegessen. Noch einmal kam frischer Kaffee auf den Tisch, wurde die Karaffe mit Orangensaft gefüllt. Während Miriam die Tassen und Gläser voll schenkte, wurde es langsam still in der Runde. Wie im Theater, wenn sich in Erwartung des Vorstellungsbeginns unaufgefordert Schweigen ausbreitet, verstummte das Gespräch schließlich ganz, alle sahen Wilhelm an.

»Nun gut«, ergriff der Alte das Wort, »ihr wisst, was wir besprechen müssen. Wir Männer«, schloss er die Knaben ein, »haben gestern Abend etwas erlebt, das uns zwingt zu handeln – und zwar, wie ich meine, sofort. Wir können jetzt nicht länger warten, die Brisanz der Angelegenheit, und damit die Gefahr für uns, ist einfach zu groß. Immerhin hat der Mann da oben am Wasserbehälter Vorbereitungen getroffen, mich im wahrsten Sinn des Wortes unter die Erde zu bringen. Ich habe keine Lust darauf zu warten, dass er noch einmal etwas Ähnliches versucht.«

»Diese Gefahr dürfte kaum mehr bestehen«, wandte Stefan ein, »Friso Gerlach weiß jetzt, dass du gewarnt bist und auf der Hut sein wirst, eine Überrumpelung wie die für heute geplante in Zukunft nicht mehr gelingen wird. Und dann, was für einen Grund hätte er jetzt noch, dich zu beseitigen? Sinn hat das Ganze doch nur solange gemacht, wie er glaubte, du allein wüsstest von seiner Verwicklung in die Geschichte. Aber spätestens gestern Abend hat er erfahren, dass noch andere von der Sache wissen.«

»Ja, da ist was dran, so gesehen bin ich uninteressant für ihn geworden.«

»Gut so, Vater, ich bin froh über unsere Mitwisserschaft.« Miriam war sichtbar erleichtert. »Aber eines steht doch jetzt unzweifelhaft fest: Friso Gerlach steckt bis zur Halskrause in dieser Geschichte drin. Er kennt den Ort, an dem die Leichen vergraben sind, scheut sich nicht, Vorbereitungen zu treffen, dich zu beseitigen und so seine Beteiligung an dieser Angelegenheit zu verschleiern – wenn das alles keine Beweise sind?«

»Seine Täterschaft, ob Allein- oder Mittäterschaft, ist für mich sowieso erwiesen«, legte sich Wilhelm fest. »Obwohl«, seine Stimme klang unsicher, »da passt einiges nicht zusammen.«

»Was zum Beispiel?«, wollte die Tochter wissen.

»Diese Mitteilung der Polizei. Stefan hat doch gestern Morgen einen Anruf aus der Direktion bekommen – ich weiß gar nicht, ob ich dir davon erzählt habe?«

»Doch, du hast mir berichtet, dass es den Spezialisten gelungen ist, die Geheimschrift zu entziffern.«

»Ja, das auch. Aber das, was mich verwirrt, ist das andere.«

»Du sprichst von den unterschiedlichen Handschriften«, vermutete Stefan.

»Richtig. Du hast mich informiert, dass die Polizei Fritz Gerlach eindeutig und unumstößlich als den Schreiber der handschriftlichen Sätze im Schlussbrief identifiziert hat.

Wie aber passt das in das Bild, das wir uns von diesem Mann gemacht haben?«

»Überhaupt nicht. Mein Schwiegervater war so gar nicht der Typ, mit Gewalt in Verbindung gebracht zu werden. Er war viel zu empfindsam. Und dann seine hohen moralischen Maßstäbe.«

»Das war ja doch der Grund, weshalb wir ihn als Beteiligten ausgeschlossen haben«, bestätigte Miriam, »und jetzt soll er auf einmal die Sätze doch geschrieben haben..?«

»Ja, die Polizei ist sich sicher. Der Beamte hat von ‚zweifelsfrei bewiesen' gesprochen – genauso wie von der Tatsache, dass die Handschrift des Absenders nicht die meines Schwiegervater ist.«

»Nun, das haben wir ja auch nicht angenommen«, stellte Wilhelm klar, »aufgrund seines Wesens, seiner Einstellung und auch seiner mangelnden Musikalität scheidet Fritz Gerlach als Briefeschreiber aus – das steht für mich fest. Aber wie er da jetzt mit seiner Handschrift hineinpasst – das verstehe ich nicht.«

Miriam sah den Vater verständnisvoll an. »Mir geht es genauso. Je mehr die Polizei oder auch wir herausfinden, desto verwirrender wird das Ganze. Auch der gestrige Abend hat im Grunde keine weiteren Aufschlüsse gebracht. Dass Friso Gerlach die Örtlichkeit am Wasserbehälter kennt und mit der Sache zu tun hat, wussten wir schon vorher. Das, was du dir davon versprochen hast, Vater – neue Erkenntnisse, vielleicht sogar Beweismaterial – das hat sich nicht erfüllt.«

»Nein, überhaupt nicht. Der Mann hat ein Loch gegraben – das war aber auch alles. Insofern war der gestrige Abend schon enttäuschend.« Der Alte schwieg, und auch die anderen schwiegen; zusätzliche stichhaltige Argumente oder weiterbringende Fakten hatten auch sie nicht.

Acht, zehn stumme Sekunden vergingen. Gerade wollte Wilhelm als Fazit ihrer offensichtlichen Ratlosigkeit von der Notwendigkeit sprechen, jetzt alles, aber auch wirklich alles vor der Polizei auf den Tisch zu legen – sämtliche Schritte, die sie gegangen waren, sämtliche dabei erzielten Ergebnisse und Erkenntnisse -, als Alexander sich von seinem Stuhl hochstemmte, mit der einen Hand die Tischkante fasste und mit der anderen in die Gesäßtasche seiner Hose griff. Alle schauten zu dem Jungen hin.

Sich der Wirkung bewusst, ließ Alexander den Blick von einem zum anderen wandern, bevor er mit großer Feierlichkeit einen Umschlag hervorzog. »Hier«, streckte er das Papier Wilhelm entgegen, »ich hatte damals doch angedeutet, dass ich vielleicht noch etwas hätte.«

»Die Ergänzung«, erinnerte sich der alte Lehrer, »du hast davon gesprochen, kein Kapitel mehr schreiben zu wollen, aber möglicherweise noch eine Ergänzung zu haben... Ist es das?«

»Ja. Ich war lange unentschlossen, ob ich ihn zeigen soll. Aber jetzt, wo es in der Sache nicht weitergeht...«

»Was ist es denn?«

»Ein Brief – der achte Brief.«

»Der achte..?« Nun griff Wilhelm nach dem Papier. »Du meinst, einer der Briefe aus dem Stapel, den ihr auf dem Dachboden gefunden habt?«

»Ja, es ist der letzte. Ich habe ihn zur Seite gelegt und in meinem Zimmer versteckt.«

Irritiert sahen sich die Erwachsenen an, während Olaf mit großen, bewundernden Augen an den Lippen des Freundes hing.

»Und warum hast du diesen Brief behalten?« Der Alte sprach ruhig, ohne Vorwurf, sein Tonfall verriet nichts als

Anteilnahme und Interesse. »Gibt es dafür einen plausiblen Grund?«

»Ja, den gibt es. Schauen Sie sich den Brief an«, forderte ihn der Junge auf, »dann werden Sie sehen, was an ihm so anders ist.«

Rein äußerlich unterschied sich der Brief in nichts von den sieben übrigen des Stapels – auch hier das gleiche noble Kuvert mit der anschriftslosen, unbeschriebenen Vorderseite und dem vertrauten Fr. Gerlach auf der Umschlagsrückeite. Wilhelm spürte die Augen der anderen auf sich; gespannt verfolgten sie jede seiner Bewegungen, als er jetzt das Briefpapier herauszog.

Schon auf den ersten Blick sah er, was Alexander gemeint hatte. Ihm, der wie kein anderer die vorhergehenden Briefe studiert hatte, fiel das Abweichende selbstverständlich sofort ins Auge. Aber auch jedem anderen wäre der Unterschied aufgefallen. »Du hast den Brief natürlich gelesen?«, fragte er den Knaben.

»Ja, es war schließlich der einzige von allen, den ich lesen konnte.«

Als Wilhelm die Verständnislosigkeit in den Gesichtern der anderen sah, hielt er den Briefbogen hoch. »Hier, schaut euch das an. Das ist der letzte, der achte Brief. Anders als die vorhergehenden ist er unverschlüsselt geschrieben, deshalb hat ihn Alexander ja auch lesen können.« Er drehte das Blatt so, dass jeder auf die Schriftzeichen sehen konnte.

Einen Augenblick noch ließ er sie das Papier betrachten, dann wandte er sich wieder dem Jungen zu. »Aber warum du den Brief versteckt hast – das hast du uns noch nicht erklärt. Ist es wegen des Inhalts?«

Alexander zögerte, verlegen blickte er unter sich. Als

Wilhelm merkte, dass Stefan ansetzte, ihn zu einer Antwort zu drängen, machte er ihm ein Zeichen, dem Jungen Zeit zu lassen.

Schließlich hob Alexander den Kopf. »Es stehen so schreckliche Sachen von Großmutter drin - ich wollte nicht, dass jemand davon erfährt. Da wusste ich ja noch nicht, dass in den Briefen mit den Zahlen Ähnliches steht.«

»Von deiner Großmutter?« Schnell überflog Wilhelm den Anfang des Briefes, erkannte sofort, von was der Junge sprach. Er erinnerte sich an sein Gespräch mit Stefan in der Villa. Der Vater hatte ihm von dem innigen Verhältnis Alexanders zu seiner Großmutter erzählt, von seiner Bewunderung für sie. Was für ein schlimmes, verstörendes Erlebnis musste es deshalb für ihn gewesen sein, als er von ihrem Liebesverhältnis erfuhr. Kein Wunder, dass er den Brief so lange zurückgehalten hatte.

Inzwischen hatte sich Alexander wieder gesetzt. So wie die der anderen waren seine Augen erwartungsvoll auf den alten Lehrer gerichtet.

»Gut«, hob Wilhelm das Papier, »jetzt haben wir also den Brief. Nun sollten wir auch seinen Inhalt erfahren. Am besten, ich lese ihn vor – so können wir uns alle selbst ein Urteil bilden.« Noch einmal füllten sie die Gläser und Tassen, dann nahm Wilhelm das einzige Blatt, aus dem der Brief bestand, und begann zu lesen:

Meine liebe, liebste Elisabeth,

es ist das erste Mal jetzt, dass du einen Brief von mir unverschlüsselt erhältst, aber ab sofort entfällt die Notwendigkeit zur Geheimhaltung, denn Fritz weiß alles von uns und unserer Liebe. Ich habe keine Ahnung, wie er es erfahren hat. Jedenfalls hat er mich gestern zur Rede gestellt, hat mich in meiner Wohnung aufgesucht. Mein Gott, was er mir alles an den Kopf geworfen hat, ich bin noch jetzt am Boden zerstört. Vom heiligen Sakrament der Ehe hat er gesprochen, hat auf das ewige Treueversprechen gepocht, auf den gültigen Ehevertrag – also ob du ein Handelsobjekt, eine mit der Heirat erworbene Ware wärest.

Nicht ein Wort hat Fritz über seine Liebe zu dir verloren, diesen einzigen, wahren Grund, den ich anerkennen und respektieren würde. Stattdessen sein Gerede von der großen Sünde, die wir auf uns laden, von der Schande, mit der wir ihn überhäufen, und dem Skandal, den ein Publikwerden unserer Beziehung hervorrufen würde. Und dann dieses religiöse Getue: Gott straft euch für euer Verbrechen, so hat er sich ausgedrückt. Weiß er denn nicht, dass die Liebe die größte aller christlichen Tugenden ist?

Elisabeth, Liebste, sei unbesorgt, meine Liebe zu dir wird sich durch nichts erschüttern lassen, was immer auch in den nächsten Tagen geschieht. Du kannst, du musst meiner Gefühle sicher sein, so wie auch ich trotz allem fest an deine unveränderliche Liebe glaube.

Du wirst jetzt eine Woche lang nichts von mir hören. Fritz hat mich aufgefordert, ihn und seine beiden Neffen für drei Tage auf einen Bootstrip in die Nordsee zu begleiten – aber vielleicht weißt du das ja auch schon. Er will sich mit mir aussprechen. Das Meer und ein Segelboot seien dafür der richtige Ort. Wahrscheinlich hat er recht. Du hörst von mir, wenn wir wieder zurück sind – oder besser noch, wir treffen uns und reden über das, was wir auf dem Meer beredet haben.

Du wirst von der Sehnsucht wissen, die mich schon jetzt bei dem Gedanken an unser Wiedersehen verzehrt – aber weißt du auch von der Angst, mit der ich der Aussprache entgegensehe?

Ich liebe dich, für die Dauer dieses ganzen Lebens und darüber hinaus.

Der seufzende Laut, mit dem Miriam die Luft ausstieß, beendete die Stille, in der alle nach dem Hören des Briefes verharrt hatten. »Was für ein tiefes Gefühl«, gab die Tochter das wieder, was die anderen genauso empfanden.

Auch Wilhelm war sichtlich beeindruckt von dem, was er gerade vorgelesen hatte. »In der Tat, ein starkes Empfinden«, stimmte er zu, hatte aber gleich einen Einwand. »Man muss dennoch nicht der selben Meinung sein wie der Schreiber. Die Treue ist ein hohes Gut. Ich weiß nicht, ob eine Liebe, sei sie noch so mächtig, ihr Brechen rechtfertigt.«

»Aber die Aufkündigung der Ehe ist heutzutage gang und gäbe«, führte Stefan an, »das Scheidungswesen – oder richtiger, das Scheidungsunwesen, ist inzwischen ein eigener Wirtschaftszweig, Legionen von Rechtsanwälten leben davon.«

»Ja, das ist richtig, doch eine Scheidung ist insofern ehrlicher, als dass die Eheauflösung in gegenseitigem Wissen, meist einvernehmlich erfolgt. Ein Treuebruch wie dieser hingegen beinhaltet immer das Hintergehen eines Partners – das hat dann schon ein anderes moralisches Gewicht. Aber wir sind nicht hier, um zu richten, sondern wollen einem alten Verbrechen auf die Spur kommen. Ich meine, mit diesem Brief könnten wir unserem Ziel ein ganzes Stück näher gerückt sein.«

»Ich weiß, was Sie meinen, Herr Schellberg«, meldete sich unerwartet Alexander zu Wort, »der Segelausflug damals, das könnte von Interesse sein, vor allem auch deshalb, weil Großvater seine beiden Neffen mitgenommen hat.«

»Das ist dir also aufgefallen. Sehr gut«, lobte Wilhelm. »Und wie, glaubst du, könnte das von Bedeutung sein?«

»Genau weiß ich's natürlich nicht – aber das Zusammentreffen, das ist schon mehr als zufällig.« Voller Eifer beugte sich der Junge vor, hob die Hand und zählte an den Finger ab. »Da ist einmal die Notiz Großvaters über die vergrabene Leiche – dann die Segeltour, die fällt genau in die Zeit dieses letzten Briefes hier – und an Bord sind die beiden Neffen und auch der Schreiber der Briefe, der, der mit Großmutter...« Nur kurz verstummte Alexander, dann fuhr er unverändert lebhaft fort, in seiner Begeisterung ließ er sich jetzt nicht mehr aufhalten: »Ich kann mir nicht helfen, aber ich habe den Verdacht, der männliche Tote im Wald könnte dieser Briefeschreiber sein. Vielleicht ist ja auf dem Segeltörn etwas passiert?«

»Donnerwetter, Junge!«, entfuhr es Stefan, »du hast aber eine Fantasie.« Die Bewunderung des Vaters für die Kombinationskühnheit des Sohnes war unüberhörbar.

Auch Wilhelm applaudierte: »Bravo, Alexander, deine Folgerungen sind zwar gewagt, aber nicht abwegig. Dieser Segeltrip könnte wirklich eine Schlüsselrolle in der Geschichte spielen. Kurz vor dem Start der Tour wird der letzte der Briefe, dieser achte hier, geschrieben, danach keiner mehr – zumindest ist kein weiterer gefunden worden. Da könnte ein Zusammenhang bestehen. Doch in einem bin ich anderer Meinung als du. Auch wenn auf dem Boot möglicherweise etwas passiert ist, sich ein Unfall oder Schlimmeres ereignet hat – ich glaube nicht, das der Tote oben am Wasserbehälter der Briefeschreiber ist. Dagegen spricht, dass die Gerichtsmediziner das männliche Skelett als das eines jungen Mannes identifiziert haben, der Verfasser der Briefe aber höchstwahrscheinlich im gleichen Alter wie deine Großmutter war, also mindestens fünfzig. Nein, dieser tote Mann im Wald kann nicht...« Wilhelm stockte, so als wäre ihm gerade jemand ins Wort gefallen. Sein Kopf hob sich langsam, seine Augen wanderten in den Raum.

Es dauerte eine Weile, bis er wieder sprach, und dann war es, als spräche er zu sich selbst. »Ja, das wäre möglich – obwohl, was hätten sie für einen Grund? - Und dennoch…«

Schließlich kehrte sein Blick zurück in die Runde; verlegen streckte er die Hände vor, als wolle er sich für sein Verhalten entschuldigen. »Ich habe eben – es war nur ein Einfall – eigentlich mehr das Gefühl, es könnte so sein – versteht ihr?«

»So etwas wie eine Eingebung?«, half ihm die Tochter.

»Ja, so etwas in der Art. Als wir gerade von dem Skelett des jungen Mannes sprachen, war mir, als wüsste ich auf einmal, wer da oben im Wald vergraben wurde.«

»Wie? Du kennst den Toten?«

»Ja, ich bin mir ziemlich sicher – fragt mich nicht, warum, ich weiß es selbst nicht. Wahrscheinlich ist es wieder das Zusammentreffen der Ereignisse, der gleiche Zeitraum, in dem alles geschah. Das hat wohl in mir die Assoziation geweckt. Also, hört zu.« Wilhelm beugte sich vor, legte die Arme auf den Tisch, dann begann er, seinen Gedanken zu erläutern: »Zwanzig Jahre sind seit dem Schreiben der Briefe vergangen, und auch zwanzig Jahre ist es her, als der Bootsausflug auf der Nordsee arrangiert wurde, und ebenfalls vor zwanzig Jahren verschwand einer der beiden Neffen, die an der Segeltour teilgenommen haben. Friso Gerlach hat erzählt, dass sich sein Bruder Frank seinerzeit ohne jede Ankündigung und Zielangabe von einem Tag auf den anderen auf und davon gemacht hat. Angeblich hat er keine Spuren hinterlassen. Er sei damals verschwunden, als hätte ihn der Erdboden verschluckt – und das können wir fast wörtlich nehmen: Der Erdboden hat ihn tatsächlich aufgenommen. Solange jedenfalls, bis zwanzig Jahre später Olaf und Alexander bei ihrer nächtlichen Grabung auf ihn gestoßen sind.« Wilhelm sah jeden einzeln an, dann entschied er sich: »Ich lege mich fest: Die männliche Leiche oben am Hochbehälter ist Frank, der Bruder von Friso, der Sohn von Friedrich und der Neffe von Fritz Gerlach.«

Einen Moment lang war es still, die Verblüffung hatte ihnen die Sprache verschlagen. »Mein Gott, Wilhelm«, stieß Stefan schließlich hervor, »wenn das wahr wäre?« Ungläubig starrte er ihn an. »Ich kann das nicht glauben.«

»Es ist einfach zu passend, um falsch zu sein.« Wilhelm stand auf und trat ans Fenster. Wieso war er sich eigentlich so sicher, bei dem Wenigen, das er hatte? Da war einerseits der männliche Tote, der vor zwei Jahrzehnten vergraben worden war – auf der anderen Seite ein junger Mann, der zur selben Zeit rätselhaft verschwand und dessen Bruder nachweislich in die Geschichte von damals verwickelt war. Reichte das?

Miriam sah ihm entgegen, als er zum Tisch zurück kam. »Was mag da vorgefallen sein, Vater? Hast du eine Vorstellung, wie dieser Mann zu Tode gekommen sein könnte?«

»Keine Ahnung. Ich sagte ja, das Ganze ist nur ein Gefühl, eine Eingebung, wie du es genannt hast. Ich habe nichts, das meine Annahme belegt oder gar beweist. Doch eines scheint mir nach dem Lesen des Briefes so gut wie sicher: Der Segeltörn damals spielt eine zentrale, vielleicht sogar die entscheidende Rolle in dieser Geschichte. Wenn sich Fritz Gerlach nach der Aufdeckung des Liebesverhältnisses zu diesem ungewöhnlichen Schritt einer Aussprache auf hoher See veranlasst sieht, zeigt das, welche Spannung sich da aufgebaut haben muss. Die Wahrscheinlichkeit, dass sich das Aufgestaute an Deck entladen hat, ist groß, die Möglichkeit, dass es dabei Opfer gegeben hat, nicht kleiner.«

Wilhelm wandte sich an Vater und Sohn. »Stefan, Alexander, bitte, denkt nach, versucht euch zu erinnern. Gibt es in eurer Familie irgendeinen Hinweis auf ein Bootsunglück oder ein tragisches Ereignis auf dem Meer? Ist jemals etwas in dieser Richtung unter der Verwandtschaft erwähnt worden?«

Nach einem Augenblick des Überlegens zuckte Stefan mit den Schultern. »Du weißt, unsere familiären Bande waren immer sehr locker. Auf den seltenen Familientreffen wurde wenig gesprochen, man ging sich aus dem Weg.« Noch einmal hob er die Schultern. »Ich kann mich nicht entsinnen, von einem Bootsunglück oder Ähnlichem gehört zu haben.« Er sah zu seinem Sohn. »Oder hast du jemals davon reden hören?«

Alexander zögerte mit der Antwort. »Dass Großvater ein Segelboot hatte, das wusste ich, darüber wurde hin und wieder gesprochen, wenn ich ihn besucht habe. Oma ist aber nie mit hinaus aufs Meer gefahren – sie hatte Angst vor dem Wasser.« Alexander lächelte mit der Nachsicht, wie sie ängstlichen Großmüttern überall von ihren Enkeln entgegengebracht wird. »Und irgendwann hat einer auch mal erzählt, da wäre jemand ertrunken.«

»Ertrunken?« Wilhelm hakte nach. »Wo war das? Im Meer?«

»Das weiß ich nicht.«

»Und wer da ertrunken ist – und wann? Hat man davon gesprochen?«

»Vielleicht, aber ich kann mich nicht erinnern. Es war

schon so, wie Vater sagte: Wenn sich die Verwandtschaft traf, dann waren das nie lange Zusammenkünfte. Man besprach, was besprochen werden musste, dann ging jeder wieder seiner Wege. Deshalb, das mit dem Ertrinken muss ich irgendwo nebenbei aufgeschnappt haben. Aber mehr als die Tatsache, dass jemand zu Tode gekommen ist, weiß ich nicht.«

»Aber das müsste doch rauszukriegen sein«, ereiferte sich Miriam, »dieser Friedrich Gerlach lebt doch noch, vielleicht kann der ja...«

»Hoffnungslos«, unterbrach sie der Vater, »Onkel Friedrich, wie ihn die Schwestern im Altenheim nennen, ist der Welt und auch der Vergangenheit total entrückt, von dem werden wir nichts erfahren können. Der einzige, der uns Auskunft geben könnte – wahrscheinlich genauer als jeder andere -, ist sein Sohn Friso. Doch der wird aus verständlichen Gründen nach dem Debakel gestern Abend jeden Kontakt mit uns meiden.« Mit einer endgültigen Handbewegung schloss Wilhelm diese Möglichkeit aus.

Dann aber schien ihm etwas einzufallen. »Ich sehe da noch einen anderen Weg, an die Information zu kommen.« Er beugte sich vor, zog den Brief heran und faltete ihn auf. Kurz ließ er den Blick darauf fallen, dann nickte er und zeigte auf das Blatt. »Hier, da oben steht das Datum. Am 12. Juni 1993 wurde dieser Brief geschrieben. Und jetzt hört euch noch einmal diesen Passus an.« Er hielt das Papier vor die Augen und las: *Du wirst jetzt eine Woche lang nichts von mir hören. Fritz hat mich aufgefordert, ihn und seine beiden Neffen für drei Tage auf einen Bootstrip in die Nordsee zu begleiten.* Wenn ich das richtig interpretiere, heißt das, dass der Segelausflug eine Woche nach Verfassen dieses Briefes zu Ende gegangen ist, der Schreiber dann von der Tour zurück sein wollte. Drei Tage sollte der Törn dauern, das ergibt einen Zeitraum ungefähr vom 15. bis zum 18. Juni.«

»Ja, genau«, hatte Stefan mitgerechnet, »so lässt es sich aus dem Brief herauslesen.« Auch die anderen hatten mitgezählt und stimmten zu.

»Wenn wir das also wissen«, konstruierte Wilhelm weiter, »dann besteht zumindest die Chance, dass in dieser Zeitspanne oder auch ein paar Tage später etwas über einen Ertrunkenen oder ein Bootsunglück in der lokalen Presse veröffentlicht wurde. Ein Unfall auf oder mit dem Boot des ehemaligen Stadtrats Fritz Gerlach wäre allemal eine Meldung im hiesigen Anzeiger wert.«

»Und das heißt?«

»Ich sehe nach, ob dem so ist.«

»Du willst die Zeitungen durchsehen?«

»Ja. Am besten, ich mache das jetzt gleich, noch bevor wir zur Polizei gehen. Dann haben wir vielleicht etwas in der Hand, mit dem wir unsere Vermutungen untermauern können.«

»Aber heute ist Sonnabend«, gab Miriam zu bedenken, »das Zeitungsarchiv wird am Wochenende nicht zugänglich sein.«

»Der Vertrieb arbeitet auch am Samstag«, wusste Wilhelm, »ich kenne da jemanden, der lässt mich rein.« Er erhob sich. »Es wird nicht lange dauern, der Zeitraum, den ich durchsehen muss, ist überschaubar.« Er wandte sich an Stefan. »Wollt ihr hier warten?«

»Ja, wenn es Miriam recht ist, bleiben wir solange hier, bis du zurückkommst. Einmal interessiert es uns, ob du etwas findest – außerdem, ich meine, wir sollten gemeinsam zur Polizei gehen, alle vier Zeugen des gestrigen Abends.

Die Beamten werden uns alle hören wollen. Deshalb warten wir hier.«

»Gut, ich beeile mich.« In der Tür wandte sich Wilhelm noch einmal um. »Eines dürfte beim Lesen des Briefes klargeworden sein: Der Schreiber spricht von dem Mann seiner Geliebten sehr persönlich. Er spricht von Fritz, der alles weiß, von Fritz, der ihn zur Bootstour aufgefordert hat – es ist offensichtlich, dass er Fritz Gerlach gut kennt, ihm möglicherweise nahesteht, auf alle Fälle kein Fremder ist.«

»Das würde doch zu unserer Annahme passen, dass Friedrich, der Bruder, die Briefe geschrieben hat«, erinnerte Stefan.

»Ja, passen würde das schon…«, gab ihm Wilhelm nachdenklich recht. Dann drehte er sich um und ging.

30

Es schien ihm, als sei es schon eine Ewigkeit her – dabei war es erst vor ein paar Tagen, dass er den gleichen Weg gegangen war. Karl Seiffert, sein pensionierter Kommissarfreund, hatte ihn hier herauf auf den Schulberg geschickt, in die Neuapostolische Kirche, zu Linus Gollmann, dem orgelspielenden Altphilologen.

Damals hatte er noch kaum etwas gewusst über die Gerlachs, hatte noch nicht einmal alle Familienmitglieder mit Namen gekannt. Wie unzureichend und auch wie falsch waren da noch seine Vorstellungen von dem früheren Stadtrat gewesen. Auch wenn er dann im Gespräch mit dem alten Lateinlehrer einiges über die Geschwister erfahren hatte, über Fritz, den Unmusikalischen, und die musikbegabten

Friedrich und Friederike, vieles war doch im Dunkeln geblieben. Und auch jetzt, trotz allem, was er seither aufgedeckt hatte – das Bild war noch immer reichlich verschwommen, Zusammenhänge nur schwer erkennbar. Aber vielleicht sah er ja gleich klarer, nach seinem Besuch im Archiv.

Vor den Kirchensäulen blieb er stehen und lauschte zu den Fenstern hin. Die Orgel spielte, Linus Gollmann war auch heute aktiv. Kurz war er versucht, seinen alten Lehrer zu begrüßen, doch dann dachte er daran, dass man zu Hause auf seine Rückkehr wartete.

Die Eingangstür des benachbarten Zeitungsgebäudes war unverschlossen. Wilhelm öffnete, betrat den Flur und klopfte an die erste Tür. Erleichtert atmete er auf, als er die vertraute Stimme hörte, die ihn zum Eintreten aufforderte.

»Hallo, Liese«, begrüßte er seine frühere Schülerin, »na, wieder Wochenenddienst?«

»Herr Schellberg, Sie«, sah die Brünette vom Schreibtisch auf und erhob sich. Freudig kam sie heran, reichte ihrem ehemaligen Lehrer die Hand. »Ja, einer muss es ja machen. Ich weiß auch nicht, irgendwie trifft es immer mich mit dem Samstagsdienst. Schön jedenfalls, Sie mal wieder zu sehen. Was kann ich denn für Sie tun?«

»Liese, ich weiß, heute ist das Archiv normalerweise geschlossen, aber es gibt da etwas, das ich unbedingt nachsehen muss. Ich würde ja bis Montag warten, aber es ist dringend...«

»Wo liegt da das Problem, Herr Schellberg, nichts einfacher als das: Ich schließe Ihnen auf, Sie schlagen nach, was Sie suchen – und wenn Sie fertig sind, sagen Sie Bescheid. Dann schließe ich wieder ab.« Sie nahm einen Schlüssel vom Haken. »Kommen Sie«, öffnete sie die Tür und ging ihm auf der Treppe voran.

Kurz darauf war Wilhelm allein in dem Raum, der der Zeitung als Archiv diente. Um ihn herum hohe Regale voller schwarzer Ordner, Band an Band reihte sich aneinander. Er kannte die Örtlichkeit, war schon häufiger hier gewesen. So manches Wissenswerte aus alten Zeiten, Episoden, Nachrichten oder auch nur Erinnerungen an Vergangenes hatte er in diesem Zimmer aufgestöbert.

Das System der Aufbewahrung war einfach und übersichtlich, quartalsweise waren die Zeitungsnummern gebündelt und in chronologischer Abfolge in die Regale einsortiert. Er fand den Ordner mit der Aufschrift II/1993, zog ihn heraus und trug ihn zu dem Tisch an der Fensterseite des Raumes.

Er liebte das Blättern in den alten Exemplaren, das zufällige Auf-etwas-Stoßen, das Entdecken von Inhalten, nach denen er gar nicht gesucht hatte, die ihn dann aber so in den Bann zogen, dass er oft darüber den eigentlichen Zweck der Nachforschung vergaß. Doch heute fehlte dafür die Zeit. Zielstrebig schlug er den Ordner in der Mitte auf, suchte die Nummer des 15. Juni und begann mit dem Durchsehen.

Es war zwar unwahrscheinlich, dass die Meldung – wenn es denn überhaupt eine Meldung gab – so früh schon in der lokalen Berichterstattung auftauchte. Aber sie hatten ja nur ein ungefähres Zeitfenster, konstruiert aus den wenigen Angaben des Briefes – der Segeltörn konnte genauso gut ein, zwei Tage vorher oder nachher stattgefunden haben. So war er auf der sicheren Seite.

Doch erwartungsgemäß stand in den ersten Exemplaren, dessen Regionalteil er zügig durchging, nichts von dem, was er suchte. Aber schon am 21. Juni, einem Montag, fand er in einer elfzeiligen Randspalte unter der

Überschrift »Tödlicher Unfall auf dem Boot des Stadtrats Gerlach« das, nach dem er Ausschau hielt. Es war nicht mehr als die kurze Erwähnung eines im Grunde unspektakulären Vorfalls, eines für den Leser wenig interessanten Geschehens – deshalb wohl auch die stiefmütterliche Berichterstattung. Eine Person war in rauher See über Bord gegangen und ertrunken – schlimm genug, aber mehr hatte sich nicht zugetragen. Die Sache war nordwestlich von Borkum passiert, der Schiffseigner, der ehemalige Stadtrat Fritz Gerlach, hatte den Hafen der Insel angelaufen und die Behörden informiert, die sofort eingeleitete Rettungsaktion war jedoch ohne Erfolg geblieben. Und dann las Wilhelm die letzten Sätze, las den Namen des Opfers – und erschrak. Nein, das war doch nicht möglich. Noch einmal überflog er den Schluss der Notiz, in dem von der zu Tode gekommenen Person die Rede war. Fassungslos starrte er auf die Zeilen. Konnte das wahr sein?

Eine Zeit lang saß er da, unfähig, einen klaren Gedanken zu fassen. Dann fiel ihm ein, dass es möglicherweise noch weitere, spätere Artikel gab, die über das Ereignis berichteten. Hastig durchblätterte er auch noch die restlichen Juniausgaben – aber vergeblich, nicht mit einem Wort war die Angelegenheit mehr erwähnt worden. Sie musste den Redakteuren zu unbedeutend erschienen sein, um weitere Beachtung zu finden. Mein Gott, was für ein Irrtum. Aber wie hätte man damals ahnen können, was sich dahinter verbarg.

Wilhelm überlegte, ob er den Artikel kopieren sollte. Aber dazu hätte er den Kopierraum aufsuchen, wahrscheinlich sogar Liese bitten müssen, ihn für ihn aufzuschließen. Nein, das wäre zu umständlich. Er entschied sich, die wenigen Zeilen mit der Hand abzuschreiben, das würde schneller gehen. Denn jetzt wollte er nur noch eines: Nach Hause fahren und von seiner irritierenden Entdeckung berichten.

Er faltete das Blatt mit der Abschrift und steckte es ein. Dann verließ er das Archiv, ging die Treppe hinunter und betrat den Raum im Erdgeschoss. »Ich bin fertig, Sie können jetzt abschließen.«

»Gut«. Liese stand auf, griff nach dem Schlüssel, fragend sah sie ihn an. »Haben Sie gefunden, was Sie gesucht haben?«

»Ja, in einer zwanzig Jahre alten Ausgabe.« Er zögerte, schüttelte betrübt den Kopf. »Aber ich bin mir nicht sicher, ob ich über meinen Fund glücklich sein soll oder nicht.« Nachdenklich reichte er seiner ehemaligen Schülerin die Hand. »Danke jedenfalls, dass ich ins Archiv durfte. Auf Wiedersehen, Liese.«

»Auf Wiedersehen, Herr Schellberg. Und wenn Sie wieder mal...«

Aber da war Wilhelm schon gegangen.

Die Augen, die ihm beim Betreten des Zimmers entgegensahen, waren eine einzige Frage.

»Und?« Miriam formulierte, was alle bewegte.

Wilhelm sah müde aus, von der Unternehmungslust und der Dynamik, mit der er sich von zu Hause aufgemacht hatte, war jetzt bei seiner Rückkehr nichts mehr geblieben. Er spürte, der Weg war nun fast zu Ende beschritten, das Ziel nahezu erreicht. Die letzten Meter würden ihm andere abnehmen. Schon auf der Fahrt von der Zeitung hierher war ihm die Bedeutung seiner Entdeckung klar geworden. Jetzt mit dem neuen Wissen wurden die Zusammenhänge erkennbar, ließen sich plötzlich die bisher losen Enden aus

Annahmen, Vermutungen und Hypothesen sinnvoll verknüpfen. Das, was dem Ganzen zugrunde lag, und auch die Beweggründe, die das damalige Handeln bestimmt hatten, schälten sich nun deutlich heraus. Doch sie bedrückten ihn, dämpften die Freude darüber, die Aufklärung so entscheidend vorangetrieben zu haben. Im Augenblick empfand er nichts als Traurigkeit über die Lösung, die sich abzeichnete.

»Hier«, zog er das handbeschriebene Blatt aus der Tasche, »das ist die Abschrift des Artikels. Es war tatsächlich ein Bericht in der Zeitung, in der Ausgabe vom 21. Juni 1993. Ich habe mir den Wortlaut herausgeschrieben. Es ist nicht mehr als eine kleine Randnotiz, aber die hat es in sich.« Er zog den Stuhl heran, setzte sich. Dann legte er das Papier vor sich auf den Tisch.

»Gibt es noch Kaffee?« Doch da hatte die Tochter schon Kanne und Tasse in der Hand, ihr war nicht entgangen, wie bedrückt der Vater wirkte.

Auch Stefan hielt sich zurück, wartete, bis Wilhelm von sich aus bereit war zu berichten.

Alexander hingegen konnte seine Ungeduld nicht mehr bezähmen. »Erzählen Sie, Herr Schellberg, hat es wirklich ein Unglück auf dem Meer gegeben?«

»Ja«, jetzt war auch Olaf neugierig, »was ist da passiert? Bitte, erzählen Sie.«

Wilhelm griff nach dem Blatt, legte es aber sogleich wieder auf den Tisch zurück. »Zuerst müssen wir etwas klären.« Er wandte sich an Stefan. »Du als Alexanders Vater und enger Bekannter von Olafs Eltern solltest zunächst entscheiden, wie viel von der Wahrheit wir den Jungen zumuten können. Das, was ich euch jetzt vortragen werde, ist etwas, das die Familie Gerlach erheblich belasten, vielleicht sogar bloßstellen wird, je nachdem, wie man es betrachtet. Sollen und dürfen das die Jungen hören?«

Einige Augenblicke des Schweigens folgten. Olaf nestelte verlegen an den Knöpfen seines Hemdes, Alexander blickte vor sich auf den Tisch und wartete auf die Entscheidung der Erwachsenen.

Stefan antwortete schließlich mit einer Gegenfrage: »Werden sie es nicht sowieso erfahren?«

Wilhelm nickte. »Ja, das wird sich nicht vermeiden lassen. In einer kleinen Stadt wie der unseren wird die Geschichte ausführlich diskutiert werden, jeder will daran teilhaben. Wahrscheinlich wird man auch nicht davor zurückschrecken, den Jungen Fragen zu stellen. Und dann die Presse! Nein, die beiden werden keine Chance haben, unbehelligt zu bleiben. Die Wahrheit wird ihnen nicht vorzuenthalten sein. Dennoch musst du als Vater entscheiden, wie sie sie erfahren, jetzt durch mich oder später durch andere.«

Stefan musste nicht lange überlegen. »Besser jetzt und hier. Alexander und Olaf waren von Anfang an beteiligt – dann sollen sie auch am Ende mit dabei sein. Also, was stand in dem Artikel?«

Noch einmal schaute Wilhelm alle an – die Tochter, die zu ahnen schien, wie es in ihm aussah – Stefan an ihrer Seite, dem sein Unbehagen angesichts dessen, was er über die Familie hören sollte, anzumerken war – und dann die beiden Jungen, die die Köpfe nun wieder gehoben hatten und erwartungsvoll zu ihm hinblickten.

»Gut«, nahm er das Blatt auf, »ihr sollt hören, was ich gefunden habe.« Mit einen Schluck trank er den Kaffee aus, schob die Tasse zurück, dann begann er mit der Überschrift: *Tödlicher Unfall auf dem Boot des Stadtrats Gerlach.* Kurz blickte er auf. Als er sah, dass ihm alle gebannt zuhörten, las er den restlichen Artikel: *Wie wir erst jetzt erfuhren, hat sich in der Vorwoche, exakt am Freitag, dem 18.6., auf der Nordsee ein tragischer Unfall ereignet. Fritz Gerlach, angesehener Bürger dieser Stadt und ehemaliger Stadtrat, befand sich auf einer dreitägigen Segeltour, die er zusammen mit einigen Familienmitgliedern auf dem eigenen Boot unternahm. Am letzten Segeltag kam es bei rauher See nordwestlich der ostfriesischen Insel Borkum zu dem folgenschweren Unfall. Bei einer von achtern das Deck überrollenden Welle ging eines der Crewmitglieder über Bord, der Versuch einer Bergung misslang bei dem hohen Seegang. Auch den professionellen Rettungskräften, die sofort nach dem Eintreffen des Seglers im Inselhafen und der Alarmierung ihrer Leitstelle ausliefen, blieb trotz intensiver Suche der Erfolg versagt.*

Wilhelm blickte auf. Noch einmal holte er tief Luft, dann las er den entscheidenden letzten Satz: *An Bord des Zwölfmeterbootes waren Fritz Gerlach und seine zwei Neffen – und natürlich das bedauernswerte Opfer dieser Katastrophe, seine Schwester Friederike.*

31

»Friederike? Die Tante? Wie kommt die denn auf das Schiff?« Ratlos blickte Stefan in die Runde.

»Sie wurde eingeladen«, erklärte Wilhelm, »von ihrem Bruder, deinem Schwiegervater.«

»Aber...«

Alexander platzte dazwischen: »Ja, jetzt fällt's mir wieder ein, Tante Friederike war die Ertrunkene.«

Verwirrt griff Stefan nach dem Blatt und zeigte darauf. »Sie schreiben hier, sie soll über Bord gegangen sein...«

»Ja, so steht's da, aber ich glaube nicht, dass das stimmt. Friederike ist nicht ertrunken.«

Miriam hob verwundert die Augenbrauen. »Wie kommst du darauf, Vater?«

»Wenn sie ertrunken wäre, würde ihr Leichnam irgendwo auf dem Meeresgrund liegen – aber da liegt er nicht, denn er wurde oben im Wald vergraben.«

»Im Wald? Du meinst am Wasserbehälter?«

»Ja, ich bin mir sicher: Das weibliche Skelett neben Franz Gerlach ist das von Friederike.«

Die Stille der nächsten Sekunden war nahezu vollkommen, jeder hatte damit zu tun, die ungeheure Nachricht aufzunehmen. Miriam atmete tief, ihr Brustkorb hob und senkte sich. Ihr schien gerade aufzugehen, was der Vater da angedeutet hatte.

Stefan hingegen verstand noch immer nicht. »Aber der Schreiber der Briefe – wegen der Aussprache mit ihm hat mein Onkel doch die Bootstour veranstaltet. Und jetzt ist er nicht an Bord?«

»Oh doch, er ist an Bord.«

»Meinst du einen der Neffen?« Stefan klang skeptisch. »Hatten wir uns nicht darauf geeinigt, dass der Briefeschreiber eine ältere Person sein müsste?«

»Ist sie auch.« Wilhelm blickte zur Tochter. »Ich sehe, du verstehst, von was ich spreche?«

Einen Moment lang schien es, als habe Miriam die Frage nicht gehört. Unbeweglich saß sie da, Verwunderung, aber auch Unglauben spiegelte sich in ihrem Gesicht.

Schließlich nickte sie. »Ja, ich glaube, ich habe verstanden, was du herausgefunden hast. Warum sollte ich sonst so erschrocken sein.« Noch einmal holte sie tief Luft, dann gab sie preis, was ihr klar geworden war: »Friederike hat die Briefe geschrieben.«

»Friederike?« Wieder die ungläubige Wiederholung des Namens. Doch allmählich schien auch Stefan zu begreifen. »Soll das heißen, meine Schwiegermutter und meine Tante..?«

»Es sieht so aus. Wenn eine Person eine andere mit Liebste anredet, empfinden die beiden in der Regel mehr als nur Sympathie füreinander.«

Die Jungen saßen stumm da, es bereitete ihnen augenscheinlich Schwierigkeiten, mit dieser für sie unverständlichen Lage zurechtzukommen. Deshalb war Wilhelm überhaupt nicht überrascht, als Alexander fragte: »Wenn aber die Tante die Briefe an Großmutter geschrieben hat, dann können das doch keine Liebesbriefe sein?«

Unschlüssig sahen sich die Erwachsenen an. Wie sollten sie dieser Situation begegnen?

»Wenn du willst, erkläre ich es den Jungen«, bot Wilhelm an.

Stefan, dankbar für das Angebot, signalisierte sein Einverständnis. Gespräche dieser Art erfüllten ihn, wie alle Väter, mit Unbehagen, so etwas machte besser die Mutter – oder auch ein in solchen Dingen Erfahrener – ein Arzt zum Beispiel, oder, wie in diesem Fall, ein Pädagoge. Erleichtert nickte er Wilhelm zu.

Der alte Lehrer rückte den Stuhl so, dass er den Jungen, ohne den Kopf verdrehen zu müssen, in die Augen schauen konnte. Er sah die Erwartung in den Gesichtern, auch die ängstliche Spannung; er würde behutsam vorgehen.

»Du hast gerade von den Briefen gesprochen, Alexander«, begann er mit ruhiger, vertrauenserweckender Stimme, »in diesen Briefen versichern sich zwei Menschen, dass sie sich gern haben, mehr noch, dass sie sich lieben. Solche Liebesbriefe habt ihr bestimmt schon früher gelesen, in Geschichten, Romanen, das ist euch also vertraut. Aber anders als dort sind es hier in unseren Briefen nicht ein Mann und eine Frau«, er machte eine Pause, um die Besonderheit herauszustreichen, »es sind zwei Frauen, die sich lieben: Alexanders Großmutter Elisabeth und die Schwester ihres Mannes, Friederike.« Wieder schwieg er, gab den Jungen Gelegenheit, das Gehörte in sich aufzunehmen.

»Dass sich Männer und Frauen lieben, ist natürlich das Häufigste«, fuhr er fort. »Das muss auch so sein, wo kämen sonst die Kinder her? Aber dass sich auch zwei Männer lieben oder, wie hier, zwei Frauen, ist alles andere als ungewöhnlich. Im Fernsehen habt ihr bestimmt schon öfters gesehen, dass ein Mann einen anderen Mann heiratet, oder auch zwei Frauen die Ehe miteinander eingehen. Das dürfte für euch also nichts Neues sein, heutzutage ist so etwas ganz normal. Damals aber, vor zwanzig Jahren, war das noch keine Selbstverständlichkeit. Da wurden Menschen gleichen Geschlechts, die sich liebten, noch schief angeguckt. Dabei ist es doch nicht schlimm, sich aufrichtig zu lieben – im Gegenteil, es ist das Wundervollste, das es auf der Welt gibt.«

»Aber Großmutter war doch mit Großvater verheiratet«, wandte Alexander ein. Es war weniger ein Protest, als ein Nichtverstehen, »warum denn dann..?«

Im Stillen musste Wilhelm dem Jungen zustimmen. So gesehen hatte Alexander ja recht. Er versuchte dennoch eine Erklärung. »Manchmal ist die Liebe so stark, dass man nicht dagegen ankommt. So wird es auch den beiden Frauen ergangen sein. Ihr Empfinden füreinander war so mächtig, dass sie es nicht schafften, wahrscheinlich auch nicht wollten, voneinander loszukommen.« Die Gesichter der Jungen zeigten, dass sie verstanden hatten, verrieten aber nichts über eine Wertung des soeben Gehörten. Wilhelm drehte den Stuhl zurück und fuhr, an alle gewandt, fort: »Fritz Gerlach erfährt von der innigen Liebe zwischen seiner Frau und seiner Schwester. Ihm wird sehr schnell die Tiefe dieser Verbindung klar, das Unauflösbare, Unzertrennliche. Er begreift, dass die Liebe seiner Frau zu ihm solange verloren ist, wie es die Schwester gibt. Also bleibt ihm, will er die Beziehung retten, nur der eine Ausweg.«

Wilhelm merkte, wie melodramatisch er auf einmal klang. Dabei hatte er das gar nicht vor. Diese Geschichte war viel zu berührend, viel zu leidvoll und traurig, um sie wie eine spannende Story vorzutragen. Er ermahnte sich, über die Abläufe von damals, wie er sie nun zu kennen glaubte, so emotionslos und sachlich wie möglich zu berichten.

»Auf dem Rückweg vom Schulberg hierher hatte ich genügend Zeit, die Zusammenhänge durchzudenken. Ich meine jetzt zu wissen, was seinerzeit geschehen ist. Nicht alles natürlich, nach so vielen Jahren dürfte manches nicht mehr zu klären sein, aber ich bin mir ziemlich sicher, die grobe Abfolge der Ereignisse zu kennen.«

Wilhelm setzte sich aufrecht. Er glich einem Richter, der nach der Verkündung des Urteils jetzt die Begründung nachlieferte: »Den Anfang der Geschichte bildete die Liebesbeziehung zwischen den beiden Frauen. Aus den Briefen ist nicht herauszulesen, wie lange vorher dieses Verhältnis schon bestand, doch die Vertrautheit der Anrede, das Selbstverständliche der Kommunikation lassen darauf schließen, dass sein Beginn schon einige Jahre vor der Briefschreibung lag. Unklar ist auch, wann und wie Fritz von der heimlichen Verbindung erfahren hat. Ich glaube nicht, dass er den Inhalt der Briefe kannte. Auf die Idee, dass das Köchelverzeichnis zur Verschlüsselung herangezogen worden war, wäre er nie gekommen. Irgendetwas wird er belauscht oder gesehen haben, wird die Entwicklung dieser heimlichen Beziehung und ihre Vertiefung bemerkt haben. Und irgendwann ist ihm dann die Ausweglosigkeit klar geworden. Er wird begriffen haben, dass er dabei war, seine Frau zu verlieren. Von da an muss in ihm der Plan gereift sein, das Liebesverhältnis gewaltsam zu beenden. Ob der Auslöser dieses Gedankens die Enttäuschung über die verlorene Liebe war oder eher die Angst vor der öffentlichen Schande – ich weiß es nicht, wahrscheinlich werden wir es nie erfahren. Er beschließt, seine Schwester zu beseitigen. Vielleicht fühlt er sich sogar berechtigt, ja geradezu berufen, diesem in seinen Augen sündigen Treiben ein Ende zu machen. Wir wissen von seinen überhöhten Moralansprüchen.«

Wilhelm griff nach dem Brief, der neben der Artikelabschrift auf dem Tisch lag. »Als Friederike das hier schreibt, ist ihr Tod schon beschlossene Sache. Ich zitiere noch einmal: *Fritz weiß alles von uns und unserer Liebe. Ich habe keine Ahnung, wie er es erfahren hat. Jedenfalls hat er mich gestern zur Rede gestellt, hat mich in meiner Wohnung aufgesucht.* Dass der Grund des brüderlichen Besuchs nicht nur Vorhaltungen und Zurechtweisungen waren, erfahren wir einige Absätze später: *Du wirst jetzt eine Woche lang nichts von mir hören. Fritz hat mich aufgefordert, ihn und seine beiden Neffen für drei Tage auf einen Bootstrip in die Nordsee zu begleiten.*«

Wilhelm legte den Brief auf den Tisch zurück. »Zu diesem Zeitpunkt war das Mordvorhaben schon arrangiert, die Bootstour terminiert und geplant, die Neffen angeheuert und auch sonst alles getan, was noch an Vorbereitungen zu treffen war.«

»Aber wieso nimmt er die Neffen mit, wenn er etwas derart Heikles vorhat?«

»Liegt das nicht auf der Hand? Dr. Fritz Gerlach, Lehrstuhlinhaber an der Universität, ist ein gebildeter, auch scheuer und sensibler Mensch – alles andere jedenfalls als ein Mördertyp. Er weiß, dass er niemals in der Lage sein würde, einen Menschen, und dann noch die Schwester, mit eigenen Händen umzubringen. Also bedient er sich dazu seiner beiden Neffen. Wir haben das kriminelle Potential des einen, Frisos, kennengelernt, der andere, sein Bruder Frank, wird nicht besser gewesen sein. Fritz wusste, dass die beiden für Geld alles machen würden, selbst morden, also bietet er ihnen Geld. Dass es sich dabei um große Summen gehandelt hat, ist aus dem ersichtlich, was ich im »Goldenen Krug« erfahren habe. In dem Jahr, in dem Friederike starb, kam Friso Gerlach zu einem beträchtlichen Vermögen. Er hat damit ein Geschäft gegründet, ein pompöses Haus gebaut, hat sogar noch genügend übrig für einen Gedenkstein zum Gemeindejubiläum. Angeblich stammt das Geld aus einer Erbschaft – nun, jetzt wissen wir, woher es kam.«

Wilhelm griff zur Kaffeekanne, schenkte sich nach. Stefan nutzte die Pause: »Nehmen wir an, es war so, wie du es gerade konstruiert hast – und eigentlich spricht ja nichts dafür, dass es nicht so war - wie kommt dann die Leiche in das Grab im Wald? Wieso haben sie Friederike nicht einfach ertrinken und im Meer verschwinden lassen?«

Darüber hatte Wilhelm auch nachgedacht. Warum hatte man nicht diese sich auf hoher See doch anbietende Gelegenheit zum Beseitigen der Frau genutzt, warum nicht den auf den ersten Blick einfachen Weg gewählt, das Mordopfer über Bord zu stoßen?

»Ich sehe dafür zwei mögliche Erklärungen«, versuchte er eine Deutung. »Da könnte einmal die Überlegung zugrunde gelegen haben, dass diese Methode schlicht zu unsicher ist. Was, wenn die Frau sich lange über Wasser hält und von einem anderen Boot gerettet wird? Die zweite Möglichkeit ist, dass Friederike, falls man diese Methode dennoch versucht hat, schon vorher zu Tode gekommen ist. Zum Beispiel, als sie sich gegen das Überbordstoßen wehrte. Sie kann dabei tödlich verletzt worden sein, vielleicht auch erwürgt oder erstickt. Damit entfällt natürlich, den Leichnam dem Meer zu übergeben, denn er könnte ja irgendwo angeschwemmt werden. Für einen Gerichtsmediziner würde es dann ein Leichtes sein, festzustellen, dass der Tod nicht durch Ertrinken eingetreten ist. Dieses Risiko wären sie bestimmt nicht eingegangen. Also haben sie die Tote an Land geschafft und oben am Wasserbehälter begraben. Ich stelle mir das Ganze so vor: Friederike wird, wie auch immer, auf dem Schiff ermordet. Man begreift das hohe Risiko, sie ins Meer zu werfen, deshalb bringt man sie irgendwo nachts an Land und verfrachtet sie im Kofferraum des Fahrzeugs. Dann läuft man den Hafen von Borkum an, meldet Friederike als überbordgegangen und erreicht, dass sie nach vergeblichem Suchen durch die Rettungskräfte als ertrunken gilt. Ein bedauernswerter Unfall, der keine großen Untersuchungen nach sich zieht. Am Heimatort vergräbt man die Tote heimlich am Wasserbehälter.«

»Klingt logisch.«

»Ist auch logisch. So oder so ähnlich muss es abgelaufen sein.«

»Und der Bruder, dieser Frank?«, fragte Stefan, »wie kommt der an die Seite von Friederike? Freiwillig wird er sich bestimmt nicht dahin gelegt haben.«

»Tja«, Wilhelm zuckte mit den Schultern, »da kann ich nur spekulieren. Am wahrscheinlichsten ist, dass es irgendeinen Streit gegeben hat – natürlich ums Geld. Möglicherweise hat einer den anderen erpresst, Frank vielleicht gedroht, die Sache auffliegen zu lassen, wenn er nicht mehr bekäme. Das hat ihn dann sein Leben gekostet.«

»Du meinst, mein Schwiegervater hat..?«

»Nein, ich bleibe dabei: Fritz war nicht dazu fähig, jemanden selbst umzubringen. Friso wird Frank getötet haben.«

»Mein Gott, noch ein Geschwistermord.«

Entsetzen lag auf allen Gesichtern, es war eine schlimme Wahrheit, die hier zutage trat. Wilhelm wollte jetzt zu einem Ende kommen. »Was damals genau passiert ist, müssen andere herausfinden. Es wird schwer genug, nach zwanzig Jahren noch Licht in diese Geschichte zu bringen.«

Doch Miriam war noch etwas unklar: »Die Sache mit den Briefen verstehe ich nicht. Wie sind die auf den Dachboden gekommen?«

Auch hier konnte Wilhelm nur vermuten. »Ich nehme an, dass Fritz sie dort versteckt hat. Irgendwo muss er sie entdeckt haben, vielleicht im Zimmer der Adressatin, seiner Frau.«

»Aber die Umschläge sind doch ohne Aufschrift?«

»Friederike wird andere Wege gefunden haben, sie Elisabeth zukommen zu lassen. Möglich, dass sie sie bei ihren Treffen persönlich übergeben hat.«

»Und dann schreibt sie das verräterische Fr. Gerlach als Absender auf die Umschlaglasche?«

»Sie muss angenommen haben, dass ihre Freundin die Schreiben sicher verwahrt. Zudem, sie waren chiffriert, in einem Code, den ihr Bruder, das wusste sie, niemals zu entschlüsseln in der Lage war. Und beim letzten Brief, da war es ihr egal, da war ja bereits alles aufgedeckt.«

»Aber die handschriftliche Notiz?«, dafür hatte Stefan noch immer keine Erklärung, »was bringt meinen Schwiegervater dazu, so etwas am Ende des siebten Briefes zu schreiben – und vor allem, an wen richten sich die Sätze?«

»Ja, das möchte ich ebenfalls wissen«, auch Miriam stand vor einem Rätsel. »Da schreibt er: ‚Keine Sorge, die Person ist gerichtet' – das klingt ja, als hätte er einen Auftrag erfüllt und meldet jetzt den Vollzug.«

»So ungefähr wird es Fritz Gerlach auch empfunden haben.« Wilhelm nahm den achten Brief vom Tisch, faltete das Blatt zusammen und steckte es in den Umschlag zurück. »Liebe und Glaube sind zwei mächtige Triebfedern, jede für sich – und wo sie zusammenkommen, können sie große, manchmal unheilvolle Kräfte freisetzen. So wie bei dem strenggläubigen Fritz, der sich auf schändliche, den Paarvorstellungen der Bibel so widersprechende Weise um seine Liebe betrogen fühlt. Er vermeint, von Gott den Auftrag zu erhalten, diese Schande zu tilgen. Ihm, Gott, gilt die handschriftliche Nachricht: Die Person ist gerichtet.«

Es war die seinen Worten folgende Stille, die Wilhelm spüren ließ, dass sie nun das tun mussten, was sie sich vorgenommen hatten. Er stand auf, steckte den Brief und die Abschrift des Artikels in die Tasche.

»Kommt«, forderte er auf und wandte sich zur Tür, »gehen wir zur Polizei. Es wird Zeit, dass sie der Geschichte ein Ende macht.«

32

Es war Mittag des folgenden Tages. Nur noch ein paar Minuten, dann musste Miriam aus der Villa zurückkehren. Sie hatte dort den gestrigen Abend und auch die Nacht verbracht, wollte mit Stefan zusammen sein.

»Kann ich dich denn allein lassen, Vater?«, hatte sie gefragt.

»Natürlich, Kind, meinst du, ich verstehe das nicht. Macht euch ein paar schöne Stunden. Aber morgen Mittag essen wir zusammen, das musst du mir versprechen.«

Gleich also würde sie kommen, um ihr Versprechen einzulösen.

Wilhelm war mit dem Essensvorbereitungen fast fertig. Heute würde es seit Langem mal wieder etwas Aufwändiges geben, etwas, das sorgfältige Planung erfordert hatte. Schon gestern war ihm die Idee dazu gekommen, war er plötzlich von einer regelrechten Lust ergriffen, etwas Besonderes auf den Tisch zu bringen. Allzu oft in den letzten Tagen waren die gemeinsamen Mahlzeiten, die sie bisher immer als das Zentrum ihres Zusammenlebens empfunden hatten, zu kurz gekommen, war das Miteinanderessen notgedrungen vernachlässigt worden, wenn sie sich im Wirbel der Ereignisse anderweitig gebunden fanden. Heute aber, am heiligen Sonntag, wollten sie zusammen speisen wie in alten Zeiten.

Während er die Semmelknödel mit den Händen formte und ins kochende Wasser legte, dachte er an den gestrigen Morgen zurück. Fast zwei Stunden hatte ihr Gespräch auf der Polizei gedauert. Zunächst waren sie an einen Hauptkommissar geraten. Der hatte ihnen erst einmal zwanzig Minuten zugehört, ehe ihm klar geworden war, welches Gewicht ihre Aussage besaß. Dem daraufhin herbeigeholten Kriminalrat hatten sie die Ereignisse des Vorabends noch einmal schildern müssen, waren nicht umhin gekommen, sich das obligate und auch nicht unberechtigte »Wie konnten Sie nur, warum sind Sie nicht gleich zu uns gekommen« anhören zu müssen. Schließlich hatte Wilhelm den achten, letzten Brief übergeben, auch die Abschrift des Zeitungsartikels und dem staunenden Kriminalbeamten die Lösung des Falls so präsentiert, wie er sie gerade Miriam, Stefan und den Jungen vorgetragen hatte.

Dann waren sie entlassen worden, nicht ohne die gleichfalls obligate Ermahnung, von nun an die Finger aus der Geschichte herauszuhalten. Der vermutliche Mörder könnte jetzt, wo er das Messer am Hals spürte, gefährlich werden. Wilhelm hatte versichert, dass sie nicht vorhätten, noch einmal mit Friso Gerlach in Berührung zu kommen. So waren sie gegangen, nachdem die Polizei ihnen zugesagt hatte, sie über das weitere Geschehen auf dem Laufenden zu halten.

Der letzte Kloß lag nun im Topf, in einer Viertelstunde würden sie essen können. Hoffentlich war Miriam pünktlich. Noch einmal öffnete Wilhelm den Backofen, sah mit Wohlgefallen auf die Bratform und ihren braunen, vor sich hinschmorenden Inhalt. Genüsslich zog er die Luft in die Nase. Was für ein Duft!

Er dachte an die Mühe, die ihn der Kauf des um diese

Jahreszeit offensichtlich raren Artikels bereitet hatte. Erst im dritten Supermarkt hatte er gestern das bekommen, was er sich zuzubereiten in den Kopf gesetzt hatte. »Wir sind noch im Sommer«, war ihm zweimal auf seine Frage nach einer Gans entgegnet worden, »es dauert noch ein bisschen bis zum Martinstag oder Weihnachten.«

Doch nun lag der Braten in der Röhre, der Rosenkohl war gekocht, die Semmelknödel begannen, an die Oberfläche zu steigen. Alles war gerichtet, jetzt konnte die Tochter erscheinen.

Gerade hatte er die Klöße mit dem Schaumlöffel aus dem Wasser genommen und in eine Schüssel gehäuft, als er die Tür gehen hörte. Miriam kam herein, schnupperte und verdrehte die Augen. »Sag nur, du hast eine Gans gemacht?«

»Riecht man's? Ja, mir war danach. Ich wollte dich heute einfach mal mit etwas Ausgefallenem, nicht Alltäglichem überraschen. Eine Gans, dachte ich, wäre da genau das Richtige. Wenn du willst, können wir in fünf Minuten essen.«

»Ja – das heißt, erst wollte Stefan noch etwas mit dir besprechen.« Die Tochter drehte das Gesicht zur Seite. Auf einmal wirkte sie verlegen. Unsicher ging sie auf die Tür zu. »Er ist draußen. Kann er reinkommen?«

»Aber ja, natürlich.« Der Vater war besorgt. »Ist etwas?«

»Nein, wieso?« Sie wandte den Kopf, ohne ihn jedoch anzusehen. »Er hat vorhin mit der Polizei gesprochen, wahrscheinlich wird er dir davon erzählen wollen.«

Stefan musste vor der Tür gewartet haben. Zögernd trat er ein, blieb aber am Eingang stehen.

Wilhelm sah auf – und stutzte; so hatte er den junge Mann noch nie gesehen. Allein die Tatsache, dass Stefan einen Anzug trug – dazu die Krawatte. Aber heute war Sonntag, vielleicht war das ja der Grund...

Doch die Art, wie er dastand – es war die gleiche Befangenheit, wie sie gerade auch Miriam gezeigt hatte. Mit seinen vor dem Körper übereinandergelegten Händen wirkte er wie ein Schüler, der zum Rapport bestellt worden war. Auch schien es ihm, ähnlich wie der Tochter, Mühe zu machen, ihn offen anzuschauen. Was konnte das bedeuten?

Wilhelm kam ein Verdacht. Aber zunächst einmal galt es, Stefans Scheu zu durchbrechen.

»Du hast mit der Polizei gesprochen?«, winkte er ihn heran, »was gibt es denn Neues in Sachen Friso Gerlach?«

Unverkennbar erleichtert über die Gelegenheit, ins Gespräch zu kommen, trat Stefan ins Zimmer. »Er ist verhaftet worden«, platzte er heraus, »noch gestern Nachmittag hat man ihn in seinem Haus festgenommen. Stell dir vor, er hat nicht einmal zu fliehen versucht.«

»Warum sollte er auch? Er wusste ja nichts von dem achten Brief und dem darin enthaltenen Hinweis auf die Bootstour in der Nordsee. Akut gefährdet dürfte er sich nicht gefühlt haben.«

»Aber nach all dem, was vorgestern Abend im Wald...?«

»Auch danach nicht. Schließlich, was hat er schon getan? Er hat einen wahrscheinlich gesperrten Forstweg befahren und in fremder Erde gegraben – allenfalls zwei Ordnungswidrigkeiten, mehr nicht. Deshalb muss er nicht die Flucht ergreifen. Er hat viel zu verlieren: Sein Haus, sein Geschäft – vielleicht auch die Frau, obwohl ich glaube, dass ihn ihr Verlust am wenigsten bedrücken würde.«

»Jetzt ist es sowieso zu spät zur Flucht: Er sitzt in Untersuchungshaft. Und das Tollste«, Stefan war zur gewohnten Lebhaftigkeit zurückgekehrt, »Friso Gerlach hat einen Teil seiner Taten gestanden. Den Segeltörn zum Beispiel und auch den Plan, die Frau umzubringen.«

»Wie, er hat die Mordabsicht an Friederike gestanden?«

»Ja, er hat nahezu alles zugegeben. Es war genauso, wie du es konstruiert hast. Friso behauptet allerdings, sein Bruder habe die Tante getötet. Bei dem Versuch, sie über die Reling zu stoßen, habe sie sich widersetzt – da habe er sie erschlagen.«

»Ich fürchte, mit dieser Behauptung wird er sogar durchkommen. Wie will man ihm heute noch etwas nachweisen. Alle Teilnehmer des Segelausflugs sind tot, da existiert nur noch seine Aussage. Diesen Vorteil wird er auch genutzt haben, als er sich zum Tod seines Bruders äußern musste.«

»Ja, er gibt an, Fritz Gerlach und Frank seien in Streit geraten. Sein Bruder soll einen höheren Anteil gefordert haben, soll gedroht haben, alles aufzudecken. Daraufhin habe ihn Fritz umgebracht und ebenfalls im Wald vergraben.«

»Nein, das kann so nicht stimmen. Abgesehen davon, dass Fritz Gerlach dazu nicht fähig wäre – in seiner handschriftlichen Notiz spricht er von nur einer Person, die gerichtet ist, damit meint er Friederike. Wahrscheinlich weiß Fritz nicht einmal, dass sein Neffe tot neben der eigenen Tante liegt. Für mich steht fest: Friso hat Frank heimlich ermordet und vergraben, um zu verhindern, dass er redet. Anschließend wird er dem Onkel die Mär vom Verschwinden des Bruders nach Australien aufgetischt haben.«

Wilhelm ging zum Herd, drehte die Knöpfe des Backofens auf null. Die Vorstellung, dass Friso möglicherweise wegen fehlender Beweise einer Mordanklage entging, entsetzte ihn. Aber das war jetzt Sache der Kriminalbeamten und Juristen, die sollten sich darüber Gedanken machen.

Stefan schien das Gleiche zu empfinden. »Soll das heißen, Friso Gerlach kann sogar straffrei ausgehen?«

»Nein, das auf keinen Fall. Zumindest wegen der Beteiligung an dem Mordanschlag wird er sich verantworten müssen.« Wilhelm drehte sich vom Herd, ging zum Fenster. Er wirkte ernst. Der Schatten des Vergangenen hatte sich noch einmal auf ihn gelegt. »So viel Tod und Gewalt«, sinnierte er, »und dann das Wissen, dass der Ursprung des Ganzen in einer Liebe, einer übergroßen Liebe zu finden ist. Was für eine zerstörerische Macht die Liebe doch sein kann.«

»Aber was für ein beglückendes Wunder auch.«

Stefans Stimme ließ Wilhelm aufhorchen. Er wandte den Kopf und nickte. »Natürlich, die Liebe ist ein Wunder, sie ist wunderbar, vor allem für junge Leute wie dich und Miriam.«

»Ja«, stimmte Stefan eifrig zu. Er machte zwei, drei Schritte weiter in den Raum hinein, dann aber blieb er stehen, knetete die Hände; schließlich überwand er sich. »Darüber wollte ich mit dir sprechen.«

»Aha«, Wilhelm tat überrascht.

»Miriam und ich, wir haben gestern...«

»Ich nehme an, einen schönen Tag und auch eine schöne Nacht verbracht.«

Verunsichert hob Stefan den Blick. »Ja, das haben wir. Dabei haben wir auch über dies und jenes geredet...«

»Hoffentlich nicht nur. Über was habt ihr denn geredet?«

»Es ging um uns, um Miriam und mich. - Vielleicht hast du ja schon bemerkt...«

»Nun, es war unübersehbar.«

»Ja, also, wir beide, Miriam und ich – wir sind uns einig…«

»Wie, nach so kurzer Zeit? Ihr kennt euch doch kaum.«

Stefan richtete sich auf, seine Augen leuchteten. »Manchmal braucht man nur einen Moment, um sich sicher zu sein. Wir hatten immerhin ein paar Tage. Es war Liebe auf den ersten Blick.«

»Deshalb also dieser festliche Aufzug«, Wilhelms Augen glitten über die Krawatte, das Jackett und die Bügelfaltenhose. »Willst du etwa um die Hand meiner Tochter anhalten?«

»Nein, natürlich nicht. Wer macht das heutzutage noch.«

»Da hast du recht. Ein Vater muss froh sein, wenn er überhaupt noch eingeweiht wird in das, was Tochter und Sohn vorhaben.«

»Deshalb dachten wir ja, du solltest es sofort erfahren.« Stefan schloss kurz die Augen, dann sah er Wilhelm an. »Wir werden heiraten; nicht gleich, sondern irgendwann im Lauf des Jahres. Das haben wir gestern beredet und beschlossen.«

Auch wenn Wilhelm insgeheim mit dieser Entwicklung gerechnet, sie sogar erhofft hatte, jetzt wurde er doch von seinen Gefühlen überwältigt. Ob er es wollte oder nicht, er musste schlucken, seine Stimme klang belegt, als er fragte: »Und was sagt Alexander dazu?«

»Er weiß noch nichts. Ich nehme an, er erfährt es gerade draußen von Miriam. Ich habe darauf bestanden, dich als Ersten zu informieren. Aber ich bin sicher, Alexander wird sich riesig freuen, denn er liebt Miriam. Weißt du, dass er, seitdem er sie kennt, kein einziges Mal mehr seine Mutter erwähnt hat? Unsere Heirat wird ein Glück für ihn sein.«

»Sie wird ein Glück für uns alle sein.« Wilhelm wischte

sich über die Augen. Dann, in einer abrupten Bewegung, drehte er sich zum Herd, bückte sich und öffnete die Klappe. »Warum holst du die beiden nicht rein?«, forderte er seinen künftigen Schwiegersohn auf, »schließlich gibt es heute ein Festessen – zur Feier des Tages.«

Gerade, als er den Bräter mit der Gans aus dem Backofen gezogen und sich mit der schweren Form in den Händen aufgerichtet hatte, kam Miriam herein. »Vater«, lief sie auf ihn zu und umarmte ihn, »ich bin ja so glücklich.«

Wehrlos, die Gans sichernd, überließ er sich ihren Liebkosungen. Dabei fiel sein Blick über die Schulter der Tochter auf den Jungen, der verloren in der Mitte des Raumes stand.

Wie eine plötzliche Welle durchlief ihn ein warmes, dankbares Gefühl. Dort steht mein Enkel, ging es ihm durch den Kopf, mein wunderbarer, liebenswerter Enkel. In diesem Augenblick gelobte er, Alexander ein guter Großvater zu sein, der beste, den man sich auf der Welt vorstellen konnte. Er würde alles daran setzen, den Jungen die schlimmen Erinnerungen, die ihn mit seinem verstorbenen Großvater Fritz verbanden, so schnell wie möglich vergessen zu lassen.

»Alexander«, löste er sich von Miriam, stellte die Gans auf den Tisch und trat zu dem Jungen, »was hältst du davon, wenn wir wieder loslegen?«

»Mit dem Schreiben?« Freudig hob sich der Blick.

»Ja, ich meine, jetzt wäre die richtige Zeit, wieder damit zu beginnen.«

Strahlend sah ihn der Junge an. »Von mir aus sofort – ich bin jederzeit dazu bereit. - Ich könnte zum Beispiel wieder eine Geschichte schreiben – es gibt eine Menge Ideen – mein Kopf ist voll davon.«

»Dann sollten wir nicht länger warten. Ab morgen fangen wir wieder an. Auch in mir hat sich einiges angesammelt – mein Herz ist voll davon.«